俠盜魯平神祕案件集

解開複雜的謎題
揭露隱藏的真相

孫了紅 著

―― 虛實難辨的謎團，探尋真相的心理博弈 ――
計中有計，誰才是棋盤上的一顆棋子？
藉由細節一步一步拼湊出事件的全貌
數篇迷霧重重的故事，等你一探究竟

目錄

- 賽金花的錶 …………………………………………… 005
- 紫色游泳衣（又名劫心記）………………………… 025
- 博物院的祕密 ………………………………………… 063
- 雀語 …………………………………………………… 103
- 囤魚肝油者 …………………………………………… 141
- 烏鴉之畫 ……………………………………………… 169
- 鬼手 …………………………………………………… 207
- 玫瑰之影 ……………………………………………… 227
- 恐怖而有興味的一夜 ………………………………… 239
- 計 ……………………………………………………… 249
- 半個羽黨 ……………………………………………… 267
- 黑騎士 ………………………………………………… 283
- 燕尾鬚 ………………………………………………… 291
- 真假之間 ……………………………………………… 317
- 竊齒記 ………………………………………………… 343

目錄

賽金花的錶

第一章　療養院的深宵

　　寒冬的一晚，嗚嗚的西北風吹颳得像把整個世界翻過來。那盞半明不滅慘淡無光的路燈不住地搖頭，彷彿代那些少衣缺食的人們嘆息。路上行人很少，間或從遠處傳來一聲：「羅宋麵包，賣麵包！」

　　鉅鹿路上有座龐大的建築物──仁德療養院──像臥虎般伏在那裡，緊閉上嘴巴，不視朔風吞噬它懷中的被保護者。

　　四周都是暗沉沉靜悄悄，偶爾有一兩聲嬰兒的微哭聲，療養院裡大多數的人全縮在溫暖的被窩裡找好夢。

　　第三號特等病室的窗子裡透出一線燈光，厚窗簾上隱約有個移動的影子，顯然，屋子裡還有人沒鑽進被窩去。

　　「嗒」，三號病室的槌球輕輕轉動，隨著半開的門有陣尖銳的風呼嚕嚕往裡鑽，門外黑黢黢地，有塊白色小東西蠕蠕抖動。

　　「平先生還沒有睡？」

　　看護陳小姐在門外先伸進頭來，黑髮上戴著的白色看護帽像隻白蝙蝠。

　　「沒睡，外邊很冷吧？進來烘烘火，暖和些。」

　　平帆夾住一塊熟煤，拋進火爐去。

　　燒旺煤遇著溼熟煤，吐出一陣「滋滋滋」的聲音。

　　「藥水吃過嗎？晚上少看書，別用腦筋，靜靜地睡，也許可以早些睡熟。」

陳小姐把整個穿白的身子塞進房間裡，脖子仍舊縮著，一雙僵紅的手拚命地搓揉，又放在嘴邊噓熱氣，兩腳輕輕地跺著：「天真冷還是睡吧！」

「睡不著，吃了藥水仍舊睡不著。昨晚恨不過，多吃一格藥水，結果，人像是睡著了，而精神不肯睡，一切的聲音全聽得很明白，手腳疲軟得不能輕動，那才叫難過呢！所以今天只有聽其自然，不敢勉強叫它睡。」

「啊，時候不早了！」

看護打個哈欠，用右手輕輕向嘴上按按，又望望左手腕上的錶：「一點半，嗯，天真冷！」

「你還不去睡？今天值夜班？」

「這麼冷天值夜班，真倒楣！不是十四號裡的女人生產，誰願意往外面喝西北風！」

她咕嘟著嘴，坐在爐邊，伸手向火取暖。

「倘使有人打鈴呢？」

他含笑地反問。

「你們有錢的人，屋子裡有火爐，捱在被窩裡暖烘烘，也得可憐可憐我們，西北風颳在臉上像刀子，沒錢的人也是血肉之軀啊！」

平帆在仁德療養院已經住了兩個多星期，他原沒有什麼了不得的病，不過患有輕微的失眠症，乘此在醫院裡修養而已。他生性很健談，沒架子，手面又慷慨，所以那些看護和他廝混得很熟。

「喂，是病人呀！住醫院的是有病的人啊！」

「哼！」

看護陳小姐從鼻子裡吹出一口冷氣。

「所以我還是坐在這裡吶！」

她彷彿很悻悻的樣子。

「好，我請你喝一杯熱的阿華田趨趨寒！」

他邊說邊用小茶匙去挖一個圓罐頭的蓋。

「不喝了，謝謝你，我還要去看別的病房呢！」她說著站起來。

「忙什麼，反正沒得睡，又沒人打鈴。在這裡多烘一會火暖暖，是血肉之軀啊！」他狡猾地學說。

「咯咯咯。」陳小姐又坐下去，「好厲害的嘴巴！」

平帆用熱水瓶裡的開水，沖好兩杯熱湯，黑黢黢、藥汁似的濃汁，又取出幾片餅乾放在碟子裡。

「不厭吃倒胃口，吃一些嘗嘗看。要不再加些糖？」

「夠了，謝謝你。」她又喝上一口，「平先生，你和這裡的張醫生是親戚嗎？」

「不是親戚，是我的一個朋友的親戚。」

「叮叮叮」，輕微的打鈴聲震破了午夜的沉靜。

「又是誰在叫了？」她一口氣喝完阿華田，放下杯子，「謝謝你，我要去了。你姑且睡了試試看！」

「好，明天見！」

「明天見！」隨著「砰」的一聲把門關上。

平帆用火叉撥撥煤灰，不再新增煤塊。他向四周瞧瞧，一切全像死似的岑寂，睡似的安穩，只有床前小桌上的鐘，還在「滴答滴答」地推動時代巨輪。他沒有一絲睡意。

窗外的風愈颳愈緊。慘綠色的路燈一晃一晃地搖動。太平間外面，什麼東西在噓噓地叫。

平帆坐在沙發上捏著一本小說，不過他的注意力似乎不集中在書上，而是那個鐘。一忽兒，鐘的長針剛走到12，「噹噹」，鐘鼓兩下。平帆的眼光陡的一亮，他全神貫注在……

忽然，在不遠，也不太近。

「捉賊！捉賊！捉賊！」是一個男子的急促顫抖的聲音。

平帆立刻奔到窗前，推開窗子，路上黑黢黢沒個人影，除出呼呼的風嘯以外，沒有別的聲息。他關上窗子，重又坐下。

醬紫色的窗簾上的流蘇輕輕地在擺動。

那奇怪的半夜呼聲，淒涼而可怕的呼聲，今夜已是第三次聽到；在同一個方向，同一個口音，同一個時間，怪事！如果是普通的偷竊；為什麼認定一個人偷，連時間全不差？怪！奇怪！

第二章　張醫生的談話

「平先生講的故事真好聽，陳小姐來得太晚聽不著，真可惜！」一個矮胖的看護向走進來的看護陳小姐說。

「平先生的肚子像一本百科全書，各色都有。」陳小姐拘住矮胖子周小姐的頸項，向躺在沙發上的平先生稱譽。

「聽故事要代價，得請我吃一夸脫太妃糖，今晚我講個怕的鬼故事。不過嚇壞了小姐們的膽，我可不保險。」

「雖不致像你說的那麼害怕，不過晚上聽鬼故事，總有些寒毛憷憷。平先生的形容樣子，領教過了，還是講別的。」陳小姐說著，把一隻冰冷的手插在周小姐胖頸項裡。

周小姐縮住脖子說：「鬼手，冷死人！等會子給人捉住腳心，又得極叫救命。」

「陳小姐的癢筋在腳心裡嗎？」

屋子裡嘻嘻哈哈一片春色。

冬天的太陽懶得早起，十點鐘了，還睡在雲絨被窩裡，微睜惺忪睡眼打哈欠。

房門外一陣腳步聲。張醫生帶著看護朱小姐進來。

「Mr 平，早。」

「早。」

張醫生向那兩個看護笑笑，先把平帆的病情報告表看一遍，才後才用三個指頭按在脈腕上，眼望著自己的手錶。

「昨晚怎麼樣？」

「還是老樣子。」平帆摸出一隻香菸匣，先讓張醫生取一支，自己也取一支。「嘹」，煙匣子旁邊的打火機一亮，張醫生把香菸湊過去。

陳小姐和周小姐隨著拎皮包的朱小姐走出去。張醫生每次來看平帆，必是最後一個，診察後常是和他談談說說。有時，平帆請張醫生出去吃飯，假使他業務清閒的話。

「我明天要上漢口去，這裡有卜醫生代理。」

「也許，不久我想回家去，這裡……晚上……」

「晚上怎樣？院裡吵鬧嗎？」

「不，這倒並非。」

張醫生像是忽然想起什麼，搶著說：「真的，你晚上失眠，不知可曾聽見什麼叫喚？」

平帆的眼光陡的一振，手裡的香菸「噗」地落在地上，像感受到一些刺激，忙說：「你也聽見這半夜呼聲嗎？」

「叫喚的人我也認得。」張醫生說起話來很遲慢、溫靜，同時你也注意到？究竟是什麼緣故？」這奇怪的半夜呼聲使平帆日夜感覺不安。

張醫生慢吞吞抽一口紙菸，向空際一噴，吐成一個個灰白的圓圈。

「半夜的呼聲使你晚上更睡不安穩了，是嗎？」

「是誰？真使人難以猜測！為什麼……」

平帆睜大眸子望著張醫生，急欲知道下文。可是張醫生那種若無其事的神情，永遠沒表情，笑嘻嘻的臉，把他的急迫氣焰，冷落下來。

「……怎麼……」平帆張著嘴問不下去。

「是個……瘋子啊！」張醫生吐出的每個字全有分量。

「噓！」平帆張開的嘴巴吐出一口長氣，「嗐，原來是瘋子！」

「他是西藥業握有權威的嚴振東的父親，以前並沒有瘋病。在軍閥時代曾做過一任什麼官，後來在上海的公寓生活，抽大煙，弄古玩，什麼扶乩，佛教會，做些無事忙的事。致病的原因，據說是為了一支珍貴的錶。」

張醫生把煙尾拋在痰盂裡，微咳一下，接著說：「他家有一支珍貴的小掛錶，據說是蘇州吳狀元出使德國，德皇威廉第二贈他一對金錶。吳狀元把一支錶給隨去的愛妾賽金花。後來狀元過世，賽金花下堂重墜風塵的時候，那支金錶就隨了賽金花離開吳家。她在窰子裡大紅的當兒，嚴振東的祖父在她身上花了不少的錢。賽金花也有嫁他的意思，就把那支金錶送給他作為定情標記。當時振東的祖父回鄉去與妻子商量，預備納娶賽金花，那支錶送給妻子算是運動費，一方面興沖沖到上海來娶賽金花。不料在到上海的途中，輪船出事，就葬身在黃浦江中了。」

張醫生略停一下，喝口開水漱漱喉嚨：「那支錶竟成了傷心遺跡！」

他喝乾了開水，瞧瞧平帆，看他是否聽得有興趣似的。

「振東的祖父有兩個兒子，大的就是振東的父親顧齋，第二個叫實臣。分家的時候，實臣分得那支錶，顧齋分得一個翠玉硯臺。」

金黃色的太陽從玻璃窗裡射進來，像病人似的衰弱無力。

「後來怎樣？」平帆的樣子像是很注意。

「實臣很喜歡賭錢，有此，把錶賭輸給別人，顧齋化了許多錢才贖回來。」

張醫生像那些說書人，講到半中間就閉上嘴不講下去。

屋子裡一片靜肅。平帆闔著眼躺在沙發上，樣子很安逸。

「據說那支錶的樣子非常可愛，顧齋化了錢贖回來，當然，錶是屬於他的了。」

「後來，那支錶被人偷去，他就急瘋了，我猜得對嗎？」急性子的平帆打岔著問。

「不，並不像你猜想得那麼簡單。」張醫生的足尖閒暇地踢踢那隻磁痰盂，痰盂裡的水像大江中颱風浪似的一陣波盪，剛拋進的煙尾彷彿破船遇波濤般擊打得成為齏粉。

「實臣死的時候遺下一個九歲的兒子叫維德，過了兩年實臣的妻子也相繼死去，維德就寄養在頇齋家裡。七年前的一晚，頇齋和振東躺在煙榻上閒談，同時，從頇齋鈕扣上解下那支錶。據說是一支圓形的紫紅琺瑯錶，像一個紅熟的李子。頇齋非常寶愛這支錶，終日掛在身上，聽說有塊錶墜，是一串玫瑰紅寶石琢成的葡萄。振東玩弄一回之後，放在煙盤上，自去睡覺，沒有隔多少時間；忽然，鄰家大呼捉賊，頇齋忽忽走出，老年人腳步不穩，踏個空，從三層樓直跌到二層樓，震傷腦筋，就此發瘋。」

「那支錶呢？」

「就此不翼而飛。」

「那時維德在家嗎？」

「我沒有問他，不知道，聽說那時振東的境況很窘，家裡除出一爾一大姐之外，家務全是振東的夫人自己動手，所以決沒有外人偷去。可是那支錶就在這晚振東曾玩弄之外，從此不曾見過。」

平帆闔上眼，手指插在髮根爬抓。他沉思的時候，往往有這樣態度。

「你和嚴振東很熟悉嗎？」

「後來他囤積奎寧和別的西藥，狠發了一票財。我也是朋友介紹向他買西藥才認識的，後來，他們家裡大小有疾病，都來找我醫治。現在每天要去看他父親的瘋病。」

「他瘋病的程度怎麼樣？」

「據說，初起時很厲害，大叫大鬧，不吃不睡，後來漸漸地好了。最奇怪的是大菸癮不戒自斷。平常不發病的時候，他一個人坐在房裡，看看

佛經，拜拜佛，像常人一般吃、睡，不過不出房門，不大見親友，有人到他房裡去，他並不像一般瘋人的嚇人。發病的時候就不吃不睡，一天到晚在房子裡踱方步。最近忽然變樣，半夜裡要大喊捉賊。」

「喔，原來如此！」平帆又闔上眼，不住地抓頭髮，「今天你仍舊要去嗎？」

「今天不去了，我已經和振東說過，要等漢口回來後再去。好在這種病不比急病，過一星期也沒大關係。」

「我有個朋友買進一票西藥，他想脫手，曾託我找尋戶頭，過幾天託你介紹見見嚴振東，和他接洽接洽看。」

張醫生立即從皮包內取出一張名片，放在小桌上：「他什麼時候想去，只要說是我介紹就得了。」

「嗯，他們是幾⋯⋯號？」

「一百四十八號。」

第三章　不速之客

仁德療養院向左六七家，有一幢 —— 同式的共有六家，這是最右面的一幢 —— 新式小洋房，前面有塊長方形小草地，穿過草地，跨上三步石級，就走進一間很精緻的客室。客室裡放著三個彩色絲絨沙發，圍住一個半尺高的柚木小香菸桌，桌上有一個鐵的圓筒形的罐，一尊小型鋼炮。地上鋪著厚厚的地毯，窗沿上放著兩盆蘭花，芬芳氣充滿一室。

會客室裡坐著個身材偉大，肩胛寬潤，目光灼灼如流星的人。他很閒暇地坐著。一忽兒，屋主人 —— 嚴振東 —— 出來，他是個三十多歲的壯年人：「啊，這位就是平先生？」

他手裡捏著一張名片，名片後面寫著一行小字：

茲介紹鄙友平帆君造府診察尊大人病狀，平君為研究神經病專家。此致。

×× 君

　　「張醫生已經到漢口去了嗎？」振東在平帆對面坐下，把一個紫鐵圓匣子上的機鈕一捺，一陣子叮叮咚咚八音鐘聲音，圓門開啟，有個西洋美人懷抱著一支捲菸，不停地甩大腿，振東取下捲菸敬客。那個美人迴轉身子，圓門隨著關上。振東又捺下一下，自己也取了一支。才把那支小鋼炮的炮口對著客人向炮門一拉，炮口有一陣青煙，才後是一點小火，燃旺了賓主的捲菸。

　　這位主人很有些「世界交際」手腕，先用美人，後用大炮，極盡「親善」之能事。假使有一個膽小的鄉下客人，看見這種招待，怕的會喪魂落魄地極叫救命，而辜負了「親善」的敬意呢！幸得這位平帆先生見識很廣，一切全坦然接受。

　　「張醫生前天去的，」平帆回答，「尊大人的病況，已經有張醫生講個大概，近來有怎麼別的現象嗎？」

　　「以前發病，不過是不吃、不喝、不睡，呆呆地坐著或是打圈子走方步。最近半個月來，有些變態，不吃、不喝、不睡之外，到晚上還要怪聲大叫，滿臉驚悸的神色。」

　　「對於這種病症，一方面靠藥力挽救，一方面得細細研究他的心理，力能見效。」平帆說時，眼睛微微一闔，左腿擱在右膝上輕輕搖動，十足是個經驗豐富，見識廣博的學者。

　　「不錯，不錯，全仗平先生的大力！」

　　「最近可有什麼意外刺激？」

　　「不會有的，無論什麼大小事，我們都不去對他說。他也終日關上門住在房間內，點香、看經，不管外事。」

「起病這晚的情形，可以詳細地再說一遍嗎？」平帆把煙尾掀在旁邊的煙盤裡。

振東拿起一杯紅茶，喝了一口說：「這天晚上，大約一點多鐘，我躺在煙鋪上陪他老人家閒談。談起那支李子錶，維德很想要回去。我的意思給了他算了，可是他老人家以為那時如果他不贖回來，早已屬於他姓，他可以向誰去討取？當時我從他衣襟上解下那支錶，玩弄了一會子，就放在煙盤上，自去睡覺。」

振東拋去了煙尾，又掀動那個香菸盒，先敬一支給平帆，在捺一下，取了一支，燃上，才接下去說：「睡到床上不到十分鐘，後弄有人怪叫一聲『捉賊』，當時我也懶得起來，聽見樓上老人家趿著拖鞋行動，忽然從扶梯上跌下來。」

平帆闔上眼，許久不響。嘴上叼著的香菸，有三四分長的菸灰也顧不得去彈落。

振東也只顧吸菸，不說話。

只有角隅一架落地大鐘在的嗒的嗒的。

「你聽見的腳步聲，只有一個人呢？還是許多人？」

振東略一思索，就回答：「的確只有一個人。」

「跌下來之後，神志可清楚？」

「我扭開甬道裡的電燈，看見他躺在地上，頭枕著梯級。我扶他起來，問他有否受傷，他對我搖搖頭。後來我和內人，扶他到樓上去睡，我還裝一筒煙給他吃。吃過之後，他還叫我到桌上把錶取來，可是我和內人找尋也不見有錶。一告訴他錶不見，不料他瞪著眼大叫『有鬼有鬼』，就此瘋了！」

「聽說有位令弟……與……他在……家……」

「維德嗎？他住在學校裡，要星期六才回來。」

「家裡可有賊的蹤跡？」

「根本沒有賊！門戶關得好好的。」

「叫捉賊的是哪一家？」

「不知道，後來也沒有聽見誰家賊偷。」

平帆闔上眼睛，像睡去一般。

「那支錶有多少大小？」

振東向他瞪一眼，彷彿說：即使是小錶，也不致會吞下肚去。

「形狀大小，活是一隻桐鄉檽李，上有一個小金彎柄，周身的溜滾圓，外面是紫色的琺瑯，開啟來有指頂大一個錶面，白底藍字，12 這個字是大紅色的。玻璃外面有圈金的瓜輪花紋，一切機件就在這花紋上，闔上圓蓋，不像是支錶。」偶像是有質的，可惜許多知識階級，也會崇拜無質的偶像，那才可嘆呢！

振東等他拜號好之後才叫：「爸爸，今天午飯吃過了麼？」

「呵，呵……」這種回答不能確定他是「是」，或是「否」。

老人消瘦的臉孔很慘白，顴骨高高地聳著，鬍鬚略帶灰白，眼睛向外突出，光彩很遲鈍，稀稀拉拉的灰頭髮半披在臉孔上。他看見平帆進來，也不招呼，似乎一切都與他糊然無關，只一眼不瞬地望著他們。振東與平帆坐到窗邊靠椅上。

三個人大家不動不言的坐著，突然，那病人側著頭，瞪住眼，像聽見什麼。

「喏，喏，鬼！鬼！賊！賊！」

他滿面驚慌，手指顫抖，指著天花板，又指指房門。

平帆隨著他的手指，只見天花板上光溜溜的泥頂，裂縫也沒有一條，連老鼠頭也鑽不出，哪裡可以躲賊？不過當一個暗沉的冬天下午，在黑暗戰退光明的屋子裡，一陣陣煙氣繚繞，對面是這樣一個半人半鬼的病者，不由得不使人覺得毛髮直豎。

振東輕輕地向平帆說：「我們下去吧。」

平帆默然隨著振東出來，指著鎖好的後房間：「這裡沒人住？」

「沒人住，專門堆積雜物的。」

平帆走進浴室，暗沉沉沒有一絲陽光，捩開電燈，那盞五支光的燈泡上滿布著許多塵灰和蛛絲，所以特別昏沉沉，暗測測。浴室裡空洞洞，什麼也沒有。平帆咳一下，裡面「嗡」一聲迴響。平帆退出浴室，捩開甬道裡的燈，看見屋頂上有一方塊洞門，中間是一塊刷白粉的板。

平帆指著方洞問：「這是怎麼？」

振東對於這地方，顯然住了八、九年沒有注意過，思忖了一回，恍然說：「我知道了，我們這裡的電燈都是暗線，這地方是穿藏電線的總成。」

平帆又走上曬臺。曬臺門開在西邊，適在亭子間上邊，三面臨空，西邊是一家堆積木料和雜物的空場，北面是後弄，南面是家裡洗衣裳的小弄，並不與人家連接。他看過之後，重行與振東走至樓下客室。

這時，振東的夫人已經回來，客室裡長沙發上有一個紫黑臉色，眼眶子向內凹進，眼睛尖銳，精神充足的青年，穿著一件黑羊皮短外衣，和振東的九歲女孩珍珍玩笑。見他們下來，略欠身子，向平帆點點頭。

「這是維德，」振東向平帆介紹，「這位是張醫生介紹來的精神病專家平帆先生。」

振東的夫人送上兩盤點心，和大家逗坐著吃，平帆一邊吃點心，一邊很注意維德的舉動。這時，珍珍拉開維德皮外衣上的拉鍊，攀開襯衫，把一支冰冷的小手插在他頸項裡，維德脖子縮下去，用手哈抓她的胳肢窩。

「維德先生新從南方來？廣州？還是？」

「廈門！」維德的聲氣很沉著，可是帶一些疑慮！來客第一次會面，怎麼會知道他的來處，不過一忽兒也解決了，也許是振東告訴他。

「現在和令兄住在一起？」

「不。」粗獷而簡單的回答。

「就在間幾個門面，最近頂的三層樓全面。」

「啊，現在頂一個樓面比較從前造一幢房子還貴！」振東的夫人接著

說，「珍珍，別和叔叔頑皮！」她夾了一個酥給珍珍，「出去玩玩。」

珍珍跳跳躍躍地出去了。

維德伸手按撳著香菸匣上的機鈕，一陣子叮叮咚咚，他燃著一支捲菸，很閒暇地抽著：「平先生，你看我伯父的病，有恢復知覺的希望麼？」

「慢慢地來，」平帆眼睛微闔，睜開來，露出一股光芒，「可否以後讓我隨時考察他的病情？」他轉向振東說。

「費心費心，」振東感激地說，「不過要破費先生寶貴的時間，很過意不去。」

「哪裡，哪裡，大家全是朋友，」平帆謙虛著，「我對於研究精神病人很有興趣。」

「我也有同樣的嗜好，改日要向平先生叨教呢！」

「叨教不敢當，大家研究研究！」

第四章　無事忙

自從第一次視察瘋人以後，平帆差不多每天全去，遇著振東有事，振東的夫人就陪著他一同到三樓，與瘋人一起默默地坐上兩個鐘頭。振東夫人看他不像張醫生那樣的用聽筒、驗瞳孔手續。她看他那種默坐的神氣，以為他也是一個有神經病的人。振東卻以為一個研究精神病學者與醫生不同，盡不妨有古怪的舉動。如果她不願意陪他，讓珍珍陪他也得。所以後來全是珍珍和平帆作陪，平帆反而覺得自由便利了許多。

有一天晚上，十二點鐘以後，天上忽然飄飄颺颺降下一場大雪，霏霏濛濛，像是半空裡在彈棉花，又像灑下粉屑，使那批無衣無食的窮人可以做件新棉衣禦寒，做些糯米食充飢。可是撈在手裡，這種「親善」的美意有些「不敢領教」，它使窮人特別冷，特別苦！

這場大雪直落到次日上午的人,內中有個穿中裝的,真像平先生,我幾乎脫口叫出來。現在見他也穿了中裝回來,不覺奇怪了!」

「真見鬼,倘使你冒冒失失去叫別人,那才是笑話呢!」她的同伴咕嚕著,一面不停手地在結絨線,「又要調查防空,我們這裡倒不來!」

「平先生,方在我看見一四四號裡調查防空。」那個看護等平帆走到她身邊,故意向他取笑說。

平帆不由暗暗一震,訕訕地笑說:「我在朋友家裡打撲克牌,你說我在做怎麼?」

兩個看護一陣哈哈大笑,平帆藉著她們的笑聲向房門走去。

第五章　瘋人的屋子裡

冬天的西北風殘酷而貪婪地向人威脅著,吼叫著。一到晚上,就特別淒厲,凶暴。人們怕它的淫威,都早早地鑽進被窩去溫他們的甜夢。一到十二點鐘,街上除出鬼火似的路燈之外,就是刺骨的寒風。

一百四十四號屋子裡上下全是漆黑,連得常是不睡的瘋人,今夜也特別好睡,一些聲息全沒有。

他屋子裡吊著的三個黑窗簾,被窗縫裡的風吹拂得索索抖。中間的窗戶吊著一把鷹毛扇,路燈把它的影子照在牆上,像一隻大鬼手,作勢攫取睡在床上的瘋人一般。

瘋人睡著沒聲息,屋子裡陰森森,冷氣很大。

忽然,槌球輕輕一轉,「噓溜溜」迎面一陣冷風,黑暗裡有個大的黑物——沒有頭沒有手足——爬進了瘋人的房間,在那黑圓怪物的中間,有一對閃光的小眼睛,不斷向各處掃射。這團黑物在屋裡各處滾轉,像在找尋它的目的物。

門外微微一響,那團黑物,愈伸愈長,愈縮愈瘦,向門邊衣架後消失。那時候,「咖咖」房門輕輕吹開,有個大頭鬼閃光臉從空中垂下來,走進屋子,向睡著的瘋人走去。

同時,睡在床上的瘋人,也像知道有鬼怪走進屋子,猛地從床上跳起,向大頭怪撲來。大頭怪舉手遮隔,瘋人在大頭怪手腕上猛噬一口。大頭怪微吼一下,舉起閃光的長臂,在瘋人頭上猛擊一下,瘋人乖乖地躺下去。大頭怪撈出一塊白布掩蓋在瘋人臉上,又加上許多枕頭、被頭壓著。

大頭鬼先搜查寫字檯抽屜,再在書架、衣架、藏佛的神座全搜尋到,一無所有,垂著頭彷彿很懊喪失望的樣子。忽然用桌上鉗蠟煤的火鉗在大香爐裡攪鉗,鉗了許多時候,火鉗上有一串東西,大頭鬼立即藏在身邊。

第六章　相見禮物

「答的」,司必林鎖一響,撐開電燈,隨著是一聲:「咦!」

「哈,維德先生,對不起,我來的時候恰巧主角在辦『肅清』工作,我因為外面天冷,所以不等主人允許,擅自坐在屋子裡等你了。」平帆斜躺在一個鋼臂沙發上。

維德也不開口,伸手到門後掛著的大衣裡,悠地拔出一支手槍,指著平帆:「魯平,我們井水不犯河水,各幹各的,你黑夜到我家裡來,想做什麼?識相些,快走,以後別再管閒事。」

魯平哈哈一聲大笑:「魯平?哈哈,小孩子也認識魯平!」他哈哈大笑,又乾咳一聲,從懷中抽出一個煙匣,從容取出一支紙菸,若無其事的吸他的紙菸,「你既然認識魯平,還不放下玩具,鬧什麼把戲?這種東西是孩子們新年裡向城隍廟裡去買來玩的,你竟把他當真用,哈哈,笑話!」

維德把牙齒一挫,指著半開的門:「走,快走!否則,要你的好看!」

「好看？什麼好看？我來形容給你聽，你把手槍一攀，『啪』一聲，槍口冒出一烽煙一個黑棗子鑽進魯平的腦門，魯平躺下來，臉上掛著一條黑血，完了，好看嗎？」他又打著哈哈，「既然知道是魯平，魯平會剩一管實彈的槍給你玩弄麼？嘿，笑話！」他近乎自語地說。

維德聽他這麼說，拉出槍膛一看，果然空槍膛，握槍的手勃地垂下來，隨手把把門關上，頹然倒在對面沙發上，手握著頭髮，臉藏在胳臂彎裡。

「孩子，怎麼樣？」魯平打趣地說，同時開啟自己的香菸匣授給他，「甭著急，我們要談的話多呢！」

維德接過香菸吸著：「你來的目的是什麼？」

「先不要問我，你怎麼會知道我是魯平？」

「看看你左耳上的標記。」

「嗯。」他伸手摸摸那一塊橡皮膏貼沒的痣。

「第一次你見我，就問我是從南方來，我覺得很奇怪，因此立刻注意你。後來到外面去細細一打聽，把你的形狀一吻合，不是魯平是誰？」

「好乖覺的孩子！」

這兩個人的談話，不像是剛才曾經把槍相對，他們簡直是好朋友。

「這有什麼奇怪，你的臉色與頸項裡的顏色完全兩樣，這就是你曾在熱帶上的標記。」

「先生的來意──是──」維德這時已經不像先時那麼倔強。

「來意？來意是這樣，你願意自由呢，還是願意把方才大香爐裡取出來的一支錶交換？」

「怎麼！你方才也⋯⋯」

「不錯，我比你先到一步，我看見他咬你，也看見你用那大電筒敲他腦門。在你揮香灰的時候，我才走下去，你是上的四層樓，樓梯難走，走得慢。我是出後門，進後門，平坦大道，走得快，所以比你先到，倒空了你的槍膛。不一會兒，你也回來了。」

「不交給你怎樣？」維德帶些孩子氣，「你……是魯平……」

「不錯，一個大竊賊，一個大竊賊可以證明一個行凶的人失卻自由。」

「你冤枉人，有什麼證據？」

「你咬傷的手腕，他被窩上的血跡，還有那軟梯，你牆上的木梯，四層屋頂上的腳印，都可以使你鋃鐺入獄的！」

維德懊喪地坐著，把腳尖不住地踢玻璃圓桌的鋼腳。

「給你，」他從懷裡摸出一串金鍊，底下繫著一顆龍眼大小、紫紅色的錶，一根翡翠錶鏈，提著一塊玫瑰紅寶墜。

「錶是給你了，不過，可不可以請你告訴我，怎麼會知道我要去尋錶？」

「可以可以，同時我要你先把過去的事詳細說一遍，怎麼會造成這種一個局面？」

「錶的歷史，大概你已經知道了。先父把錶賭輸的時候我年紀尚小，後來先父死了，先母切切囑我非得把那支錶贖回不可。她的意思，彷彿是伯父用卑劣的手段驅父親去賭輸，伯父贖回之後，先母要向伯父贖回，伯父對她說，還是放在他那裡妥當，免得他以後再賭脫。不料先父死後他仍舊不還，先母去問他，他瞪著眼睛說，那時如果沒有他，早已是別人袋裡的東西，現在能夠仍舊保守在嚴家，全是他的功勞呢。先母就此悶悶不樂地死去，臨死時囑我非弄回來，她死不瞑目！」說時維德一臉痛苦，接著：「先母死後，我就寄居在他們家裡。振東的為人很大方，不過我這位伯父又吝嗇，又自私，我曾經和振東說過要贖回這支錶，他一口答允在伯父前代作說客。就是在這晚，出事這一晚，這晚我恰巧與幾個朋友在跳舞場——這種地方向來不涉足，時光太晚了，回學校不便，就走回家裡——我是有後門鑰匙的，一看他們都睡了，就輕輕躡腳走到三樓。從前我睡在伯父後間，就是現在他們囤貨的房間——見他房裡有火，而且有振東的聲息，正想推門進去，卻聽見振東在說起我想贖回錶的事。我覺得立刻推門進去，不大方便，所以站在外面，聽伯父怎麼說。」

維德說得很疲倦，躺在沙發椅背，把腳擱在玻璃圓桌上。

「我聽見伯父不答允，而且說，倘使我也有父親的遺傳性，把錶賭去怎麼辦？不如現在不還給我，將來傳給振東，永遠遺傳給嚴姓子孫的好。無論如何，他目前決不能還給我。當時，我聽了非常恨，總要想個法子弄弄這個自私的人才好，正在不得主意，聽見振東說要去睡了，我就躲進浴室。等振東下去之後，才默默地坐在房裡，愈想愈恨。你要知道，我讀的是化學系。當時就想出一個法子，不過是嚇嚇他，出出氣的意思。」

他的腳一動，跌翻了圓桌上的水杯，他趕快扶起杯子，接下去：「我拿了一瓶磷，一支毛筆，在樓梯頭頂，用磷畫上一個鬼臉，走下去，想出個法子，使他走出來見那牆上的鬼臉才好。我走到樓下，把縱火門一關——這時振東房裡已經沒有火，只有他吃大煙的人還開著電燈抽菸，總門關脫之後，就在後門外沿尖嗓子喊一聲『捉賊』。原想火一暗，他會出來叫人，才能看見那鬼臉，不料老年人經不起嚇，就會跌倒的。當時我一聽見闖了禍，趕快去捵開總門，輕輕溜出去，在朋友家裡住了一夜，直到星期六才回家。我看見伯父已經嚇瘋，李子錶也不見了，自己覺得很懊悔，不等到畢業，就隨了朋友動身到廈門。」

他說畢，望著魯平的臉。魯平闔著眼，像是睡去一般，不過他嘴裡叼著的那支菸，紅的一圈火印，是在竭力向上燒。

大家全不開口，屋子裡很沉靜。

「上月我從廈門回來，看見振東的事業很發達，伯父的瘋病也比我去的時候好，我也安心了。日子過得一久，對於那支錶的心總不肯死，恰巧我屋頂的三樓，上面也像那面一樣有個洞，那邊的洞我看見電燈匠上去，我也隨了走上去過，只知道通鄰家，不知道六家的屋頂全可以走得通——有次我向朋友借了一支梯，爬上去，竟走到伯父的甬道，望見他在屋子裡打轉。於是我去弄了一支軟梯，做了一個假面具，面具上仍塗上磷，在半

夜二點鐘的晨光，從洞裡垂下去，在玻璃窗外面嚇他。我以為那支錶一定是他自己藏過，假裝瘋病騙人的。」他說畢，從口袋裡掏覺中流露出一些預兆。因為一個有精神病的人，完全知覺雖失，而區域性的神情，有時會露出他的動作。今夜你來得以前，我已經在他吃的杯子裡，倒了兩格我吃的藥水。你來的時候，藥性已經過去，所以把你咬上一口了。」他覺得喉嚨有些乾燥，微微咳一下。

「你在衣架上搜的時候，我暗想，幸得我早溜出來，不然給你一摸著就有些不便了。」

尾聲

新聞報館有人送上一封信和一支義賣的圓形金錶，信上這樣寫著：

諸位先生：這支錶在我們家裡，已經傳了三代，雖不是什麼無價之寶，可是也有一些歷史上的價值。這支錶是德皇威廉二世贈送給吳狀元，狀元夫人賽金花曾一度佩帶，後來移送情人，轉側傳到我們手裡。

我們曾在報上看到那個家長寫的一篇，說他以前也是有產階級，有汽車。不料現在他兒女的學費要向報館貸借，甚悔當時不曾先資助別人，那末現在受別人的資助，內心痛苦也可以減少些……看了這篇，覺得在人潮中間，誰能保得永久富貴安樂。天有不測風雲，安知日後不步到這人的後塵呢？

現在學費如此高貴，正不知有幾多莘莘學子要失學，想到這些，我們願割愛捐助，尚望能夠。有錢的人亦能捐些出來，為公為私都是對他們自己有福的，因為這比燒香念佛實惠得多了！

敬祝

編安

紫色游泳衣（又名劫心記）

前記

　　以後這個故事，是平衡律師親口向我所說。好久以來，我就想執筆，把它記入我的冊子。可是屢次被病魔或一些其他的事情所阻。我立意要記下這個故事，並不是由於它的情節曲折，實在因為其中有一個角色，他的性情行事，和吾友非常相像。我雖不知道那個角色，是否真是吾友的化身，但我不管是不是，終於用小說的筆調，把它記了下來，姑且算作吾友的故事之一。

　　末了，我要告訴諸位，這是一個發生於三年前的戲劇，「據說」，事情卻是千真萬確的。

三十二年十一月八日　筆者

第一章

　　記得女太太們收藏起春裝大衣還沒有怎樣久，眨眨眼，又到了摩登姑娘脫掉襪子赤著雙腳滿街亂跑的時候。

　　一個適宜於游泳的季節又到了。

　　提起游泳，這使人們自然會聯想到海與海水浴。也許你不否認我的話：在書本上，在畫片裡，在你的記憶中，那裡真會有不少理想的水之

樂園，太足使人憧憬。如果你是一個洋貨的愛好者，你會想到美國的「Rio」，你會想到法國的「Normandy」；或者你會想到熱帶上的「Waikikj」海峽。而在國內的海水浴場，你們也會想到普陀，想到青島，想到北戴河，以及想到其他許多名勝的地點。當然，各處的海水浴場，也有著各種不同的路線與風格；各處的海水浴，也有著各種不同的情調與刺激。歸納起來說：每一處寥廓的海景，可以使你掃蕩一下眼底的塵囂；每一陣尖利的海風，可以使你剔除一下心頭的煩惱；而每一片浩淼的海波，也可以使你洗滌一下身上的汗垢，上帝創造世界，知道人類涉世以後，將有太多的塵囂煩惱和汗垢，因之，他創造海更多於陸地。

較可憐的是上海人。上海，雖是一個海濱的大都市，實際上這大都市中的人卻並不親近海。上海人非但不親近海，而且也並不親近水。上海人所見到的水，除了黃浦江中的濁流與浴室內的波濤以外，連噴水池也是奇蹟，上海人因為並不親近水，大都過著一種太枯燥的生活，而一些愛好游泳的人們，每當游泳的季節，他們也只能踏進游泳池去，去浸一浸枯燥的身子。

別處的人以海為游泳池，而上海人則以游泳池為海。

以下這個具有一點「上海性」的故事，就發生在一個「上海人的海」裡。

這是一個仲夏天氣的下午，兩點鐘左右，太陽照在一座游泳池上，它似乎準備把強烈的光線，努力穿入於水底。但結果，卻把一方漣漪的水面，打擊成了一片片活動的碎玻璃片。在這綠得發藍的碎玻璃片之中，有許多人，正以各種不同的姿勢，在活潑地游泳，很像一座龐大的魚箱；畜養著許多龐大的五彩熱帶魚。

這游泳池的周圍，三面都環繞著木屋，成一馬蹄鐵形，馬蹄鐵的兩邊，分列於池子的左右，式樣像是兩艘船。這兩帶狹長的屋子，卻是兩座看臺。室內的布置，略如小規模的茶室，其中準備著點心與飲料，可供參

觀者與游泳者的憩坐。從這裡的窗子裡憑欄外望，可以把那片廣大的池面，整個吸收進視線之內，來欣賞那些熱帶魚。

這時候，左邊的看臺上，正有兩個青年，一男一女，據坐著靠窗的一處座位，一面參觀游泳，一面在靜靜地談話。

男的那個，模樣似乎很瘦怯，頭髮梳得相當光亮，雖在盛夏季節，也不讓汗液破壞他的整潔，他的面貌，不失為國產式的俊秀；可是他的眼珠卻顯得疲憊而無神，尤其眼眶之間，隱隱露著兩圈黑暈，這表示他平時的私生活，許是不很嚴肅的一個。

這男子的年齡，約莫在二十五歲以上。穿著翻領的襯衫。他的一件白嗶嘰的上裝，臨時掛在椅子背上。另有一個帶來的紙包，包著一件衣服還不知是什麼，放在座位的邊上。

那個女伴的年齡，好像比他更輕一點。身材很嬌小，但線條卻相當健美。她的臉上，不施一點脂粉，可是紅白分明，並不讓那些三花牌之類的化妝物品，予她以任何威脅。這女子的眼神很嫵媚，在水一般的晶瑩澄澈之中，不時透露沉思的樣子。她身上所穿的是一件白色的 sharkskin 的女翻領上衣。柔白的頸項間露出一段絕細的金鍊；她這女孩式的裝束，完全顯示了一種素淨的美。

這一男一女兩個青年，粗粗看去，可能被認為一對很美滿的情侶。只是二人之間，一個非常康健，而一個卻帶點病態，這是顯著的不同。

這時女的那個，身子斜倚著窗欄，正以一種近乎惆悵的眼光，凝望著那片池水。她對於游泳，似乎感到甚大的興趣，那個男子，卻在向她說：

「我真沒有想到，今天竟會遇見你。」

「我也沒有想到，今天竟會遇見你。」這女子帶點小孩子學舌的口氣。

「尤其想不到的，是在電影院門口。」男子努力地在他的口氣裡顯示出興奮。

「你為什麼只提到『大華』，而並不說起別家電影院？」

「那也不一定是喜歡看電影。」女的皺皺眉，「實在的說，一切應有的權利，都被剝奪盡了，而看電影，卻是剩餘的可憐權利之一，於是乎這家『大華』成了我的遁世的樂園。」

「這是我近來養成的一個習慣，走慣了一家，就不想再走第二家。一來，或許是因為這一家電影院，是距離我家最近的一家。二來，卻因為我最喜歡看米高美的作品。」她把眼光望著窗外的遠處。接著她又收回她的視線：「並且，我還養成了一種奇怪的習性：每次換新片，我要揀中第一天的第一場上就出來看。如果趕不上這個指定的機會，無論是怎樣的好片，我也把它放棄了。你看，這個脾氣，不是也有點奇怪麼？」

女的把澄澈的眼光，飄落到了窗外的水面上，暫時沒有作答。停了停，她忽然迴轉頭來說：

「這是一個朋友向我說的。」男的呆了一呆然後回答。他看看手錶，又把目光在四周兜了個圈子，好像在找尋什麼人。他說：「他約著我，在這裡會面，但是他還沒來。」

這男子在說話的時候，不時把眼光送上他帶來的那個紙包。他好像有一句話想說出口，而又吞吞吐吐並沒有說出口。他有一種神情不屬的樣子，因之，他對他的女伴所提出的問句，有些答非所問。

女的卻並沒有注意他的神情，她只顧望著池子裡的那些活躍的魚，好像小孩看到櫥窗裡的玩具，表示很大的依戀。

「請你不要再提那些話。」女的猛然收回視線。她的眉毛皺得很緊。她似乎想盡力找出一句不相干的話來，躲閃當前的話題。但是結果她說：「宇宙的根本原則是交易。希臘那個哭泣的哲學家曾這樣說：人不能兩次沐浴於同一條河流。──你看這池子裡的水，放走了舊的一池，換上了新的一池。誰在依戀那些已放走的水？這豈不是一件非常愚蠢的事！」

一片「輕輕控控」的水響與許多歡笑聲組合成了一種別處聽不到的交響。──這繁雜的交響中包含著春天的生氣與夏天的熱力。

有一片水波那樣的回憶，晃盪於她的腦膜上；這是一張五年前的影片，電影雖已模糊而褪色，可是其中卻有些動人的場面，而眼前坐在他對面的這個同伴，也正是這張舊片中的重要角色之一。

第二章

在五年前，眼前的這位繆英小姐，她是本市××大學的高材生，同時她也是本市體育界中的一位數得起的女游泳選手。在當時，甚至有人誇張地說：「她的游泳技術，或竟超過那位『美人魚』楊秀瓊小姐。」但是，世間無論什麼東西，自一塊肥皂以至一位名人，其成名都需要借重於「啦啦隊」。過去的楊小姐，因為有人代他「執鞭」因而一舉成名，至於我們這位繆英小姐，卻因「啦啦隊」宣傳勢力之缺乏，於是同樣一個女游泳家，為了這點差別，她的名氣，就比不上楊小姐。但雖如此，當然這一尾副牌美人魚，在當時許多釣魚者的饞眼之下，也是一個「臨流而羨」的目標。而在大隊漁人之中，年輕漂亮而善於用軟線條結網的余恢先生──就是眼前談話的這一位，──在追求者的花名冊上，其次序也決不會落後。

這位余恢先生，他是一個非癖好的游泳者。說起來，他和這位繆英小姐，卻還關係點親，雖然這種親戚的距離，比之從上海到北平還要遠，可是借這一點幌子，在追求的距離上，卻可以縮短不少路程。當時的余先生，不但時時勉力奉陪著繆小姐作水上演習，同時他本身也用水一樣的溫柔，密密包圍這條活潑的魚，使她感到近乎窒息一樣的愉快。

有一個時期，余先生幾乎張起他的軟線條的巨網，把這第二條美人魚，從大海拖上海灘，又從海灘上拖進禮堂。可是，他們在將要踏進這個

階段的時候，繆小姐在余先生的性情上，忽而發現了某種缺點，結果，繆小姐竟以閃電姿態，跟另外一個男子結了婚。

這一閃電式的打擊，於這位余恢先生是何等重大，似乎無須再加說明。從那時候起，他和這位女游泳家，不但斷絕了友誼，甚至也斷絕了親戚上的來往。

繆英小姐的婚姻，從一般的眼光來看，好像相當美滿。她的丈夫郭大釗，比之現在這位「臨流悵望」的余先生，好像特別說得嘴響，他是一位剛從德國漢堡大學鍍金回來的留學生，樣子挺英偉，不談品貌、學識，單說雙方的性情也比較的更為接近。而最主要的是：郭家原是一個有名的世家，家裡有著大量的財產，這可以使婚後的生活，特別裹上一種可口的糖衣。

在蜜月期中，這位獨裁的婆婆，已和繆小姐在同甘共苦的情形之下，訂立如後的約法：一、規矩人家的女人，應該穿得規規矩矩，要穿奇形怪狀的衣服，那是第一個不行。二、規矩人家的女人，應該謹守閨門，獨自一個外出跑野馬，那是第二個不行。三、規矩人家的女人，不准走進電影院，理由，在黑暗中摸摸索索，成何體統！是第三個不行。四、規矩人家的女人，不准外出跳交際舞和其他什麼舞等等，理由，一個女子無端讓人擁抱，這成什麼話？那是絕對的不行。五、規矩人家的女人，不許游泳，理由，女人赤身露體，那還了得！那簡直是不行之外，再加不行。

論理，繆小姐的命運，該可以說是十全十美，毫無遺憾了。哪知事情並不盡然，實在的說來，世間所有裹有糖衣的東西，內容必然很苦，甚至不易下嚥！這婚姻在蜜月期間，就讓這位女游泳家，感到重大的後悔。為什麼呢？原來她發現她的丈夫郭先生，雖是那樣一個思想嶄新的人物，不幸他的家庭，竟是一個空氣絕對腐朽的家庭。這舊家庭的最高當局，──她的五十多歲的婆婆，──卻是一位寸半本的獨裁者，這位具

體而微的統治階級，一把緊抓著家庭中的大權，包括經濟、行政，等等。這舊家庭中的規矩，尤其大得嚇人；總之，就連一枚蒼蠅飛進這個舊家，也得遵守被指定的路線，而不准越軌。至於我們這位活潑潑的繆英小姐，她在踏進這個高門檻以後，得到了何種的優待，只看以後所列的幾個條款，就可以一目了然。

從此，這一顆被金製的鏈子吊起來的心，便永遠懸宕在繆小姐胸腔之間。

以上「官話」式的條約，不過是個大綱，其餘科目細則，卻還不及備載。偏偏，上述的五件事情，都是繆小姐所傾心愛好的事情。你要剝奪她這愛好，等於從活潑的魚兒身邊帶走了水，其難堪可想而知。可是魚兒已進了網，後悔，無及，抗爭，無效。在這不幸的時日中，婆媳之間當然也曾經過許多不流血而較流血更難堪的戰爭，結果，徒使一個永久的中立國——那位郭大釗先生，頭顱被研成了泥漿。郭先生的性情，原本近於粗線條。從這時候起始，脾氣變得特別剛愎。夫婦間的情感，一時雖還沒有顯著的變異，但是，他們已像一個瓷碗一樣，看看外表，雖然沒有裂痕，而彈彈聲音，卻已不像先前那樣清脆。不幸的事情，倒還不止於此。正當家庭裡面風波不息的時候，恰巧這個時代，也已吹起了不息的風波。有一天——距離婚後不過幾個月的一天——郭先生突然留下了一封信，說了些捨身報國的話，竟自棄家出走，不知去向。郭先生出走的前夕，有一個很特殊的情形：他把他平生所攝的照片，盡數帶走，不留一頁，甚至連黏在幾種出入證上的照片，也都特地加以銷毀。單單留著一個從德國帶回來的金製的心形照相盒，其中藏著一個琺瑯做成的絕小絕精緻的小像，因為一直懸掛在繆小姐的胸口，使他無法把它帶走或銷毀。這方使郭先生在人間世上，留下了一個唯一的紀念。

更可遺憾的是，這個家庭中的劇變，在媳婦的心坎裡，以為其過失完

全在於婆婆；而在婆婆的心坎裡，卻以為這過失完全在於媳婦。她的最大的理由，其一，乃是媳婦的八字生得太壞；其二，以為媳婦的性情太過輕佻，以致一進門就造成這種家門的不幸。

依據一般人的想像，以為郭先生的出走，分明帶著一個慷慨赴義的姿態。但在繆小姐的心目中，卻認為她丈夫的不別而行，多半是因她的婆婆，在她丈夫的面上進了某種極不堪的讒言，以致造成這個意外的不幸局面。郭先生一去以後，從此音訊全無，正像銀幕上的人影隨著燈光的開放而消失了。地球在軌道上面，不停步地移動，四年多時光，一閃便已過去。外邊傳來關於郭先生的消息，大半凶多吉少。在這四年多懸宕著一顆心的光陰中，繆小姐雖然並不會被公開宣告，她已成為一個孀婦，可是在親戚們心目中，久已預設了她這孀婦的地位；而實際上，她也一直是在度著孀婦式的生活。

以上便是繆小姐的過去的歷史。

第三章

五年來的慘暗的回憶，像銀幕上的一個淡入的鏡頭，匆匆在她眼前一瞥而過。

繆小姐的目光，出神地看著那片池水。過去她的生活，一向很喜歡水而接近水；過去她所喜歡而接近的水，此刻卻有帶著一種象徵希望的蔚藍，展開在她眼前；加之過去她的水中的伴侶，無端又在蔚藍色的水邊，驀地重逢。但是，一切的過去，都像流水一樣的過去了。正如那位古希臘的哲人所說：人不能兩次沐浴於同一的河流。一種莫名的傷感，把她推入了沉默的深淵。

沉默有時好像也有一點傳染性。由於繆小姐的沉默，卻使對方的余恢，

被傳染了同樣的沉默。他的樣子，好像正在想著一件無可解決的心事，也許，他也想起了過去的一切，因而緊跟著他舊日的女侶，一同投進了回憶的淵海，但是，他見繆小姐痴痴地看著那些池子裡的魚，他以為她已引起了過去的興味，因之他努力製造出勉強的歡笑，首先打破這個沉寂。

「喂！英。」他的聲調帶著流水一樣的波紋。他仍以舊時的稱呼，低喚著他這像流水一樣逝去的舊時情侶。他說，「你真像一個小孩子，在呆望櫥窗裡的糖。但是，與其這樣呆看，何不走進這糖果店裡去買一點？」

他的意思，分明在鼓勵他的女伴，跳進這游泳池中，去顯一下過去的好身手。

「我想，偶爾游泳一次，你們的專制魔王，未必就有祕密警察，守候在這游泳池邊吧！」

「在舊禮教中有句成語，叫做人言可畏，你應該知道這句話。」

繆小姐的眼角，抹上一絲悽楚的微笑。她說：

「我的情形，你是應該知道的，譬如看看電影，望望朋友，穿一點並不過於樸素的衣服，像諸如此類最小限度的自由，能夠抗爭過來，已經費掉九牛二虎的力量。── 我的家庭裡面，為我特定著最新式的五出之條。在這許多條款之中，我已違犯了許多。現在，再要加上一些更重大的罪名，你想，在我瘦小的肩膀上，還能負擔得了嗎？」

「難道你不可以跳出你的鐵欄而另找一個新的天地？」

「假使那是一匹真的獅子，難道它竟永遠這樣馴良，而不想反抗嗎？」余恢抓住這個話機，他預備用這有力的口氣，在一片平靜的水波上吹起一些皺紋來。

「路呢？」

「找職業？」她說，「我先要請問，在眼前的社會上，何種的事情，可以算是婦女們的正當職業呢？你當然不願意我，接近或踏進一個泥溝。至於我自己，我倒也還不願意把我輕輕供到紅木架子上去！」

「你的話也許不錯。但是我要請你張開眼來看看事實：你不能否認，在眼前的社會上，固然像有許多事是找不到人；但實際卻正有許多人是找不到事。也有無數的青年，正在高喊畢業就是失業。這還偏重於你們男子一方面說，至於女子方面，阻礙既然較多，其困難的情形，自然也更進一步。」

以上的話題，像是一個魚鉤，已經撥開了這美人魚的嘴。因此她又接下去說：

「我也知道職業界上正有不少理想的位置，等待你去接受。然而據我所知，那些具有較理想的位置的地方，他們就不很喜歡僱用女子，他們也有很好的理由，其一，他們不喜歡僱用未婚女子，因為未婚女子容易和男同事發生糾葛，其二，他們也不喜歡僱用已婚的女子，因為已婚女子必然要有生理上的變化。到了那個時候，他們不得不給她充分的假期，這是一種損失。其三，他們僱用了男子，逢到有什麼不滿，可以隨便加以指斥。至於對待女子，就不能這樣隨便。他們以為一個較重的聲音，或是一個稍為兩樣的臉子，那就可以製造許多潮溼的手帕。—— 我承認這是真的。—— 這種情形，也使他們感到麻煩。你不要笑。這並不是笑話，這是事實。」

「有一種情形是很稀奇的：有一些人在唱著提倡女子職業的高調，而另外有一些人在高喊女子的最佳職業就是嫁人；可異的是，後一種的論調，同樣也會發現於前者的口內。還有稀奇的情形呢：一部分的女子，已經找到了所謂較理想的職業，但，只要這個女子平頭整臉，長得還不算壞，於是不久，自然而然就有一種男子，會想盡方法，另外要把她們介紹到安放著十一件噴漆摩登家具的辦公處去服務。這種事情，也隨處可以遇到。基於以上的情形，所以我的結論也只能隨眾而說：女子的最佳出路就是嫁人。」

「照你這樣說法，為了怕碰破頭。那麼，只能眼望當前的那塊玻璃，

永遠攔阻著你了！是不是呢？」那一個的聲音已變得非常頹喪：「不過，英！你要想想呀，人生的方式，那是決不能永遠依照著你的看電影的方式的！」

「是的，我知道，人生除了懦怯、屈服、投降，這些不好聽的名詞之外，另有一大堆較動聽的話頭，如勇敢、前進、衝鋒之類。這都是唱高調的人們，喜歡隨便拉扯出來的調子。」──這一個從輕蔑的聲音中帶了一個苦笑：「不過我也有個淺薄的願望：我只想請求那些隨便拉調子的英雄們，先把別人所挑的擔子，自己試挑一下，然後，再向那個挑擔子的人下批評，那是功德無量的。否則我可厭惡這種高調！」

那個暫時默然。

在談話間歇的瞬間，余恢下意識地仰手撫弄著他所帶來的那個紙包，一雙疲倦無神的眼珠，卻正透露著嚴重的心事。

第四章

當余恢和繆小姐在進行談話時，另外一個座位上有一個人，正在用心地竊聽著他們的對白。這個人的位子，距離他們並不很遠。地位是在繆小姐的背後而面對著余恢。這個坐在他們背後的人，走進這所看臺，是在他們之前，抑或是在他們之後，這卻並沒有人知道，所可知的，這人對這談話的一對，顯著十分的注意，一種非偶然而近於鬼祟的注意。

此人也穿著白色的夏季西裝，疊起了一個德國式的啤酒大肚子；那件襯衫，包在他的肚子上面，像是一張包水果的包皮紙。他有一個近五十歲的禿頂，圓圓的臉，眼睛像是兩條縫。他的全身的線條，完全像是漫畫上的線條。

此人不時撐起他的狹縫般的眼皮，在向余恢凝視。這裡余恢每次被他看著，便來不及地把視線避開，而臉上也特別增加了不安的樣子。

繆小姐正把眼光送到那片水波上，她忽旋轉臉來重新再向余恢問：

「你說今天有個特別節目呀？」

這裡問答的時候，那個圓臉的傢伙，正從一個三炮臺的紙菸殼上，撕下一點紙來，取出一支鉛筆，寫了幾個什麼字。寫好之後，他向一個侍者招招手，等那侍者走到他的身前時，他把紙片交給他而輕輕向他說了幾句話。

「奇怪，看這樣子，不像有什麼特別節目。而且，我的朋友也沒有來。」他把眼光停留在身旁的紙包上，想了想，他又說：「如果你肯走下池子，那麼，全場的人，將有一個臨時的特別節目可看了。怎麼樣？英！」

這傢伙的狹縫似的眼睛，隨著這侍者的身子移動到余恢的桌子上——神情愈弄愈可異。

繆小姐微笑搖頭。她的水波那樣的眼珠，重新融化在那片水波上。

欄以外的水之音樂與圖畫，在這女游泳家的臉上引逗起一種興奮的薄紅。她在太陽光中，閃動著她的長睫毛。看樣子，像一個被阻弄水的幼孩在眼看別的孩子自由弄水。她幾乎要向池子裡扣一陣手，以顯示她的羨慕。余恢乘機向她說道：

說話的時候，他的眼角，顯然已裝滿了傷感的情調。最後他又補充：

「看你這樣高興，何不也去試一試？」語聲把水面上的靈魂喚回。她的臉色又變為沉鬱。但對方不等她搖頭，馬上又懇切地說：「從今以後，我們恐怕很不容易再見面。也許，我將永遠沒有機會，再看到你像從前一樣的游泳，你能不能答應這個末次的請求，讓你的朋友，得到一些快慰？」

繆小姐向他看看，雙方眼珠在經過一個短而難堪的接觸之後，於是她說：

當繆小姐向侍者說話的時候，那個圓臉而帶漫畫線條的傢伙，卻用一種獰惡的神氣看著余恢。他像在發怒，像在冷笑，又像在期待著什麼。

「你帶著女式的游泳衣？」繆小姐顯然有點驚異了。

「我告訴過你，我在這裡等一個朋友。——一個女朋友。」余恢低低地說。他的眼光看著桌子。

余恢盡力地躲閃這胖人的注視，一面心神不安似地向繆小姐說：

「我把這皮包交給你吧。」她從皮包裡面隨手取些錢，交給那個侍者，讓他代她去補購游泳券。想了想，她從袒開著的衣領之中，把懸掛在頸項裡的一根外國金鍊取下來。——這鏈子比一根棉線粗不了許多，上面綰著一個心形的照相盒。

那邊的圓臉傢伙在輕輕地咳嗽。

她把皮包重新開啟，放入了這一根鏈子。她苦笑著說：「我還不能把這個東西隨便失落哩！」

說完，余恢目送著她的背影。跟著那個侍者從這看臺的入口處兜向外邊去。

第五章

不多片刻，那個換上了紫色游泳衣的影子，已從水淋浴室那邊兜繞過來，讓水邊的驕陽直射著她。她用一方紫色的薄綢帕裹住她的秀髮。她的赤裸的腿臂，像用乳色透明的石質所雕刻，線條充分健美，雖還沒有踏進水內，已讓許多條視線在這藍澄澄的一片水上結起一片網來。

繆小姐站在池子邊上，彷彿一個久未登臺的角色，一旦重新踏上舞臺，有點怯場的樣子。她並沒有走上那個高高的跳水臺，表演她在昔得意的跳水，她只在池邊伸直了潔白的手臂，一鑽身就進了碧波深處。「噗通！」一條紫痕劃開了藍玻璃。剛入水的時候，她的姿態並不活潑，這並不能使人相信她就是五年前與楊秀瓊齊名的女游泳家。但是不久，這一條

紫色的小魚，已狎習了這彈性水波而充分顯示她的活躍。不多一會兒，她讓全場那些游泳健將，獲得了一個不平凡的印象。許多目光從不同的角度裡集中到一個旋轉著的水暈上。有的在議論她的姿勢美，有的在向同伴悄悄打聽：她是什麼人？木板上面坐著幾個人，本來已經游泳得夠了。看這紫白的浪花推過來時，他們又重新跳進了水內。

先前的那位燭式游泳者，在池的那一端，在張望著這太深的水。

那片經過濾水器濾過的藍色水波，假使沒有人造的浪花加以激動，簡直連最深處也清可見底。這時，在這大半個較深的池子裡面，完全顯示了「桃樂姍拉摩」所攝製的一個最動人的鏡頭，她有時把全身完全做成一支箭，潑剌地前進，像一枚魚雷在攻擊一艘兵艦。有時她把身子變成一張弓，在水內繞出一個豎直的環子。她稍感疲乏的時候，卻沿著池邊透出半個身子，讓池邊上的細瀑似的噴水，淋著她的臂背。同時她也時時抬頭，舉起得意的眼光，飄送到看臺邊上，她似乎在向她的同伴發問：「喂，你看，我還沒有完全落伍哩！是嗎？」

當繆小姐在注視余恢的時候，當然，余恢也在全神貫注看這一道紫色的水花。但是，池子裡的繆小姐，在游泳了片晌之後，她在余恢的臉上，忽然發現了一種可異的神情。

這一次，她看到余恢的臉色有點慘白，兩眼有點失神，樣子好像就要睡下來。──但是，她以為這是錯覺。她沒有在意。

這時，池子四周的觀眾，包括著那個坐得很高的救護員，都在熱烈地注望著她，似乎在給她一種無聲的鼓勵。──讓她多逗留一會兒。

在另一次兜到池邊上時，她發見余恢的兩眼，已成為半開半閉；好像他的眼皮上正有什麼有分量的東西在壓下來，使他無法睜開。繆小姐一面用手臂緩緩撥開水面，一面心裡在感到奇怪。她想：他為什麼要露出這種疲倦的樣子呢？由於她的同伴的態度並不興奮，這使她的游泳也減低了活

躍的姿態。但是她在這個難得獲到的機會中，還不願在興致未盡的時候就辭別這片心愛的水波，因而她還沒有從池子裡走出來。

池子四周的觀眾，不知道她這慌張的態度是為什麼理由？好多條視線都被她的溼淋淋的身子帶上了看臺。同時看臺上的座客，也把眼光集中到了一處。

這一個奇怪的畫像實在太奇怪了！繆小組的心頭有點怦怦然，她情知這裡面已發生了什麼不很妙的事情。她慌忙跨出池子，就在池子邊上把身子輕輕跳躍了幾下，讓溼淋淋的水淌掉一點。一面她不再假道於先前所經過的更衣室，卻就在木板上面拾級而上，慌慌張張走上那座看臺。

繆小姐走到余恢的身前，她發覺她這可異的同伴，已入於深睡眠的狀態，甚至推了他幾下也並不醒覺。最後她簡直費了一點相當的氣力，方始把他弄醒。可是，正當余恢努力抹拭著他的朦朧的睡眼之際，繆小姐忽然發現她的那個皮包，已跌落在余恢的腳邊，而那皮包口上的拉鍊，卻已拉開了一半。

這使繆小姐的游泳方畢的肺葉，特別加緊了不規則的搧動。在這瞬間，她好像預感到一種不幸的事件，將要降臨到她的頭上。果然，在她開啟這皮包，匆匆忙忙加以檢點時，她發現這皮包中的東西，錢、手錶、墨水筆以及其他的一切零星物件，一件也沒有少，卻單單缺少了一件最重要的東西。──那個藏有她丈夫的照片的心型照相盒不見了！

在繆小姐不見她這重要物件的時候，這游泳池的看臺上，那個帶有漫畫線條的圓臉傢伙也不見了。

但是著急中的繆小姐，卻完全不知道這件事；並且，她根本也不知道，這裡曾經來過這樣一個行跡極詭祕的人。

第六章

　　這小小的事變,當時並不曾在這游泳場的群眾之前,引起什麼糾紛。繆小姐雖因失落了這一件相當重要的東西而感到相當著急,但是,她盡力阻止余恢把這事情聲張出來。因為,假使當眾查究這件事,那會使全場的群眾,在不到一分鐘的時間中,全都知道她的名姓;如果因之而傳進那位家庭獨裁者的耳內,卻是一個不得了的問題。為此,當時她悄悄而來,也悄悄而去。她並沒有讓這游泳場中的任何一人,知道她就是五年前活躍於水波中的繆英小姐;她也沒有讓任何一人,知道她在這個藍澄澄的水邊,已遇到了一個相當離奇而又麻煩的事件。

　　一頂小傘抹上夏季斜陽的餘暉遮著她的苗條的身影,踏上了焦灼歸途。

　　一路上,她不但拖著灌鉛一樣沉重的步伐,同時她也拖著灌鉛一樣沉重的心。切實地說來,她失落這個心形的飾物,較之失落了她的腔子裡的血肉的心,還要難堪。因為,這裡面是有些問題的。

　　第一:這顆心,是他留給她的唯一的紀念,論理,她是萬萬不能遺失的,而現在,她竟把它遺失了。—— 至少,這是心坎間的一種遺憾。

　　第二:她的獨裁的婆婆,三天兩天,常要檢視這個東西。—— 如果查問起來,怎麼辦?

　　第四:一個被束縛於舊式家庭中的女子,在一種無法說明的情形之下,失落了一件藏在貼肉的東西,這事情鑽進了戚友們的十八世紀的耳內,將會產生如何後果?

　　第五……

　　失落了那麼小的一件東西,引起的問題,竟有這麼多!

　　第三:假如說明這個東西已經失落,那麼,問的人當然要說,一件藏放在貼肉的東西,怎會無端地失落呢?—— 她能把游泳場中的情形,照

實說出來嗎？

　　接著，她腦子裡的黑影，又曾一度恍恍惚惚籠罩到了余恢的身子。但是，想起她和余恢的過去情感，再想起余恢的悠柔的性情，他會做出這種事來嗎？他憑什麼理由，要拿走這顆心呢？

　　而且，想起這東西的失落的情形，的確非常奇怪。據余恢說：在她走進池子未久的時候，他就覺得有一種異樣的氣味，從身後飄拂過來，一陣陣送進他的鼻子。──那是一種類似劣質紙菸夾雜著香水裡面一樣的氣味。當時他也曾回過頭去，尋找這氣味的來源。因為不很經意，他並沒有發現身後有什麼可異的事物。但，從這時起，就覺得眼皮漸漸沉重，全身異常疲乏，簡直無法再作一分鐘的支持。他不明白自己在霎時之間，為什麼會這樣疲倦？雖然心裡也曾覺得可異，但是，在他努力振作精神而準備驅走睡魔時，接著他就覺得腦子裡面開始劇烈的晃盪，比之暈船還要厲害。他還清楚記得這個時候，眼看池子裡的那片水波，像一大片海水在反倒過來。以後，他就完全入於睡眠狀態而絕無所知，直等到她把他喚醒為止。──依據余恢這種說法，可見那顆心的失落，非但並不偶然；顯見這事情的背後，還藏有一個曖昧的內幕，一定是有什麼人，用了有計畫的手段，劫奪去了那顆心。但是，誰要劫奪這顆心呢？雖然這是一種從異國帶回來的式樣新奇的飾物，而實際卻並不能值多大的錢。如果劫掠的目的是在於錢，那麼在包中的現鈔和其他較易換錢的東西，為什麼客氣地留下？如果劫掠這顆心，目的並不在錢，那麼，其他的目的又何在呢？因為事情太離奇，使她不得不從較深的地方推想下去……假定掠奪這顆心的目的，真的並不在錢，那麼，除非有什麼人，要借這個東西陷害自己吧？但是，有什麼人要陷害自己呢？

　　她立刻阻止自己，趕快不要再從這一方面想。

　　但是，她偷眼看到那位婆婆的臉上，露著一種奇怪的冷笑，她好像在

說：嘿！我已經知道了游泳場內的事情啦！

她是不是真的已經知道了那件事情呢？

整個的歸途消逝於腦細胞的紛亂的活動上，直到她的身子接近家門，依舊沒有在亂絲之中抽出一絲頭緒。尤其進門的時候，她的失去了一顆心的心中裡面，感到一種空洞的重壓。由於這意外事變，她在外面逗留，不知不覺已超過了被許可的時間，她惴惴然，簡直不敢正視她婆婆冷酷的臉。

第七章

一種惴慄的心情使她感到坐立不安。這種坐立不安的惴慄，整整延續了兩天之久。在第三天上，她的心頭略感到了一點輕暢。因為，當時余恢曾肯定地答應，他在三四天內，一定給她一個較可滿意的消息。因而她正伸長頸項在盼望這個滿意消息之來臨。不料，余恢方面的消息沒有來，出乎意外地，她竟接受到了一個破空而來的晴天霹靂。那是一封出於意外的信件，信上的措詞，蠻橫而又無理，文字似通非通，一望而知這是出於一個抹白了鼻子而穿上破靴子的角色的大手筆。並且這信後的具名，覺得腦筋裡面，全無一點印象。總之，這完全是一個不相識者所寄來的信。

繆小姐細細展讀這封信。她在沒有看完這封信時，已經氣得手足冰冷，在看完這封信後，她的眼前發黑，差一點就要昏暈過去！畢竟這封信上寫著什麼東西，讓繆小姐看著這樣生氣？其實，這不但使她無法忍受，就讓任何一人看了，也要感到不能忍受。

以下照錄原信所有全部的抄文：

郭少奶奶妝次：

風聞女士近來頗多豔聞。最近曾闢室某大旅社四二四號，與電影明星某君會晤，竟以隨身佩戴不離之雞心形照片盒一枚，私相投贈，作為戀愛

紀念。此刻物已落於本埠某鉅公之手。某鉅公以事關禮教風化，勃然大怒！為整飭社會計，擬將此中全部黑幕，在大小各報公開發表，以儆效尤！唯鄙人為顧及尊府名譽，兼為息事寧人計，業已婉勸某鉅公暫時息怒，勿為已甚。茲由鄙人函告女士，限女士於十日之中，籌集現款三十萬元，交由鄙人代捐慈善機關，以示女士真心懺悔。一面當由鄙人將女士所遺雞心，連同照片金鍊，一併奉還，銀貨兩交，決不有誤。並代女士嚴守祕密，決不宣揚於外，倘過期不來接洽，則鄙人等唯有如法辦理，完全將此事登報，以憑大眾公論。以後女士身敗名裂，咎由自取，切莫後悔可也。金錢與名譽孰重？務請三思，幸勿自誤！

僕程立本敬上

假使不願默忍這種侮辱，那麼，除非依著地址去找這個壞蛋，向他提出嚴重的交涉。但是照這樣辦，那天游泳場中的事件，也勢必致於連帶宣揚出來。這事件的宣揚，將會得到如何的後果？

信後很大膽地留著詳細的接洽地址和電話，這地址就是發信人的家，他自稱為「程公館」。

這一封似通非通的嚇詐信，充滿著一大把好看與難看的字樣，也充滿著一大把紛亂的人物與事件。最初的幾秒鐘內，使這位目瞪口呆的繆小姐，簡直弄不明白，這張紙上是在放著什麼煙火？她定定神，把震顫不停的手指，努力捉住這意外飛來的信箋，一連看了幾遍之後，她方始全部明白紙面上的鬼戲，同時她也漸漸恍然於那天在游泳場中所遭遇到的事件的真相。據她推想：這個寫信的壞蛋，就是那天劫奪她那顆心的角色。至於這個角色，怎麼會攫獲這個偶然的機會，完成他的計畫？關於這，她始終無法揣想。總而言之，這個寫信的壞蛋，劫奪了她的東西，準備藉此敲詐她的金錢，這還不算，另外卻要裝一些堂堂乎的理由，以掩護他的敲詐的面目。哼！這是一個現代化的策略；從最大的國際人物，到這最下等的小流氓，都是很擅長這一套的！

她不敢再往下想。

這事情尤其不了的是：自己即使努力默忍下這個侮辱，而這寫信的壞蛋，當然不肯讓自己默忍下去就算了事。對方費掉許多心力，實行這個惡毒的計畫，目的只在於錢，對方不拿到錢，他肯默默然完事嗎？

繆小姐看著這信的前半，結果她是憤怒。而想到這信的後半，結果她由憤怒變成了著急。

總而言之，她覺得她在這件事裡，已踏進了一個齷齪而又討厭的泥潭。假使沒有錢，那就休想脫身於事外！

郭家雖是出名有錢的人——也就為郭家出名有錢，自己才會遇到這種齷齪的事——然而經濟大權，全部操之於那位家庭獨裁者之手，自己按月最低度的一些零用，也須在別人手裡討針線。三十萬元的巨數，從哪裡籌劃？何況限期又是那麼短。

她越想越覺得這事情的後果的可畏。

在這十萬分焦灼之中，她覺得只有一個人可以商量，這人就是余恢。可是余恢方面，卻像石沉大海，絲毫沒有音訊。而自己在種種阻礙之下，又沒有方法可以去找他。

更壞的是，她的那位婆婆，在這兩天之中，時時向她透露惡毒可怕的冷笑。她好像有什麼話要對她說，而一時還沒有出口。她疑心她婆婆已經知道游泳場中的那件事情。她甚至疑心她婆婆在這個陷害她的機關裡面，也是參加預謀的一個。她時時提防她婆婆會突然開口，向她查問那顆失去的心。

但雖如此，她依然束手無策。——她根本無法籌劃那筆錢，她也找不到一個可以幫助她的人。——她，只能伸長頸子，聽憑命運的宰割！

可憐！她的一顆心，被捉住在魔鬼的掌握中，而另一顆心，卻在冰箱裡面打轉！

第八章

　　在接到嚇詐信的第四天，這是一個寂寞而又煩躁的下午。那位寸半本的獨裁者，外出去探望一個親戚，家裡只剩下了繆小姐。有一陣電話鈴聲來自隔空，直刺進這默坐發愁的繆小姐的耳朵。最近，她很怕聽電話鈴聲，每次聽到這聲音，使她疑惑電線上面，已帶來了什麼最不好的消息。因之，一聽到鈴聲就讓她的心頭會狂跳。但是這一次，她在聽到鈴聲以後，並沒有看見女侍們進來請她接電話。

　　停了好一會兒，她看見那扇夏季的紗門輕輕推開，有一個穿短衣的高大的影子，站在門口裡面，這是那個新來的汽車伕。

　　這一個汽車伕，進這裡郭宅門裡，一共還不到半個月。繆小姐對於這個新汽車伕，頗有一點特異的印象。照規矩，一個汽車伕，總有汽車伕的慣見態度，會在無意之中自然流露；而這個人竟完全沒有。他有一雙聰明而帶冷靜的眼睛，鼻子生得很端正。他那薄薄的帶點稜角的嘴唇，樣子好像很會說話；可是一天到晚，卻又並不聽到他說什麼話。從一般的印象而說，這人簡直不像是汽車伕，倒有點像是一位學者。在某些地方，他還帶著幾分中國紳士的氣度。總之，她不很喜歡這個人。她只知道這個人是原有汽車伕的替工。他在這裡，僅有二十天或一個月短期的服務。他的名字，叫做阿達。

　　這時，阿達站在門口裡面，目光灼灼地看著繆小姐，繆小姐也呆呆地看著他。她不知道他無端走進來有什麼事。

　　「少奶奶，有人打電話給你，那個傢伙自稱姓程，──禾旁程。」汽車伕阿達，用恭敬的語聲，向她報告。她被這個討厭的「程」字嚇了一跳，就在心跳的時候她聽阿達靜悄悄說下去：「我已回報他說：『少奶奶不在家。』」她心裡立刻感到一寬。可是她也有點發怒，她想：一個下人，會有

這麼大的主張，竟敢代主人回報電話。當時，她還沒有把這意思表示到臉上，——事實上是阿達不等她有表示這種意思的機會，而已經接連在說：「對不起！我把這傢伙痛罵了一頓。因為他對少奶奶的口氣非常無理。」

繆小姐臉上滿露驚慌。她情知這個捱罵的東西，就是寫信來的壞蛋程立本。她不知道這個汽車伕是怎樣的得罪了他？尤其擔心這壞蛋在受到得罪之後，不知對於自己將會發生怎樣的迴響？她一時說不出話來。可是，她看看這個擅作其主的汽車伕，見他滿面嚴肅，冷靜的目光，一點沒有表情；尤其他的口氣，顯得十分自然，這不像下人和主人在說話，倒像和一個最稔熟的朋友，毫無拘束地在閒談。

阿達在報告完了上述事件以後，他似乎在等候這女主人的發落。但是繆小姐卻被阻於她的心事而依舊沒有馬上就發言。

這態度引起了繆小姐的顯然的驚異。

「大概如此吧！」阿達的口氣，堅凝得像一塊鐵，他並不曾為他主人的怒聲而搖動。

「趕快出去！」繆小姐覺得這汽車伕的口氣，越來越不成話。她暴怒的聲音發抖而說不成話。她用震顫的手指，指著那扇紗門。

可是，這汽車伕阿達，絕不會因主人變色而影響到他的一絲一毫的鎮靜，他自顧自很執拗地在說：「我知道，少奶奶非但怕這姓程的人，還知道你最近正有一件很重大的心事。」——他把對方簡稱作「你」，有時簡直遺失了「少奶奶」三個字的稱呼。

這汽車伕的語聲，像按風琴按在同一的音鍵上，雖然聲音毫無波動，但在冷靜中卻透露懇切。不管他的話是否可靠，只看他的神氣，彷彿具有一種力量，就能左右對方的情神，同時也能表達心坎中的誠意。

阿達微微鞠躬，他以有禮貌的姿態，接受這個命令。他準備轉身走出去。可是他握住了門上的拉手，回過臉來說：「少奶奶，我知道你的事情，

非要有人幫助不可。……」他指著他自己的鼻子,「也許,我,── 我能夠幫助你。但是你不要。」

「阿達!」她不期而然高喊出來。

「什麼事?少奶奶!」那個高大的影子,帶著一張冷靜而奇怪的臉,重複出現於門口。

阿達略略等待了一下,他在對方低頭沉默之頃,悄然旋轉了身軀。

第九章

說話之頃,他隨手掩上門,就在門邊矗立著。

「阿達,你的話是什麼意思?」繆小姐在椅子裡仰起臉來,畏畏怯怯地問。

「我說,假使沒有人來幫助你,你一定沒有方法抵抗人家的欺侮。」阿達這樣回答。

「你知道我的事嗎?」繆小姐的眼光,像她的聲音一樣,充滿著狐疑。

「我不很清楚。」

「你說你能夠幫助我?」她雖恍恍惚惚這樣問,但語氣之中,自然的充滿著不信任。

「也許這樣。只要你肯把全部的事情,清楚地告訴我。」阿達說:「我即刻把太太送到了張公館,他關照我在五點以後,再放車子去接。所以,眼前卻是一個最好的談話機會。」

繆小姐暫時不語。她把眼光滯留在這汽車伕的臉上,似乎在考慮這個人的說話的真實性。當這簡短的對白進行之際,主僕雙方無形打破了階級觀念,而處於朋友互商的地位。依著繆小姐的心理,她當然無法完全相信一個汽車伕,竟會代她解決那種完全無法解決的困難。但是,一個人既已

跌入黑暗的深淵，偶然看見一點星光，也會把它當作一座燈塔。況且她想，事情的局勢，原已達於惡劣的頂點，即使再進一步，也未必更會增加惡劣的程度。在橫字當頭的心理之下，她終於躊躇了一會而把游泳場內所遭遇到的事情，絕不隱藏地說出來。

一方繼續地說，一方靜靜地聽。阿達偶然也插進一二個問句，繆小姐都照實回答。

「事情明顯得很！」阿達不顧對方的抗議，只顧堅持著意見。

「你看這事情怎麼辦？」繆小姐在說完了她的心事以後，把憂鬱而恍惚的眼光，凝注到這汽車伕的臉上，只見他的眉毛漸漸緊皺；他的頭顱不住在搖。這分明表示事情非常棘手。她的眉毛不由得不隨著阿達的眉毛而緊皺。她擔心阿達會這樣說：「這樣大討厭的事，對不起，我也沒有辦法！」不料阿達並不如此回答，他只是堅決地說：「我想，這件事，只有一個人太可疑。」

「你的那位令親，—— 余先生！」

這邊點點頭。

那邊自管自又說：「這裡有許多事情都不可解釋。他曾告訴你：游泳場中有個特別節目，但事實上卻沒有。他又向你說：他在那裡等候一個朋友，而事實上卻又並沒有朋友來。最可怪的，他還特地帶著女式的游泳衣。從種種方面看來，都說明他是布置了圈套，等你去上當。—— 而且，這圈套看來是有預定計劃的。」

「這，—— 這一定不會，不可能！」她搶著說：「你別忘了，我們在大華門口遇見，完全是件偶然的事。—— 況且跟他到游泳池去，那也是我自己提議的。」

「嘿！世間正有許多預設的陷阱，專等自願跳下的人去跳下。可惜，小姐，你不知道！」阿達心裡冷笑，他口頭上當然不會這樣說。他聽對方

自言自語似地說：「他，怎麼能夠在一個偶然的機會裡，預先設下圈套來陷害我呢？」

「不！我們是在大華門口遇見的。」這邊把澄明的眼光做夢似地望著遠處，她似乎在回想當時遇見余恢的情形。

「他可以打聽。他當然有方法打聽出來的。──你們是親戚。」

女人有時是固執的，尤其女人在涉及情感問題的時候會固執得更厲害。一件很明顯的事，簡直就無法向她們解釋清楚。這使這個聰明的汽車伕，只能微笑而搖頭。就在這個微笑而搖頭的片瞬間，他把目光隨便望著室中的各種東西。──這裡是繆小姐日常憩坐的所在，一切出於她親手的布置。屋子的線條也和人的線條一樣靜美。那邊有一座小書架，放著一排整齊的書，一式裹著紫色的包書紙。小幾上有一個花插，插著一簇紫色的鳶尾花，和她披在衣紐間的一方小手帕，正是一般深淺的色澤。阿達從這些沐浴於夏季陽光中的小花朵上，突然把視線飄上對方的臉：「少奶奶，你對於顏色，喜歡什麼？」

「他怎麼知道，那天我要到大華去呢？」

這邊更驚奇了。於是阿達說：「他說他在等候他的女友，他的女友並沒有來；他並不期望會遇見你，而他卻帶著你所喜歡的游泳衣。……」他冷靜地搖頭。「你看，這事情不是有點奇怪嗎？」

她只顧盡力搖頭。

「這問題我們可以留著慢慢地談。」阿達用寬慰的語聲向她說：「最要緊的，我們必須趕快解決眼前的事。」他轉著眼，思索了片晌。「你能不能把這個相片盒的樣子，詳細點向我說一說？」

這問句把一雙澄澈的眸子吸引到了那冷靜的臉上。問得太奇怪了，使她一時無法回答。阿達卻把問題兜回原來的路線，他說：「那天余先生曾帶來一件女式游泳衣。你並沒有把這游泳衣的顏色告訴我，但我可以猜得

出來：那大概是紫色的，是不是呀？」

繆小姐在略一遲疑之後如言把信交出。她不知道這個奇怪的汽車伕，將用什麼方法幫助她。

「我知道了。」他把那張紙片塞進了衣袋：「請你把那封信也交給我。」

對方接過這封嚇詐信去，並沒有看就向袋裡一塞。他只點點頭說：「好！完全交給我吧。」

這時，甬道裡面似乎有些腳步走動的聲音。——這個機警的傢伙，一邊說話，一邊原在留意，有沒有人竊聽他們的談話。——至此，他微微一彎腰，說：「只要少奶奶能完全相信我，我決不讓少奶奶身上沾到半點齷齪的水漿！」

說完，他的高大的影子，悠然消失於這扇夏季的紗門之中；可是他的有力的語聲，彷彿還在這間靜悄悄的屋中浮漾著。

第十章

繆小姐把希望寄託在縹緲的點線上，度過了緊張而空虛的一夜。

第二天一清早，郭老太太在佛堂裡面唱唸：「如是我聞，一時佛在舍衛國，祇樹給孤獨園。……」她這專對西方的廣播，將有一個相當長的時間。

繆小姐乘炎夏的日光，還沒有展施威凜，獨自一人在後園散步遣悶。正在這個時候，阿達在靜悄悄的空氣裡面，溜到了她的身旁，看四周沒有人注意，便把一個小小的紙包，交給繆小姐而這樣說：「是不是這樣的東西？少奶奶，你看！」

阿達說話的時候，臉上帶來一絲得意的神氣。

由於阿達臉上的高興，繆小姐慌忙透開這個小紙包，只見裡面裹著一個外國的金心形相片盒，附帶著絕細的一根金鍊。粗粗地看去，可能疑惑

到這個神奇的魔術家，真的在這一夜之間，取還了她的被劫掠的要件。可是，稍為留心一看，就看出這不過是一個形式略為相像的東西，並不是那顆原來被劫的心。

繆小姐剛要用譴責的口氣向阿達說話，阿達卻先開口說道：「等一會兒，請你把這個東西，照常在胸口掛起來。」

這東西有什麼用處呢？

繆小姐對於這個汽車伕的神奇的把戲，簡直越弄越不明白。她遲疑地看看他的臉，一時無可作答。

「請你暫時不要追問理由。」阿達用兩個指頭按著嘴唇，示意不必多說。連著他又緊張地問：「你有沒有方法，在今天晚上把老太太邀出去兜一次風？由我駕駛汽車。你可以說一個謊，說是某處夜花園裡，今夜正有一個難得見的節目，錯過了機會非常可惜。」

「掛上這個有什麼用？」繆小姐忍不住薄怒地這樣說。

「辦，也許能辦到的。──但是，你得把理由告訴我。」

「理由，你不久就會知道。現在沒工夫說明。」阿達拒絕回答。可是他又很奇怪地請求：「在今夜出去兜風的時候，你必須穿上那天到游泳池去的衣服。──啊！時間，最好在九點以後。」

阿達的話愈出愈奇，對方只能睜眼向他白望。

「可以嗎？」他追問。

「當然可以，但，……」

「這裡面沒有什麼但不但，這是一個好玩的小戲法，一變出來你就會拍手。──那麼，我們已經約定，時機很緊急，假使有什麼耽誤，那都是你自己耽誤的。」阿達的口氣，完全好像他是主人了。

對方彷彿被裝進了一個葫蘆，四面看不見半點光。可是，她急急乎要脫離那個齷齪的泥潭，她終於在被牽線的姿態之下表示如約。

繆小姐目送他的健壯的影子，穿過扶疏的花木，消失在清晨的陽光裡面。

　　此外，又把那顆「靠不住」的心懸掛在頸子裡。

　　鏡子裡面瞧出了一個靜美的影子；沒有人知道這個靜美的影子帶著一顆極紛擾的心。——她自己也不知道這樣結束好了，將要演出如何的戲劇？

　　打扮已畢，她便提早去和那位獨裁者進行交涉。開口的時候，心頭懷著鬼胎，她以為這位難說話的婆婆，未必一定接受她這意外的邀請。

　　那輛不十分新的自備汽車，由同孚路那宅西式房子之前，向福煦路那邊出發。在半路上，阿達忽然建議，說是車子裡的汽油已經不很多，回來的時候恐怕不夠，不如趁早去加一點。好在福開森路和海格路轉角處也有加油站，車子原要經過的。

　　好容易盼到夜晚，好容易到了九點鐘，她挽扶著她的守舊的婆婆，踏上了她們的自備車。阿達坐在駕駛座上，以冷靜的興奮，撥動著方向盤。繆小姐的一顆心，跟著車輪在疾轉。她不時舉眼望著阿達的背影，未免有點懷疑。可是她的一顆希望的心，卻戰勝了懷疑的心。雖然直到眼前為止，她還並不知道，她所期望的，畢竟是種何等的事件。

　　夏夜陣雨前的涼風，帶著黑暗鑽進車窗。繆小姐身上在打寒噤，有一個害怕的念頭襲擊到她腦內，她在暗想：不要這個新用的汽車伕，他是不懷好意吧？

　　於是車子沿著海格路，以不很高的速率一路駛行過來。那條路，原是一個相當冷僻的地點，雖在炎夏的季節，也不曾減少它的夜之幽寂。這時候，天上有些雨意，星月的光明，已被黑雲吞噬了下去。街頭的路燈，每盞距離得相當遠；燈光也相當黯淡，這使兩旁的情景，增添了淒寂的樣子。那輛車子在黑沉沉的樹影之下駛過，不像是在一條都市的馬路上走，

而像馳行在一片荒涼的原野上。

　　想這念頭的時候，她偷眼看看她婆婆沉浸在黑暗中的臉，分明也露出了懷疑的神色，可是她卻並沒有開口。

　　懷疑確乎不是一件好事情。繆小姐正在懷疑，不料，一個出於意外的禍患，真的隨著她的懷疑展開在她的眼前！

　　鳴的一聲怪叫從車輪之下發出，彷彿野獸絕命的慘吼！車身跟著一個猛烈的震動而立刻停下來。汽車伕阿達，大約是在驚惶大排之中扳著制動機，因之，他幾乎弄翻了這輛車子。

　　「停下來！」

　　車廂中的婆媳二人，當然大吃一驚。可是，在車身停下來的瞬間，他們還聽得阿達在顫聲安慰他們說：「不要緊，大約是抄靶子。」

　　話還沒說完，汽車門已被拉開。強烈的手電燈光，蠻橫地鑽進車廂，怒射到婆媳二人驚慌的臉上。但是，他們從這閃爍的光暈中，看出那兩個攀登在踏腳板上的傢伙，並不是穿制服的警士，而是兩個面色凶惡的短衣漢，手中各執一柄槍！

　　閃電式的戲劇，表演得真迅速，前後不出三分鐘，那兩名路劫者，已帶著他們勝利的狂笑揚長而去。汽車伕阿達哭喪著臉重新又在撥動方向盤。

　　讀者們也明白這個戲法的內容嗎？如果不，那麼，請你們想一想吧！

　　老太一面念佛，一面在抱怨她媳婦：不該無緣無故，出來遊什麼園，以致迎受損失之外，還要吃到大大的驚嚇。同時繆小姐的心裡，卻在狠毒地詛咒汽車伕阿達，她覺得這一場路劫，一定是他唆使出來的，那是毫無疑義了。可是，當車子開到比較光亮的所在時，她看到阿達偶爾回過臉來，臉上浮著一種得意的神氣，驀地，繆小姐的腦內，恰像第二次射進了一線燈光，她的一顆心在發跳——這是一種喜悅的跳——現在，她對於阿達的戲法，差不多完全明白了。

車子在掃興的歸途上，老太太掃興地念佛，掃興地想媳婦真是一顆掃帚星！可是這顆掃帚星的媳婦，恰巧懷著一個相反的心理：出門時的心，紛亂而沉重的心輕輕拋棄在半路上，連阿達駕駛車子，也感到輕暢了許多。

第十一章

　　距離上述事件兩天以後，警署方面偵緝，並沒有什麼消息，可是在各日報上，已把這件小小的路劫案子刊登了出來。那個新聞，刊在不被注意的一角；地位占得很小，談報的人，假使粗心地看，也許會把這個不重要的新聞從眼角邊滑過去。

　　那條新聞這樣說：

　　本埠海格路，於前晚九時許，曾發生路劫案一起，被劫者為本埠著名富戶郭大釗之母與其妻繆氏（按郭系德國留學生，於五年前離家外出，至今未歸。）時郭氏姑媳，由同孚路住宅，乘自備汽車外出擬赴某處，不料車經海格路，突然道旁躍出匪徒數名，持槍喝阻車行，登車恣意搜劫，當時計被劫去貴重首飾數件，及現款若干，即刻郭宅已將經過情形，報告警署請求追緝矣。

　　在這新聞刊登的一天，也就是那封恐嚇信上的最後限期前一天，在隔日，繆小姐又接到了一個電話，電話中的口氣，簡直聲色俱厲，他宣告這一次的電話，已等於電力公司中的最後通知，假使接到了這個「Final Notice」逾期不來交款，就要採取「剪線」的措施，決不再予通融。—— 你看，這個「一面倒」的辦法，何等的凶？

　　假使是在前幾天，繆小姐接到了這個電話，除了向它哭泣，大概別無其他辦法。可是這一次，她卻非但不向它哭，並且還在向它笑。不過，這個來了的交涉，必須辦一辦，主要的是，那顆流落在外面的重要的心，必

須設法取回。她把辦交涉的全權，仍舊託付了阿達。——她相信這個聰明的汽車伕，必有聰明的方法辦妥這事。

事實上阿達去辦這個交涉，他並不是單獨出馬，另外卻有一個人，做著阿達的顧問。你們別以為和汽車伕阿達一同出馬的人物，也是一個不敦品的人物。那個顧問，卻具有一副「高等華人」的儀表，身上所穿的西裝，雖然顯得臃腫無度，而質料卻相當高貴。他是一個四十開外的矮個子，橘皮色的臉，配上一些短髭，那副相貌，真有點滑稽。阿達對於此人，取著恭敬的態度，口口聲聲，稱他為孟大律師。

於是，阿達便依照著那封恐嚇信上所開明的地址，而以全權代表的身分，去拜訪那位想發三十萬大財的程立本。

這位孟律師，大約平素喜歡喝點沙濾水，因而說話時的聲調，帶著幾分沙音。可是他對他這帶著沙音的調子，看得十分珍貴，每當阿達向他說話的時候，他總是微微點頭，不很參加他的「法學上的意見」。

於是阿達拿起那支墨水筆來，在那張紙片中央，潦草地寫上了「阿達」兩字；另外，在那排列頭銜的地位上，又添上「郭公館的汽車伕」這幾個字。他想了想，又在紙片的下角，——風雅朋友加印別署的地方，——很道地的另寫一行，乃是：

二人依著地址尋到那位敲詐家的府上，其時，時間還只上午九點多鐘。馬路上面，有些被煙火燻熟了的嗓子，正在高唱各種晨報的名目。

「綽號吃角子老虎。」

那個「當差的」，按過了這臨時製造的電影，懷疑地向這穿短衣的阿達看看；又把視線飄到服裝體面的孟大律師身上，孟大律師以為這傢伙也要向他索取名片。他倒十分大方，立刻自動從西裝袋裡，取出一張印就的名片，傲然交到那人手裡。這名片上印著：

孟大興律師

上角附加「孟大法律事務所」的體面字樣；下角詳列公館事務所的地點，與電話號碼，可稱應有盡有。

照規矩，這裡的主人，在這個「太早」的時間並不會客。而這一次，大約是為了「郭公館」的「面子」，因而有了例外，還有例外的例外，那兩張電影遞進去後，竟然無耽擱地獲得了主人的延見。

主人程立本，挺起一個圓肚子，抬起著一張圓的臉，坐在一張圓的轉椅中。兩條線一般的眼睛，正以十分注意的神氣，在注意著這兩個來人。──總之，這一位程立本先生不是別人，他就是那天到過游泳場中的那個具有漫畫線條的傢伙。

這時候，這個天官臉的壞蛋，因為看到兩個來人之中，有一個是律師。他的臉上，不免有點懷疑之色。──他覺得眼前這樁交涉，如果準備以和平的方式解決，那似乎根本用不著律師。現在既然來了一個律師，恐怕交涉的方式，就未必再會和平。──但雖如此，他的臉上，卻依然十分鎮靜。

不過，阿達究竟是一個汽車伕，汽車伕當然不懂「禮貌」，因之他不等主人讓坐，便自動揀了一張最舒服的椅子坐了；他不但自動坐下，而且還在自動坐下之前，自動取了一支茶几上所放的準備敬客的紙菸，自動燃上了火，悠悠然吸起來。

主人白瞪了他一眼，似乎怪他「沒規矩」！但是看在那位矮個子的律師份上，他未便說什麼話。

於是那張圓臉之上添濃了笑意，向這位正襟危坐著的高貴的矮子說話：「孟大律師是受了郭⋯⋯」

一句話還沒說完，那個汽車伕立刻在身旁說道：「有什麼話，你可以和我接洽，我是郭少奶奶的全權代表。」

天官面孔呆望這兩個人，他的眼睛特別變成了一條線，他有些弄不明

白這是怎麼一回事。但是，他踟躕了一下，終於向阿達問：「你說你是郭少奶奶的全權代表？那麼，你的來意怎麼樣？」

「我們準備完全照你信上的說話辦理。」阿達緩緩吐著煙縷。

「你知道我們的價錢，是沒有折扣的。」漫畫式的圓肚子在轉椅上面搖搖，他覺得他的船，居然遇到了順風，進行得非常順利。所以他要把篷子特別扯起一點。說話的時候，他再看看那個矮個子的律師，心裡在驚異，這個傢伙怎麼不開口？一面想一面聽得這汽車伕大模大樣在說：

「你的意思是說，已經帶了款子來，準備拿回那件東西了？」

「咦！我並沒有向你說過要還價呀！」

「那麼，那筆款子，必須要現鈔，如果是支票之類，我們須等換得現款之後，方始能辦理交割。」主人說話時，臉上雖然帶著笑，可是他覺得對方對這交涉，似乎有點過分「好說話」，這使他未免有點懷疑。因此，他故意再把篷子扯得更直一點，想試探一下對方的口氣。

阿達這幾句話，說得何等漂亮！主人聽著，感到十分滿意；因為太滿意，他沒有注意到對方的臉上，正在閃出一絲微妙的笑。於是他坦然說：「照我為郭少奶奶打算，也只有用這爽快的辦法最為妥當。這一點點款子，在郭府上看來，當然是九牛一毛；再拿這一點錢，跟郭府上的名譽比一比，那更相差不可以道里計了。」

「是啊！就為這種緣故，所以我們少奶奶，要趕快派我來和你接洽這件事。」

「那麼，你們準備什麼時候，繳付這筆款子呢？——你們少奶奶總知道的，約期是差不多已經到了。」程立本把面色裝的特別和善，藉以表示他的客氣。

「孟律師，你看是不是這樣？」

二人的話非常有理，程立本先生當然無法加以反駁，況且他想，東西

是在自己屋子裡，就給他們過過目，也不怕他們劫奪了去。於是他坦白地說：「好！給你們看看也可以，難道憑我這樣的地位，還會說假話？」

他站起來，把皮球形的肚子旋過去，從門裡蹣跚地走了出去。不多一會兒，他重新回進來，手裡拿著一個裝首飾用的紫色小絨盤。──承蒙他的好意，似乎他怕弄壞了這件貴重的飾品，所以特地用這考究的盒子，把它裝了起來。──他以一種鄭重的態度向這兩人看看，似乎決不定應該把東西交在誰的手裡，大概是為了要取得法律上的保障，最後，他終於把這紫絨小盒，遞給了那位大律師。

「那麼，你們準備什麼時候付款呢？」程立本一面說，一面還伸著手，準備收轉那盒子，他看見阿達在向衣袋裡面亂摸，他以為這汽車伕是在取出帶來的款子。他想：三十萬元的現款，衣袋裡一定裝不下，假使對方取出一張支票來，那自己必須堅持收到現款然後交貨的主張。

大律師拿到手裡，開了盒蓋，提起金鍊，把那顆有過一番離奇經歷的心，拿出來約略看了一看，仍舊把它放進了盒子。這時，阿達向他打了一個別人看不見的暗號，於是這位大律師大模大樣地點點頭說：「不錯，這是真貨，毫無錯誤。」

程先生把兩條線形的眼睛睜得很大，一口氣讀完了這節特標出來的東西，方知郭家婆媳倆人曾在前天晚上遭遇過路劫。可是他還不明白，這汽車伕為什麼要把這個新聞告訴給他，他還以為這位郭少奶奶要借這個路劫的事件，藉口請求減價，或延緩付款的日期。於是他隨口說：「怎麼，你們少奶奶，遇到了路劫嗎？──不過……」

「正是哪！我們少奶奶的運氣很壞。」阿達搶先說：「這一次路劫，她被搶去了一些現款，和幾件首飾，……」說到這裡，他把眼光飄到那位大律師手上而接下去說：「孟律師手裡拿著的這一個心形照片盒，也是失單上的重要一件呢！」

「你怎麼說？」那個胖人幾乎像一頭猛虎那樣地跳起來！但是他不及開口說話，卻已聽得這汽車伕冷冰冰地在說：「你已經見過這段新聞了。——被劫的時候，郭老太太也一同在場，她是眼見的。並且，我們當場已把這件事情向警署裡備案了。」

胖子聽完這話，他的皮球形的肚子上面幾乎像被人重踢一腳而洩掉了氣！他的紅色的圓臉頓時泛出了一層白。馬上他想，那個心形的飾物被把持在自己手裡，那必須在郭老太太沒有知道以前，他方能發揮重大的威力，而向郭少奶奶榨出血來。現在，如果真的像汽車伕所說，那位老太太曾眼見這個飾物，從她媳婦身上被強盜劫去，那麼，別的都不必說，單說那份武器，豈不完全失卻了效力？想的時候，他的眼睛已無法恢復成悠閒的兩條縫。但是他不明白，那件首飾既在自己手裡，如何又會在汽車中被人劫去？畢竟他是相當聰明的人，發呆的眼珠略略一轉，立刻他已明白，這是一套怎麼的戲法，同時他也恍然於他自己已經輕輕跌落到了對方的戲法箱子裡。一時他的灰白的臉色，不覺更添上了灰白。

「你可以到警署裡去看看失單的。」阿達自顧自噴煙。

「那你豈不是說，是我搶劫了這個首飾嗎？——你這混蛋！」

「差不多是這樣！」

「你們竟敢想來訛詐我！」這圓臉傢伙猛拍了一下桌子。他覺得眼前的局勢已經弄得很壞！但他還想虛張聲勢以嚇退他的敵人：「你們也不打聽打聽我是什麼人，就想來訛詐我！」

「那就很好，我們只要你承認這封信，」阿達回頭向著那位律師說：「孟律師，請你把這位先生的話照樣記下來。」

那位律師神氣活現地從袋裡摸出一本小冊。這小冊上記著許多歌女的芳名與電話。他把幾個電話號碼重複抄寫了幾遍，把那本小冊向袋裡一塞，然後神氣活現地說：「我已記下這位先生的話，我是見證。」

世上不論何種最精明的賭徒，在稍不小心的時候，也會打錯了牌。——眼前的這位程先生，在他發出那張牌後，方始覺察了自己的錯誤。——他不該承認曾寫這封信。——他立刻目瞪口呆！

　　阿達卻把那張信箋直送到他面前笑笑說：「請你看看這信上的日期吧。」

　　程立本趁阿達不防，一挺肚子，就把這封信猛搶到手裡。他作勢退後幾步，拿起來一看，只見這封信，毫無錯誤，正是自己的原信，可是信上的日期，卻已變成了昨天的日期。細看，也完全看不出塗改的痕跡。——（這是一封用藍墨水寫的信，只要用些硫酸與阿摩尼亞，便可把原有的字跡，抹去重寫，方法原是很簡單的。）——他瞪著眼珠說不出話來。想了想，便苦笑一聲，準備撕碎這封信。

　　至此，我們這個漫畫線條的傢伙，他方覺得前線這個敗仗，差不多已無可收拾。他只能像火車機頭一樣，一陣陣冒氣。但是他還在計劃「避離運動」，口口聲聲咆哮：「好！好！我準備和你們以法律相見。」

　　「不錯，我們原是專靠法律吃飯的。」孟律師淡淡然回答。——別瞧不起這個不開口的蟋蟀，偶一開口，它的牙齒也很鋒利哩！

第十二章

　　在我們這個可愛的大都市中，很有一些先生們，依仗他們小小的地位、聲望，做出些不明不暗的事情。撈摸些不垢不淨的油水。他們的地位聲望，也就是他們的生產資本；就為這些小小的東西，是他們的唯一的資本，所以他們不得不重視這些小小的東西。這種人的膽量，有時可以大過於一座地球儀，有時也可以小過於一粒氫原子。他們遇到對方是一匹羊，他們自己就是一隻虎；反之，他們遇到對方竟是一隻虎，而他們自己，也無妨立即變作一匹羊。

上文那位程立本先生，他就是這樣一個又做老虎又做羊的人。他在這一次的事件中，原是處於虎的地位，不料一轉眼間，他竟遇到了一隻比他更凶的虎，使他無法張牙舞爪。於是，為了避免傷害他以後扮老虎的地位聲望起見，他只能暫時收住虎吼，而唱出了「媽哈哈」的曲子。

所以，當阿達與那位孟律師走出他的「公館」時，他們不但無條件收回了那顆被劫掠的心，同時他們在這主要勝利之外，還從這個屈服者的手裡，得到了一些其他方面的小小收穫。

戰勝就有利益，這大概就是現代人所以努力於戰爭的唯一原因了吧？

走在路上的時候，阿達笑著向那位大律師說：「你知道，為什麼我的綽號，要叫做『吃角子老虎』？」

「誰知道你的意思嗎？」大律師不很熱心地回答：「單就我所知道的而說，你的大號，至少就有一百個，我真弄不清楚，你今天所用的，是一百個中的第幾個？」

「所以你把你自己稱為吃角子老虎，是不是呢？」大律師聳聳肩膀。

「最討厭的是，那個傢伙自己不歡迎支票，而結果卻把一張支票付給了我。不過我是不怕他會少半個錢的。」阿達說時，他把手裡那張銀行契據，小心摺疊起來，藏進了他的衣袋；這等於那架吃角子的機器，已把籌碼吞吃了下去。連著他說：「孟律師，現在我委託你，把這紫絨盒子裡的東西，代我去轉交給我們的少奶奶。順便請你代我辭掉汽車伕的職位。至於工錢，那夜開車出去兜風的時候，我也算收到啦。」

「這也許是我的第一百零一個的綽號；換句話說，這是我的新綽號，是特地為了這件事情而專取的。——你看，我們費了好些口舌，在這個傢伙手裡，只弄到了區區一萬元。哼！一萬元在眼前，不是一個等於角子的數目嗎？我老早就知道，在這種人身上，原是擠不出什麼大量的血來的。」

阿達搖搖頭。

「其實，一開頭她就該把失落的那顆心的實情說出來，那也沒有什麼大不了呀。」大律師繼續發表意見而加上批評，「她太沒有勇氣了！」

「但是你不能單怪她沒有勇氣。……」阿達又搖頭。

這一回是大律師在搖頭了，原因是他無法理解這些較複雜的話。

「我看她有點可憐。」大律師連忙改口，「她在這件事裡，好像完全沒有什麼錯。要說她錯，除非怪她先前不該揀著那個太有錢的人去嫁。」

「你的話，也許不對，也許對。」阿達說：「我在郭公館裡住了這許多天，多少也看出了這位少奶奶的一點性情：她好像一隻籠子裡的小鳥；她憎恨籠內的苦悶，又貪戀籠內的安適，她羨慕籠外的自由，也害怕籠外的空曠。飛吧，她怕籠子的阻礙；不飛吧，又怕籠外有人譏笑她。她暫時不想飛；而有時還要找些不想飛的理由，自己騙騙自己。她就是這樣一個心理矛盾的女人。於是乎有些人們，就捉住這種心理，在她的身上出些花樣。」

阿達向他看看，改換了談話的路線：「有一件事我想勸勸這位少奶奶：以後對於不論什麼人，她應該張開眼來，把面目看看清楚才好。就說她的那位親戚余先生吧，她以為他是好人，卻不知道他和那個程立本，完全是同謀。據我料想，這個姓余的傢伙，除了在她身上圖謀金錢以外，說不定還有其他進一步企圖。可是最近，他賭得厲害，也輸的厲害。大概也有什麼把柄落到了程立本手裡，以至受了要挾，才草草演出了這個下流的戲劇。以上，一半是我打聽出來的事。你看他是好人嗎？」

大律師又聳聳肩膀。

「你就把以上的話照實告訴她吧。好！再會。」

說完，大律師眼看他高大的影子，搖擺著都市流氓的步伐，在炎夏的陽光之中漸漸走遠。

原載《春秋》，1944 年 4 月至 5 月第一卷第七期至第八期

博物院的祕密

第一章

有許多朋友，常常捉住了我，要我說故事。

在我遇見那個紅領帶的朋友時，我便捉住了他，要他為我說些故事，以便轉述給我的朋友們聽。

他是一個奇異的人物，生平最多奇異的經歷。他常常把他的奇異的經歷告訴我。

而他又是一個說謊的專家，逢到無事可說時，他便告訴我一個謊。

他說：這世界，整個就是一個謊。越是了不起的人，他們越會說謊；而越會說謊，也越使他們了不起。在以前，說謊是惡習；而現在，說謊卻成了美德。

為了養成美德，他也學會了說謊。

於是他又為我說了一個離奇得近乎荒誕的故事。

這可能又是一個謊。現在讓我轉述給你們聽。

說不說由我，信不信由你。這故事發生在××大學附設的博物院內。

最先出場的角色，就是這博物院的守夜人。有一大半的事情，都是由他嘴裡，生龍活虎地說出來的。聽著，也許不由你的神經，不感到緊張！

在先前，博物院內原沒有守夜這個職司。每天開放時間一過，把門鎖上了就算。可是，在幾個月前，院內忽然常常遺失東西，所失去的，是些整匣子的蝴蝶標本。這在普遍的人，拿了去簡直分文不值，而在院方呢，

卻是一種學術上的重大損失。是誰偷的呢？因為事後不留痕跡，事情竟然成了疑問。院方不得已，這才破例僱用了一個人，臨時充當守夜的職司。這個守夜，已有四十多歲，人是很誠實的。晚上，就在二層樓的甬道裡面，架個床鋪睡在那裡。他的視線，可以顧及出入的要道，和幾間比較重要的陳列室的門。

博物院內自從有了這個守夜，果然不再失去東西。這可以證明，以前失落的標本，真是有什麼人乘夜潛入帶走了的。從此，這守夜人便一直留在院內，暫時不再撤鋪。

不料過了一陣，又有一件更新鮮的事情發生了。這事情的經過，簡直荒唐得不近情理。

原來，這博物院內，最近運來了兩座大標本，一座是非州產的猩猩；另一座是北極產的巨型白熊。這兩座標本運來之後，因為一時沒有適當的櫥櫃可以容納，暫時便在樓上第五號陳列室的一隅，著地安放下來。

那座白熊的標本，價值相當名貴。它的製造也有點特別，普通獸類的標本，都是四足直立，作奔走的姿勢，而這座白熊，卻是支起著兩隻麐形的後腳，像人一樣，站在木座之上。它的前爪向前伸展，像是撲人的樣子。尖嘴微張，露著長牙，那一雙假眼，淡黃色之中帶點綠色。整個的姿態，顯得十分猙獰。

這兩座新的標本陳列之後，很引起參觀者的興趣。可是陳列了不到兩個星期，那隻大熊，卻突然不見了！

它是怎樣不見的呢？沒有一個人能說得出來。總之，在隔夜，它還張牙舞爪，站在木座上面。第二天早晨，這第五號陳列室的一隅，只剩了那隻黑猩猩，孤悽地蜷縮在那裡，它的白色的同伴，卻已影蹤全無。

白熊是不見了，拋下那個木座沒有帶走。木座上，矗起著兩枚大釘尖，這就是釘住兩條熊腿的東西。這樣子很像這個白色龐然大物，因為酷

愛自由，已經從這狹窄的木座上面，努力掙扎下來，跑出去玩兒去了！

就在白熊出走的同一夜晚，另一間陳列古物的陳列室中，有一柄商代的匕首，同時也宣告失蹤。這柄匕首，柄長六寸，刃口非常銳利，很可以用作殺人的武器，並不像別的古代刀劍，只是一種爛銅廢鐵而已。

據這守夜人說，熊與匕首被竊的這一夜，整個的院屋，靜寂得像一座大墳場，他可以發誓，並不曾聽到過什麼聲息。而且，自第五號陳列室起，各處的門，各處的窗，門是閂著的，鎖是鎖著的。事實上，就連一縷煙霧想偷走進來，那也並不可能。照理說，有人偷走了這麼一件龐大的東西，多少應該留點痕跡。可是那個「戴耳環」的賊，幹得非常乾淨，竟連半寸長的一段棉線，也不曾留下供你作什麼偵查上的線索。

總之，這一件事情的可異，就是毫無痕跡。

不！痕跡是有的，那個痕跡太駭人了！

原來，在第五號陳列室的櫃窗之下，那裡有一帶灌木，圈成一小片隙地。前幾夜，曾下過一場大雷雨，把這隙地上的一層浮土，沖洗得像鏡面一般光滑。在大白熊失蹤的第二天，有人發現這窗葉的泥地，留著好些新的足跡；這些足跡，每兩個一組，有的只有足趾，有的只有足跟，也有跟趾俱全的整個足跡。顯明的一點，這是熊的足跡。這些足跡在泥地上散布成一個不規則的小圓圈。看樣子，倒像那位白熊先生，曾在這灌木圈中，練習過一小節踢踏舞似的！但，除了這些熊的足跡以外，別的痕跡，卻絲毫沒有。

綜觀以上的情形，這並不像是什麼人，乘夜潛入院內，偷走這隻熊；卻像這隻熊，自己從第五號陳列室內越窗而出，和這博物院行了告別式！

嘿！事情真荒誕，動物院內不曾聽說走失過什麼活的野獸！而在博物院中，竟會逃跑一頭死的白熊！你對這件怪事，將有何種的解釋呢？

可是更荒誕的情形，還在下面哩！

據那個守夜人告訴人家：這白熊的作祟，並不自失蹤的一天開始。它自從運進院內，不久就妖異百出。前面曾說過，這座白熊的標本，和另一座猩猩的標本，是同日運進院內來的。這兩座標本的姿勢，都像人一般，直立在木座上面。安放的時候，本是熊臉對著猩猩的臉，那樣子，像一個白種大力士，跟一個黑色土著，在舉行著拳擊比賽，看來非常滑稽。

有一天——大約是這兩座標本運到的第四天或第五天——早上，這守夜人開門走進這第五號的陳列室（他本兼負著灑掃的職司），卻見白熊的標本，不再用尖嘴向著那隻猩猩的黑臉，而變成用背部向著它的同伴。當時這個變異情形，並不曾使這守夜人發生駭異。因為他知道，這座白熊的標本，外表雖像一位暴發戶一樣，有些神氣活現龐然自大！實際它的肚子裡，只塞滿著些草料木屑，分量並不很重。或者，隔天有什麼好動的參觀者，偶然把它移動了一下，以致改了樣子。當時把它搬正之後，卻並沒有十分在意——這是第一次作怪的情形。

第二次的變異，是在前一星期的晚上。

這守夜人，患著失眠的病症。他在院內，雖然睡得很早，但往往無法入睡。那一夜，約摸在九點多鐘的時候，他忽聽得院內有了些響動。側耳聽聽，像是有人頓足；再聽聽，又像有人在散步。因為前幾時，院內曾失落過東西，這使他不敢懈怠，慌忙從床鋪上起來，悄悄地走向各處去巡視。他在各個陳列室的門口，仔細聽了一會兒，卻聽不出有什麼聲音。最後，他巡視到這第五號陳列室的門外站下來，一聽，那奇怪的足聲，果然就是這一室中發出來的。這門上的鎖孔很大，於是，他便俯下身子，向鎖孔中偷窺進去。誰知他不看倒還好；一看，他的頭髮，每根都直豎了起來！

他看到了些什麼呢？

他看到那隻白熊，張開了血盆一樣的巨嘴。正在那裡舞蹈！足下那方木座，隨著它的龐大的軀體，晃盪得像一艘波浪中的小船一樣！他還看到

這個白色的怪物，有時伸出前爪，輕輕撫摸對面那隻黑猩猩的臉，彷彿在表示親善。但有時卻向猩猩臉上猛摑幾下，像主人向奴婢示威！可憐對方那個沒能力的傢伙，耐性似乎很好，一任它的狎弄，卻是分毫不動！

事實上，這守夜人在鎖孔中至多不過窺探了一分鐘，但他的一件短褂，卻已被脊骨上直流著的冷汗所溼透！

當時駭極之餘，黑暗中摸索後退，他幾乎沒法再找到他的睡處。那晚，他讓他的兩片肺葉，一在胸腔間直踢了一個整夜！

以上，卻是這守夜人，在白熊失蹤以後親口說出來的話。

在最初，他這種野話，原是絕對不會有人相信的。因為在這一個世界上，固然也有不合理的事，但不合理也該有個限度。至於以上的話，卻真荒誕得連邊際也沒有！有人以為：如果這守夜人不是有意造謠；那一定是他的神經中樞，好久不曾抹油，因而有些毛病了。

這守夜人的故事，是這樣的怪誕不經。不料，同時另外有一個人，竟以一種無可否認的事實，證明了他的話，並不完全虛妄。這個證明者，卻是那夜在博物院附近巡邏的一個警士。

於是，這事便越發陷入了不可究詰的境界。

諸位大概知道，那座博物院，所占的面積是很大的。它的正門在雁蕩路，左側的圍牆，靠著黃山路。當白熊失蹤的那一夜，這巡邏警士正在博物院附近一帶巡行。那時，時光已近深夜十二點，仲秋的季節，繁星滿天。微風不動。他從黎明路那邊，沿著黃山路緩走過來。因為氣候很熱，汗流不止，他打算站定了步伐，略為休息一下。他剛在博物院的圍牆邊上站下來，一邊抹汗，一邊無目的地顧盼著寥寂的四周。他的視線剛從雁蕩路這邊飄過來，忽見一株法國梧桐的樹邊上，閃著一個白色的影子。第一眼，他只見一個側影，再加四周又很黑暗，他以為這是一個穿著白色衣衫的人站在那裡。這個時間，這個人躲在那裡做什麼呢？因為行跡可疑，他

想走上前去看個清楚。剛自舉步,在第二眼間他已看清這白色的影子,卻是一頭遍體如雪而直立得像一個人一樣的龐然巨獸,探出兩個巨爪,張開那隻大嘴,姿勢正像要趁他不備猛撲過來而一口把他吞下去的樣子!

你們想吧,在這深夜的時間,在這幽淒的環境之中,一個人遇見了這樣的怪異,任憑他是怎樣膽大,他的神經將有何等的變異?當時他驚悸之下,想動作而還不及有所動作,驀地,他的後腦上面。忽被一種分量很重的什麼東西猛擊了一下,接著他就在這博物院圍牆底下,暈了過去!

其後,這個暈倒在路邊的警士,因著路人的發現,才送進了附近的醫院。經過了急救的手術,這警士雖然甦醒了過來,可是他的神智,依然模糊不清,睜開眼來卻就亂嚷:「白妖怪,吃人!吃人!」

這怪事發生的翌晨,那博物院內恰巧在盛傳著白熊標本無端失蹤的消息。

那個巡邏警,他所看見的白妖怪是什麼呢?不就是博物院內所走失的那座標本嗎?一具沒有心肝腦子的東西,它怎麼會活動呢?——雖然說,在眼前這個瘋狂的世界上,那些沒有心肝腦子而活動得厲害的東西,原也遍地皆是。然而,眼前的這座標本,卻明明絕對沒有活動的可能性。那麼,它怎會跳跑到圍牆外面去的呢?這其中,究竟蘊藏著何種的幽祕呢?

沒有人能回答以上的問題。

那博物院的當局者,原都是站在時代最前線的人物。為了破除無謂的迷信起見,最初,原想把這失落標本的事件隱瞞起來。但由於那個警士的意外的經歷,卻弄成想瞞而無法隱瞞。更顯明的一點是:因這警士的話,卻證明了那個博物院守夜人的話,並不是神經性的囈語。

於是不久,這一件怪事便以最高的速率,傳遍了這大都市的每一角落。

當時有幾張報紙,詳細記載著這件新聞,有的報紙,刊印著博物院的照片,有的甚至還刊出了那位白熊先生的同伴——那隻猩猩——的玉

照。一片神祕的空氣，鼓盪得相當熱鬧。

當時這新聞傳到了一位青年的耳內，卻引起了甚大的興趣。

那個青年年齡不過二十多歲，名字叫做黃令德。過去，他在大學裡讀過書。他的表面上的職業，是某一通訊社的外勤記者。實際，他另外還有一個不公開的職務——他在本市某一個以神祕著名的人物手下辦著事。

據這青年黃令德的意思，一座死的標本，居然會興妖作怪，在這二十世紀的現代，似乎太覺說不過去了！那麼，這白熊的滑稽戲劇，料想必有一個暗幕。他很願意知道知道，這暗幕之後，究竟隱藏著些什麼？

於是，他使用著新聞記者的名義，並攜帶了一顆好奇心與一個邏輯的頭腦首先去訪問那個被白熊嚇倒的警士。

其時，那個腦神經受震過度的警士，還在醫院裡面療養。經過了一番談話，結果，這警士始終堅持著：那夜他親見那白色的怪獸（現在他已知道這是博物院走失的白熊標本）——張開了血盆大口，正預備一口把他猛吞下去！除此之外，卻完全說不出別的所以然來。

第一次的探訪，結果是不得要領。

於是，第二次這青年改換了路線，又去訪問博物院的管理者。據這管理者的談話，他們承認院內在近時期中，曾失去過幾種東西。最初失掉的，是些蝴蝶標本，後來又不見了一座白熊的標本和一柄匕首。他們的意見，認為這完全是出於有血有肉的人類的盜竊行為，絕對沒有什麼神祕可言。至於其他無謂的問題，院方卻絕對拒絕回答。

黃令德認為院方的話非常合理。可是，他的探訪卻依舊是不得要領。但他並不灰心。最後，他又找了一個適當的機會，把談話的目標，移到了那個守夜人的身上。

據黃令德的觀察，這個中年的守夜人，面相的確很誠實，不像是個造謠生事的人物。而且，他的眼光很澄澈，說話也極有理智。這更不像有什

麼神經錯亂的現象。

黃令德因為對方這個傢伙，是這戲劇的最初揭幕者，於是，他便特別小心地準備用舌尖上的鉤子，鉤索出對方嘴裡的祕密來。

可是，守夜人對於這個問題，卻顯出憎厭的樣子，看他緊皺著眉頭，似乎很不願意再提這件事。

好容易費了一番唇舌，才把這守夜人的話匣開啟。

但他所說的話，依舊還跟先前完全一樣。這在黃令德，原來是老早聽熟了的。看來，他這第三次的探訪，又將帶回第三個不得要領了。可是，他還不願意輕意放棄這個最後查究的機會。

於是他向對方說：「據你說來，你是親眼看到過這頭白熊在跳舞的？」

「我有什麼理由。要造出假話來騙人？」守夜人生硬地回答。

「這白熊倒很摩登，它居然還會跳舞！」黃令德笑笑說：「我準備向這裡的管理人建議，最好在地板上打些蠟，以後等這畜生回來時，跳起舞來也好便利些！」

「先生，你的意思，是在譏笑我說謊嗎？」這中年人有點兒生氣了。

「我不敢說你是在說謊。只怪這故事的本身，太像一個謊話了。」青年俏皮地說。

「好，就算我說謊吧！那麼黃山路上的那個警士，也在幫我說謊嗎？」青年第一次被駁倒了。但是，他仍繼續向下追問：「你的意思，這白熊的失蹤，一定不是被竊，而是它自己逃出去的，是不是？」

「我確定如此，不管別人信不信！」

「它從哪裡逃出去了呢？」

「窗裡，這是清清楚楚的事。」

他們的談話，就在那間第五號的陳列室內。因之，這守夜人堅決地指指那個窗戶。

「你說這是清清楚楚的事。那麼，當這白熊在演習它的飛簷走壁的絕技時，你又是親眼看見的了！是不是？」

「你用不著這樣口口聲聲地諷刺我哪！我的好先生！」這守夜人特別惱地說，「假如它並不是從窗戶中跳下去的，那麼，請教先生，你對這窗戶下面熊的腳跡，又有什麼高明的解釋？」

於是，這青年第二次又被對方駁倒了。可是，他還在努力尋找對方的弱點，預備乘隙進攻。他說：「你說這座白熊的標本，自從運進來後，就有種種怪異。那你為什麼不及早報告，卻要等這標本失蹤以後，才說出來？」

「報告？我報告誰去？誰相信我的話？」守夜人悻悻然說，「到現在，你還是不相信這件事。如果我當時來報告你，你會相信我的話嗎？」

青年第三次幾乎被駁得無話可說。他沉吟了好一會兒，忽然找到了一個很大的破綻，他冷笑地說：「你說你是在鑰匙孔中看見白熊跳舞的？」

「正是──你想，我還敢開門走進來嗎？」

「難道這陳列室內，是長夜點著燈的嗎？」

「不點的。」

「奇怪呀！」青年突然說：「既然裡面不點燈，你在鑰匙孔中，用什麼方法，能看到裡面的情形？」

這中年人瞪直了眼。呆住了。青年暗暗好笑，他想：憑你會說話，破綻到底讓我捉住了！可是停了停，只見這守夜人悠閒地指指那些闊大的窗戶，他說：「先生請看，這裡沒有什麼遮蔽。燈光雖沒有，但月光是有的！」

第二章

一場談話的結果，這青年帶著一個鴨蛋和一張懊喪的臉，退出了這所神祕的博物院。路上他在想，想不到這樣一個面貌誠實的人，會有那樣一

隻伶俐的舌子，這真是人不可以貌相了。

至此，他覺得他自己的能力，已不足以解決這個艱難的算題。於是他想到了另外一個比他更聰明的人。一到家裡，他在電話機上撥上了一個號碼，他向話筒裡面問：「喂！歇夫在家嗎？啊，您是歇夫。極好了。」

他說的「歇夫」兩字，並不是人名，而是一種尊稱。這是法文 chef 一字的譯音，意思就是首領。只聽那位首領在對方說道：「是黃令德嗎？什麼事？」

「啊，歇夫，你近來聽到過什麼新聞沒有？」

「沒有呀，我這裡是西線無戰事。你呢？」

「難道您沒有聽說過那個博物院內的白……」

「熊！」對方馬上說道：「你要報告的，就是這件事嗎？」

「那麼您也知道了。」

「我為什麼不知道。」

「這事情太神祕了！」

「你也認為神祕嗎？哈哈！我不知道你曾受過近代的教育沒有？」對方帶著含笑的訓斥。

「您的話是什麼意思？」

「我的意思是，在一個科學的頭腦中裝進那種不科學的玩意，是有些不適宜的！」

「那麼，您是不相信這故事嗎？」

「那麼，你倒相信這個故事嗎？」

「我已努力打聽過一番。從各方面探詢下來，這事情好像是千真萬確的呀。」

「千真萬確的？哈哈！我的好寶寶，別再孩子氣吧？」對方大笑起來。「我問你：假如你看見一個變戲法的人，在你耳朵後面摸出了一個雞蛋，

難道。你也馬上就相信,你的耳朵後面真會生出雞蛋來嗎?」

「好歇夫!別開玩笑!您知道這戲法的內容嗎?」

「這是燒掉一支土耳其煙的問題呀。」

「那麼,請您告訴我吧。」

「對不起。我現在沒功夫⋯⋯」

刮搭!對方把電話結束通話了。青年黃令德的鼻尖,又在電話架上,碰到了一個軟木塞。

沒有辦法了。暫時他只能把一顆好奇心,放在悶葫蘆裡。

這問題在他腦內,困擾了很久,但是,過了幾天,他把這件事情漸漸忘懷了。

有一天,他剛從外面回到家裡,忽然壁上的電話鈴聲響了起來,有一個帶點憂鬱性的聲音在對方問:「喂喂,是令德麼?」

「CC,有什麼事?」那個跟他通話的人,名字,叫做錢錦清,也是紅領帶集團中的人物之一個,同伴們都簡稱他為CC,這時他在對方興奮地說:「你曾聽到過那隻白熊的事情嗎?」

「不但聽到過,我還曾為這事情而親到出事地點訪問過。」黃令德說。

「結果如何?」

「不得要領。」

「你有什麼意見?」

「我的意見嗎?」黃令德笑笑,「我以為那位密司脫白,它不耐拘束,它酷愛自由,它很摩登,它會跳舞,也許不久的將來,它將穿上夜禮服,參加那些貴人們的雞尾酒會了。」

「別開玩笑,告訴我,你對這件事作如何的看法?」

「我沒有什麼看法,我的腦殼裡面只有一團霧。」

「你曾向歇夫提起過這件事情嗎?」

「提起過的。」

「他怎麼說？」

「他說，這只不過是一支土耳其紙菸的問題。」

「那麼，為什麼不請求他消耗一支土耳其煙？」

「他說，他暫時沒有功夫給我解釋。但你為什麼突然提到這件事？」

「你不知道嗎？」對方興奮地說，「這件事情最近又有了新的發展！」

「嘎，」黃令德的眼珠亮了起來，他趕緊說：「你說下去。」

「最近，有人看到那隻白熊，在苑東路一帶出現，時間是在深夜。」電話裡的語聲，充滿著詭祕的意味。

「啊，苑東路一帶，那不就是在你的寓所附近嗎？」

「多蒙這位新聞人物，旅行到了我們的區域裡來，這是不勝榮幸的事。」對方帶著點玩笑。但是黃令德催促地說：「那麼，這白熊的出現，是誰看見的呢？」

「據說看見的人已不止一個，描寫的最神奇的是一個女人，她說，她看見那隻白熊，披著一件大氅，在法國梧桐的樹影之下負手散步！所以最近連那一百二十四號的通宵營業，也受到了影響了。」對方說到這裡，他問：「你知道這一百二十四號嗎？」

「當然，那是苑東路盡頭的一個祕密賭窟，裝置相當豪華，你為什麼要提到它？」

「有一個賭徒，大約從來沒有旅行過北極，也從來沒有見過白熊，他在一百二十四號的附近，劈面遇到了那個白色怪物，他被這白熊，嚇得暈了過去，到天亮，方始被人救起。因此，其餘那些出入於一百二十四號的人，大家都懷了戒心。」

「看來那隻神祕的白熊，它是反對賭博的。」黃令德幽默地說。

「我以為，那隻畜生，倒是一個時代的前驅者，因為，它剛學會一點

人樣,就已懂得了掠奪。」

「你為什麼這樣說?」

「因為那個被嚇的賭徒,醒回來之後,他發覺身上所有值錢的東西,都不見了。」

「會有這樣的事情嗎?」黃令德站在電話機邊沉吟地說。

「那麼,你對這個新聞,願意繼續探訪一下嗎?」

「用什麼方法呢?」

「你可以到我這來裡守候機會。」

「只有守株待兔,難道還有守株待熊嗎?」

「不管待兔待熊,只問你有興趣沒有?」

「對不起,」黃令德想了想而後說,「我已沒有這樣的胃口。」

「但是我希望你到我這裡來一次。」

「另外有什麼事情嗎?」

「我想跟你談談。」

「是不是你的憂鬱感又發作了?」

「你不用管,我希望你來。」

「好吧,抽空我就來。」

刮搭,電話結束通話了。

這個錢錦清,在紅領帶的集團裡,出名的,是一個富於憂鬱感的青年。據他告訴人家,他有 —— 個精彩的女友,這個精彩的女友,有一種精彩的脾氣,常使他受到許多精彩的痛苦。逢到這種時候,他便希望有個談話的對象,發洩發洩他的憂鬱感。

他的寓所,處於苑東路的西段,地點非常僻靜。他把所住的那所小樓,稱為 CC 小樓。這 CC 小樓,在紅領帶的集團裡,出名的是一架產生歇斯底里的溫床。可是他的那些青年同伴們,還是很喜歡踏上這所小樓

上來。

而黃令德，也是這所小樓上的常到的嘉賓之一個。

於是，在第二天，黃令德又踏上了那座小樓。

最初，黃令德以為，這小樓上的空氣，照例不會使人感到愉快但是這一次他猜錯了。這一天，錢錦清比之往常高興得多，大約最近，他又接到了一個美麗的小信封，這信封裡給他帶來了不少愉快的空氣，因之，他的滿面春風，卻把小樓上的憂鬱氣氛，完全驅走了。

在紅領帶的集團裡，大半都是遊手好閒之徒，除了接到 Chef 的命令以外，其餘的日子，簡直閒得要命，因之，黃令德在那座小樓上，一連住下了好幾天。

第三章

有一天傍晚，他們踏上了陽臺，在憑欄閒眺，只見大路兩端，絕少行人。路旁的榆樹，有幾片落葉在金紅色的晚霞中飛舞。這裡似乎張著一口幽靜的網，把都市間的喧囂完全攔住了。黃令德指著欄外說：「這裡真是一條最荒涼的路。」

「但我以為這是一條可愛的 Milky Way。」

「Milky Way？乳白色的路，什麼意思？」黃令德有點不懂。

「西方人把銀河叫做 Milky Way。」

「這銀河太寂寞了。」黃令德笑笑說。

「然而它是美麗的。」

「那麼，在這美麗的銀河的對岸，該有一顆美麗的 Vega（織女星）了，是不是？」

「你猜得不錯。」

「你能把 Vega 所在的方向指給我看看嗎？」黃令德遊目四顧地說。

這座 CC 小樓，是在苑東路的最狹的一段。路的對方，有一排單間雙層的住屋，一共是五宅像積木似的一小堆。每宅屋子的樓外，有一座狹長的陽臺，欄杆是綠色的。第五幢屋子的陽臺以內，那兩扇落地長窗，懸著潔白的窗簾。錢錦清悄然指著這窗簾說：「Vega 就在這個窗子裡。」

「她美不美？」

「你看戲劇裡所扮演的織女美不美？」

「你為什麼要把她稱為織女呢？」

「在春天，她的長窗敞開著，從這裡望過去，可以看到那臥室的一部分。她常常坐在一張方桌前編織絨線，因此我暗暗地把她稱作織女。」錢錦清一面解釋，一面又說：「她長得真美。有時，她走出陽臺，憑欄閒眺，她的纖細的手指，真是雕刻家所無法描繪的手指。她的秀髮常梳成不同的式樣，據我看，第二天比第一天梳得美，第三天又比第二天美，而第四天……」

黃令德怕他從第一天美說到第三十天，慌忙說：「世間的美，應該有個限度，太美了，那會遭到天公的妒忌的。」

「你別打岔，聽我說下去：今年的夏季，每天傍晚，她常常到陽臺上來納涼，穿的是一種乳白色的輕綢的短衣，那不知算是浴衣還是什麼，衣角上，繡有一隻隻黑色的大蝴蝶，風吹過來，那些黑色的蝴蝶像要飛起來，她的苗條的身子跟著那些蝴蝶也像要飛起來。」

「於是你的身子跟著也快要飛起來。」黃令德第二次打岔地說。

「我的身子不會飛，但至少，我的靈魂快要飛起來。」錢錦清堆上一臉輕佻的笑，他點頭承認。

「有了這樣的奇遇，怪不得，這裡的秋天，不再是落寞的秋天了。」

「這不能說是奇遇，因為這顆 Vega，已經有了她的 Altair（牽牛星）。」

「那麼你，只能算是一個古代的觀星家，可憐！但那位有幸福的 Altair 又是一個何等樣的人物呢？」

「那是一個身材瘦長，面色憔悴，很帶點憂鬱感的人物，看樣子，有點像一個美術家。」

「哈哈，你在為你自己寫照了。」黃令德向那個白色窗簾呶呶嘴：「那個長窗以內。除了那顆 Vega 跟她的 Altair 之外，還有些什麼人？」

「還有一個態度很佻的傢伙，看來像是一個懸掛汽水瓶蓋的人物。」

「懸掛汽水瓶蓋的人？」黃令德有點不懂。

「枉為你是紅領帶集團裡的人。」錢錦清笑笑說：「連這個也不懂，汽水瓶蓋，那就是證章呀。」

「這個傢伙又是什麼人？」

「看來像是那位美術家的密友，他跟那個 Vega 好像有一種越軌的親密。」

「聽你的口吻，好像吃過檸檬酸。」黃令德向他打趣。但是錢錦清自顧自說：「在夏天，這窗子裡真熱鬧。」

「他們有些什麼新奇的節目呢？」

「那三個基本角色，常在一起玩紙牌，有時候，玩紙牌的人增加為五六個。他們叫鬧著 heart 與 diamond，可能是在那裡玩 bridge。」

黃令德以為他會說出什麼新奇有趣的故事來，但結果，他只說出了玩紙牌，他有點失望。於是他說：「你太沒有常識了。bridge 不可能由三個人或者五六個人玩。並且，這是一種比較有意思的東西。你所描寫的這一夥人，看來不像會玩這個。」

「你憑什麼理由把人家看得如此之輕？」

「你憑什麼理由把人家看得如此之重？」

錢錦清笑著搖搖頭。黃令德說：「不要管這個。但今天，這顆美麗的

Vega，到什麼時候才會在銀河的對岸出現呢？」

「不要提起吧，」錢錦清憂鬱地說，「我已經好久沒有看到那顆美麗的星，連那位美術家也不再看見，總之，這兩扇長窗現在是關著的時候多，開著的時候少。」

「那又為了什麼？」

「我怎麼會知道。」

「你很有點惘惘吧？」

「欣賞一顆美麗的星，那是人類的天性哪！」

他們的談話暫止於此。總之，他們為了太閒，才會進行這種無聊的談話，可是，就為這一席談話，卻引起了一件非常怪異的事！

這怪事就發生在談話的下一天。

這一天，錢錦清有些事情，下午就出去了，直到半夜，還沒有回來。黃令德獨自一個，留守著這寂寞的小樓，獨自一個悶得發慌，在深夜一點鐘的時候，他還沒有睡眠，因為屋子裡的空氣太沉悶，於是他又無聊地，踏上了那座陽臺。

這是一個深秋的季節，漆黑的長空，只有少數幾顆星星，在疲乏地眨著眼，夜風吹來，帶些涼意，遠處，偶有幾聲犬吠，穿過了無邊的黑暗，淒厲地送向耳邊，景象真是蕭颯得可以。

為了上一天的談話，他不免向著對方的屋子，多注意一點。但是，對方那五幢積木似的屋子卻已蓋上了深黑色的被單，進入了深睡眠的狀態。

夜涼漸漸加深，黃令德獨自在陽臺上站了一會兒，他準備回屋來睡眠。就在這個時候，突然，他覺得眼前一亮，四周的深黑，被這突然而來的亮光扯破了一大塊。

對方第五幢屋子的樓面上開了燈。

那長窗的窗簾，被耀成了銀白的一片。

有個影子，在這銀白的光芒中一閃。

一個意念立刻閃進了黃令德的腦內，他想，會不會這影子就是那顆美麗的 Vega，會不會這美麗的 Vega，揭開了窗簾，走上她這綠色的陽臺。

他不禁凝視著這銀白的窗簾。

白色窗簾上的那片黑影又一閃。

在他的想像中，以為那個影子，該有一個勻稱的輪廓與柔和的線條，豐滿的胸部與纖細的腰肢，但是，當那閃動的黑影貼近白色的窗簾而停止下來時，他看出這影子，並不像是人影。

那片黑影，有一個毛茸茸的頭顱，一張尖銳的嘴，跟一對豎起著的小耳朵，說得清楚些，這影子像是一隻支起兩條後腿而直立著的狗。但是，狗的身軀，決不會有如此龐大！

這是什麼東西啊！

想念之頃，只見那片怪影，在窗簾上一縱一躍，像在那裡舞蹈，一會兒，這怪影又高舉著一條臂膀——不，該說是前爪——爪內緊抓著一件東西，一起一落，在那裡揮舞。

啊！那是一柄短刀！

這短刀，卻使黃令德立刻想起了博物院內所走失的那隻神祕的白熊，因為，白熊不見的時候，有一柄古代的匕首，連帶也不見了。並且，錢錦清曾在電話裡說起，那隻神祕的白熊，最近，在深宵裡又常常出現，而出現的地點，就是在這苑東路的附近一帶。

那麼，難道對方窗簾上的怪影，就是那隻白熊嗎？

寥寂中，遠處有幾隻野狗在汪汪地叫！

深夜的風，吹著路旁的樹，在瑟瑟地作響。

四周還是漆黑成一片。

這時，似乎整個的宇宙之內只有對方這個窗戶裡有一點光，而這有光

的所在，竟會發現如此怪異的事情。黃令德並不是個膽小的人，但是，在這樣的深宵，在這樣的環境之中，他遇見了這樣一件出乎意料的事，他的心有點發跳，他忍不住向屋裡輕輕地喊：「CC，快點，你來看！」

可是他在喊出以後，方始記起他的同伴並不在屋子裡，就在這個時候，對方窗子裡的燈突然熄滅，眼前依然漆黑成一片。

他像做了一個可怕的夢！

他在漆黑的陽臺上呆怔了一會兒，帶著一顆驚疑不定的心，匆匆回進屋子，開了電燈，一眼望見那具電話機，他趕緊把聽筒拿起來，撥了一個號碼。他這電話，是打給他的 chef 的，他知道 chef 的枕邊，裝有一架電話機，只要他睡在家裡，電話是可以打通的，一會兒聽筒裡有一個疲倦而惱怒的聲音在問：「誰？」

「是我，歇夫。」

「啊，令德。難道你把你的手錶失落了！」那個疲倦的聲音帶著斥責的意味。

「歇夫，請你原諒，能不能聽我說幾句話？」黃令德請求著。

「好，能說得快點嗎？我在做夢，夢見跟水手星巴德鬥劍，我快要獲得勝利。等你說完，我還要去尋找我夢裡的勝利哩。」

「歇夫。那隻白熊……」剛說了一句，對方立刻惱怒地說：「夢話！我在做夢，難道你也在做夢？」

黃令德怕他把電話結束通話，趕快說：「你曾聽過 CC 的報告嗎？據他說，最近，那隻白熊，常常在苑東路一帶出現。」

「我已經告訴你，這是夢話！」

「但是，」這邊慌忙說：「但是今晚，我，我也親自看見了！」

「什麼，你也親自看見了！」對方的語聲，已不再像先前那樣輕視。「說下去。」

於是，黃令德把即刻所見的怪事，簡單地報告了一氣。只聽對方驚異地說：「真有這樣的事，現在呢？」

「毫無動靜。」

「好吧，你把屋子裡的電燈熄掉，守候在陽臺上，看對方窗子裡的燈光還亮不亮。」

「我照辦，您呢？」

「我馬上就來。」

電話結束通話了。

黃令德遵守電話中的囑咐，再度熄滅了燈，再度踏上了陽臺，悄悄地，用心注視著對方那個窗戶。

天，依然是那樣黑，四周，依然是那樣慘寂，對面的五幢屋子，依然是在深睡眠的狀態之中。

大約過了三十分鐘的時間吧。

他聽得三五十碼的距離以外，有一個汽車的喇叭，嗚，嗚，嗚，響了三下。但是那汽車並沒有駛進前來。停了一會兒，有一個口哨的聲音，輕輕起於樓下。他立刻聽出，吹口哨的人，並不是錢錦清，而是他們那位神祕的歇夫。他正預備下樓去開門。可是樓梯上已傳來了輕輕的腳步聲。原來，那位紅領帶的紳士，他已使用了他的夜間辦公的技巧，自由地進入了屋子。

黃令德掩上了陽臺的門，垂下了窗簾，扭亮了電燈，只見那位賊首領卻已悠然微笑地站立在電燈光之下。雖然是在深夜，這位剛跟星巴德在夢裡比過劍的紳士，西裝還是穿得筆挺，胸前的那條領帶，照舊豔紅得耀眼。

他手裡拎著一個黑色的皮包。像是醫生出診時所用的東西。

黃令德望著那個皮包在微笑，他知道，這皮包裡藏有許多精緻的外科

醫生用具，包括撬門的鑿子、開箱籠的錐、劃玻璃的鑽石，等等，形形色色，無奇不有。

這就是說在這個賊世界上，你想做成一個出色的人物，這些必要的道具，那是隨時隨地，不可不備的。

那位紅領帶的人物站在屋子裡問：「有動靜沒有？」

「沒有。」黃令德搖搖頭。

「可有人走進那幢屋子裡去？」

「沒有。」

「出來呢？」

這邊還是搖頭。

「那麼，」歇夫說：「你陪我到陽臺上看看去。」

說時，他從他的黑色皮包裡，取出了一件什麼東西，藏進了衣袋。黃令德依著他的話，把他領上陽臺，悄悄地把那個怪異的樓窗指給他看。

第四章

那五幢屋子照舊沉浸在深黑色的寥寂中，一絲光、一絲聲息都沒有。歇夫從衣袋裡取出了一具孩子們玩弄的橡皮彈弓，扣上了一顆不知什麼東西，覷準了第五幢屋子的樓窗，一彈子打了過去，他的目力很好，噹的一聲，那彈子分明打中了那屋子的落地長窗的玻璃，可是，對方的窗子裡，一點迴響都沒有。

黃令德在黑暗裡愕然望著他，剛要說話，可是歇夫第二彈連著又向那邊打了過去，這一彈打得比前更重，聽聲音，幾乎把那落地長窗的玻璃也擊碎了！

奇怪，對方依舊寂然。

歇夫默默地回進屋子，黃令德跟著進來，順手掩上了陽臺的門。歇夫在一張安樂椅裡悄然坐下來，燒上了一支土耳其紙菸，露出了沉思的樣子。黃令德說：「這裡備有巴西咖啡，很夠刺激的，歇夫，要不要為您煮一杯？」

「不必。」歇夫擺擺頭。

他吐著菸圈，思索了一會兒，他把菸蒂拋在地下，踹熄了。站起來說：「來，令德，跟我走。」

「到什麼地方去？」

「北冰洋！」

在這個紅領帶集團中所收容的小撒旦們，大都有些小聰明。黃令德當然知道對方所說的北冰洋是指什麼地方，於是不作一聲，跟著就走。

臨走，歇夫從他的外科醫生的黑色皮包內，取出了一圈細而堅韌的繩，交在黃令德的手內，他自己又取出了幾件外科醫生的必要用具，揣進衣袋，卻把皮包留在小樓上。

他們悄然走出小樓，悄然鎖上了門。好在錢錦清回來，他是有他自己的鑰匙的。

走出門外，踏上了寥寂的路面，這就是錢錦清所說的那條 Milky Way，現在，這美麗的銀河並不美麗，周圍黑得可怕。歇夫向那五幢屋子巡視了一遭，他向黃令德輕輕地說：「你在這裡等一等。」

說完，他獨自向屋子裡的後方兜繞了過去。約莫過了五分鐘，他又從黑暗裡鑽出來，站在黃令德的身旁說：「據我看，這第五幢的屋子，裡面可能沒有一個人。」

「那不會吧。」黃令德在黑暗中說。

「那麼，」歇夫咕嚕著說：「我們不妨小心點，別打擾了人家的好夢，一個人的睡眠是要緊的。」

「我們預備怎麼樣？」黃令德問。

「上樓！」歇夫簡單地回答。

說完，他從黃令德手裡，接過了那圈細而堅韌的繩，把它抖開。這繩的一端，繫有一個特製的鋼鉤，說得清楚些，這是一種特地為做賊而預備的繩。歇夫把這繩子拉出一小段，把這鉤子揮了幾揮，然後，身子略向後退，他從黑暗中覷準了陽臺上的一根柱子，一鬆手，連鉤帶繩飛擲上去，繩子在柱子上繞了一圈，這鋼鉤在繩子的本身上自動扣住了，這是一種夜間職業者的小小技巧。

他把懸掛下來的繩子用力拉了拉，覺得已經可以支持一個人的體重，於是回過頭來，悠閒地說：「每個人都該練習練習繩技，至少，在遇到某種危險的時候，那很有些用處哩。現在是你先來，還是我先來？」

黃令德想起了方才窗簾上的那片龐大的黑影，他有點遲疑，但是對方立刻說：「好吧，先看我的。」

說完，他雙手拉著繩，身子一聳，兩腿一蜷，像個結網的蜘蛛似的，雙手交替，緣繩而上，一下，二下，三下，他已攀緣著這繩子而跨過了綠色的欄杆。

他站立在這狹窄的陽臺上，向星光之下的黃令德在招手。他的態度真悠閒。

一會兒，第二隻小蜘蛛也照樣緣繩而上，這小蜘蛛在越過那綠色的欄杆時略略有點喘息，這大概是修養不夠的緣故。

歇夫收起了繩，依舊理成一圈，交在黃令德的手裡。黃令德在黑暗中擔心而喘息地問：「歇夫，你以為這窗子裡真的沒有人？」

「我以為如此。」歇夫的語聲，鎮靜而自然，他並不曾過於壓低他的音調，卻像在茶室裡任意談話一樣。

這時，他已從他漂亮的西裝衣袋裡，取出了他的外科醫生的用具，用

悠閒的手法撬那長窗，眨眨眼，玻璃已被劃碎，窗閂已被撥開，他的技術簡直跟貪官們的撈錢，交際花的飛眼風，一樣嫻熟而可愛！

他把那兩扇落地長窗輕輕推開一道縫，挨進身子去，伸手揭開了白色的窗簾。

一面他在悠然地吹著口哨。

黃令德攜帶著一顆跳躍的心，躡足跟蹤而進。

那位紅領帶的賊紳士，從他無所不備的衣袋裡，掏出了一具小型的手電筒，把雪亮的光圈，向這屋子裡四面照射過去。

至少，在這片瞬之中，黃令德的一顆心，更增加了惴惴不安，他在想：萬一屋子裡有人，那將怎麼樣？但是，歇夫料想得不錯，光圈中，照見過屋子裡果然沒有人。

歇夫把電筒向四下照了一週，他回頭吩咐黃令德說：「把窗子關好，拉上了窗簾。」

黃令德默然照辦。

歇夫用電筒找到了電燈的開關器。大模大樣扭亮了燈。

這間臥室，鋪陳著一套廉價的西式器具，東西凌亂得可觀。五斗櫥上攤放著絨線球，編結針，報紙，賭博的籌碼，散亂的紙牌，與吃剩的麵包，等等。那張床，被褥亂成一堆，大概已有好多天沒有整理。夜燈幾上，橫七豎八，亂堆著許多書。看來，住在這間臥室裡的一對男女，知識水準有著很大的距離。因為，在那些書籍中，有最低階的連環圖畫，也有很著名的文學書本。再看屋子裡的灰塵，可以知道這屋子的主人，生活得懶惰，不潔，與毫無規律。而且是窮得可憐！

黃令德凝視著壁間的一張照片，這是一個年輕女子的單人照片，那個女子的一雙眼睛，美得有些誘人。他在想，這可能就是錢錦清嘴裡所描繪的那顆 Vega 吧？他嘴裡咕嚕著說：「這樣美的一個人，為什麼把屋子弄得

如此不整潔？」

「只要外觀漂亮就行！」歇夫在旁插口說，「這是都市女子的特徵啊！」

說時，他重新走近了那落地長窗，在長窗的右方，安放著一座妝臺。歇夫站在那裡，看著這妝臺與長窗間的角度，再看看下垂與室中央的那盞電燈，他向黃令德說：「你知道方才那片黑影所以會出現於窗上的理由嗎？」

黃令德搖搖頭。

「這理由是明顯的。」歇夫說，「一個舞臺演員在登場之前，他是需要照照鏡子的，你說是不是？」

黃令德還是不懂。

歇夫走向那張小方桌之前。拉開一張椅子，面對著臥室的門，坐了下來。一面，他指指對方一張椅子，讓黃令德也坐下。

黃令德在拉開椅子的時候有點遲疑。夜已這樣深，四周是這樣的沉寂，環境與他是這樣的陌生。這裡有一種異樣的空氣，使他的神經，感到刺促不寧。他弄不懂，這屋子裡為什麼沒有人？萬一主人突然迴轉這屋子，那將怎麼辦？而且，他想起了方才映在窗簾上的那片龐大的黑影，多少有點不安。

但是他看看歇夫的臉，他的臉上，卻滿布著悠閒與鎮靜，這鎮靜卻是一種可靠的保障。於是他也坐下來。

歇夫燃上了一支土耳其紙菸，仰面噴著菸圈，悠閒地問：「錢錦清為什麼不在家？」

「他老早就出去了。」

「有什麼事情？」

「大概他又接到了他 GF 的一封信，靈魂先飛出去，以後，身子也跟著出去了。」黃令德笑笑說。

「一個有深度憂鬱感的人，就不宜結交 GF。」歇夫微微搖頭。「我弄不懂為什麼青年人老愛玩火？」

「因為青年人的本身就是火。」

「照你這樣說，你也不能例外嗎？」

黃令德微笑不語，心裡在說：「老傢伙，想想你自己吧，難道你能例外嗎？」

歇夫猛抽了幾口煙，思索了一下而後問：「你方才說，在那片黑影出現之後，並沒有看到這屋子裡有人外出，是不是？」

黃令德點點頭。

「據我猜想，你所看見的那片黑影，他是從後門裡溜出去的，所以你看不見。」歇夫喃喃地這樣說，一面他吩咐，「現在你把電燈關起來。」

黃令德依照命令關了燈，重新摸索到原位子上坐下來。

整個屋子重新裝進了一個不透氣的黑布袋子裡。

黑暗中，只有歇夫菸頭的星火，一閃一爍，像秋季的陰鬱的夜晚，長空只有那顆唯一的金星在閃耀。黃令德從這一星的火光裡，望望對面那張沉著的臉，他忍不住問：「歇夫，我們坐在這裡預備怎麼樣？」

「等那白熊回來。」

「那白熊到底是什麼東西呢？」

「白熊就是白熊呀。」

「我們等它回來做什麼？」黃令德問不出所以然，他只能變換了問題的路線。

「等它回來嗎？」對方的火星一閃，一個玩笑的聲音在黑暗裡說：「我們在這社會上曾遇到過許多人，大半都是人面獸心；現在，我們等待著一隻獸，可能這隻獸，倒是獸面人心。我們等它回來，不妨跟它談談。」

黃令德想，談談，談些什麼？談北極的風景嗎？談冰淇淋的製法嗎？

想的時候他問：「歇夫，現在什麼時候了？」

「一點三十五分。」歇夫彎了彎臂膀，看看他的夜光錶。

「我們將在這裡，等待多久呢？」

「我不知道。」

「我們不至於獵取天鵝（西諺以徒勞往返為獵天鵝。）吧？」

「大概不會。」

歇夫回答得很簡單，他似乎不願意多說話，於是黃令德也不再開口。黑暗中，歇夫的紙菸，一支連上一支，菸頭上的火星，一閃而又一閃，閃爍的火光中，映出他的臉，像一座青銅的雕像，肌肉絲毫不動。他是一個狎習黑暗的人，假使黑暗是水，而他就是一條魚。可是黃令德卻不能像他一樣的鎮靜。他覺得，這屋子裡的黑色的空氣，呼吸進肺部，好像鉛塊一樣的沉重！

他不知道他在這間屋子裡到底已經枯坐了多麼久。

他屢次想要站起來，逃出這個深染黑色的牢籠。

有一次，他輕輕咳嗽一聲，剛想開口說話，突然對方的一隻手，從黑暗裡伸過來，輕輕碰著他，輕輕警戒他說：「不要響！聽！」

窗外有一隻狗在拚命地狂吠。這淒厲的吠聲，攻破了深夜的幽靜，使人毛髮悚然！

天，似乎已在起風，路邊的樹葉在簌簌作響。那落地長窗的玻璃，因為已被劃破了一塊，白窗簾似乎在黑夜裡輕輕飄曳，微風拂過臉上，有一種冰冷的感覺！

他用心地聽，除了風聲，犬吠，他沒有聽到其他什麼可異的聲音。

但是，他知道歇夫的聽覺是特別靈敏的，說得誇張些，有時候，他簡直會聽到一裡路外的蚊子叫。他這樣警戒著他，他一定已經聽到了什麼東西了。

於是他再凝神地細聽。

不錯，他聽出來了。這聲音是在樓下的後門口，好像有一個人，輕輕開了後門，輕輕走了進來，而又輕輕關了門。接著，他聽到樓梯上，有一種柔軟而沉重的腳步聲，在走上樓來，那樓梯的木板，咯吱咯吱在發響！

　　黃令德絕對不是迷信怪異的人，但是，在這一剎那間，大概是由於心理上所引起的幻覺吧？他聽出這軟而沉重的腳聲，並不像是人類的腳聲，於是，他立刻想起了博物院中灌木叢邊所留下的蹄形的腳印。

　　他的肺葉禁不住又煽動起來！

　　他輕輕地伸手，碰碰歇夫擱在桌子上的一隻手。歇夫默然不發一聲，但是他把他的紙菸弄熄了。

　　這時，那腳聲已經上了樓，好像停下在這臥室的門外。

　　只聽那鎖孔中，有柄鑰匙在塞進來，槌球在旋轉。

第五章

　　一會兒室門已被推開，室內有些新鮮的空氣在流動，那腳聲已經走進了這臥室。那東西的舉動，似乎特別小心，腳聲還是那樣柔軟而沉重！

　　黃令德忍住了呼吸，努力向黑暗中凝視，他一點也看不到什麼。他努力地聽，他聽出這東西已走近了他的身邊，連那咻咻然的氣息，也可以清楚地聽到！

　　黃令德幾乎要從椅子上跳起來！

　　就在這個時候，只聽得電燈的開關器輕輕地一響。

　　滿室立刻通明。

　　有一個人發怔地直立在電燈光裡。

　　那人是一個瘦長的個子，面色很憔悴，一雙疲乏而失神的眼珠，顯示他的神經很不健全。他身上穿著一件破舊的西裝襯衫，沒有繫上領帶，手

裡挽著個很大的黑布包，這黑布包並不曾包裹嚴密，有些白色毛茸茸的東西，露出在外面。

那人萬萬意想不到，在這深夜的時間，會有兩個素不相識的人，悄然端坐在他這漆黑的屋子裡，在第一秒鐘中，他怔視著這兩位不速之客，眼珠幾乎要從眼眶中跳躍出來！

室內頓時布滿了一片沉寂的緊張！

照理說，這兩個人的行動，很像是兩個賊，但這兩個人的儀表，卻又像是兩位體面的紳士。在眼前的社會上，賊與紳士之間，一向就很難分別；甚至有時，賊與紳士竟是一體的兩面。因之，他把驚愕的視線，黏住在這兩套華貴的西裝上，有點不知所措。

歇夫把已弄熄的半支菸，重新燃上火，掛在嘴角邊，懶洋洋地說：「喂！朋友！你辛苦了！」

那人把惶惑的視線，從歇夫臉上，滑到黃令德的臉上，又從黃令德臉上，滑回歇夫臉上，他努力遏止著怒氣說：「你們為什麼三更半夜闖到這裡來？」

「你又為什麼三更半夜溜到外邊去？」歇夫仿效著他的聲調。

「你是什麼人？」那人咆哮地說。

「我是夜遊神！」歇夫把紙菸指指黃令德。「而這個人，卻是夜遊神的侍者。」

「夜遊神？」那人只顧眨眼。

「有一個紅領帶的夜遊神，專門考察這都市中的善惡的，朋友，你聽到過沒有？」歇夫指指他胸前的商標。「今晚我跟我的侍者，在秋雲裡散步。不料這都市裡的秋雲跟人情一樣薄，我們一失足，從雲裡漏下來，跌進了你的屋子，真是非常抱歉！」

那人雖然聽不懂歇夫這種離奇的話，但是，他一向知道那條領帶，他曾聽到過許多關於那條領帶的傳說。他萬萬意想不到，這位神祕人物今夜

竟會突然光顧到他的屋子裡來。他忍不住睜大了駭異的眼而囁嚅地說：「先生，你，你，你是……」

「不錯，我，我，我是……」歇夫向他學舌，一面溫和地說，「放下你的包，坐下來，我們談談，行不行？」

那人遲疑了一下，把布包拋在床上，他頹然在床沿上坐了下來，用手背擦著額上的汗。歇夫說：「朋友，今天很得利吧？」

「先生，我，我不懂你的話。」

「噢，不懂，」歇夫噴了一口煙，他向那個黑色的布包呶呶嘴，「朋友，這布包裡是什麼？是不是你的道具？」

那人低倒了頭，有一抹羞澀的紅，浮上了他憔悴的臉。歇夫繼續說：「今晚，你不是帶了你的道具，在外邊演戲嗎？演戲是有酬報的，是不是？」

「先生，我不懂你的話！」那人猛然抬頭，帶著一種反抗的聲音說。

「不懂，很好，我可以供給你一張說明書。」歇夫把眼光掠到了黃令德的臉上說：「若干天前，本市盛傳著博物院裡那隻白熊妖怪的野話，這野話，被渲染得非常神奇。而這位先生，卻是一個善於投機的人，於是因這野話，引起了他的偉大的煙士披里純。」

那人的臉，漲得更紅，他重新低倒了頭，黃令德在一旁用心地聽。歇夫繼續說：「他設計了一些道具 —— 這道具大概就在這個黑色的布包之內 —— 於是他的精彩的戲劇，就開始上演。目的何在呢？據我猜想，那不外乎是為了掠奪吧？」

「先生，你完全弄錯了。」那人倔強地站起來說。

「朋友，靜一些，有話，我們可以慢慢地談。」歇夫微笑，向他揮揮手，「你不承認你演戲的目的是為掠奪？其實，掠奪有什麼可恥呢？在這個可愛的世界上，掠奪是件最光榮的事！況且，你我還是同道，你又何必遮遮掩掩！」

「但你總不能強迫我承認我所不曾做過的事！」那人怒聲說。

「那麼，你不承認你曾變過白熊的戲法嗎？」

「我，我承認，我曾扮過這白熊。」

「最近，你常常在深夜裡外出？」

「那只有一次。」

「這一次你曾到過一百二十四號的附近。」

「是的，我承認。」

「你曾嚇到過一個人。」

「是的，我承認。」

「你嚇到了這個人，劫走了他身上所有的值錢的東西。」

「沒有這回事！」那人暴聲抗辯。歇夫覺得他的話，不像是假話，於是點點頭說：「沒有這回事，那很好。但今晚，你又扮這白熊做什麼？」

那人低頭不語，歇夫譏笑地說：「是不是在荒野裡參加化裝跳舞？」

「我承認我又到過一百二十四號的附近去。」那人遏止著他的怒氣說。

「你的目的不為掠奪，而你常常到這一百二十四號附近去，那又是為了什麼？」

「我有另外的目的。」

「我能聽聽你的故事嗎？」

那人似乎一百二十個不願意回答問句，但是，他受不住歇夫那種目光的威脅，他無可奈何地說：「你能代我保守祕密嗎？」

「憑這個做保證。」歇夫指指自己的領帶，他點上了一支紙菸，一面，他也遞給了那人一支菸，一併為他燃上了火。在這片瞬之間，那人的激動的神情，似乎已經平靜了一些。於是歇夫閒閒地發問：「朋友，你叫什麼名字？」

「曹秉及。」那人徐徐抬起眼瞼而又立刻垂下了眼瞼，輕輕地回答。

「過去你曾做過什麼事？」

「我是一個低能的失業者。」他吸了一口煙，似乎故意躲避著這問句。歇夫點點頭說：「很好，失業者是最富於幻想的人。那麼，請把你的故事說下去。」

那人伸手撫著頭，痛苦地說：「我這樣裝神弄鬼，而完全為了阿蘭。」

「阿蘭？」

「那是我的妻子。」

那人說到這裡，旁聽者的黃令德，立刻把目光飄到了世間那張美得誘人的相片上，他在想，這個阿蘭，大概就是錢錦清所說起的那顆美麗的 Vega，於是他再用心地聽下去，只聽那人憂鬱而且痛苦地說：「阿蘭是個非常幽靜的女子，我們結婚還不過一年。這一年中，我們一直過著安靜美麗的日子。但是最近有一陣可怕的旋風，吹進了我們的小家庭，把過去的和平的日子，完全吹散了。她變得非常好賭，她跟以前完全換了一個人！」

「啊，我明白了，」歇夫在紙菸霧中望著那張憔悴的臉。「她的賭博的地方，就在這個一百二十四號裡，是不是？」

那人痛苦地點點頭說：「不久以前，她不過在家裡賭，而現在，她卻賭到了那個可怕的魔窟裡去。在以前，她不過是在白天裡賭，而現在，她卻常常賭到深夜，甚至是整夜！」

「難道你不能勸告勸告她？」

「那要她肯接受才好！」

「除了勸告之外，難道你不能用別的方法，儆戒她一下？」

「我不能，我不能！」那人的兩道眉毛幾乎在他那張憔悴而憂鬱的臉上打成了一個結，他嘆息著說，「因為，我們的感情，已接近了破裂的邊際。」

黃令德在一旁想，可憐的人，真是一個懦夫。想的時候他聽那人接下

去說：「而且，說起來，理由還是她的。」

「一個女人，在賭窟裡整夜的賭，她還有什麼理由？」

「起先，她原是一片好意。」那人用力抽了一口，在紙菸的煙霧中皺著眉說，「她因為我失業，想從賭博裡，代我找出一條生路來。」

「你的太太真偉大，」歇夫笑起來說，「從賭博裡去找生路，這是希特勒式的主張哩！」

「先生，你不要笑。」那人懺悔說，「她是一個善良的女子，不過年紀太輕，意志不堅，容易受到誘惑。而且，事情原是我自己不好，起先她在家裡賭著玩，她曾贏過一點錢，這對於我失業中的生活，似乎不無小補，於是，我不但在精神上鼓勵了她的賭，甚至在事實上我也幾乎鼓勵了她的賭！」

那人說到這裡，他拋掉紙菸，激動地伸手敲著頭，激動地站起來說：「總之，除了怪我自己的低能之外，我更恨小佐！」

「小佐，那又是什麼人？」

黃令德在想，這大概就是錢錦清所說的那個懸掛汽水瓶蓋的傢伙吧？想的時候，卻聽那人切齒地說：「小佐，陳佐民，是我的一個好朋友，嘿！」

「你為什麼恨這個人？」

「他引誘阿蘭到那賭窟裡去賭，表面上，他卻幫我勸她不要再賭。」那人用一種近乎嘶啞的聲音說，「他存心不良，他一定別有企圖！」

「啊，我明白了，」歇夫點點頭。「你扮演這白色的恐怖，去到這一百二十四號的附近，那是預備去嚇你的太太的，是不是？」

「不，她太膽小，我並不預備直接嚇她。我只想嚇倒幾個單身的賭徒。」

「奇怪，你嚇那些賭徒做什麼？」

「我直接恐嚇著那些賭徒間接就可以恐嚇阿蘭，使她不敢再到那個賭窟裡去。」

黃令德在想，好精彩的神經病！

歇夫心裡暗笑，這辦法真聰明，只聽那人接下去說：「其次，假如我能在這深夜裡遇見了小佐……」說到這裡，突然他從身後掏出了一柄兩面開鋒的短刀緊緊握在手裡，刀鋒在燈光下耀得雪亮。他的紛亂的頭髮，在額上微微顫動。他恨恨地說：「假如我能遇見他，嘿嘿！」

這時，歇夫已完全看出了那人的精神變態，他慌忙地說：「朋友，靜一點，且把你的玩具收起來。」

第六章

那人放下了短刀，重新在床上頹然坐下。歇夫溫和地向他說：「朋友，聽說你的化裝，非常之精彩，你的道具，是用什麼東西做成的？」

「一件當鋪裡不肯接受的破白皮大衣。」

「是你自己改造的嗎？」

那人點頭。

「過去你曾做過什麼事？」歇夫第二次這樣問。

「倒楣的畫師！」

「那麼，你是一個有知識的人。」

「我不知道我算有知識沒有。」那人插口說，「但我聽得人家說，這個年頭，越有知識越沒有路走，從這一點上說，也許，我可以算是一個有點知識的人。」

「我覺得你的方法非常愚蠢。一個有知識的人，不該做出這種愚蠢的舉動來，你應該考慮考慮。」歇夫善意地勸告著他。

「但除此以外，我想不出更好的方法。」

「你需要清一清你的腦子。」

「不，我需要復仇！其次，我需要把阿蘭的心收回來。」

「其實，你放棄了這樣的一個女子，那也沒有什麼可惜。」歇夫打著呵欠說。

「我不能，我不能，我不能……」那人說時，他的聲調幾乎要哭。歇夫向他搖搖頭。他覺得，他已沒有興致再欣賞這張悲慘的臉，於是，他仰著懶腰，從椅子裡坐站起來說：「多謝你，朋友，把你的事情都告訴了我。」他向黃令德以目示意，黃令德也從椅子裡站起來，他們準備要走。但是那人忽然說：「先生，我能聽聽你的來意嗎？」

「來意？」歇夫站定下來說，「我是一個生意人，生意人的目的無非是錢。」

「你以為這件事裡會產生錢？」

「我的胃口很小，我只想到處收點小費。」

「現在你還向我收帳不想？」那人苦笑。

「現在我倒很想付些小費給你了。」歇夫回報他一個苦笑。一面撩開上裝，把手插在褲袋，向黃令德歪歪嘴。那人說：「先生，能不能請你等一等？」

「你還有什麼話要告訴我？」歇夫重新燃上了煙。

「你是一個俠義的人，你能幫助我一下嗎？」

歇夫在想，俠義，哼！我要有錢可撈的時候，才有俠義，而你的事情，看來我很缺少俠義的胃口，他嘴裡說：「你要我怎樣幫助你？」

「我想請你把我已失去的和平美麗的日子找回來。」

「噢，你要我設法勸你太太不要賭？你要我把你們破裂了的感情彌縫起來，是不是如此？但是，這都是你的家事呀。」

「而你一向出名，是個萬能的人。」

歇夫在想，朋友即使我承認，我的能力大得能把地球拉出軌道以外，我可沒有那種力量，能把一個女子的已變的心拉回來！想的時候，他用撫

慰的口吻，向這憂傷憔悴的人說：「好吧！朋友，你靜一點，等我想到了方法的時候，我再告訴你。」

「那麼，你，你什麼時候再來。」

「想到來的時候我就來。」

「一定？」

「一定。」

說完，他向黃令德招招手，兩人大踏步向外就走。那人沮喪地隨在身後，輕輕地說：「先生，請把腳步放得輕一些，別驚動了樓下的人，我不願意讓人家知道這些醜惡的事。」

黃令德暗想，這個可憐的人，居然還有很大的羞噁心。

三分鐘後，兩人回上了 CC 小樓，錢錦清卻還沒有回來。歇夫疲倦地倒在沙發裡，黃令德一面為他煮咖啡，一面搖頭說：「今夜的事情，真有點出乎意料。」

「是的，」歇夫接著說，「我們獵到了熊，剝掉了這熊的皮，但是沒有把這熊皮換到錢。」

「我們只能說是獵到了一隻大天鵝。」

「但是我們卻已揭破了這條苑東路上的一個鬼把戲。」

「可是這戲劇的前一半，在我還是一個謎。」

「難道至今你還相信那種野話嗎？」

「我不相信，但是，那博物院裡守夜人的話，那灌木叢邊的蹄形足跡，那警士所看到的白色怪物，這種種，又都作何解釋？而且，那座白熊的標本，又怎樣會不見的呢？」

歇夫在沙發上仰面噴著煙，他忽然揚聲大笑起來說：「告訴你吧，那座白熊標本，是我搬走的。」

「那座標本是你搬走的？你為什麼搬走它？」

「當然我有用處。」

「什麼用處呢？」

「這個你可以不用管。」

「您是怎樣走進博物院去的？」

「那無非是借重了幾種器具，我沒有讓那裡的門與窗留下任何痕跡。」

「聽說那個守夜人，患著深度的失眠症，你用什麼方法躲過他的視線的？」

「根本用不著躲，他盡力地誇張著他的失眠，實際上，他酣睡的像隻豬，那天晚上，即使你把整個博物院的屋子翻個身，看來他也不會醒！」

黃令德笑了起來，他把玻璃球裡的咖啡，傾進了兩隻杯子裡，一杯遞給歇夫，一面說：「但你又怎樣解釋窗下灌木叢邊的蹠形足跡呢？」

歇夫拋掉紙菸，調著咖啡說：「我因為那座標本非常累贅，因之，我用一根繩，綰住了那白熊的脖子，我開了那陳列室的窗，把這白熊從窗戶內吊下去。前幾天下過大雨，窗下灌木叢邊的泥地，被雨水沖刷的像鏡面一樣平，當時，我為好玩起見，我把那根吊著熊的繩，收放了幾下，讓那熊的後腿在柔軟的泥地上顛了幾顛，這是那些蹠形足跡的來源。以後，被那些喜歡誇張的人，加上了些過分的渲染，於是這件事情變成了特別不可思議。」

黃令德在想，你真會搗鬼。歇夫喝了一口咖啡，繼續說：「我把那座標本從窗裡吊了下去之後，照舊把窗關好，閂上了門，我從陳列室裡走出來，照例用我的器具鎖上了門，因此那些門窗，絲毫不留跡象，這原是非常簡單的事。至於那柄古代匕首，當然，那也是我乘便帶走的。」

「您的戲法，變得真乾淨！」黃令德笑笑說，「不過那個守夜人，憑什麼理由，他要造出那些謠言呢？」

「這是在一種顧全飯碗的恐懼心理之下所造成的謊。你想，他這個職

位，原是為了院內常常遺失東西而被僱用的，而當時，在門不開戶不動的情形之下，卻會遺失那樣龐大的一件東西，他不造些謊言，他將以何辭自解？」

「真想不到，一個外貌那樣誠實的人，他會造出這種離奇的謊話來。」

「可見這個世界上根本就沒有所謂誠實的人。其實，他這謊話，編得不夠藝術，破綻非常之多。他說他會看到那隻白熊在跳舞，你有沒有問問他，他是怎樣看到的？」

「他說他從鑰匙孔裡看到的。」

「那麼，從那個鑰匙孔裡，是否能看到那座標本所在的角度呢？」

黃令德不語，歇夫繼續說：「就算能看得到那個角度吧，但那陳列室裡未必長夜點著燈，他又怎樣會看到那隻白熊在跳舞呢？」

「當時我也這樣說過，他說燈光雖然沒有，而月光是有的。」

「那麼，你有沒有計算一下，在那個日子上，到底有月光沒有？」

黃令德掏出了他的日記冊，翻了翻日期，屈指一算，那個日子，正是陰曆的月晦，於是他笑笑說，「我上當了！」

「這是粗心的酬報。」歇夫譏笑地說，「在這個世界上，就為粗心的人太多，所以滿世界的各個角落裡，每天都有人在製造荒謬的謠言。」

「一件鬧得滿城風雨的事，說破了，原來如此。」

「世上原有好多的事，說破了，都不過是原來如此啊！」

「但是有一件事，我仍舊不明白。那黃山路上的警士，他說他曾眼見這白熊，躲在樹葉的陰影裡，而且他還受到當頭的一擊，難道他也幫著那個守夜人在說謊？」

歇夫第二次揚聲大笑，他說：「說破了不值一笑。當時我背著那座標本從博物院裡外出，我需要經過那個警士的身前，可是半夜三更背著那麼一件龐大的東西，經過一個警士的身前是有點麻煩的，我乘那傢伙背向著

我時，我把那座標本暫時放在樹邊，我卻悄悄掩到了那傢伙的背後，其時那個傢伙，恰巧旋過臉來，我乘他在已看見而未看清那座標本的瞬間，我在他的後腦上賞了一下，因這小小的玩笑，卻使這件神祕的事情，更增加了神祕。」

黃令德聽完，忍不住也揚聲大笑，他說：「把這樣的事，說給人家聽，人家一定不相信，因為，它從頭至尾，就像是個大謊話。」

「那麼你就把它當作一個謊話說給人家聽，也未為不可。」他剛說完這一句，忽然把杯子放下來，向門外銳聲說：「為什麼不走進來？」

隨著語聲，有一個人踏著 S 形的步伐，跟蹡走進了屋子。那個人，亂髮拂在額上，上裝挽在臂間，領帶已經解去，憂鬱的臉，失神的眼光，樣子跟剛才那個被剝掉熊皮的傢伙差不多。

而這個人卻是錢錦清。

他似乎已經喝得爛醉，他向歇夫與黃令德縱聲大笑，嘴裡含糊地說：「說謊的人簡直可殺！說謊的女人更可殺！」他一面大笑，一面詛咒，一面倒在床上，不久，鼾聲卻已隨之而起。據猜想，他今天外出，一定又是受了 GF 的氣，一定又是飲了太過量的酒，以至弄得這樣狼狽。

歇夫看著他搖頭，黃令德也在搖頭。

黃令德是一個絕對厭惡酒的人，那滿屋子的酒味，把他驅送到了寂寞的陽臺上。這時，天還沒有亮，四下仍是一片黑，只有對方那個窗簾，依然白得耀眼。料想這時候，窗子裡的另一個精神病患者，正被失眠所苦惱而無法入睡。

黃令德迎著夜風在想：歇夫的話不錯，一個具有深度憂鬱感的青年，的確不宜結交 GF，但是這個世界上，那些自尋煩惱的人為什麼有這樣多？

想念之頃，黑暗裡陡然有一個熟悉的汽車喇叭聲，打斷了他的思緒。回進屋子一看，那位神祕的歇夫不見了。

雀語

第一章

　　這一條錫壽里二弄，是個著名的囂煩的地點，裡中雜處著幾十家中下階級的住戶。弄內自早至暮，找不到一點寧靜的時刻，各種小販帶著他們小小的店鋪，川流不息，高唱而入，長腔短調，一應俱全。這些聲浪，和屋子中的牌聲劈啪，以及小孩子們的大哭小喊，常常攪作一片。有時不幸而逢到不利的日辰，還有些娘娘們為了沙粒般的小事，一言不合，便假座這露天會場，各各開動天然的留聲機，互相比賽起來。其間許多含有藝術化的絕妙好調，大足使舞臺上的探親相罵，相形見絀。這在別的弄堂中，未必常有這種現象，而在這錫壽里內，差不多已司空見慣，所以有人說，大概也是風水使然。記者此刻所要說的故事，恰巧發生在這囂煩的地點，因此記者有個要求，希望讀者先生們掩住一個耳朵，別聽那些嘈雜的聲浪，而用另一貴耳，單聽記者的報告。這天下午，大概在三四點鐘時候，這條熱鬧的錫壽里內忽然光臨了二位貴客。這二位貴客身上，一式都穿呢質學生裝。一個年齡較長，已在中年，頭上戴得一頂黑呢銅盆帽，帽邊覆及眉際，鼻架灰色圓鏡，兩眼炯炯有光。此人左胸前的衣袋中，露有一支自來墨筆，和一冊袖珍日記。其他一個卻是二十左右的青年，狀態也很英俊。二人雄視闊步，走入弄內，腳下的四隻皮鞋和弄內的石板親密地接著吻，每一舉步，格格有聲。

　　在平日，這錫壽里二弄內，穿著這種服裝的人物乃是難得見得。因此，

這二位生客一進弄口,由那皮鞋聲的介紹,引得那些忝為地主的人們,不期微微起了一點注意。尤其幾個小孩子們,各自拿了一塊碎磚,正在石板地上玩著造房子的遊戲,至此,建築的工程暫時也告停頓,卻把烏溜溜的眼珠目送這二人的背影。

　　二人並肩行來,絕不瞻顧,其中青年的一個,似乎先前曾經到過這裡,只顧搶先舉步,向弄底走來,情形似很熟悉。可是他們將近走到弄底,約莫還有一二十個門口,青年忽把腳步放慢,回頭向那中年的同伴低聲說道:「到了……我們最好別再走過去……」

　　青年說時,伸手指著弄底結末一個門口,這一家的門牌乃是四十八號。當下,那中年的見說,便也收住腳步,依著青年所指,在灰色的圓眼鏡裡飄眼遙望了一下,微微點頭道:「哦……沒有弄錯嗎?」

　　青年道:「沒……這裡共只三條弄堂。我記清楚是第二條弄,第末一家,第四十八號屋子。」

　　中年的道:「如此,我去去就來,你且等候一會兒。」

　　青年道:「也好,什麼時候你再來?」

　　中年的伸臂看看臂上一個鋼質手錶,略略躊躇了一下,方答道:「大概要隔一小時,你耐性些,必須留意。」

　　青年忙點點頭。二人說罷,這中年的一個,便背過身子,預備轉身向外。但他一時並不舉步,卻把那雙敏銳的眼珠,在灰色的眼鏡片內,轉動了一下,側著頭顱,眼光透出片外,像在凝想什麼似的。這樣約有四五秒鐘,隨後又向青年身前,挨近一步,嘴裡說道:「我去去就來,但你不可做成臨時電線木,耐性一些,必須隨時留意。」

　　這幾句話語聲較高,不像即刻說的那樣微細。青年似乎不明白他重複再說這話是何意思,但也不說什麼,只顧答應:「知道了。」於是這中年的,方始一徑轉身,沉倒了頭,匆匆向外去了。

當這二人站在弄內，一問一答之際，他們似乎並未覺得，暗中卻已引起一個人的注意。這人是個三十多歲的短衣漢子，生著一副獐頭鼠目的面貌，身上打扮，像是一個僕役模樣。這短衣漢子，在前面二人進弄的時候，一手拿著幾盒捲菸，一手提了一個酒瓶，恰巧也打弄外跟蹤進來。本自興沖沖地一直向前闖，偶然抬眼，見了前面兩個人，不覺縮住步履，頓露一種注意的神情，當下探頭探腦，向前張望了一回，便把腳步放慢，遠遠跟在二人身後。剛自走了不多幾步，只見前面的二人，已立定了身子，在那裡向著弄底，指指點點，低聲說話，形狀頗為詭異。短衣漢子一一看在眼裡，神色愈加驚異，看他緊皺著眉頭，伸頭縮腦，似欲搶前幾步，抄在二人之前，潛聽他們說些什麼，可是腳下卻又趑趄不前，望著前面，大有畏懼之意。正在欲前未進的當兒，恰值那兩個學生裝的人物已說完了話，中年的一個，沉倒了頭，匆匆轉身向外，那青年卻全神貫注目送著他。短衣漢子趁這一個罅隙，立刻慌慌忙忙，好像燕子穿簾、蜻蜓點水似的低頭疾行幾步，掠過二人身旁，一直走到弄底，在結末第二個門口裡面，急用鑰匙，開了彈簧鎖一閃閃了進去，進得門來，順手急急關上了門，猶自喘息不定。

　　在短衣漢子的意思，以為自己腳下走得很快，面上又裝作淡漠無事的樣子，這兩個學生裝的人物，未必就會留意。不料二人中的青年，目光異常敏銳，他一面目送他的同伴向外，一面卻見一個短衣人，匆匆忙忙，打他身畔擦過，神情有些鶻突可異。他不禁收轉視線，斜睨這人的去處，眼梢裡，只見這短衣人，三步並作兩步，走到弄底結末第二家門口，便急急推門走了進去，臨時跨入門內，卻還很迅捷地旋過頭來，向外望了一眼。青年心頭驚覺一動，覺得這短衣人的神情，好似小孩誤觸蛇蠍，大有惶恐的意味，其間絕非無故。腦底才自轉念，同時只聽那邊「砰」的一聲，那結末第二家的兩扇石庫門已是緊緊關上。在這當兒，這重大而急促的關門

聲，不啻成了一個火種，頓把這青年腦底的一片疑焰立時燃了起來。

起先，這青年遠遠站在那裡，他的注意力不過集中於門牌四十八號的結末一家，至此，連那比鄰四十七號也連帶引起注意。

以上云云，都是故事中的第一幕。那第二幕的表演地點，卻在四十七號的石庫門內。這四十七號，是一所兩上兩下的屋子。走進門來，小小一方天井中攤著許多家用雜具，如腳桶、簸箕、小風爐以及洗衣器具等類，很是凌亂無章。客堂裡面比較的整潔一些，陳設幾種粗簡的椅桌，正中板壁上居然也懸著一幅畫和一副對聯。這畫年代已古，真是古董鋪外的古董，畫著一個漁翁得利，工楷寫著「八大山人」的署款。那副對聯，上聯「東壁圖書西園翰墨」，下聯卻是「生意興隆財源茂盛」，我們看了這種風雅的裝飾物，對於屋主人的身分如何，品行如何，雖不能完全明瞭，卻也可見十之八他說了這幾句話，皺著眉頭看了他一眼，眼角帶著不安，但仍默不作聲。酒鬚阿毛續道：「阿六哥，你聽兄弟的話，儘管在這裡玩一會兒，照樣回去，照樣做你的事，只做沒有這……」

酒鬚阿毛沒有說完，先前說話的老牌美女卻冷笑一聲，代這阿六哥答道：「哼！叫你一聲『阿毛哥』吧，你真看戲看了賣芝麻糖！你沒有聽得阿六哥說嗎？他不回去咧！」

酒鬚阿毛一怔道：「這是做什麼？」

這當兒，那靠壁的短榻上，另有第三尊神道，是個黑瘦的細長條子，一手支著頭橫在那裡，起初默然聽他們說著，並不插口。至此忍不住坐了起來，很驚異地問道：「咦？阿六哥，你為什麼不回去？」

阿六哥未及開口，這性情卡急的酒鬚阿毛卻又握了一個拳頭，在方桌子上重重碰了一下，高聲說道：「你倘不回去，我們少了一種內線，他那裡又有什麼舉動，我們便不知道。這事，我不贊成！」

那細長條子也道：「是呀，他們不見人口，又不是交給你的，總不至於

無端向你說話，你怕什麼？倘不回去，倒反告訴他們，這事你也有份了！」

這一肥一瘦的二人，你一聲我一聲，交口嚷著。阿六哥滿面現出膽小害怕的樣子，急忙搖搖手，意思教這二人說話輕些，隨又伸手鬼鬼祟祟指著隔壁屋子，悄悄說道：「我不回去，自有緣故，我已向嫂嫂說了。你們說話不要太高，不要被他聽見我在這裡。」

酒鬚阿毛不耐煩道：「阿六哥，你又不寫意了，吊桶在我們的井裡。他聽見了，你又怎麼……」

此時，老牌美女插口道：「你們別搗亂，也不必嘴五舌六，等我告訴你們。」

伊說時，便向酒鬚阿毛道：「你可知道，阿六哥今天為了什麼事來的？」

酒鬚阿毛見問，把那粗肥的頭頸一扭，神色愈加不耐，冷然道：「他來時，我們在隔壁，一千鏟還沒鏟完，怎麼知道你們的話？」

細長條子也道：「喔唷，肚腸癢得很，快些說吧，到底什麼事？不要牽絲攀藤了！」

老牌美女慢吞吞道地：「阿六哥說的，他那裡為了這事，預備要和我們犯一犯，已請了兩個什麼……」

伊說到這裡，卻頓住了話頭，回頭問阿六哥道：「你剛才說他們請了兩個什麼呀？」

阿六哥眼中露著憂懼，答道：「兩個什麼私家偵探，一個叫做霍桑，還有一個喚作什麼包朗。聽說這兩個是天下頂有名的自家包打聽，沒有一件事打聽不出的。」

老牌美女接著道：「你們聽見嗎？阿六哥是個膽小朋友，恐怕他們查問起來，疑心到他身上。因此，心裡著急，逃到這裡來了。我想這事倒要……」

老牌美女還沒有說完，酒鬚阿毛和那細長條子二人同時吃了一驚。那細長條子尤甚，黑蒼蒼的一張瘦臉皮上頓時改變了顏色。酒鬚阿毛也把那

雙可怕的眼珠瞪得很大，半晌不發一言，分明這一個消息，已打動他的心坎。可是一會兒，他覺得自己的弱點太暴露了，因又聳聳兩個肥肩，一陣獰笑道：「嘎，我當什麼大不了的事。原來他們請了兩個偵探。什麼霍雙霍單，包朗包姐的！這兩個起碼人，我連名字也沒聽見過，也值得這樣大驚小怪！」

酒氣阿毛說這話時，故意又把頭頸一扭，胸脯一挺，隨在身畔取出一支紙菸，在方桌子上使勁搗了幾下，就向嘴裡一送，一面取火燃吸，一面滿面放出淡漠的樣子，表示他對這事不屑置念。但他雖把態度勉強裝得十分鎮靜，倘有細心的人，在這煙紋裡面，冷眼觀察一下，便知他那鎮靜之中，實已起了無限隱憂，眉梢眼角，隨處可以找到一句嘴硬骨頭酥的成語。可是那個細長條子卻還不曾發覺他這破綻，聽他說著這種冷冰冰的話，不禁皺著眉說道：「阿毛哥，你別看得太輕鬆，說這涼颼颼的話。我看這事有點吃閃，非等老大回來，商議商議不可。」

細長條子說這話時，語氣有些著忙，他的態度，恰和酒氣阿毛，成為絕對的反比例，好像即刻就有大禍臨頭似的，隨又沉下臉色，問阿六哥道：「你這消息是真的嗎？」

阿六哥正色道：「我是看見了人才跑來的！這又不是好玩的事，的確一本正經跑來告訴你們的，騙你們做什麼！」

老牌美女起先精神專注著那支菸槍，對於這事，淡淡的不會太在意。至此，看了阿六哥說話時那副緊湊的面色，又聽這細長條子說得如許鄭重，知道這事有些厲害，不禁有些擔心起來，忙把嘴內的菸嘴取下，呆呆地看著二人問道：「你們說的這兩個到底是什麼人呀？」

細長條子苦笑道：「咦，即刻說過是兩個偵探，你不聽見說嗎？他們不比尋常的包字頭，很不好弄咧！」

他說著，目光一閃，想起了什麼事的，問道：「嫂嫂，毛獅子的事你

知道嗎？大約這個人，老大總會提起過的。」

老牌美女道：「你說販海砂的毛獅子嗎？」

細長條子點頭道：「正是，他從前販過海砂，也販過黑老，什麼玩意兒都玩過。他在江、海、湖三條線上，總算扳指頭數得到的人物，圈子裡的朋友，誰不知道。那一回到上海來，也算他觸霉頭，頭一次放馬，輕輕易易，就跌翻在這霍桑手裡。」

這幾句話，老牌美女和阿六哥，二人都聽得呆了。細長條子頓了頓，便繼續道：「還有那飛賊江南燕，大家都知道，他是有飛簷走壁的本領的，他這三個字的名頭，哪一個聽了不頭痛？獨是他一遇著了這霍桑，卻是一帖藥，比血滴子還怕。有一回，聽說江南燕，曾被這霍桑，追得無路可走。後來逃到一座陰地之前，江南燕一翻身，翻上了三丈多高的屋面。他以為這一來，那霍桑只好看看他了，哪裡知道，霍桑是外國學堂裡的學生出身，練過跳高、走天橋和各種外國體操。當時冷笑一聲，說是『任你逃到龍王廟，我要追進水晶宮』。說完，身子輕輕一縱，也上了屋面。江南燕一急，幾乎急得靈魂出竅，急忙一手發出三支金錢鏢，專打霍桑的上盤，這是他的結末一手看家本領，百發百中的。不料霍桑把頭左邊一偏，右邊一偏，兩偏，那兩支鏢都齊耳根擦過，第三鏢把頭一低，接在手裡，一鏢還打過去，就把江南燕從屋面上打了下來。一面他的夥計包朗，等在下面，繩子也預備好了。你們想想，這兩尊神道，厲害不厲害？現在事情臨到你我頭上，還在糊里糊塗！」

細長條子這一席話，說得唾沫四濺，神情活現，遇著緊要關頭，卻還指手畫腳，輔助口述的不足，真比當時曾親臨其事，還要真切幾倍。中年婦人聽出了神，每當他說一句，臉上添上一份擔心的樣子，聽到末了，忍不住著急道：「啊喲，這樣說，虧得阿六哥預早來說！我還當作無關緊要的事，這怎麼好呢？我們也得商議商議唉！老大怎麼還不回來？這個浮

屍，氽了出去，魂靈總是掉在外頭的！」

　　老牌美女恨恨地詛咒著，聲音也兩樣了。尤其是那阿六哥，臉色變得鐵青，手足好似沒有安放處，而且滿帶一種後悔的神情。細長條子在這話機暫時停頓的當兒，定睛向這二人看看。他一方面覺自己的話，能夠聳動他們的聽聞，心裡很有點得意；一方面他雖這樣說著，對於所說的事，自己未免也有幾分氣餒。心頭藏了這種複雜的心緒，面部的表情，便覺特別難看。當下，他伸手抹抹嘴邊的唾沫，又往下說道：「況且……況且……」

　　他正很興奮地預備續續發表他那有聲有色的演詞，冷不防一種重大的聲浪，「砰」的一聲把他嚇了一跳。老牌美女和阿六哥也吃了一驚，一看，卻是酒鬍阿毛，氣呼呼地，把那方桌猛力拍了一下，直拍得指縫中的那支菸，火星四濺。原來酒鬍阿毛起先聽這細長條子，代那霍桑、包朗二人，竭力張大聲勢，心頭已是不快，本來早想打斷他的話頭，不想後來聽他添油加醋，說到霍桑追趕江南燕的一節，聽著聽著，覺得比那說書先生開講《七俠五義》、《征東》、《綠牡丹》等故事，趣味還要濃厚，不覺聽得張口結舌，忘乎所以。這時候，他見細長條子，抹抹脖子，不知又要說些什麼，因而順手碰著桌子，阻斷他的話頭。老牌美女不知為了什麼，忙驚問道：「阿毛哥，做什麼？發瘋嗎？」

　　酒鬍阿毛不理，歪著那雙紅筋滿布的怪眼，向這細長條子獰笑道：「長腳金寶，我勸你陽春加四，就這樣免了吧！我看你再說下去，馬上就要零碎動咧！虧你也算是個經過潼關殺過辮子的老相，竟說出這種蟲囊子的話來！老實說，年紀輕輕，總要吃硬一點，要害怕，就不要幹這種事！既已幹下了，就不必再害怕！身體又不是租來的，饞牢又不是跌不得的，為什麼這樣不值價？」

　　這一番連譏帶諷的話，說得這瘦長的長腳金寶，有些猴急了，黑蒼蒼的臉上，頓時泛出一抹怒紅，成了豬肝似的顏色，不服道：「啊呀，阿毛

哥，你的聲音太難聽了！這幾句話，嚷聲得沒有道理呀！兄弟不過說，他那裡請了兩件末老，物事很大，恐怕事情扎手，須要防備防備，又沒談過別的話，有什麼值價不值價呢？」

酒麌阿毛打鼻孔裡透了一聲氣道：「阿弟哥，靜點吧，你說那兩件末老，不大好弄，兄弟不是不知道。老實告訴你吧，兄弟雖不才，也曾在三關六碼頭混過，紅眉毛綠眼睛的朋友也見過的多了！嘿嘿，隨你什麼知馬力的綠豆，沒有戳碰不得的！蛇吃鰻鯉，各有三千年道行的！那兩位仁兄如果有種，找到我們頭上來，嘿，憑你三刀六洞的交易，不是自己吹牛，兄弟和老大兩人，大約還對付得了！萬事不用別人費心！」

酒麌阿毛說這一席話，額頭上的青筋根根顯露，說到末了，又把兩個袖口，使勁左一卷右一卷，捲了好幾次，露出兩端肌肉堅實的臂膊。臂上一片烏叢叢的汗毛，望去好似春初的細草，再加說話時的那股狠勁，大有吃人肉不怕血腥，四天王不是對手的氣概。他這一股勇氣果然效力不小，頓使那老牌美女，即刻一臉擔心的樣子，無形中消失了大半，連那惴惴不安、手足無措的阿六哥，也覺胸口鬆爽了許多。他們不但覺得安心，而且對於這位口頭上的英雄，心裡都還存著一股不可思議的傾倒之意。獨獨長腳金寶，卻依舊憤憤不平，正自紫漲著臉，想要和他爭論一下，不防酒麌阿毛趁勢歪過眼來，狠狠地向他瞪了一個白眼，同時眼皮眨了幾眨，又把嘴兒向那老牌美女和阿六哥一歪。這種舉動分明暗示長腳金寶說：唉，長腳金寶，你別發急。你的話很有見地，我都明白的，但是當著這兩個膽小如鼠的東西面前，何必放在嘴上呢？長腳金寶看酒麌阿毛向他丟眉眨眼，起先一怔，不明用意，想了想，立刻恍然大悟，知道酒麌阿毛的那番英雄好漢式的話兒，也是用打氣筒兒，吹壯了膽子，說的分明怕那二人害怕，有意這樣說，安他們的心的。轉念之間，不覺非常地懊悔，懊悔方才，不該不稍加考慮，衝口說了許多厲害的話，害得他們心意忐忑不定。明知和

他們計議決計議不出什麼長策，真所謂「成事不足，敗事有餘」，自己為何這樣糊塗！想時，忙不迭支吾道：「唉，阿毛哥說的話，是呀，錯是也不錯，對的！」

此時，長腳金寶竭力收轉篷來，意欲掩飾幾句，無如即刻預備和酒髭阿毛搶白的幾句話，方從喉際強嚥下去，卻把別的話都擠塞住了，一時竟找不出適當的語句，支支吾吾了好半晌，方又勉強說道：「是呀，阿毛哥的話，錯是也不錯，不過⋯⋯不過我想，陰溝裡也有翻船的日子，萬事不可太大意。他那裡既有了準備，我們也要預防一著。我的話也沒有說錯呀！」

阿六哥道：「這話也不錯。等老大回來，快些商議一個對付的方法！」

酒髭阿毛猛力吸了一口煙，笑道：「長腳金寶，我教你靜點，還是靜點吧！大約今天吃了膈肝，怎麼回不過來。阿六哥也不必膽小，依我的主見，頂好還是回去，不回去，也沒有什麼大不了。我只要問你們，那姓霍的就算本領通天，但他又不是仙人，怎能知道我們的地方？就算他有顏色，找得來了，到了真正風緊的時候，我們還有頭號擋風牌，可以保護我們。老實說一句，也不怕他們碰動俺這裡的一根汗毛，怕什麼呢！」

老牌美女聽到這裡，不住點頭，表示酒髭阿毛說的話，很能使伊滿意。這時伊的態度，也完全恢復原有之鎮定，順勢撇了撇嘴，附和著道：「真的⋯⋯阿毛哥的話一點也不錯！聽長腳金寶說起來，好像那姓霍的人，比孫行者和趙子龍，本領還要大，我倒兩個半嚇咧⋯⋯專門謠言惑眾，聽了他的說話，鹽缽頭裡要出蛆哩！」

長腳金寶故意裝得十分忸怩似的，俯首無言。那酒髭阿毛卻放出一臉得意，像是一個倒楣的律師，一旦在法庭上得了勝訴似的。但雖如此，二人的眉宇間，一種隱憂仍續續流露於不自覺中，接著，他們便湊近身子，唧唧噥噥，開起咬耳朵的談判來。

第二章

　　先前室中你爭我論，一片嘈雜，此際空氣漸覺沉靜。那陰鬱無生氣的阿六哥，便呆呆地靜聽他們談話。可是語聲太低，十句之中，只能聽得一二句，而這一二句，又都是奇奇怪怪聞所未聞的語句。原來二人所說的，不比方才隨口說話，都是江湖上的祕密黑話，聽去完全不懂。因此，阿六哥看著他們，重新又覺局促不安起來。老牌美女早已知道他的意思，忙向二人高聲道：「這裡又沒有外徒，阿六哥也是自家人。你們櫻桃響亮一些，大家聽聽，何必用春點（記者按即切口），省得阿六哥又要疑心我們，合了藥請他吃呢！」

　　老牌美女一面說，一面旋轉嬌軀，對著阿六哥嫣然一笑道：「喂，阿六哥，對不對？」

　　說完，又露著陳象牙式的瓠犀，飛了一個眼風。伊這一飛眼，自以為是極媚極媚的媚眼，可是這土木作頭似的阿六哥委實無福消受，不知如何，只覺周身的汗毛孔兒，一起開放，涼颼颼地，起了一種無可名狀的感覺。

　　說話之間，老牌美女已把煙槍收拾好，一面按部就班，燃著已熄的殘煙，又在伊那煙具大本營的半桌上，拿起一個菸斗，用一個小小鐵挖，仔仔細細，挖著斗內的菸灰。讀者當知，世間有兩件事情，性質雖絕對不同，情形卻十分相像：一種是大軍閥的括地皮，一種是癮君子的挖菸灰。這兩種人物，對這兩種工作，精神的專一，心計的細密，以及手段的酷辣周到，簡直像是一個老師所傳授。自然，這老牌美女也不能獨出例外。伊既專心於這種重要工作，方才所說的事情，早已拋到南北二冰洋以外。悄然撥弄了一回，忽然堵起了嘴皮，發出恨恨的聲音，自言自語道：「真不識相，滿滿一斗蓬末子（編者按蓬末子即菸灰），誰又燒枯了？……背後

說起來，總說我是小刁碼子，不知道這蓬末子，卻是吃煙人的性命。情願吃掉一點菸倒不要緊！」

老牌美女咕嚕了幾句，便回過頭來，說道：「我知道的，沒有別人，一定又是長腳金寶，總是這樣窮形盡相的！」

長腳金寶正和酒鬃阿毛，開著極祕密的談判，談得十分起勁，一面不時舉眼偷覷老牌美女，防伊聽見了話。這時，聽伊嘴裡咕嚕，說是偷吸了伊的菸灰，不禁打斷了話頭，嚷道：「嫂嫂……你又冤枉我了！蓬末子是誰弄得，你問阿毛哥，你不問他，倒來怪我……剛才他在廂房樓上游了三趟花園（記者按遊花園是指一種短局之雀戲，即如近今中下社會流行之一千鏟一樣鏟五洋鏟之類。），卻唱了三回灘簧（記者按唱灘簧，意言錢輸盡也），輸了三千個錢，急了……因此，他跑來燒了兩口灰吃，說是解解氣悶的。」

老牌美女見說，回眼看了酒鬃阿毛一眼，嘴皮動了幾動，雖然不說什麼，卻把半桌上一個不幸而由潔白無瑕墮落到黑垢滿布的雪花粉缸拿在手裡，湊到眼前，仔仔細細，端詳了好一會。

酒鬃阿毛一看，知道伊為了一點菸灰，已是大為心痛，急忙賠著笑臉說道：「嫂嫂，不要小氣。等老大把這件事，講好了斤頭，大家劈了霸，我來買這麼一七石缸的黑老和一七石缸的蓬末子，回來孝敬嫂嫂。嫂嫂，你說好不好？」

老牌美女把嘴一撇，扭轉身子，做出不願聽的樣子道：「免談吧，免談吧！不多一歇，剛說起什麼姓黑的，姓白的，事情到底怎麼樣，還不知道，當心些，不要把穩瓶打碎了啊！」

酒鬃阿毛笑嘻嘻道地：「笑話了，哪有這種事？」

他口頭雖是這樣若無其事地回答，面色不免有點變異，因而有意把話岔開，便問長腳道：「不知幾點鐘了，你的玲瓏子呢？拿出來看看。」

長腳金寶聳聳肩膀，故意嘆口氣道：「虧你還問什麼玲瓏子！玲瓏子早已和嗶嘰大蓬，一起保了險，也像李君甫一樣，勝了幾張嚣頭了！這幾天真是刻吃了酒鬘阿毛的一服定心丸似的被黑霧迷了心，還不很在意，餘外的三個各個都懷著一種不可思議的鬼胎，聽了這種急促的聲音，他們的心房，不禁也隨著樓板窗檻，同時起了微微的震盪。酒鬘阿毛一時忘形，身子霍地豎了起來，失聲道：「誰呀？這樣窮凶極惡的閉扇！」

　　隨說隨即伸手去揭窗帷，阿六哥也打床上坐起，變色說道：「快些，看看是哪個，這樣開門，人也嚇的死咧！」

　　老牌美女神色雖比較淡漠，但也忍不住恨聲詛咒道：「誰呀誰呀，還有誰呢？一定是老槍阿四！這東西自己膽小的好像麥屑，做出事來，又常常嚇人，真是一個抖亂鬼！」

　　一言未了，外面樓梯上，已聽得一種沉重的腳聲，蹬蹬蹬蹬，急如驟雨一般，聽去好像是這上樓的人，對這樓梯挾有切齒的怨毒，恨不得每步把這一塊塊的樓梯木，逐塊踏個粉碎似的。酒鬘阿毛是個有事在心的人，聽了這腳聲，他的直覺上「倏」的一動，似已得了一個預兆，彷彿已經知道這急驟的腳聲中，必然帶著惡劣的消息。故此，白瞪著眼，一時呆怔住了，一面他見胡小麻子，已迎出門口，大聲問道：「誰呀？老槍嗎？你要死了嗎？做什麼走路不好好的走，嚇得人家要死！」

　　胡小麻子剛出房門，便和這手拿酒瓶和紙菸的老槍阿四，劈面撞個滿懷，只覺這老槍阿四，身子似在寒戰，氣息如牛喘，氣呼呼地直撲自己的面門。胡小麻子正待問他什麼事情這樣慌張，不防老槍阿四得了瘋症似的，順手賞他一掌，把他推在一旁，逃命般的闖入了室中。

　　這當兒，室中的人不用開口詢問，在那晦暗的光線中，只看老槍阿四那副類如日本人聽見大地震消息般的臉色，已知事情不妙，幾顆心不禁一齊跳起狐步舞來。阿六哥膽最小，已是面如死灰，冷靜的老牌美女，手捧長槍，忘其所以，也打鐵床上彈簧般的彈了起來，驚問道：「呀，阿四，

做什麼？隔壁失火嗎？」

此時，這老槍阿四，彷彿患了瘧疾，那個酒瓶在他手裡亂晃，說話絕不連貫，只是滿口斷斷續續嚷著：「快些……快些……大家準備亮工（逃走也）……他們已經來了……門口……兩個……一個……還有一個……」

眾人越是把他催促的急，他喉際越是長著鉤子，鉤住了話，格格不吐。胡小麻子從他背後跟了進來，只急得把他重重撼了幾下，唉聲嘆氣道：「老槍，阿哥先生，你見了鬼嗎？你要急死人了！快些說呀，什麼事快些呀！」

酒鬏阿毛和阿六哥真恨不能伸手到他嘴裡，掏出他的話來。老槍阿四定了定神，對於眾人雨點般的問句，卻不回答，氣噓噓地反向阿六哥問道：「你……你剛才不是說你……你們東家那裡，已請了兩個大本領的人，什麼霍……霍……霍……」

他「霍」了半天，只是「霍」不出下文來。阿六哥聽了一個「霍」字，彷彿腦殼裡面，被人擲了一個炸彈，竭力從牙縫中迸出一種聲音來道：「是的，他們請的是霍桑，怎麼樣？怎麼樣？霍桑怎麼樣？」

阿六哥聲音已是顫了，但這老槍阿四，卻還有意和他開著玩笑似的，接連又氣噓噓地問道：「這……這個霍桑……你……你不是已經親眼見過了嗎？」

阿六哥顫聲答道：「是……是的。」

老槍阿四道：「他不是戴著眼鏡嗎……灰……灰色的？」

阿六哥顫聲道：「是……是的。」

老槍阿四道：「頭戴黑呢銅盆帽是不是？」

阿六哥顫聲道：「是……是的。」

老槍阿四道：「另外還有一個，年紀很輕，衣服是一式一樣的，腳下都穿著黃皮鞋，對不對？」

阿六哥仍舊顫聲道：「哦，另外有一個，年紀很輕嗎？有，有的，對

的，是的，怎麼樣？」

老槍阿四喘息問一句，阿六哥略不假思索，顫聲回答一句「是的」。其實，他聽了「霍桑」二字，恰恰切中了他的心病，腦底早已亂得發昏似的，對於老槍阿四所問的各節，究竟是否算是完全聽清楚，連他自己也覺莫名其妙。餘人屏住了呼吸，捺住了心跳，聽他們這樣一問一答，聽老槍阿四把霍桑的狀態，說得這樣清楚，都忍不住又急又驚，又覺狐疑，心裡都開了吊桶鋪。不等他們再問答下去，大家七手八腳把老槍阿四你推我揉，歷亂的問句，彷彿亂箭似的向他面門射來，問他在什麼地方看見霍桑的。老槍阿四被困在這重圍之中，連身子也不能轉側，只得鼓足了勇氣，嘶聲說道：「在門口⋯⋯就在門口看⋯⋯看見的！」

老槍阿四好容易略微平了平喘息，接著他便把如何在弄外看見兩個可疑的人，昂然走入弄來，自己因為預先聽了阿六哥的話，見兩個中，一個很像所說起的霍桑，覺得他們的路道不對，自己如何起了疑心，跟在背後送他們的喪，預備聽他們的話，那兩人又如何走了幾步，站停身子不再前進，如何遠遠地指著此間門口低聲談話，如何形狀非常詭異，後來如何兩個之中，一個走了出去，一個仍舊伸頭探腦守在弄裡的話，很費力地說了一遍。他因為急昏了的緣故，兩手所拿的東西始終沒有想到放下，說話之際，還用緊抓紙菸和酒瓶的兩手，一起一落，歷亂地比著手勢，那酒瓶便隨之而搖晃不定。若在尋常的時候，眾人看了他這怪狀，早已同聲失笑，但在此刻，哪還顧到這些。聽完了他的話，大眾頭頂上，比起了一個焦雷更甚，直震得目瞪口呆，面面相覷。一時這間客樓，已變成一座廟宇，幾位所謂神道，真的都成了道，變作泥塑木雕的神道咧！

第三章

　　其中胡小麻子，乃是比較乖覺的一個，在這萬分惶急的當兒，頭腦也比較的清楚一點。他見餘人驚的骨筋酥軟，一籌莫展，勉強捺定了胸頭的跳蕩，向眾人搖搖手，叫他們暫且不要慌亂，一面扳著老槍阿四的肩膀，用力揉了幾下道：「阿四，你不要大驚小怪嚇人，我知道你有那種鬼頭關刀的脾氣，膽子又小，照子又不亮，遇見隨便什麼事情，瞄頭還沒拔準，就要雞毛報，活見鬼！通子裡有人立定了低聲說話，也是常有的事，不要是你自己瞎起疑心，弄錯了吧？」

　　眾人起先聽了老槍阿四的話，再加聽說那人的狀貌服裝，阿六哥本人已一一認為合符，大家心目中都以為老槍阿四所見的那人，千真萬真，必是霍桑無疑了。此際一聽胡小麻子的一番話，想起老槍阿四，平素果然非常膽小，而又非常冒失，又覺這話不為無理。況且阿六哥來報告的事，還只是當日發生的問題，司馬懿的大兵，來得似乎不致如此之快，或者真是老槍阿四因疑見鬼，也說不定。眾人很聰敏的這樣想時，緊張的心理，頓覺寬鬆了好些，於是眾聲一片雜亂，搶著向老槍阿四道：「對呀，老槍，恐怕是你自己照子過腔，活見鬼吧！頭路沒有摸清，就這樣鬼頭鬼腦逃了進來，別人原本不在意的，看了你的樣子，反要弄假成真，闖出禍來咧！」

　　老槍阿四狂喘猶自未止，反碰了眾人一個大釘子，兩眼直翻，雙足亂頓道：「什麼？什麼？瞄頭沒有拔準？照子過腔嗎？好好好，不相信隨便你們！明明那兩個人，商議了一會，一個在這裡把風，一個是去放龍的！」

　　老槍阿四又氣又急，索性特別道地，又添些嚼頭道：「對你們說不相信，那個去放龍的就是霍桑。臨走，他還拿出一本日記簿，望著此地門口不知寫了些什麼，又向那個年紀輕些的，低聲說了幾句不知什麼。我是聽見的，他說『橫豎你有手槍，等他們出來，儘管開槍！』年輕的點頭說

『絕不放掉一個』，又教他多帶些人來。這時候，大隊人馬一定在路上了，跌饞牢是人人怕的，不相信隨便你們！對不起，我只好腳裡明白咧！」

　　他說完，雙肘把眾人亂擠亂撞，果真預備殺出重圍，腳下明白咧。眾人一把急急抓住了他，看他這副萬分情急之狀，又覺事情斷斷不是誤會了。這時眾人的心，宛然成了一種具有伸縮性的東西，恰如俗語所說，成了三收三放，才得略為解放一時，又緊收起來。正自亂的一天星斗，不防隔壁廂房樓上，長腳金寶聽得了聲音，反拴了門，也闖了過來。他一眼望見許多石灰鋪鋪主般的尊容，當然也大大的吃了一驚。胡小麻子迎面嚷道：「啊喲，你讓那小老爺一個人在那邊嗎？」

　　長腳金寶喘息著道：「我本不放心走過來的，我已耐了好半天了，被你們大呼小叫，膽要嚇碎咧！什麼霍桑不霍桑，什麼事？到底什麼事？」

　　眾人見了長腳金寶，也不暇再顧別事，一時好像搗亂了鴉鵲二家公館，搶命把老槍阿四的話，歷亂都告訴他。長腳金寶未及聽完一半，一雙小圓眼珠，已瞪得胡桃般大，死瞪著酒氣阿毛，不說別的，只把長腳亂頓道：「如何？如何？我老早說的，這個惡鬼連江南燕和毛獅子這種名件，尚且不在他的話下，何況你我！老大又不在家，怎麼弄呢？怎麼好呢？」

　　大家滿望他有什麼方法，不防雪上加了些霜，加之老槍阿四隻顧奪路要走，本來心不亂的，也要亂咧，一時滿室只聽「呃嘿」

　　「呃嘿」乾咳的聲音。老牌美女此時雙手捧定那支寶貴的老槍，姿勢類如道士捧朝笏，患了熱症似的，嘴裡只顧喃喃吶吶說：「阿呀，怎麼好？老大怎麼不回來？」

　　「阿呀，怎麼好？老大怎麼還不回來呀？」失魂般的唸唸有詞。一時伊聽了長腳金寶的話，神識暫時似已清楚了些，想起酒氣阿毛方才那番狠勁十足的話，不期飄轉伊打折頭的媚眼，瞅著這位大無畏的英雄，眼角滿含哀爾之色，似說「我的英雄呀，是這時候了，想個方法出來吧！你說你

有手段對付的！」可笑那阿六哥，周身早已麻木不仁，上半個身子失了重心，勉力支持在鐵床架子上，嘴裡說不出話來，死魚般的眼珠，也同樣的死瞪著這位大英雄。可是他們不望這位大英雄猶可，一望這大英雄時，見他那雙英雄的眼珠，兩個瞳仁差不多將要併家，再挨片刻，一定要打眼下那個深深的刀疤裡面，一齊露出來咧！

　　總之，在這幾分鐘中，這間客堂樓上，已陷入於神祕不可思議的區域，許多神道，大都搖身變化，都已變成了沒腳的螃蟹，沒頭的蒼蠅，沒眼的海蜇。最奇怪而又可笑的，他們耳內聽了「霍桑」，腦筋似已「嚇傷」，因此，搗亂盡著沒命的搗亂，對付的方法，卻終於毫釐絲忽都沒有。

　　記者寫到這裡，應當代表這些神道，鄭重宣告一句：他們在先前雖然並不是什麼聖經式的正人君子，但記者可以保證他們，對於現在所幹的這種偉大事業，一個個都還是和尚結婚，破天荒第一次嘗試。唯其對這偉大事業的經驗，既嫌不足，於是遇了一點風吹草動，便都魂蕩神搖，急成了沒頭神。依記者想，若在資格較深的斯輪老手，遇了這一點小小的風浪，決不致無法可施，也決不致急成這個份兒。

　　當時室中的眾人，你看看我，我望望他，差不多已到了束手待斃的最後一步。正自上天沒路，入地無門，忽然胡小麻子不知在他腦海裡的哪一部分中，居然急出了一個方法來，硬著頭皮，連忙搖手阻止眾人的搗亂道：「拚死無大難，叫化再不窮，你們就急死了也無用呀！難道大家這樣天打木人頭，坐等他們捉死蟹嗎？」

　　這話一發，眾人覺得胡小麻子，必已得了什麼妙計，不禁鬨然鬧將起來，用了似哭似笑的聲音，爭先地問：「你有什麼生路？依你怎麼樣？依你怎麼樣？」

　　胡小麻子道：「依我嗎，大家碰碰額骨，頭先派一個人，悄悄出後門。一來照照後門外面，有線頭沒有線頭；二來，還可以抄到前面去，把那個

赤老，仔細拔一下子瞄頭。雖然老槍說的話活靈活現，情願再去看個明白為妙，不知自然最後。萬一路道真的不對，我們只好準備亮工。我想鷹爪要來，早已來了，能夠大家出松，總算祖宗亡人都在家裡。萬一扯（讀如蔡走也）不成，要跌饞牢也是命裡注定的，只好值價點了！」

　　胡小麻子慨然說畢，眾人又「哄」的一聲，齊喊贊成。胡小麻子道：「不過誰先出去照一照呢？」

　　他說著，歪眼看著酒氈阿毛，不防酒氈阿毛似乎預早料到這一著的，視線早已避了開去。至此，老牌美女方始徹底覺悟，這位英雄真是一包膿一包蔥的英雄，只得回頭籲求阿六哥道：「這是大家的事，費你的心走一趟吧！況且你是親眼見過的，可以看到底是不是那個千刀萬剮的殺千刀斷命人……」

　　老牌美女沒說完，不料阿六哥死賴在鐵架子上，幾乎要掉了頭，表示寧死不幹。眾人大家謙虛客氣，結果還是胡小麻子，義形於色，自告奮勇，便問老牌美女道：「那柄傢伙呢？」

　　老牌美女急急撿出一支手槍，是鞲是黃，不得而知。但胡小麻子接了過來，向袋裡一塞，勇氣似已陡增了十倍，遂把青龍角上的帽子一拉，帽舌照前掩住了眉毛，一面出了房門，匆匆下樓去了。

　　在蹬蹬蹬蹬的梯響聲中，眾人的臉色又改了一種式樣。大家鴉雀無聲，都露著一副囚徒待決的樣子，而且不約而同，都有一個熱烈的希望，希望胡小麻子一回來，便重重埋怨老槍阿四，說他是「照子過腔」。不多片刻，胡小麻子果然回來了，但眾人抬眼向他一望，不用多問，就知希望已成肥皂泡兒。只見胡小麻子失驚大怪，喘噓噓道：「快些！快些！準備亮工吧！」

　　眾人急問怎麼樣，這問句尤其老槍阿四問得更急更響，胡小麻子道：「真的，那個赤老，死盯著此地門口，兩手插在褲袋裡，褲袋凸出一大塊，手槍一定有的！而且一副四六開招的面色，看起來決不止他一個人，

近處一定還有埋伏！」

眾人忙道：「那麼，後門，後門怎樣？」

胡小麻子道：「還好，後門外不像有什麼可疑的人。管不得許多了，趁早大家走吧，越快越好！」

胡小麻子一面說，一面飛眼在眾人臉上繞了個圈子，又道：「此地有兩位阿兄，吃相太難看，只好陸續分著先後出去。」

酒鬘阿毛道：「那麼，我先撤！」

胡小麻子道：「慢！」

老牌美女道：「呀，我們走了，老大怎麼樣呢？萬一他不識相，撞死撞了回來，不是倒楣了嗎？」

胡小麻子道：「嫂嫂不要發急，快些預備！我們走後，馬上分頭打發人到那幾處老大常到的地方，快去找他，告訴他。現在只好頭痛先救頭，腳痛先救腳咧！」

酒鬘阿毛和老槍阿四也同聲搶著問道：「那貨色怎樣？也帶了走嗎？」

胡小麻子道：「自然，我們擔風擔驚，吃辛吃苦，為的是什麼？自然帶了一道走！」

眾人一齊很不安地說道：「呀，貨色還帶了走嗎？萬一……」

胡小麻子急得只顧頓足，攔住他們道：「快些！快些預備！不要再嚕嘛了！貨色仍用原法帶了走，出了通子再轉念頭！小鬼膽很小，我有方法教他封缸（不洩聲也）的！」

胡小麻子平日在眾人中，原不過小嘍囉而已，而在此際，儼然已自處於大元戎的地位。好在眾人已等於無機能的大號傀儡，一舉一動，完全任他擺布。最後，胡小麻子手忙腳亂，搔著頭皮向眾人厲聲說道：「你們膽子小的，先請吧！先出去分頭找了老大，大家都到富澤路，二百六十八號，一家小麻油坊樓上聚會，聽見嗎？富澤路，二六八號，一家小麻油坊

樓上。那邊是老大和阿金妹新借的小房子，大半老大早在那裡了。」

好不容易，一切都已支配好了，冷不防風浪之中又起了風浪。老牌美女依著胡小麻子的命令，搶出一件較新的衣服披上了身，搶著胡亂摺了摺頭髮，末了，正搶著把一大包命根般的煙泡，塞入懷內，一聽這話，驚地一個餓虎撲食的姿勢，一把揪住胡小麻子的胸襟，翻天倒海似的嚷道：「好好好，爛麻皮你好！我和你先拚命！老大和那濫汙寡老，藉著小房子，你們倒瞞著我！好好，我和你先……」

一語未完，作勢便欲一頭撞過來道：「我先出去報告，寧死也不跟你們去的！」

這一著，真出乎眾人意料之外，眼珠早又定了，看這情形，只覺哭笑皆非。胡小麻子直急得一面退讓，一面帶著哭聲，幾乎雙膝跪落道：「嫂……嫂……嫂嫂……你你你……你再要吃醋，我……我們要吃蘿蔔乾了！」

筆尖只有一個，而事情卻多得宛如亂麻，許多神道紛紛擾亂，記者的筆尖也隨之而擾亂。這其間便把隔壁廂房樓上，一位真正的神道，忘到腦後了。有人問，又是什麼神道？很聰敏的讀者先生們，看了上面的事，大概能代記者回答說，所忘的必然是位貨真價實的財神。廂房樓上這位財神，年歲還很幼稚，是個十四五歲的孩子，身材很是瘦小。論他的狀貌，舉凡普通相術書上，所有的五官端正、天庭飽滿、眉清目秀，唇紅齒白等等的現成語句，都可借來應用，尤其這孩子的兩個小眼，明亮得好似秋夜朗星。雖然面色很帶著憂愁惶恐，然而憂愁惶恐之中，仍舊流露一種活潑的精神，即此已可顯出他在平素必是一個絕頂聰敏的小孩。

廂房樓上，由一堵板壁劃分為二。前半開中除了一床一几，餘外空曠的類如原野。但那床上卻設著一副極精美的臥具。當時這孩子卻在後半開中，這裡也有一張板擱的沒帳鋪，鋪的位置，恰巧擋住那扇可通客堂樓的另一板門。室中有一張粗簡的木桌，桌上攤著一副麻雀牌，表示不久以前

曾經有人在這裡玩過雀戰，戰後，卻並未把這戰具收拾起。

在幾十分鐘以前，胡小麻子在這廂房樓上，陪伴這個大家認為小財神的童子。二人圍坐於木桌之前，很無聊地弄著這麻雀牌，拿來解著氣悶。當時，一室之中，空氣極靜，加之這孩子的耳官，敏銳異於常人，靜寂之中，早已聽得隔壁的人，在說什麼「霍桑」

「包朗」。童子一聽，頓起注意，苦於隔著牆壁，語聲又很雜亂，不能聽得十分真切。但他心裡雖很注意，表面一絲不露，仍舊裝作渾渾噩噩的樣子，把那許多麻雀牌，堆成幾座牌樓和橋梁。

其後，長腳金寶走過來，和胡小麻子替了班，接著不多片刻，便聽得樓下起了重大的闖門聲。接下來，急促異常的樓梯聲、粗濁的喘息聲、雜亂的問答聲以及種種失驚大怪聲，一時並作，鬧成一片，童子外表若無其事，其實一一聽在耳內。因為聲音太嘈雜，仍是聽不分明，只覺隔壁屋中，已亂得翻山倒海似的。抬眼看看長腳金寶，卻露著十分慌張的神色，見他搔頭摸耳，只在室中團團打轉，轉了好一會兒，似乎忍無可忍，臨瞭望了自己一眼，便急急走了出去。童子見那門已閉闔，悄然走近那張板鋪，把身子俯伏在那鋪上，一耳貼住那扇鋪後的板門，凝神細聽，彷彿聽得內中有一個人仍舊氣噓噓說著霍桑的事，仔細再聽，又聽得說這霍桑似已到了門外，接著這些人便又鬧哄哄起了一陣潮湧似的擾亂。孩子此時已明白了他們擾亂的緣故，忍不住又驚又喜。他從鋪上抽身起來，一望室中，四下除了自己，別無一人，眼光不期條的一亮，略一躊躇，便又像小鼠覓食似的，輕輕掩到那扇通行的門前。此時，他兩個面頰上，突起了兩片紅暈，伸手便去扳那扇門，扳了半天，文風不動，知道這門已是反拴，不禁又露一種強烈的失望。這當兒，隔壁客堂樓上，正是亂得最厲害的時候，他們這樣擾亂，此間的孩子，也獨自隨之而擾亂。雙方擾亂的起因，雖然絕對不同，而那擾亂的情形，卻十分相類。看他搔頭摸耳，似乎不知

如何才好，一會兒，他又走到那鋪上，仍舊俯著身子，貼耳細聽。這一次，他聽得眾聲雜亂之中，彷彿那些人預備要把自己遷往別處，並已聽得所要喬遷的新地點。他聽時，滿面焦灼，差不多要失聲哭了，正覺坐立不安，無可如何，偶然抬眼，一眼瞥見了適間玩弄的那副麻雀牌。忽然他那活潑的眼珠，亮晶晶地透射出一種異光。

他霍地走到木桌之前，低頭沉思了好一會，隨把麻雀牌內的「東」「西」「南」「北」「中」「發」「白」等牌，一一揀出。揀時，不知是憂是喜，小手已是震顫，但雖震顫，他仍把神識竭力鎮定著，一面揀，一面還照顧門外是否有人進來。揀完了東西南北中發白，把這些牌遠遠推過一邊，躊躇了一下，又把四個「九萬」照前揀出，雜入東南西北等牌之中。接著，他又凝神屏息，很著意的，在那牌面向天的餘牌中細細找出許多牌來，細細屈指算著，不知算些什麼，一面細細把揀出的牌，列成幾條橫行。最後，卻隨手拿了些不用的牌，砌成一個「？」形的問句符號，表示這奇異的八陣圖中，含有一種問題在內。

奇異的工作，匆匆地工作已畢，他深深呼吸了一下，伸手按著額骨，現出一種似憂愁又似欣慰的苦笑，同時，臉色驀地變異，已聽得門外的聲音，有人來了。於是他急急踮腳走近板鋪之前，一仰身睡了下去，兩手捧著頭顱，眉心緊皺，口內嚷著「喔唷」。在他「喔唷」聲中，門兒「呀」的一聲開放，果已走進一個人來。

第四章

進來的那是胡小麻子，此時已完全不像先前那樣和善，面容惶急而又陰險，一手挾著條絨毯，一手卻握定一柄鋒利異常的小刺刀。這孩子見他來勢不善，心房便跳蕩起來，連嚷著：「喔唷，頭痛得很……痛死了……」

胡小麻子很可怕地一笑，接著道：「嗄……頭痛嗎？巧極了！頂好多喊幾聲，你要不識相，喊別的話，這是什麼，看！」

　　孩子只覺雪亮的刀光在眼前一閃，正要抬身，未及開言，陡覺頂上天昏地黑，一條絨毯，已沒頭沒腦罩了下來。

　　寫到這裡，應向一人表示歉意。為了記述上的順手起見，累那學生裝的青年，在那弄內已呆等了許久許久。青年因為記著他同伴臨去「不要做成臨時電桿木」的一句叮嚀，所以他在弄內竭力把他的態度，裝作非常暇豫，雙手插在褲袋內，時時吹唇作聲，或是曼聲低哼各種歌曲，身子踱來踱去，並不呆站在一處。有時還和弄內的小販們，或小孩子們淡淡地搭訕幾句，似乎表示他也是本弄的一個寓公，因為點心偶然吃的太飽，所以在門外散散衛生步，而消消食的。總結一句，凡是可以使他表示態度暇豫的方法，都用盡了。但他外表雖是如此，而他的內心，卻非常留意於四十七號門內的動靜，並且此刻他已專注意著四十七號，卻把最初注目的四十八號，反倒淡漠了。青年所以專注這家四十七號，也有緣故，因為他在無意中，和弄內人隨口搭訕，對這四十七號屋的內容，不期探知了幾點，這幾點雖很簡略不明，但在這青年，卻認為極有研究的價值。

　　據說，這四十七號屋中的寓公，遷入至今，還未到一月，屋主是何姓名，是何職業，卻為這屋中人遷入以來，絕不和弄內鄰居交接，所以鄰居也無從知道，只知屋內常有一個三四十歲的男子，每天出入。這人狀貌很魁梧，服裝很華美，像是一個有錢的人。大眾意想，以為這魁偉男子，大概就是四十七號的屋主，此外進出的人們頗多，品類很雜，一時無從記憶。

　　三日以前，大約晚上路也不會走咧！阿彌陀佛，可憐！」

　　二人回頭，聽這年老傭婦咕咕噥噥了那幾句話，像是自言自語，又像特地向他們說的。青年目光一閃，正想上前和伊搭話，中年的急忙向他使

個眼色，一面很和藹地問這年老傭婦道：「老婆婆，你說什麼？這四十七號裡，不是已沒有人了嗎？我們是外國醫生。」

年老傭婦停步說道：「哦，先生們是哪醫院派來的嗎？你們來得遲了。我看見的，他們陪了那個少爺，先後慌慌忙忙，都出去了，就是到你們醫院裡去了。」

這年老傭婦說畢，走到對方一個石庫門前，去推那門，嘴裡還連念「阿彌陀佛」，說：「老年人的眼睛，是瞞不住的，那小少爺，三日前用汽車接回來，病已很重，現在只怕阿彌陀佛，真的靠不住了。」

青年和中年人聽著，二人默然忽視了一眼，中年的望那對方石庫門已緊閉，立刻舉足在四十七號闥門上，重重踢了幾下，大聲喊道：「喂，收電燈費，有人嗎？」

三五聲不見答應，兩邊骨碌一望，見弄內無人覺察，立即伸手抓著那闥門上的鎖，輕輕一捩，這鎖大概是冥器店的出產品，一捩已捩在手內。但那闥門裡面的一扇門，也用耶爾彈簧鎖鎖著，中年的卻又急急取出一大串鑰匙，在鎖孔內探進取出，眨眼間已忙著配了好幾個。這二人對於這一種事情，似是個中老手，一人工作，一人用身子遮住在前面，順便望風，而那中年人的手段卻迅捷得一似搖急了的電影，轉瞬二人已掩入屋內。

二人順手闔上了門，穿過灶屋，到了樓梯之前。中年的如前高喊道：「收電燈費，有人沒有？」

他們好似進了墳場，仍寂寂地絕無迴響。中年的大踏步闖入客堂，四下一望，走到廂房門前，如前捩去那具銅鎖，推門進去，見除了兩張床鋪，除外絕無所有。

他們轉身蹬蹬蹬上了樓，跨入客堂樓中看時，觸目都是零亂的景象，隨處顯露這屋中人，已是棄家而走的樣子。約略察視了一下，見並無可注意之物，他們便又匆匆走入隔壁的廂房樓。只見這間屋子中，也只一張板

鋪，一張粗劣的木桌，和幾個粗劣的木凳，那木桌卻斜角放著，上面還攤著副散亂而未及收的麻雀牌。再踏進板壁前面一間，這裡有一張小小的床，卻掛著一頂潔白的帳子，比別的床大不相同。床上有兩條被褥，裡床上的更為精潔，兩端放有兩個枕頭，一端的枕邊還露出些陳皮梅、櫻花糖以及半枚吃殘的鴨肫幹，地上也遺下許多食物的包皮。中年的隨意看了看，默自點頭，當他跨出板壁，重複走入後間時，舉起他那皮鞋腳來，在樓板上踩了幾下，搖頭自語道：「可惜可惜，遲了一點咧！」

又向青年道：「當時我因怕你等得焦灼，此時卻後悔不該放過那短衣漢！」

青年見說，側著頭，露出懷疑之狀道：「你以為，這是……」

中年的立刻接言道：「自然，這還要用疑似的口吻嗎？遲了一步，便宜了這些綁票先生咧！」

青年道：「看這樣子，他們走還未久。但他們為什麼要急匆匆地舉室他遷？」

中年的道：「依情勢看，似乎是被你我二人嚇跑的。」

青年更疑惑道：「你我二人，把他們嚇跑的嗎？這是為什麼？難道我們身上有什麼地方，掛著可怕的牌子嗎？」

中年的沉吟著道：「這就是我所不解的，但是眼前的事實，告訴我們如此，已是無可更易。」

說時，取出一支菸來，燃火吸著，在滿室往來踱步。青年聽了這話，滿面引起一種趣味濃厚的樣子，更帶著幾分懊悔，用力搓著兩手，也踩足道：「這樣說，真是可惜了！方才我見了短衣漢的那種驚慌，原已疑惑其中必有緣故。依情勢看來，必是那短衣漢，不知把我們錯認作了什麼人，急急進內報告了餘人，因而嚇得都從後門跑了。只看短衣漢的煙和瓶始終沒有放去，可以想像他們的慌張之狀。可惜，可惜！好多頭野鳥，已飛進

我們衣袋,卻又飛出去咧!這一飛,一定飛入了叢林密箐,再想找他們,卻是海中撈月了!」

青年十分惋惜似的說著,那中年的正自噴去一口煙,寂寂地空氣中,幻為許多奇妙的圓圈,一聽青年的話,一面凝想,一面接著道:「哦,你說是海中撈月嗎?我卻以為我們的公司中,不該有這海中撈月的話。難道你不能略微改動一下嗎?你不能換一個字,改為海中撈『針』嗎?」

青年似乎不解這話,凝眸反詰道:「海中撈月,海中撈針,不是完全一樣嗎?有什麼分別?」

中年的含笑答道:「自然,分別大呢!你須知道,海中撈月,是世上沒有的事,也就是絕對不可能的事。海中撈針卻不然,既有這針,或者可撈,不過形容非常的難罷了。」

青年搖頭笑了笑,正待答辯,此時中年的旋說,旋想,旋走,已踱近那張木桌。他把一手撐在桌角上,無意中俯下首,桌上那許多牌,有的向天,有的合倒,有的散亂,有的整列。第二次又映入他的眼簾,驀地一種驚喜不禁的銳呼聲從他口中發出,彷彿一個窮漢一跤跌進紙幣庫內似的,呼道:「哎……呀……你來,看這是什麼!」

青年被這奇異的呼聲,吸引到了木桌邊,一看那牌,眼角也漸漸透露訝異之色。原來他也已發現了那個雀牌砌成的問句符號,和那奇異的牌陣了。這當兒,中年的那雙銳利的眸子,凝結成兩點堅鋼似的,放著鑽石般的光華。他隨手把一個凳子,拖近木桌,坐了下來,一面振足了精神,便去細細檢點桌上的牌。他發現這全副的牌,總共分散作四部分。第一部分就是最先引起他注意的,寥寥無多幾張牌,砌成一個「?」形的問句符號。第二部分,數約三十多張,遠遠地散亂在右方桌角,完全牌背向天,逐一翻過來看時,卻都是東、西、南、北、中、發、白等牌,內中另有四個九萬,也雜在裡面。第三部分卻放在桌子上部的左角,那些牌橫列成三

條長線，成為一個三字形。第一條線，完全是筒子，第二條線，完全是索子，第三條線完全是萬子。中年的看著這三字形的牌，想了一會，於是最後他又注視第四部分。這第四部分，位置在桌子劈居中央，也是牌面向天，乃是筒索萬三種，互相間雜的，每二、三、四、五、六張不等，列成一組，每組隔離一個牌的空隙，也分為三行橫列著。中年的向這桌子正中分組的三行牌，凝眸注視了好半晌，眼光現出非常的注意力，似乎說「哼！這三行牌，卻就是含有問題的，萬萬不可放過！」凝注一會，沉思一會，猛力吸一會煙，他那視線，漸漸變成滯定，似是入定的僧人。

　　青年異常知趣，望望他的同伴，知道他已進了思想之域，因而默然絕不則聲。一時看這中年的，抬頭噓了口氣，懶洋洋伸欠而起，目光回了原狀，表示他對這個奇異的問題，胸中已有成竹，突然開口，向那青年，發為奇異的聲音道：「哈哈……告訴你吧，我已代那些可憐的野鳥，算了個命。在我們袋裡的，終於在我們的袋裡，而且方才的話，或者要改一改，不用說海中撈月，也不用說海中撈針，也許可以改為海中撈山咧！你要知道，活雀子雖張翅會飛，死雀子也會張口報告，但是天下的事乃是瞬息萬變的，我們不宜再延誤，來來來……把這桌子正中的三行牌趕快抄下……依我的話，快抄，四筒……五筒……一筒……九索……空去一些，再抄四索……九索……」

　　青年對他同伴這種奇特的舉動言語，似乎了解，又似乎並不了解，只覺他的口角極高興，不禁瞪眸不語，但也依言取出日記冊，把中央的三行牌仔細抄錄著，每組加上括弧。抄畢，向桌子上，對了一下，交在中年的手內。中年的很著意地收好，隨手把桌上的牌，一推推得很亂，歡呼道：「好了，我們趕快回去，檢點三四日的各報紙，看看共有幾件新的綁票案！」

第五章

　　為了增進讀者們的興味，和對這故事的明瞭起見，記者覺得四十七號屋中的麻雀牌之謎，很有依樣葫蘆畫下之必要，並希望讀者諸君，破些功夫，費些腦力，和前面那兩個學生裝的偵探家角一下智，看是誰先打破那空屋中的悶葫蘆。現在且把含有問題的三行牌，依樣附圖如後方。

　　在上述各項事件的第二日，還只上午八足跨下車去，一面遠遠地伸手指著道：「你們看見嗎……那家油坊就在那邊。」

　　中年的隨說隨在懷中很迅速地掏出一支絕小的手槍，看了看，旋又很迅捷地藏入袋中。那偵探長和巡長見狀，不禁有點訝異，靜念：怎麼這人也有這東西？還沒啟齒，同時，中年的已含笑說道：「兄弟現在保衛團中服務，這小玩意兒，不是不能少的嗎？」

　　巡長和偵探長，方覺釋然。

　　這門牌二百六十八號的小麻油坊，是個一開間的店面屋子，破舊的小櫃檯前，有一位先生，在那裡打盹，兩名小夥計，卻在裡面，很忙亂的，不知工作些什麼。另有一匹驢子，繞著一個石磨，正自舉行無終點的長距離賽跑，大約慈悲的主人，因它身上瘦得可憐，所以使它運動運動。一時這安靜而又狹窄的小天地中，忽然蜂湧般地闖進許多惡狠狠的人來。櫃檯上拜訪周公的那人，瞌睡蟲兒，早已嚇得打道回衙。兩名小夥計，驚得直跳，見中人手內都有火器，以為強盜來了，他們這件可憐的屋子中，別無值錢之物，唯有那匹驢子，乃是老闆唯一的資產。他們嚇慌了手腳，急的只顧解放驢子的束縛，驢子莫名其妙，於是也驚得嘶聲亂嗥，一時擾亂成一片。

　　中年的搶在最先，忙不迭向他們搖手，阻止道：「不許鬧……不干你們事……」

小夥子見說，喉口立時宣告戒嚴。一面這中年的，便吩咐下人模樣的那人，守在樓下，不許這些人走動或自相驚擾，一面轉身向那些巡警們打個招呼，自己已找到樓梯，輕輕地掩上樓去。第二個便是華服青年，餘人也都輕隨著。

　　樓上也由板壁劃分為前後兩間。此際真是一個絕妙的機會，那先前住在錫壽里二弄四十七號中的全班人馬，一個不少，完全在著。踏上樓梯，那板壁後面的一間中，有兩個舖位，室中人都還高臥未起。阿六哥和長腳金寶，以及那英雄式的酒鬚阿毛，這三位死豬般的睡在一張鋪上。另有一張較大的床，床上睡得也是三個，卻是老牌美女，和一個魁偉的中年漢子，大概就是那所謂老大，還有一個年輕的少婦。一室之中，鼾聲起落不絕，聽著使人害怕，料想這時候，外面小小鬧上一仗，還不至於打擾他們的甜睡。尤其老牌美女，正自做著很滿意的美麗之夢，夢見他們的老大，逼著那小財神，寫信回家，要五十萬兩現銀取贖。洋碼還不行，定要現銀，還得依海規銀兩的演算法，全數折兌成鈔票，一次交足。對方真漂亮，非但不折不扣，說是情願出一百萬，於是伊的牙齒縫中，也有了笑意。這是他們預備要在今日實行的大問題，慈祥的夢之神，恐怕瘋人院中增加主顧，故而使伊先在惝恍迷離的境界中，先行嘗嘗美滿的滋味。夢境的變遷很快，一會兒，老牌美女又好像自己已成了一個豪富的太太，並在一家最新式的製衣公司中，做了一襲十七八歲女郎穿的巴黎時式舞衣。因而逼著這老大，陪伊同進藍狐飯店去跳舞，當時便有一百多個男女傭人，同聲稱伊「太太」，問伊今天想駕何式的汽車。美麗的夢做到這裡，樓下不識趣的長耳先生，恰巧嘶聲唱著京調，老牌美女夢中迷迷糊糊聽見，有點奇異，迷迷糊糊地想：咦？不是說駕汽車嗎？怎麼有驢子叫？哦，對了，驢子拖汽車，或是近今最新式，最時髦的！

　　記者痴人說夢似的，寫到這裡，有個爽利的朋友看了，表示不滿說：

「太囉嗦了，這些都是題外的事！」

記者的囉嗦，原有卑劣的用意，但也裝出十足的幌子，暫時擲筆嘆氣說：「哦，朋友，你不覺得，現在的綁票案，不是太多了嗎？唯其上海這種環境，能使做這種美麗之夢的人，日漸加多，於是各種綁票也隨之而加多。我們僥倖能夠提筆，抹些『發於韓盧餘竅』式的文字，略為警醒警醒，不是應當負的小小責任嗎？」

爽利的朋友，不能勝過記者強辯，無言去了，於是記者重又繼續記錄的工作。當時老牌美女的好夢，還只做了幾分之幾，只覺身上被人狠命地揉了一下，可憐伊已跌出美滿之境。伊還當作阿金妹來和伊爭寵，一雙惺忪的睡眼，朦朦朧朧，似開非開地一動，嘴裡還迷迷糊糊，帶著囈語說：「哦……哦……車子備好了嗎……好……等我多帶些票子……」

揉她的人接著道：「什麼……車子嗎？在門口了。我們正為票子來的，只要一張夠了！」

凶惡異常的語聲，一勺冷水似的，把伊澆醒。在第二瞬中，撐開睡眼，伊已明白床前站的是什麼人，並已明白是什麼事。可憐一個耀得眼睛發冷的槍口，劈對伊的面門，連「阿呀」二字，也不及喊。其餘幾名巡警，也都凶煞似的，把兩張床上的餘人，逐一從無意識的境界中，生生地抓回。此際，室中的景象，記者認為無可描寫，一言以蔽之，室中六位神道，共計十八個魂靈，魄的數量加倍，同時已飛向四十八處。趁他們沒魂魄的機會，勇敢的巡警老爺，即以其人之道，還治其人之身，可說不費吹灰之力。可憐這些人，白費了許多心計，還不及老牌美女比較的合算，連那美麗之夢境也無福遊歷。

「說時遲，那時快」六個陳腐的字眼，真是此際最得用的按語。當那四名巡警，一名巡長，伺候男女六位神道時，那中年人早就飛隼般的，闖入板壁前方的一間，青年和偵探長緊跟在後。這一間內不比後面，有兩個

人早已起身，呆呆守著那位小財神，一個是老槍阿四，一個就是胡小麻子。胡小麻子起先聽得樓梯上有足聲，已經注意，但覺得足聲只有一個人，以為誰已起身，下樓打洗臉水的。不料足聲越弄越近，越弄越多，他的心房頓時開始擂鼓，正想大聲問是誰，又想舉步出望，來不及了，已有三人閃入室內。兩人當然大大吃了加料的一驚，這是題中應有之義，不用多說的。老槍阿四一眼瞥見這中年人和青年，極喊一聲：「阿呀……不好……霍桑！」

其餘的喊聲，喉際已是閉塞。胡小麻子比較乖覺，兩手搶到那小孩的身子，預備實行前面所說的擋風主義。不料那中年人的身手，快如三分鐘熱風，放出一個餓虎擒羊的架勢，直撲過來，抓住他的一臂，輕輕向外一送，等於摜去一個紙團似的，胡小麻子的身子，連跌帶撞，已飛到那邊的牆角。此時，這中年人似恐這小孩吃嚇，真的實行擋風主義，背轉身軀，立在前面，掩住那小孩，一面向胡小麻子握著一個拳頭，泰然說道：「你們想演武戲？來來來，趁早多演幾齣吧！」

他說著，又向華服青年喝道：「石亭哥，你不要真的像石頭一樣停著，不和偵探先生一起動手，等什麼？」

到了這步地位，胡小麻子和老槍阿四，跌的跌昏，急的急昏，已無一絲抵抗的能力。他們的臉色，比洞房花燭死去老婆更為難看，十八個朱鳳竹，也只能看著搖頭。當下二人只好安然就範，但心裡卻還一萬分的不解，心裡歷亂地想：這個霍桑真是仙人，至少也是仙人的子孫！不然，何以我們一到什麼地方，他卻如影隨形，馬上就會追到什麼地方？

總結一句，這四名巡警，一名巡長，一個偵探長，加上這青年和中年的共計七人，這一役，不曾費去一顆汗珠，已完全唱了凱歌。

再說中年背後的小孩，他在最初突見三人闖入室內，不知為了何事，也有點吃嚇，轉眼審度情勢，知道救星到了，忍不住快活無比。這時他見

胡小麻子等，已加上束縛，忙打中年背後鑽了出來，兩個明朗的眼球，灼灼地望著救他的三人，表示一種親暱之意。尤其對於中年的，為有掩護之恩，分外顯露依依不捨的樣子。華服青年搶前一步，拉住這孩子的兩手，十分欣慰似的說道：「呀，清官，可憐的好孩子，你已急得呆了哷！臉已瘦了許多咧！可憐，我們家裡的人，比你更急啊！天保佑的，現在好了！」

孩子見說，舉眼向他痴望著，但這青年不等孩子開口發言，一口氣又搶著說道：「呀，你真急昏了，人也不認識咧！他是誰？看看認識嗎？你要好好地謝謝他咧！」

青年說時，伸指指著中年的，眼珠卻仍熱望似的盯著小孩的臉。孩子見說，兩眼很乖覺地一轉，他想起了適才匪徒的驚呼聲，立刻回首望著中年的，歡聲說道：「哦，霍桑先生嗎？謝謝你來救我！你不是已經看見那副牌嗎？我很著急，我當你不……」

小孩說得太匆忙，語氣有點不連貫，中年的急急搖手阻止他道：「哦，好孩子，都是自己人，不用謝的！別的話，慢慢再說吧。石亭兄，你先帶他到車子裡去等著，讓他定定神，不要多說話。」

名喚石亭的華服青年，答應了一聲，上前攙著孩子的手，孩子很歡慰地跟著他，首先下樓而去。正好後面的巡長，也走來探望，因為他們也都完了事，只等鞭敲金鐙響了。

第六章

可是在這一剎那間，那位探長先生，整顆的心，已完全被驚奇的意緒所占據，暗自驚奇道：這人竟是霍桑嗎？真想不到，但他為何不早說？探長走進來時，原也聽得那匪徒的驚喊，但他以為是聽錯的，此刻見這小

孩，也認識這中年，喊他「霍桑」，方始確信無疑。一時他的心頭，頓又發生許多想法。他想：偵探名家的舉動到底是特別的，怪不得這肉票能夠安全出險，原非偶然僥倖的事。他們認識這樣一位大人物，果然名下無虛，幾名毛賊簡直不夠他帶。我們也算幸運，跟這大人物得了一個現成功勞，那注豐厚的報酬，是穩固了。我不解的，那孩子說什麼那副牌不牌，而這些毛賊，何以也認識他是霍桑？偵探長迅速地亂想，也不暇繼續深究，一雙充滿驚奇的眼，倏而變成滿含欽佩之意，立即搶上前來，向這中年的深深一鞠躬，高聲道：「哦，先生就是霍桑先生嗎？久仰之至，佩服之至！」

他忙著說，又忙著伸過一雙手來，中年的明白他的用意，連說：「不敢，不敢」，立即也伸手和他握了一握。

世間無可形容的事件很多，眼前的事也算一件。當這偵探長先生，和這所謂霍桑握手之際，他感覺渾身的骨節，輕爽異於常日，許多汗毛孔內，似乎鑽出許多聲音，齊說「不勝榮幸，不勝榮幸」。這個霍桑，見這怪腔，不禁暗笑，趁勢湊近他的耳朵，低低說道：「請你吩咐那位巡長先生和弟兄們先走一步，因為⋯⋯因為我知道，這裡還藏著許多黑老。」

此時，這位偵探長對於這位中國唯一私家大偵探的命令，本已不敢違拗，經不起最後一語，又是從他耳官直達心窩的話，連忙轉身說道：「曹巡長，請你帶弟兄們，押著那八名男女毛賊，先回署中報告吧！因為⋯⋯因為我想審審這裡油坊主人，是否有通匪嫌疑。」

那個嚇人模樣的人，依然呆呆地守著。巡長等一徑走到先前停車的所在，四面尋那汽車，卻已無影無蹤，以為那青年等不及，故已先駛回去，於是隻能押著那些匪徒，安步當車，慢吞吞取道回署。

這裡油坊樓上，只剩下二人。霍桑見眾人走後，估量他們已走得遠了，舉目望著偵探長手內一支簇新的六寸手槍，徐徐問道：「你這槍，是

幾響，是哪國製造的？」

偵探長見問，忙不迭把槍遞過來，連說：「這是兄弟新買的……這是兄弟自備的……不可階！至於這肉票清官，自從讓渡給魯平以後，對那豪富的王玉亭，最初本是預備獅子張口，重重敲他五十萬。因為豪富者的金礦中，大半帶些不純不粹的雜質，敲他一下，原非一件罪過的事。但他後來不知想到了什麼，竟然大慷他人之慨，自願打個倒了吧！」

此時，吳六一一心領神會，傾倒達於極點。他默唸：我們的首領，比較古代的公冶長，本領更大！公冶長只能懂得活鳥的話，而他卻連死雀子的語言，也能領會！他想時，連帶對那聰敏的清官，也十分心折。只是他有一種慚愧的感念，覺得自己這樣一個人，竟不如一個十四歲的小孩，豈不可恥？因而他的面皮微泛紅色，只把那張紙頭顛倒翻弄著，打算找出一個破綻，以示自己的腦力不弱。一時他忽想起，那第二匪窟，是在那家小麻油坊內，而這密碼中只說「油坊」二字，這是一種粗心，並且這全文，也覺太……他那思想的馬達，還只發動，突被魯平的語聲所打斷，只聽魯平冷然說道：「唉！吳六，你也太糊塗咧！你以為這文字，太簡略，太不完備嗎？須知這不是一種英文專家平心靜氣所作的文章，而是一個弱小心靈中的呼救聲，文法是談不到的。你要諒解孩子當時所處的環境，還得想想他的年齡！最困難的，英文中那 A、E、I、O、U 五個有音字母，在每整個字中，都用得著，而那麻雀牌所能供給他的，至多每樣只有四個，豈非絕頂的難事？如此，你還想苛求，不是太糊塗了嗎？」

吳六低倒頭，沒有說話了。

又隔了一個多月，記者和魯平，在他寓所會見了。他便把這最新的經歷，從頭到尾，一一告訴了記者。記者從頭到尾，細細聽完，當然也很敬佩他的腦力。但因見他說話之際，很有點得意，不免笑問他道：「這一種經歷，果很新奇。只是一件，當時你在錫壽里內出來以後，第二天一清

早，就去冒名報告，在這極短促的時間中，何以就會知道，那王玉亭家的僕役阿六，有通匪的情事呢？」

魯平拍拍記者的肩膀道：「喔唷，好厲害，了不得！這在小說匠孫了紅君的未來的記錄中，果然是個大號的漏點！但是聰敏的笨伯，你倒很可以和我們那位吳六先生，結為弟兄，你的目光太近視了！你以為魯平手下的黨員，也和你老先生一樣呆，一樣笨嗎？你竟以為他們連這一點事也不能打探出來嗎？果然如此，魯平何以能成其為魯平！」

他的語氣很有點誇大而自負，記者道：「妙極妙極，既能打聽阿六通匪的事，何以不能打探霍桑的問題，而終至於造成笑話。好個魯平！好個魯平的黨員！」

記者這下黑虎偷心，卻打中了魯平的心坎，看他只管咳嗽，沒有回答了，記者又道：「無論如何，總算那白虎進命的阿六兄，有心擺擺你咧！」

魯平道：「什麼，擺擺我嗎？這真是笑話！」

他跳起來，取出好幾張慈善機構的捐款收據，捐款的數目總計五萬元，署名都是無名氏。魯平把這些收據，笑著擲到記者的臉上說：「你看你看！」

又道：「依我的說法，阿六先生的確擺了三種人。第一擺了肉票的家屬，因為肉票在那些呆蟲手內，一定要大擺。而我卻看在聰敏的孩子的面上，自願大減價，特別克己，不是擺了他們嗎？第二，你也知道，那五萬元卻是擺了那些貧苦的同胞。」

記者問道：「還有第三呢？」

魯平格格地笑道：「第三嗎？你真要問嗎？那麼，告訴你吧，第三的確作成了一個附麗於文丐身上的可憐小文蟲，就是足下！你得了這種新數據，用你那種拖泥帶水而絕無氣力的筆墨，窮其凶而極其惡的延長起來，不是可以得到一注很豐足的可憐稿費嗎？如此說來，阿六和我二人，無形

中的一場間接合作，不但救濟了一部分貧苦同胞，並救濟了你那許紙菸蟲的餓荒，功德無量！所以萬一我若和你易地以後，一定要用犬吠似的大嗓，狂喊一種口號道：『阿六萬歲』、『魯平萬歲』、『阿六萬萬歲』、『魯平萬萬歲』！」

囤魚肝油者

第一章

　　據說是這樣：一個素不害病的人，不害病則已，一旦害病，要比一般人更重。不知道這種說法，到底是否有理。

　　而這一次，我們這個故事中的主角，卻遭遇到了類如上述的事情。

　　這個故事中的主角，連名帶姓，叫做余慰堂。

　　這裡並不說他真的害什麼病，而是記著他所遭遇到的一件事。我們這個主角，一生所走的路，都是平坦順利的路，從來不曾遇到一件事情，可以稱為奇事。然而這一次，他竟遇到一件事情，比任何人所遇到的奇事還要奇。

　　你們曾在古書上，看到過那些借屍還魂之類的故事嗎？那些不很可信的故事，大半含著一些駭人的意味。根據傳說：有些人在某種情形之下，自己的靈魂竟會走進另外一個軀殼而演出許多駭人聽聞他的事！這樣的事，聽聽似乎不足憑信。然而，我們這個故事中的主角，他竟有這種經歷。雖說那件事的背後，另有一種內幕，可是，單就開場時的情景而論，那已儘夠加上神祕恐怖之類的字樣了！

　　故事揭幕的時候，我們的主角，他正獨自一個，在一條馬路上面搖搖晃晃地走著。

　　以下，就是我們的主角在某一夕中，他所親身遭遇到的怪事件。

　　奇怪的是，他不知道，他從什麼地方來？他不知道，他將到什麼地方

去？他也不知道，眼前他的身子，是在什麼地點了？他更不知道憑什麼理由，他要把他自己，帶到這個莫名其妙的地點來？

再看下去一二頁，連你，也要感到非常奇怪了！

那條馬路好像很幽靜，路邊的行人道，平坦而寬闊。可是，在他疲軟的腳下，卻並不發生平坦的感覺。他像一個幼孩，在一張裝著強度彈簧的長椅上面學走路。

記著，這故事的發生，是在時代開始動盪的時節。都市之夜不同於以前的情調。時代的晦黯，正自鑽進每一個街角；街角的晦黯，也正自鑽進每一顆人心。於是，在這一種晦黯的背景之下，卻使我們這個晦黯的故事，更增加了一重晦黯的色彩。

他這僵化的狀態，如果沒有一些東西喚醒他，簡直不知道將要維持到怎樣長久。可是，在這昏迷錯愕的瞬間，那個離奇突兀的語聲，緊接又幽幽然像叫魂那樣起於他的座後，那個聲音清楚地在說：總之，他覺得自己是在做夢；而且，所做的夢，還是一個不會太清楚的夢。如果這時候，有人向他注視，那一定可以看出：他的發直的眼光，不像一個平常人的眼光；他的走路的姿態，也分明帶著一種夢遊病的姿態。

天際有些稀疏的星；路上有些稀疏的人；街面有些稀疏的燈。路燈從道旁一排外國梧桐的樹蔭中，把慘淡的光線擠進來，卻在平坦的行人道上，畫了一些漆黑的剪影。這時，我們的主角，就在這種黑沉沉的樹影之下，拖著他的夢遊的步伐，像一個魅影那樣，在扶牆摸壁地走過來。

想念未已，突然，一個更嚴重的聲氣，忽又直刺進他的耳朵，那個聲音很害怕地在說：他恍惚記起：不久以前，他好像曾從一輛汽車中走下來。至於那輛汽車是白牌？是黑牌？是別人的？還是自己的？這些，他竟完全不知道。

不！比較妥當該這樣說！被這微風一吹，讓他恍恍惚惚，記起了一點

夢中經過的片段。

他又恍惚記起：在汽車上走下來的時候，好像有一個人，曾經攙扶著他走了幾步路。至於那個人，是男？是女？是老？是幼？是認識的？還是不認識的？這些，他也完全記憶不起。

以上的問題，他很想從頭到底思索一下，但是，他竟絕對無從思索。稍微想一想，他覺得他的腦內，就像斧劈一樣的痛。他還覺得他的耳邊，一陣陣，像潑翻了一片海水那樣在發響。

這同樣的可怕的語聲，好像一連說了兩遍。在第二遍上，他讓「危險」兩字從那面迷離的鏡子裡把驚魂喚回來。他再度旋轉眼光，急遽地尋找這語聲的來源。但是，他依舊沒有找到。

他開始覺得有些怕！

聽到汽車的喇叭，使他想起了自己的汽車；因為想起了汽車，緊接著他想起：自己在這路上孤零零地走，到底他要走到什麼地方去？

四面看看，路燈是那樣的暗。樹影橫在地下，顯著一種可怕的幽悄。身前身後，「突！突！突！」有些稀零的腳步聲，送到耳邊，使他引起異樣的感覺。

每一個路人的影子，在他身旁閃過，都像憧憧的鬼影！

有一個意念緊接著害怕的感覺而走進他的腦海：「回去！」抬眼看到對街正有一輛人力車，他不禁半意識地發喊。

正在這個時候，他的耳邊，忽然送來一個意外的語聲：「喂！不行！坐黃包車太危險！」

此人將以什麼方式和自己過不去呢？

他不明白這個新進來的角色，為什麼要把這種陰險可怕的眼光來威脅他？

一切的事情，都是那樣離奇而突兀，彷彿在他昏迷的腦殼裡，接連在

放煙火，使他越弄越不懂。

週遭的環境，越看越像一個迷離的夢境！

他並沒有看到背後這個離奇的情形。

時候似乎已經不很早，那條幽悄悄的馬路上，車子簡直特別少。搖晃晃的身子，在行人道上呆立了片晌，結果，他並沒有僱到一輛他所需要的人力車。

事情真的有些可怪，在這一個離奇的晚上，他不但失落了他的自備汽車，甚至，他連後來不屑一坐的人力車也坐不成。

無可奈何，他只得重新拖著他的灌鉛似的腳步，昏昏然，重新再向夢境一樣的路途上走下去。

「喂！聽到沒有？我叫你別亂想啊！」

一個意念飛速閃進他的腦海：「啊！有危險！還是趕快出開這地點！」

昏惘中的唯一的意念，他急於要找一個地方坐下來，休息一下，至於其他的一切，他已絕對沒有功夫再去管。

這最後一次的語聲已使他疑惑到那個向他發言的人就是隔座這個穿深色西裝的傢伙，但是，他來不及向這傢伙加以更多的注意而已抬眼看到這咖啡館的門口裡，正有一個很可怕的角色在昂昂然走進來。

—— 口力口口非食官 ——

努力定神，他把撩亂的視線縛住了那些跳躍的字型，他方始看清，這是「咖啡館」幾個字。——當然，在這三個字上，另外還有一些別的字。

總之，那個人的相貌，簡直凶惡得可怕！

腳步還只剛剛停下，就有一個很響亮的聲氣，像從半空飛下來，直飛進了他的耳朵，那個聲音說：「喂！站在這裡做什麼？進去坐一會兒不好嗎？」

他讓那個意外飛來的建議提醒了他。他想：好，就到這家咖啡館裡去

坐一會兒。

他不禁抬起迷惘的視線，向這西裝男子看了一眼。同時那個西裝男子卻也有意無意向他回看了一眼。

他以神經病者踏進瘋人院的姿態，他搖晃地向那門口裡走來。

一個孩子，穿著整潔的制服，恭敬地替他拉門，卻把一種詫異的目光，投上了他的臉。

今天晚上，到底碰到了什麼惡鬼？他這樣想。

屋內和屋外，真是兩個不同的世界：音樂在響；器皿在發光；座客們在笑語；一些像鳳凰那樣美麗的女侍應生，穿著一式的服裝，在柔和的燈影下，穿花一樣在忙碌。

他完全沒有看到那個女侍應生睜大了眼在向他發愣。

我們的主角余先生，平常，習慣出入於這大都市中的一些最豪華的所在。對於這種帶點貴族化的娛樂處所，一向相當熟悉。但是，在他此刻的眼光裡，一切的一切，都覺迷離而惝恍；一切一切，都覺撩亂而陌生。——他像一個童話中的苦孩子，被推進了一座光怪陸離的魔宮。

女侍應生退下以後，他把他的疲倦而又刺促的眼球，茫茫然，看著四周的一切。他看出這一處裝飾瑰麗的所在，是一座長方形的大廣廳。四角列著四支大方柱；柱的周圍，鑲嵌著晶瑩的鏡子。他的座位和其中一支方柱，距離得相當近。他的眼光，偶然落到鏡面上，只見裡面的人影，像是華德狄斯耐筆下的東西，花花綠綠地在旋轉。多看一眼，就使他的眼球，特別增加眩暈的感覺。

一大杯流汁和一盆西點，託在一個銀盤裡面，送到了他的桌上。那個鳳凰似的侍應生，放下了東西，卻像逃遁一般，輕捷地旋轉身子就走。一面，她還回眸向他偷看了一眼。

自從這個大漢進門之後，奇怪，余先生的注意力，似乎全部已被這個

傢伙所吸住。這時候，他已全部遺忘了過去的一切，在不知不覺之間，竟屢次舉眼，偷看這個新的角色，他每次看到那雙紅筋滿布的怪眼，每次在增加不安的感覺，最後，他簡直越看越覺害怕；越看越覺不敢再看。

我們的余先生，他，當然不知道。

喝了一口冷飲，心裡感覺很暢快。因這冷飲的刺激，他的神志，好像醒了一點。如果不是耳邊的聲音太嘈雜，他幾乎快要找到他已失去的經過；彷彿，他已屢次將要找到一些什麼；但是，彷彿屢次快要找到什麼而一下子卻又輕輕滑走了！噯！思想始終那樣昏沉，頭腦始終那樣脹痛；耳邊始終像潑翻潮水那樣的響。

但雖如此，他終於迷迷糊糊，抓住了一些失去的記憶。這時候，他的眼光，正自失神地停滯在對座一個啤酒瓶上。突然，有一個意念，輕輕閃進他的腦角；他像在無邊黑暗的長空裡，看到了一顆星。

他心裡在喊：「瓶！」

那是夢裡的事情嗎？他自己迷惘地問。

他苦苦思索下去。他再下意識地擎起那支玻璃杯，猛喝了一口冷飲。

不！那不像是夢裡的事！他自己迷惘地回答。

走進來的新角色，是一個魁梧大漢子。如果說，眼前這滿咖啡館的座客身材都不及新進來的這人那樣高大，這話也不算武斷。此人頭戴一頂黑呢帽，身穿一件深青色的嗶嘰長袍，兩個袖子，連著裡面白紡綢短衫的袖口一同不規則地捲起，在他強壯且多毛的臂腕上，右腕露出一個闊帶的大手錶。此人的面頰上，長著大塊的橫肉；像是兩枚橘子的樣子。他的一雙向外突出的眼珠，完全是三角形；好像上帝在安置他這三角怪眼的時候，怕他這雙眼珠因過於突出而脫離眼眶。因之，順便在他眼膜的四周，絡上了些粗粗的紅筋，讓它不至於掉下來。

如果你有那種幸福，你能常常走進這座屋子，不久，你就會發現：在

這廣廈中的一些廢置不用的空屋之中，囤著大量的食品，大量的用品，以及大量不為自己所需要的西藥品。

看著對面那支啤酒瓶，他的神思，不覺深入於他所失落的迷離的夢境之中。不料，過去的啞謎，還沒有解決，眼前的奇事卻已接踵而來！——而且，那些奇事，竟像穿在一根繩子上，簡直成串而來了！

第一遍的聲音他似乎並沒有聽到；即使聽到，他也決不以為這是向他說的話。可是，第二次的語聲緊接著又在說：「喂！聽得沒有？余先生，你要留心你的危險呀！」

那個突兀的聲音，不但近得像是湊在他的耳邊所說；而且，語聲之中還清清楚楚指出他的姓。他被那個聲音猛然從迷離的思索中喚回。他不等那個聲音歇絕，就愕然抬起他的視線；他向近身的一個小圈子裡四面找過來。只見：那些桌子上的人，有的在吃，有的在喝，有的在談笑，有的在把菸圈吐在熱烈的空氣裡。結果，他並沒有找到那個喊他「余先生」而向他發言的人。

迎面夜風吹來，使他昏亂的腦子，比較更清靜了些。

於是他僅僅把困擾的眼色，在隔座這個傢伙身上輕輕一掠而過。他只模模糊糊看到那個人，是個闊肩膀的人，年紀不會太老。穿的是一套深色的西裝。——不過，也許他連如上模糊的印象也不曾留下。

其實，如果余先生的腦力能夠清醒些，他就可以看出：隔座這個穿西裝的傢伙，正是即刻在這門口高聲說話的人；如果他的腦力再清醒些，他一定還可以記起這個人，也就是從汽車上把他扶下來的人；如果他的腦力，能再清醒得和平常的人一樣，他一定早已覺察：在路上的時候，這個神祕的傢伙，一直是或前或後，或左或右，在暗地裡追隨著他的。

實際上，他從一輛汽車之中，莫名其妙被扶下來，連著，他又莫名其妙，無形被迫走進這家咖啡館，其間他只走了絕短的一段路；多說些，也

不過六七個門面。——至於他在這個離奇的晚上，畢竟已遭遇到了一樁何種的事件？那也只有坐在他隔座的這個傢伙——就是從汽車裡把他扶下來的那個人——能夠解答這個太神祕的問題。

這時候，他的迷惘的意識，已被那個突兀的語聲，從苦思之中拉回來。他無暇再找他的已失落的記憶，而只顧抬起視線，昏亂地，在尋覓那個和他說話的人。

四周仍有許多異樣的眼光，亂箭一樣地飛集於他的一身。這些眼光，包括著許多座客，女侍應生，身旁那個穿深色西裝的怪客，以及對方那個三角眼的大漢。

擴音機中，在放送一片繁雜的音樂，把滿座上的笑語聲都蓋住了。

一雙皮鞋，那也值得驚異嗎？未免太多驚異了！然而不！說出來是自有可驚異的理由的：原來，我們的主角，他有一個古怪的性情，他一向最不喜歡穿皮鞋；也可以說，他的一生，從來不曾有過一雙任何式樣的皮鞋穿上過他的腳；不料眼前，他竟發現自己的腳上，不知如何，竟已換上了一雙他所從來不曾穿過的東西；並且，那雙皮鞋擦得那樣光亮，一望而知這是十分摩登的式樣。

當時，他的呼吸有點急促，他的額上，有些汗液在流出來。他把兩個眼瞳，擴張得很大，錯愕地向四周亂望，他像一頭受驚的野獸，在找尋出路。他又像準備向身旁的大眾提出如下的問句：哎呀！一定遇見綁票了！——他這樣暗喊。

不久，他又完全喪失了知覺。

因為摸著右邊的衣袋，順便他把他的左手，再向左邊的衣袋裡伸進去。他的指尖，碰到了一件堅硬的東西上，那是一件金屬品的東西；分量似乎相當沉重。仔細一摸，手指的觸覺告訴他：那東西不是別的，卻是一把冰冷的手槍！哎呀！衣袋裡面，怎麼會有這種危險的物品呢？他的膽子

一向就很小；並且，他自生手指以來，一生也從沒有接觸過這種東西。他怕這支不知來歷的手槍，沒有關上保險門，一不小心會觸動槍機而闖出禍來。他趕快把手從衣袋裡伸出來。

一時他的目光，本能地飄落到附近那支方柱上。他從鏡子裡面，呆呆照著他的影子。他不照這鏡子還好，一照之後，只覺全身的汗毛，每根都已豎起來！原來，他在鏡子裡面，發現一個奇怪的影子，那個影子，卻絕對不是他本人的影子！──他本人的影子不見了！

這時街面上已比之前更冷靜。

而現在呢，他從那面神祕的鏡子之中看出來，他又看到了一些什麼情形呢？──說出來真是太覺可怪了！

以上，便是我們這位余先生的一個速寫像。

一個聞人，必然的也是一個忙人，一夜不歸，那有什麼稀罕呢？也許，他是高興住在他的「袖珍公館」裡；也許，他已被挽留在特種的所謂「生意上」；也許，他有外交上的應酬，而在研討什麼「四方形的策略」。凡此種種，不是都有一夜不歸的可能嗎？急什麼？

鏡子裡的那個傢伙，太漂亮啦！

再說一遍：鏡子裡的影子，完全不是他！

他的最尊貴的八字小須失蹤了！

一響尖銳的槍聲從那支向天的槍管中急驟地發出而劃破了街面上的幽悄的空氣！

你想，一個素向穿中裝而很舊派的人物，他在照鏡子的時候，竟發現瞭如上那樣一個神祕的影子，你想吧，他將發生如何昏迷錯愕的感覺？

總之，鏡中人的面貌，在他略帶近視的眼光裡，輪廓還有點像他；而鏡中人的樣子，卻已經絕對不像是他！

隔座那個穿深色西裝的人，正自低著頭，在把一些糖塊，用心地調在

一杯咖啡裡。

如果說，鏡中的影子就是他，他怎麼竟會變成這種樣子呢？

「趕快把你的頭旋過去！不要只管看著我！」

但是他盡力抹抹他的眼眶，盡力再凝視這鏡中的迷離的影子：清清楚楚，這是一個穿西裝的人！低頭看看身上，沒有錯；用手摸摸身上，也沒有錯！

於是，事態漸見嚴重，公館裡的小擾亂，漸漸進入於驚魂的階段。

由於來賓氣宇的華貴，必然地使二位主人在招待他時引起一種心理上的優待。

「趕快看門口！」

看樣子，他們對於自己，分明正有什麼詭祕的談論。

第二章

一種新的恐怖只管從那雙三角怪眼之中一陣陣向他這邊傳送過來；這恐怖引起了他像馬蹄那樣歷亂的思想。

「費先生和家嚴是一向認識的？」老大用這敷衍句子開場。

可是，以上的理由，現在卻並不適用於這座廣廈之中。

這是一個反常的情形哪！

可是弟兄二人，聽這人的話，說得有點蹊蹺，不禁面面相覷，一時覺得無從作答。

正在這個鴉飛鵲亂麻雀插不進嘴的紛擾的時候，門房裡的小山東，拿著一張名片，急匆匆地奔進來說：有一個客，說要求見少爺，報告關於老太爺的消息。大少爺二少爺搶先看那名片，只見那張電影，紙質很劣。電影不是印刷品，卻用開花毛筆，寫著三個不成樣的字：單有這一張電影，

就知道這個電影的主人，是個不成材的東西。況且弟兄二人一看這個名字，人家都不認識。二少爺急忙問：「那是一個怎麼樣的人？」

不錯，他是一個有身價的人。誰都知道。一個有身價的人，很像一枚直立著的雞蛋，而一枚直襯的雞蛋，最容易遭遇被碰碎的危險。這樣的意識，他在昏迷錯亂之中，當然也還沒有忘掉。而現在，他聽得隔座那個人，連續向他提出危險的警告，自然，這使他的錯亂的神經上，越發增加了極度不安的感覺。

只見進來的那個傢伙，闊肩膀，高個子，身上穿了一套淺灰色的秋季西裝，裁剪十分配身。從弟兄二人眼內看來，覺得此人的衣著，竟比他們還要考究。二人在想：這傢伙如此漂亮，為什麼要用那種「蹩腳」的名片？再看此人的面貌，倒也並不討人厭；而且，看在眼裡，彷彿很熟，像在什麼地方見過面？但又記不起曾在什麼地方見過面了。還有一點，此人胸前，垂著一條太過鮮豔的領帶，顏色紅得刺眼！這使二少爺的腦神經上，似乎已引起了些某一種的刺促；而一時卻又想不起，這刺促是屬於何種原因？

「那就很好。」來客點頭表示滿意。他又說道，「第一我要報告二位：令尊近時，在外面已新建設了一處小規模的公館，很有許多較祕密的事項，都在那裡和人接洽。這消息也許二位還不知道。」

他準備到哪裡去呢？當然是準備回家。看看四周，並沒有一輛車子。定定神，他模模糊糊意識到他身子所在的地點，好像是在霞飛路的某一段。他開始懊悔，沒有在這咖啡館裡，借打一個電話，好讓家裡放車子來接他。但是，想起了那個大漢的三角怪眼，他並不想再回進去。

他的身子剛離座位，不料，面前來了一個人，竟自攔住了去路不讓他走，使他吃了一驚。

看在「西裝挺漂亮」的份上，於是大少爺急忙吩咐：「請他進來。」

在九點半的時候，大少爺國華的自備汽車，已開回余公館門口。他從汽車裡跳下來，用噴香的手帕抹著汗說，他把全上海的地皮，差不多都已翻轉來，簡直毫無影蹤。

在這一夜，余公館中曾一連接獲三個很奇怪的電話。電話的對方，是一個年輕的女人，聲音非常緊張，探問余老先生有沒有回來？這裡問她是什麼人？找余老先生有什麼事？那邊卻把電話括的一聲結束通話了。——三次的情形都一樣。

過去的奇事，一件件在腦內打轉。一種莫名的恐怖，一陣陣在刺促他的神經。想來想去，只覺那天晚上的事，完全像是一個夢；然而仔細想想，明明不是夢；既然不是夢，那麼，到底遇見了些什麼事情呢？——他依舊無法解答這個謎。

書房門外又在竊竊私議。

一個緊張的隔夜，在那位賢德太太一半憤懣一半憂慮的混合心理之下度了過去。

那個不相識而投進一張劣等名片的西裝來賓，被邀進一間古色古香的書房裡，和兩位少爺會見。

他把極度疲弱的身子，再度投入於那些梧桐葉的晦黯的剪影之下。

大少爺的眼光亮起來。

「實在令尊翁的意思，那也並不算壞。這個年頭，生活程度這樣高，做人也真不容易。承蒙他代大眾打算，讓他們早點得到總休息，省得伸長頭頸盼望戶口米。也不失為仁人君子的用心。」他繼續這樣說，「現在且談正文：昨天令尊在新公館裡，等候那個猶太人，等到傍晚的時候，那邊忽而發生了一件意外的事情。」

因之，一種較小的騷亂，在隔夜已起於這座廣廈之中。

起先，他還以為這是他自己的腳步聲。因為他還記得他的腳上已被換

上了一雙莫名其妙的皮鞋。但是仔細一聽，那種急驟的步伐，分明來自他的身後。當時，他不回頭去張望倒還好，回頭一望，他的靈魂幾乎要飛散在這幽黯的樹影裡！

「令尊昨日，不是在上午就出去的嗎？」來客發問。二人點頭。來客又說：「事實上，令尊離府以後，一直就到他的新建設的公館裡，消磨掉了整半個下午。」

女太太和下人們，在別室裡以一種異樣的心理，期待著這來賓所帶來的消息。

來客的「派頭」大得可以。他把他的染過色的西洋眼光，向著那些不夠摩登的中國式的家具「巡禮」了一下。眉宇之間，表示輕鄙不屑。他皺皺眉，以不習慣的樣子，揀著一張紫檀椅子裡坐下，坐的姿勢，像是橫靠在西洋式的睡椅裡。

原來，他從路燈光裡看過去，只見二丈路以外，正有三四個人在追隨著他。為首的一個，正是那個三角怪眼的大漢。其餘的幾個，他不及看清是什麼人；彷彿覺得內中有著穿短打或是穿西裝的人。這使他在萬分驚慌之中；陡然想起了咖啡館裡隔座那個怪客的警告；緊接著又有一個念頭迅速走進他的驚慌的意識中。

「我不知道府上的規矩，對於報告消息的人，是否有什麼寬待？」來客不說正文而先提出這樣的問句。說話時，彈掉一些菸頭上的灰。弟兄二人看到此人左手的一個手指上，戴著一枚特大的指環，——那是一枚鯉魚形的指環，式樣非常特別。

一面迅速地轉念，一面拖著沉重的腳步，不自覺地在向前飛奔。可是他雖奔得很快，背後的人似乎追得更快；聽聽腳步聲，分明已越追越近。他的一顆心幾乎要在腔子裡狂跳出來，呼吸也越弄越短促。在這冷汗直冒的瞬間，他想起衣袋裡面藏有一支莫名其妙的手槍。雖不知道這支手槍是

否實彈？可是，在這萬分危急的時候，他想，何不取出來，嚇嚇那些追蹤他的匪徒，也許可以救一救急。

只聽得大少爺在驚疑地問：「那麼，家嚴究竟到什麼地方去了呢？」

他的心在狂跳！同時他的腳步在加速地向前移動；在他昏亂的意識中，好像是要逃避衣袋裡的那支手槍的追襲！

尤其惡劣的是：我們聞人的賢德太太，在最近，恰巧聽到過一種傳說，據說余先生在外面，頗有一些不穩當的企圖，正在偷偷進行。這使太太暴跳如雷。她覺得那個傳說，似乎已讓眼前的事證實了。

當那位來賓大模大樣踏進書房時，弟兄二人急忙用天然的快鏡頭向他拍照。

結果還是老大先開口說：「如果我們有什麼事情，勞了費先生的駕，我們當然要設法謝謝費先生的。」他這話，說得相當圓滑而含糊，這巧妙的辭令，有點近於現代外交席上所習用的方式。

二少爺是一個「七石缸式」（吳諺：「七石缸，門裡大。」意謂在家內託大也。）的人物，主要的是他不知道這位叫他「阿弟」的來賓，是個什麼身分。他覺得未便反抗。於是，紅著臉，默然。

「這是令尊在新公館裡用鈔票捐到的愉快新稱呼。」來客說，「你別打斷我的話呀！──不多一會兒，樓下男女兩個下人，聽得樓上有人在發喊。那是猶太人代表的喊聲。奔上樓去一看，只見他們的有鬍子的少爺，橫倒在一張沙發裡；樣子像已昏暈過去。猶太人的代表說：大約是天氣太熱受了暑，不要緊！趕快把太太找回來再說。但是，那一男一女兩個僅有的下人，都不知道太太是在哪家打牌，因之他們無法打電話。於是不久他們都被那個猶太人的代表交使出去，分頭去到幾家熟悉的公館裡，找尋他們的太太。結果，太太不等她的下人未找而先自動溜了回來，據說並沒有人邀她打牌，那個電話來得有點奇怪，讓她上了一次大當。不過，這還不算上

當哩！踏進門來一看，方知真的上了大當。原來，她的少爺不見了！」

來賓提高了聲音，笑笑說：「鄙人以綁票匪首領的資格，準備和兩位非正式地談談，不知兩位以為怎麼樣？」

他覺得天地在他腦海裡瘋狂地旋轉！

二少爺卻用尖刻而嚴重的調子，在向來賓發話：「你對這件事，怎麼會知道得這樣清楚呢？」

這輕輕的一句話，彷彿挾著一股北極的寒流而來。卻使這弟兄二人的身上立刻冒著冷氣，連呼吸也凍住了。

因為，我們這位聞人，私生活一向很嚴肅。平時，絕對沒有一夜不歸的習慣。很多人知道：他的太太的賢德，卻是養成他這嚴肅的習慣的原因之一。

有一件事頗為可推。弟兄二人聽了來客那套半真半假似嘲似諷的話，他們始終無法猜測：這個傢伙，畢竟是個何等樣的人？同時他們也始終無法猜測；這位客人的來意，又是何等的來意？他們只覺對於眼前這個人，好像很有點畏懼；而又說不出為什麼對他畏懼的原因。

到今天早晨，時候還不到六點鐘，大隊帶行通緝性的偵騎，紛紛奉命出動。其中包括：余先生的大公子國華，次公子家華，以及男女幹練僕役等等。

弟兄二人，瞪著四隻眼，不響。來賓把銳利的視線從老大臉上兜到老二臉上，他指指自己胸前的那條紅領帶，說：「喏！」他側轉臉，指指自己的耳朵，說：「喏！」他又伸出他的左手，讓對方看他那個鯉魚形的指環說：「喏！這些，都是我的身分證。你們也許知道這些古董的。」

這時，書房門外，有些較機警的人物已經聽出裡邊談話的真相。有一個人，把這消息報告了大眾。頓時，書房門外，好像踢翻了一個黃蜂窩。

黃蜂D說：這混蛋膽子不小！綁了人家的票，還敢大模大樣跑上門！

老大睜眼看看老二，沒有發聲。因為，這消息於他們確是一個新奇的報導。

大少爺和二少爺爭先以恭敬的態度招呼他坐下。

一陣極大的擾亂，起於這蜂群之中，連蜂后也在內。

太太在「力排眾議」之下，提出了她的主見：她主張趕快和這匪首好好議價。因為，在這樣的時勢之中，家庭裡斷斷損失不起一個善於囤積的天才，就是在社會上，同樣也損失不起這樣一位太偉大的人物的。

但是，那位較機警的老二，他望望來賓的耳朵與領帶，他的腦內，開始閃出某種可怕的幻影。他用基督教徒對付撒旦那樣的聲氣向這來賓發問：十點剛敲過，二少爺家華坐著出差汽車，也回來了。頭上菲律賓式的頭髮，已經弄得很亂。他用手帕拂著西裝上的灰塵說：凡是可找的地方，都已找遍；甚至他連浴室那種地方，也已列入調查的表格；但是，浴室在上午不開門，所以結果當然他是失望了。

「家嚴在什麼地方？」老二比較性急。

「接洽一注很大的生意嗎？」大少爺的較和緩的口氣。

下人們揀選了上品好茶與上等名煙送上來。來客拿起紙菸，先看看牌子，看得滿意了，方始拿在手裡，讓敬菸的下人給他燃上火。

黃淑C說；老爺還有新公館嗎？──書房裡的人，就是綁票匪嗎？

於是，他們聽到書房裡的主客在開始談話了。

二少爺帶著一臉的驚惶，從書房裡溜出來。他把那個不很有趣的消息，歷亂無章而自以為很詳細地向太夫人報告了一氣；他說明書房裡的傢伙，是一個著名匪首，他又盡力描寫這匪首的凶悍。

二少爺訝異地問：「哪一個少爺？」

性急的二少爺，搔搔菲律賓式的頭髮，又想發問。但是，他的問句被來客凶銳的眼光阻了回去。

老大簡直驚異得無法再開口。

這漂亮的句子使弟兄兩人心頭感到一寬。

來客的說話，帶著一些頓挫的調子，這調子暫停於這個小段落上。他又噴著煙。

黃蜂 B 說：老爺是在新公館裡被綁去的！

第三章

二人的眉頭重新蹙了起來。他們焦灼地期待著來賓口中的數目字；這焦灼比之關心肉票的安全更甚。

來客仰面噴出一口煙。於是他開口了。他的語聲很驕蹇；好像尊長在對小輩發言。他先問：「兩位是不是余老先生的世兄？」

（先生們，記著吧：這就是社會上的一般人們如何取得他們到處受到優待的最簡便的方法了！）

他說時，卻又看著老二表示一種慷慨的樣子道：「這金錶和金戒，不妨請先行收下，就算是我們這注生意的贈品吧。」

「提起你們的令尊翁，的確是一個太偉大的人物！」來客聳聳肩膀，裝著一臉布景式的笑容說：「我們都知道他以前的偉大的歷史，真可以說是一位囤積界的天才者。在過去，他囤過米，囤過煤，囤過紗，囤過一切一切生活上的必需品；他的偉大的計畫乃是無所不囤。而在最近，他又著手於建築一道大西洋的海底圍牆。他打算把全市所留存的各種西藥，盡數打進他的圍牆之內。他的志願極其偉大；他準備把全市那些缺少康健的人，全數囤積進醫院；他又準備把各醫院的病人，全數囤積進墳墓。哈哈，偉大，偉大極了！」

「那麼，二十萬吧。」老二聽口氣不對，連忙加價。

這個時候，「白宮」中的首腦 —— 我們聞人先生的正式而賢德的太

太——為嫌密探們的情報不仔細，她已親自「移步出堂前」。她並沒有聽出那位來賓，站在兩架麥克風前，滔滔地在發表何種偉大的議論；她只聽到那篇長篇演說之中，橫一個新公館，豎一位新太太，這讓她耳內的火星，快要飛上巴爾幹半島。依著太太的主見，幾乎就要親自列席於這書房中的小組會議。但是，她的一些隨員們，卻勸她姑且聽聽看再說。

「咦！你——」來客自動燃上一支新的煙，隨手拋掉煙尾。他向老二瞪了一眼而厲聲說，「你竟這樣性急嗎？」

於是，她又主張對這書房裡的匪徒，盡可能的加以優待。同時她又吩咐全家的人，把這消息嚴密封鎖起來，千萬不可聲張出去。

「一百萬。二位以為怎麼樣？」來賓撕碎了兩張電車票，隨手拋在地下。

來賓吸菸，搖頭，手裡仍在撕廢紙。

他們聽得那位來客，在用較和婉的口氣說下去道：「令尊在新公館裡所等候的，是一個猶太人。那個英國籍的猶太老闆，手內囤有大批的挪威魚肝油。最近，為著某種原因，他的囤貨，將有無法出籠的危險。因之，他急於要找一個囤積界的偉人，趕快把這批貨物貶價脫手。——於是他就找到了你們的令尊。——」

幸虧他這哺哺的低語，那二位少爺在心緒紛亂之中沒有聽得清楚。

「你，——你，——你先生——就是——？」

他用訓斥的聲吻接說下去道：「阿弟，請你耐心些聽我說；事情的演變，都由逐步而來；事情的說明，也要逐步而來。譬如，世界大戰之醞釀以及爆發，那決不是一句話所能說明的。阿弟，是不是？」

「費先生，能不能請你痛快些說了——接洽生意，大概用不著開一整夜的談判！——家嚴為什麼還不回家？」老二的脾氣，畢竟暴躁。他開始對這位氣概不凡的貴賓，發出他的二少爺脾氣。

老大以一種艱困的聲氣向他婉懇：「請先生要原諒，我們根本沒有那

麼多的錢。照舍間的景況，至少出到十萬，已經是一身大汗了。」他說時，雖不至於真的出大汗，但的確已有些小汗在沁出來。

當然書房裡的出奇談話還在繼續下去。

來賓搖著腿，像在背誦著一張藥房裡的囤貨表。他伸手看看他的浪琴手錶，又說：「啊！時候已不早。夥計們的優待手續，大約已經在開始了。」

不料那個來賓卻向他笑笑說：「阿弟！你不要以為我的頸子上面，裝著三個豬頭！為令尊著想，我以為這一筆貨款，是越付得爽快越好的。」

書房裡靜悄悄的畫面，看來相當有趣：一個的態度，彷彿被供養在星宿殿中的人物。看樣子，好像許多時候始終沒有開過金口。另一個的狀貌，相反地是這樣悠閒。這時他又自動取了一支新的煙在燃上火。二少爺簡直猜不出這位大煙量的來賓，自從進門以後，到底已經燒掉了幾支煙？他只看見這位來賓身前隨便丟下的煙尾，至少已有三個或四個之多。

「當然就付，當然就付。」老二把眼光掠過那條紅領帶而趕快這樣說。但是他又皺皺眉：「不過，舍間一時恐怕湊不出這麼多的現款，可不可以……」

事實上，書房門外的許多人，都沒有聽清楚書房裡的那段離奇的小說。因為，那位來賓，把這一席話，實在說得太長而又太快了。

老二說完，仍舊讓他那位面色不很好看的老兄，款待著這位說話不大好聽的貴賓，他再轉身向外走。

他這幾句話，好像有意在向門外發表，所以聲音說得相當響亮。

「這是現在才一百萬呀。」來賓滿不在意地這樣說。他又隨手撕碎一張電影票根。

「四十萬！」老二也出汗了。

黃蜂F：……

「到泰康公司去買餅乾，那也沒有還價的。難道令尊的身分，竟不如餅乾了？」來賓銜著紙菸，他用閉目養神的姿態，含糊地說出上面這幾句話。碎紙頭仍在他的手指間紛落到地下。弟兄二人，對他這種不冷不熱的話，只覺敢怒而不敢言。

一面，他又揚揚然，向凍結在書房裡的大少爺說：「我們不妨以合理的態度，談談那個價錢。好歹我這個人一向出名，是個正當商人；我們的生意，都是劃一不二的。」

大少爺聽著他這種刺耳的鬼話，簡直想哭而哭不出來；二少爺也是想笑而無法笑。兩顆腦袋只能並在一處搖。無可奈何，他們只得把一個裝過了許多囤貨樣品的旅行袋，清出了交給他。這是八十萬元之外的一件小贈品、小意思。

來賓聳肩微笑。他說：「這是要問你們的。你們的錢，幾時付給我呢？」

一個年輕的男僕從室外匆匆走進來，在二少爺的耳邊，輕輕說了一句話。於是，二少爺以嘶啞的聲音，用力喊出「八十萬元」的數目。當這最後的數目喊出來時，大少爺的面色顯得很難看。因為，至少這個數字在「未來的遺產」上，卻是一種無形的損失。

老二到了外面，趕緊把談判的情形一一詳細稟明瞭太夫人。太夫人聽了當然也很著急。主張趕快張羅款子。因為，那張被扣留的票子，要是過了時的東西，那倒也罷了。無奈，眼前這一紙票據，市面上非常吃香，當然要趕快贖回來，越快越好。

大少爺聽說，如遇皇恩大赦，當他透出一口重氣而跨出書房門的時節，來賓在成串的呵欠聲中向他說：「對不起，請你隨手帶上了門。」

「那不會。」二少爺輕聲地說：「裡面那個傢伙，雖然出名很兇悍，但也出名很有信用。我一向知道他，說一是一，比之許多有名人物，靠得住得多。」

弟兄二人聽說，你看看我，我看看你，四個眼珠，露著一種類如奉命舉行壯烈犧牲的神情，他們沒有爽快地說出 OK。

嗡嗡嗡嗡嗡！……

總之，他們在對方這種不死不活的眼光裡面找到了一個確定的結論，那就是：假使他們不把那筆票款趕緊湊出來，結果，一定不會弄出什麼有趣的事情來，那是無疑的。

總之，他這一次午後的散步，路是跑得相當長。背後的兩個，在沒有跟完一半路的時候已是怨氣沖天！他們簡直疑惑這個傢伙將要進行一個環球的旅行！而且，在背後追蹤他也真不容易。因為，這傢伙的步伐，一會兒那麼快，一會兒又那麼慢；他的走路的方法，等於從前譚鑫培老闆唱戲的方法，「尺寸」忽急忽緩，毫無一定；這簡直存心和背後拉弦子的夥計們開玩笑。

來賓還在謙和地說：「不忙，不忙！」此時，他已不再撕著電車票。他又伸手把茄力克的煙罐拿了起來。

成交的確數，總算定規了。有孝心的大少爺連忙問：「那麼，先生幾時把家嚴放回來？」

一方只管加價，一方不肯拍板。來賓一面接洽生意，一面卻以扯紙頭作為消遣。無多片刻，碎紙布滿了一地。──這像世上的某種人類一樣：把好端端的乾淨土地，竟給弄成滿目的汙髒。

兩人急忙走上前去，隔著車門向阿林問：「你在這裡做什麼？」

「老軍們紛紛議論」！

背後另外跟著兩個人，那兩個人也是認識的；都是老爺的好朋友。其中的一個是紗業鉅子；另一個是藥業鉅子。總之，這兩個人也都是在這大都市中常常做些證婚與揭幕等類的「榮譽事業」的大聞人；不但兩個人認識他們：多數上海人是連他們的骨頭變成了灰也認識的。

於是，老二霍然站起身來說：「先生不要開玩笑。請再寬坐片刻，讓我們商議商議，儘速把款子湊齊，免勞先生久等。」

「難道老爺會在這裡打上一夜撲克嗎？」阿榮也以為阿林的話靠不住。

可是，事情有點小小的為難：你想吧，無論一個如何富有的家庭，在一時半刻之間，馬上就要湊出百萬的現款，那總有點不大可能。何況，在這一個地球被踢得像皮球那樣亂滾的時候，無論哪一家，根本就不願意把大量的花紙挽留在家裡。

「四十五萬吧！」

有一點是太奇怪了！這個紅領帶的傢伙，進去的時候，顯得神氣十足；出來的時候，竟已變成非常萎靡。看他的樣子，真像一匹受了傷的野獸快要倒下來。他的身子，被挾持在兩個西裝青年的中間，又像在演唱「獨木關」。——細看這兩個西裝青年，不是別人，正是他們的大少爺和二少爺。

奇怪！兩位大聞人為什麼步著一個盜匪的後塵呢？

有的說：老爺犯了什麼罪，今天是交保出來的。

兩個一路追隨，一路連抹汗都來不及！

最後，這傢伙已進入第二特區。在峨嵋山路相近，前面來了一個穿西裝的矮胖子，這傢伙略站定了向這矮胖子問：「事情怎麼樣了？」矮胖子只向他點點頭而表示事情已完全辦妥。於是，他放過了這矮胖子再繼續前進。走到嵩山路，將近嵩山區的警署。這傢伙的步伐忽而像加足了電氣那樣比前走得更快。背後的兩個，急忙在十幾碼外加緊步伐而喘息地跟上來。正自追得氣急，不料路邊忽有三四個短衣漢子，在他們的身前打起架來。那場架，打得有點奇怪：好像他們不走上前，這場架也不會打起來；而他們一上前，那路上的全套武行，馬上開始表演。甚至，那些戰士們的身子，也被推擠到了他們身上。兩人為要躲閃那場世界小戰，注意力受到

了分散，眨眨眼，卻已失落了前面那個傢伙的影子。

　　弟兄二人在一連串的「費心」

　　「勞駕」之中恭送這貴賓踱出大門。滿屋子裡的人，大家透出了半口氣，彷彿在西北方四十五步，送走了一個神道一樣！

　　他們簡直摸不透這位魔鬼式的貴賓的心思。

　　二位少爺一路搖著頭走進來，把這情形報告了太夫人。太夫人埋怨這弟兄二個，說是不該不派人跟他同去。萬一票子斷了線呢，怎麼辦？

　　來賓以微笑表示不允。

　　那位來賓，舉起凶銳的眼光，看看這弟兄二人，露著一點體恤的樣子。於是，他那塊板，總算在不很熱心的態度之下拍了下去。但是，他還在獨自咕噥：「我的生意，一向是真不二價。現在，姑且看在初次交易的份上，就以八折計算，貪圖一下下回的生意吧。」

　　太太卻還不放心。她主張快派兩個人，遠遠跟著那個傢伙，看他走到哪裡去。好在他既不坐汽車，也許，一時還沒有走得遠。

　　老大說完，他向老二看了一眼。他自以為他這幾句話，說得相當圓滑而聰明。

　　那注生意無法成交，談判陷於僵持的局面。

　　好吧！我就把幕後的事情說給你們聽。

　　「做夢！他是一個匪徒，會走進警署裡去嗎？」阿根說。

　　「到這裡來接老爺？」兩人同時感到驚奇了。

　　弟兄二人睜大著眼，起先，一本正經在聽他說出優待的辦法。到後來，方始聽出他在說笑話；而且，看他說話的態度，明明也是說笑話的態度。可是不知如何，他們只覺得他在說話時的眼光裡，老是流露一種凶悍可怕的神情；讓他們看著，只覺神經上面，會有一種說不出的不舒服。

　　而且，老爺臉上的鬍子呢？

弟兄二人弄不懂他這種舉動是何用意？可是，老二的確比他令兄聰明得多。偶爾，他看到那些花花綠綠的紙屑之中，還有作廢的舞票的碎片。他不覺眼珠一轉，憬然覺悟這位來賓的用意。他想：這傢伙，努力於扯碎各式的廢票，這豈不是在說明，倘然不贖票，那就要拿撕票的手段對付了！

一時——背後這兩個——又見這傢伙繼續向凱旋路方向走去。他的樣子真悠閒。手是一直插在褲袋裡，嘴裡的哨子，不斷地在吹，從進行曲一直吹到了毛毛雨。這彷彿表示，他在余公館裡的一頓免費午餐吃得太飽，因而要借重餐後散步衛一下生。

真的，他們之中每個人，都只能說出這事件的某一部分，而無法把這整個的「Trick」（惡作劇）加以詳細說明。

「我也不知道。我只聽說老爺昨晚在這裡住了一夜。」

那輛汽車滿載著一車子的神祕急馳而去。這裡，留下了阿榮與阿根，睜大著眼珠站在人行道上做夢，正像他們的老爺——我們的聞人余慰堂先生——在隔夜所遭遇的情形一樣！

寫到這裡，故事是完了。我似乎又可以把我的患肺病的鋼筆擱下來了。

「不相信，隨便你們。」阿林別轉頭去，表示對這兩個同伴無可理喻。

阿根輕輕向阿榮說：「你看！」阿榮連忙用臂肘向他腰裡一碰；碰得阿根喊喔唷。

最後，還是老二看看來賓的耳朵，又看看他的領帶——再看看他的那個指環。他很漂亮地說：「我們一向知道先生的信用，可以不必跟先生同去，關於家嚴的事一切都仰仗費心吧。」

總而言之，這是怎麼一本帳？這連留守大本營的太太，連迎接老爺回家的兩位少爺，連送老爺回來的兩位聞人，連警探人員，甚至，連老爺本人，都有點說不上來。

當時這個費太敏，既用速成方法把一個紳士改造成了強盜，一面他又指使一個向來和警署方面很熟悉的眼線，特向嵩山區警署告密：就說那個紅領帶的傢伙，將於今晚幾點鐘到幾點鐘，出現於霞飛路的某段，而有所動作。在警署方面，聽說這條捉不到的大魚將要入網，當然不肯錯過機會。而同時，這費太敏卻用一輛汽車，就把他的代表人，準時送到了那個預先指定的地點。── 霞飛路的某一段。── 並親自扶他下車，準備讓他進網。

　　商量已定，趕快派人。這時余府的大眾，都已知道那個剛被送走的匪徒，是個何等樣的匪徒。因之，他們對於這個使命，大都表示不熱心。最後，還是在「重罵之下，必有勇夫。」有兩個年青機警的男僕，硬著頭皮答應願去。── 這兩個男僕，一個叫做阿根，一個叫做阿榮。

　　有的說：老爺為打抱不平，昨夜曾開槍拒捕。

　　以後，就演出了咖啡館中所演出的一幕。

　　總而言之，我們的神祕朋友，他在這個故事之中，他又實行了一次所謂「劫富濟貧」的老把戲。不過該宣告的是：他的為人絕對沒有什麼偉大的所謂「正義感」，他並不想劫了富人們之富而去救濟貧人們之貧；他只想劫他人之富以濟他自己之貧。痛快地說：他是和現代那些面目猙獰的紳士們，完全沒有什麼兩樣的！

　　有的說：……

　　但二少爺卻以極有把握的口氣盡力擔保，說是決沒有那回事。並且他還保險：至多在二小時內，肉票可以安全回家。

　　有的說：老爺回來的時候，那種疲倦簡直難得看見，所以一回來就睡下了。

　　票款是在「特別慷慨」的態度之下付清了。於是，雙方開始討論退票的手續。來賓對於這個問題，似乎比這弟兄二人更性急。他把那隻吃飽了

血的臭蟲似的旅行袋,馬上拎到手裡。他向他的兩個主顧說:「二位中的任何一位,跟我一道去,順便就把那張票子親自帶回,好嗎?」

在事前,費太敏還怕余先生在魚肝油瓶裡所受到的藥力有點不夠。因之,他曾提早實行他所許諾的「優待」,給余先生施行了一次注射的手續。那種注射劑,能使人在短時間中,完全失去記憶。——這是一種什麼藥品呢?這也因為有關我們那位神祕朋友的「商業上」的祕密,當然,我也同樣不能加以說明。——於是,我們的主角余先生,就在這種情形之下便遭遇到了一件任何人都不曾遭遇過的經歷。

正在這個時候,阿榮忽然用力拉著阿根的衣袖而詭祕地說:「快點看!那個傢伙又從警署的大門裡走出來啦!」當阿根隨著阿榮緊張的指示而舉眼向前看時,阿榮還在輕輕地說:「我說我的眼力一向很好,決不會看錯!剛才我是清清楚楚看他進去的!」

有的說:老爺和人吵架,所以昨夜在警署中被關了一夜。

「接老爺回去呀!」阿林說。

兩位大管家在拜命之後,火速追出大門。兩面一看,還好,他們並沒有費掉多大的氣力,就找見了他們的目的物。原來,這座余公館的屋子——位於西湖路和喜馬拉雅路之間,地點相當冷清。他們一舉眼,就望見在不到六七個門面之外,那位曾經一度被優待為上賓的匪徒,腳步正停留在一個畫報攤子之前,倒還沒有走遠。遠遠從他側影上看去:那條紅領帶赫然刺眼。

「你們出來沒有多久,公館裡接到了一個電話;是老爺的好朋友打來的。——」汽車伕向他們解釋:「叫我們趕快放車子到這裡嵩山區警署來,接老爺回去。」

等這一隊人物將要踏上汽車,阿榮阿根方始辨認清楚:中間這個被簇擁著的傢伙,並不是他們所追隨的匪徒。細看面貌的輪廓,彷彿像他們已

走了一整天的老爺。可是身上的西裝，皮鞋，還有那條紅領帶，竟和那個盜匪完全一樣。咦！老爺為什麼要裝扮得和盜匪一樣呢？

「你別瞎說！」阿根不信。

兩個正在緊張地說著，那條神祕而刺眼的紅領帶，卻已越走越近。

那兩個驚奇很發呆的人，他們當然不會在人行道上發著一整夜的呆。所以，不久他們就在議論紛紛之中回到了公館裡。可是回家以後，他們依舊不曾開啟那個神祕的悶葫蘆。他們只在眾人口裡，得到了一些零碎、紛亂而又模糊的消息，這消息像是某時期中報紙上所載的消息一樣，簡直使人越弄越糊塗！

但是讀者們說：不行！你只說明了這故事的外表，而沒有說明這故事的內容！你應該把幕後的一切，指出來給我們看。

其實呢，說出來也像氫氧變成水一樣的平淡。原來：我們的主角，——聞人余慰堂先生——所遭遇的事情，其前半，那位匪徒先生在余府上已完全說明；他所說的一切，的確絲毫不假。當時，余先生在那支魚肝油的樣瓶裡面，嗅到了一些什麼東西，——當然是麻醉品，這東西的性質非常劇烈。我願意保嚴這個祕密以待我自己在不能以筆墨維持生活而準備跟「吾友」下海做強盜時自己應用。所以，我不準備把它的名目說出來。——之後，他就被那個猶太人的代表和另外一個人，從他的新公館裡，用老虎車裝死豬玀的方式，搬到了另外一個地方。——當然是匪徒們的巢穴。感謝匪徒們在他昏迷不醒的時候，讓他漂亮漂亮，代他施行了些返老還童的手術，——這手續包括免費的理髮和修面。——他們把他由中裝改成西裝，由緞鞋換上皮鞋，使他以另外一個強盜面目與世人相見。——此外，他們又在他的衣袋裡面，放了一支手槍，讓這位有身價的人物，隨時可以防防身。卻不防這個沒腦子的東西，居然也會藐視法律，做出開槍拒捕的事來。

至於這個神祕的費太敏，導演這出戲劇，他的目的何在呢？目的嗎？

除了以演劇消遣他所認為可俗的人生以外，主要的一層，當然是為綁票勒贖。根據他的經驗，綁票雖是──件輕本重利的事業，而其中最難處理的就是藏票。況且，在眼前這種時勢之下，房屋是這樣的難找；棧租是這樣的昂貴；而二房東之流的面目，又是這樣的難看！為避免一切等等的麻煩起見，除了把那張肉票，免費暫放在警署裡面，此外，似乎沒有比較更妥善的方法了。──很好，這是一個新發明！

總而言之，以上的計畫，又是我們這位神祕朋友特地和現代紳士們開開玩笑的一個新鮮傑作。──這裡，我們始且尊重這位神祕朋友的意見，就稱他為費太敏。

以後，那個三角怪眼的買主就來了。你們現在當然已經知道，他就是嵩山區警署的偵探長。

以後……你們完全知道了；不用我再說了。

還有一點，他對於那位余先生，過去有一些小仇隙；因為余先生在大庭廣眾之間，曾盡力抨擊過他說：像這樣的一個惡魔，為什麼警探界不設法把他捉住了關起來？而竟眼看他在社會上橫行不法！這幾句話曾使他感到不大痛快。於是他就依著余先生的話，設法把他捉住了而關起來，也算「即以其人之道，還治其人之身。」依他的原意，還想慢一點把余先生被捕的消息，讓他的朋友們知道。這可以把這強盜紳士，多關幾天，教訓教訓他，以後不要再信口瞎說。無奈，近來他又很窮。由於經濟上的恐慌，才使他不得不將手裡的囤貨，趕快點就脫了手。

原載《春秋》，1943 年 12 月至 1944 年 3 月第一卷第五期至第六期

這裡再要告訴讀者們。前文所說猶太人出賣大批廉價魚肝油的事，當然也是完全沒有的事。你們想：假如一個猶太人而有大量的便宜貨讓你囤，那麼，大文豪「Shakespeare」（莎士比亞）先生，也不至於寫出他的名著「Merchant of Venice」（《威尼斯商人》）來了！是不是？

烏鴉之畫

第一章

　　走下了若干階寬闊的石梯，迎面，有兩帶礬石面的櫃檯，四周環繞過來，圍成兩個小小的長方形的部分。這是××公司地下室中的飲食部。

　　在櫃檯裡面，備有一些簡單的點心，與幾種冷熱的飲料，供給顧客們的需求。這裡的侍應者，都是年青的女性，她們有著鮮紅刺眼的櫻唇，有著上過電刑的秀髮，也有著纖細的腰肢與纖細的眉毛。她們的每一支線條，都充分顯示都市女性的特有情調。

　　由於某種條件的限制，她們的年齡，都在十七八歲之間。內中有幾個，似乎還沒有到達成熟的年歲；而她們卻藉著人工的輔助，努力裝點出了成熟的姿態——這像樹頭的鮮果，原還沒有透露天然的紅豔，而它們亟於使用一種人造的顏料，塗抹上了鮮明可見的色彩。

　　在櫃子外邊，四周安放著若干獨角的圓凳，這是給顧客們的座位。在這裡，你可以隨意飽餐美食，並隨意飽餐「秀色」。——這是一個中等階級的小小享受的所在。

　　這時候，大約還沒有到上市的時候。右手的櫃前，只有寥寥三五個顧客點綴著「市面」，而左側的一排圓凳，卻還空虛虛的，並沒有一個人。

　　生意既很寥落，那些姑娘們，不免感到無聊。她們原是很活躍的一群，於是，在無事之中，不免找些事來做做；無話之中，不免尋些話來說說；甚至，在無風無浪的平靜的海面，她們曾搧動出些意外的風波來，大

家騷擾一下。

「喂！你看，那個人的面龐熟得很。」一個穿淡紅絨線背心的姑娘，操著廣東式的國語這樣說。她把她的熱情的眼色，從自己這邊的櫃檯裡穿過去，投到了對方的櫃檯邊。

「哪一個？」問話的姑娘，穿著一件裁剪得很配身的水綠色的旗袍。她伸起塗著指甲油的纖指，摺了摺她新做過的鬢髮。

「左邊第四個 ── 穿西裝的一個。」第一個姑娘輕聲地回答。

「你認識他嗎？」第二個姑娘閃動著她的長睫毛。

「不是認識，我說他的面貌，很像一個外國明星。」

「她的側坐著的姿勢 ── 手插在褲袋裡 ── 有點像『勞勃脫楊』，是不是？」

「不，我是說他的面貌。」第一個姑娘立刻加以糾正。她把一個食指，搔搔她的太陽穴，思索地說：「哎！這人像誰呀？哦，想到了。他像喬治賴甫德，哎，不對。我說錯了，他像貝錫賴斯朋。」

這一位穿淡紅背心的姑娘，似乎天生成一枚百靈鳥那樣的舌子。她不等那個穿水綠旗袍的同伴開口，立刻，她又自動地附加著說：「《金殿喋血記》，你看過沒有？賴斯朋主演的一張歷史片，麗都戲院新映過，我和小顧一同去看的；我們看的是樓廳。」

「哦，不錯，說穿了真有點像貝錫賴斯朋；尤其是他側面的面影。」水綠旗袍的姑娘，輕輕拍著手，她把談話拉回到正題。再向對方斜睨了一下，她又著意地反問：「你猜，這人的年齡，有幾歲了？」

「至多，二十八歲，依我猜。」穿紅背心的姑娘，把視線從對方的側影上收回，很有把握似的這麼說。

「呸！讓我向西藥部小張，替你賒瓶沃古林。好不好？」

「噓！你說我眼光不準嗎？── 那麼，你說吧，這人有幾歲呢？」

「至少四十六歲。你再仔細點看，他的額上的電車路，已經有那麼深，差不多是 Old Man 了！還只二十八歲嗎？」水綠旗袍的姑娘，立刻提出了抗議。她又補充她的意見：「無論如何，抽壯丁，一定不會輪到他了。」

　　這位姑娘說到抽壯丁，她覺得她自己的話，說得相當風趣。於是她顫動著她的肩，格格地笑起來，笑得非常嫵媚。

　　「沃古林眼藥水，讓你自己去買吧！這人會有四十六歲嗎？你在發痴了！我說頂多再加上二歲 ── 三十歲。」紅背心姑娘不甘示弱。

　　「就算再減兩歲吧，至少他有四十四歲了。」綠衣姑娘也不甘退讓。

　　「最最多，三十二歲！」

　　「最最少，四十二歲！」

　　為了這樣一件絕不相干的小事，累了兩位天真的姑娘展開了微妙的爭執；她們爭得非常熱烈，看樣子，簡直和一個戰時內閣中的辯論，具有同等的嚴重性。雖然她們的語聲，都是那樣低低的。

　　「依我看，沃古林藥水要買兩瓶才好。一個人的年歲，會有十多歲的參差嗎？」在這小組會的議席上，這時忽又增添了後來的一席。只見第三位姑娘，參加進來說：「你們這兩個傻子，一個猜得那麼多，一個又猜得那麼少，讓我來裁判吧，規規矩矩說，這一個人，大約是三十五六歲。」

　　這第三位姑娘正從電腦邊緩緩走過來，提出了上面那樣的折中的意見 ── 她是一個身材苗條的姑娘，衣飾較為樸素，穿著一件藍士林布的旗袍，有一支短鉛筆，夾在她的白嫩的耳朵上。原來，她對對方這個賴斯朋的幻影，也已有了兩分鐘的注意，因之，這時她以外交家的圓滑的姿態，出現於她的同伴之前，自認為是一個仲裁者。

　　那個穿淡紅背心的姑娘，似乎具有一種執拗的性情。她旋轉頭來向這突然插口的第三者輕輕掠了一眼，立刻，她把頭頸一扭，堅持地說：「我一定說這人最多只有三十歲。要不要打一下賭？」

「打賭？噓！你不會贏！」第三個姑娘撇撇嘴。

「要你這樣幫他，硬要替他隱瞞年齡，是不是你已看中了他。」綠衣姑娘一面說，一面看到數公尺之外，有一個掛徽章的「監督」者正把視線投向她們這一角。於是她輕輕地，含笑向她的同伴投擲一個手榴彈，卻旋轉頭去，準備結束她的戰爭。

「就算我看中了這一個人，你預備怎麼樣？」第一位姑娘，勇敢而老辣地抵抗著。

「牙牙崽，嘸怕醜！」（意謂小孩不怕羞。）綠衣姑娘伸出一枚食指，回過頭來羞羞自己的粉臉，說了一句似是而非的生澀的廣東話。

那個穿藍衣服的第三者，聽到了第一位姑娘的勇敢自承，她把她的豔紅如玫瑰的腮，鼓成了一個圓圓的魚泡的樣子；她又取下她耳朵上的鉛筆，在這魚泡上面刺了一下，噗哧一聲，魚泡洩掉了氣，連著，她把櫻唇湊近第一位姑娘面龐，悄悄然說道。

「鄧祿普！」

說完，她和那個綠衣姑娘，大家一陣倩笑，慌忙扭轉身子，躲到了別處去。

這一小隊袖珍形的戰士，把她們粉紅的機關槍，放射得這樣熱烈。可是，側坐在對方櫃檯邊的那個貝錫賴斯朋的幻影，他的腦後，卻並沒有添裝一副視的器官，因之，他竟全不知道，他已遇到了一種意外的幸運；竟被那些熱情的姑娘們，把他當作了談話的對象──這是很可惜的！假使他能聽到她們那番滑膩膩的談話，也許，以後他在夜深人靜的寂寞的環境中，將會使他獲得一種留蘭香味的回憶。

的確的，對方這一個被談論的人，令人一望之間，會留下一種特異的印象。大體說來，他是一個愛好修飾的人。一頭波浪式的頭髮，似乎曾破費了不少的司丹康，遺憾的是，他這漂亮的頭髮，已並不是純粹的烏

黑。──那個綠衣姑娘的觀察，確乎具有相當的準確性──腳上那雙黃色紋皮鞋，好像也曾犧牲過一些小小的時間，否則，決不會擦得那樣的亮。他身上穿的，是一套米色而有紅色細方格的西裝，質料相當高貴。裡面一件乳白色的筆挺的綢襯衫，配上一條深紅色的領帶，這和那些姑娘們的嘴唇，一樣的鮮明而耀眼。此外，在他襟邊的小袋裡，鑽出了花花綠綠的小綢帕的衣角，還附加著一支藍寶石的 Paker 墨水筆，由此種種，卻使這人身上，處處在播散著一種很濃厚的「上海浪子」的氣息。──總之，很顯然的，他是一個熱忱而優秀的「洋貨業務員」！

　　這位洋貨推銷專家的身前，放著一瓶綠寶橘汁。一枚細長的蠟紙管，插在瓶口的紙片中。此人側著身子，坐在這礬石面櫃檯之前，費掉了二十分鐘以上的時間，好像並不曾把瓶子裡的黃色液體，吸去十個西西以上。常言說：「醉翁之意不在酒」，此君之意，似乎也不在橘汁。他屢屢抬起他的冷靜而銳利的視線，在流盼著迎面石梯上的熙攘的群眾，似乎有所期待。

　　石梯上的來賓，愈弄愈多了。去了一群，又來了一群。肩膀與肩膀，足趾與足跟，不時發生不可免的摩擦，在這熙往攘來的群眾中，如果你能細細觀察，無疑地，你會看到一件很顯著的事情：那些大夥兒的來賓，幾乎有百分之八十以上，他們都是空手而來，又都是空手而去──雖然這地方，標明廉價商場的字樣，可是，那些不知足的傢伙，還在聲聲嘆息，嫌著貨價的駭人！

　　這是一種嚴重的伏流，早已深深潛入了這麻木不仁的大都市；這分明是說，那大夥兒久慣享受的驕子，至此，也已漸漸踏進了無法享受的階段。

　　這一個紅領帶的傢伙，似乎具有一種很冷靜的觀察力。這時候，他冷眼觀察著當前那些擾攘的群眾，正自發為一種無聲的感喟。一會兒，迎面的梯子上，似乎有些東西，已吸住了他的視線。

在石梯上，有一個人，正用著一種鴨子式的步伐，在蹣跚地走上來。這人具有一個矮而結實的身軀。一張橘皮式的紫臉，兩頰每一個毛孔，都有大號針孔那麼大。唇間，留著一撮滑稽的短髭。遠看，在圓而扁的鼻子下，好像塗著一朵墨。此人穿著一套灰色的西裝，品質相當高貴；可是，附屬在他肥矮的身體上，卻有一種臃腫難看的姿態。

跨下石梯，最先和眼瞼接觸的，便是那個飲食部，因之，他並不需要精細的尋覓，他正發現了他所要找的目標。

當在一眼看到那個紅領帶的傢伙時，他立刻拉直了他的沙啞的嗓子，歡然地喊：「哈囉！首——」

在已喊出的「首」字之下，當然另外還有一個什麼字。可是，他只喊出了一半，他望望四周的群眾，省悟似的縮住了。

紅領帶的傢伙等這矮子走近，舉起一種含有幽默性的眼光，譴責似的向他說：「請注意，今天我姓石，單名一個冰字。」

他的語聲很冷峭，說時，伸指彈著那隻盛橘汁的瓶子。他補充道：「就是冰結濂的冰。」

矮子暫不發聲，他在想：「這算是第幾號的姓名呢？好，隨便你吧！」

矮子想時，拉拉他的緊繃在腿上的褲管，他在這位「今天姓石」的傢伙的身邊坐下來，他說：「啊！——首」他立刻改口：「啊密司脫——」

「——石！」紅領帶的傢伙。他向這個矮子打趣似的說，「孟興，你的記性很好！我姓石，你可以姓木！」

矮子忸怩地笑笑，他問：「密司脫石，我沒有到得太遲嗎？」

「我等了半點鐘，」石伸手看看他的脈窠裡的浪琴手錶說：「你的事情，打聽出來沒有？」

這時，櫃內有一個身材纖小的圓臉的姑娘，走近這矮子的面前，她把手裡的鉛筆尖，在石櫃面上輕敲了幾下，代表了「你要什麼？」的問句。

「哎！我還沒有吃過午飯，真的，肚子有些餓了。有什麼可吃的東西呢？」這名喚孟興的矮子，掀掀他的高挺起的肚子。他抬眼看到櫃角上的一口玻璃小櫥，櫥裡陳列著些點心的樣品。他說：「好！就是三明治——紅腸三明治。先來細（四）客。—— 我的話，你識得嘸識得？」

他似乎知道對面的這個圓臉姑娘，是一個南國佳人，因此，特地賣弄著他的南國鄉談，生硬地，附加了後面不必要的兩句。一面，他又回頭向石冰說：「你問姚樸庭的事嗎？」

「那個淡藍色的信封裡，裝著何種性質的祕密檔案呢？」紅領帶的石冰，取出煙盒，把一支土耳其紙菸，在櫃上舂了幾下。

「完全打聽出來了！」矮子驕傲似的說。（廣東人做事，非常守規則。）

這時，有四個小碟子，累贅地被推到了這矮子的身前，矮子的餓眼，射到那些薄薄的麵包片上。他改用了一種鳥鳴似的福建鄉談說：「那個藍信封裡，有三封很長的情書，一張贍養據；這是一位在野而有勢力的大政客，寫給一個舞女的。」

「政客？誰？」石冰握著他的精美的 Ronson 打火機暫時停止了他的打火的動作。他也改用鳥語似的聲音。一面，他把那個紙管，蘸著瓶裡的橘汁，在櫃面上寫了一個字問道，「是他嗎？」

「正是咧，你真是聰明！」孟興正把麵包，整塊地送進嘴裡，含糊地回答。

「如果這些情書與憑據，披露出來，會有什麼影響呢？」

「影響很大吧？你知道的：我們這位大政客，他在表面上，出名是個生活嚴肅的人，他怕他的面具，會被這件事情所扯碎，這是一種顧忌。再則，近來他的政敵，對他攻擊得相當厲害，那些情書一旦披露，很有影響他以後政治生命的可能。所以他很著急咧。」

「這位政客先生，知道不知道他的那些精彩作品，是在那個姚樸庭的

手裡呢？」石冰把土耳其的紙菸燃上火。

「知道的。他曾遣人示意姚樸庭，願意出一注重價，收回那個淡藍信封中的全部檔案。」矮子嘴裡大嚼，他的滑稽的短髭，起落得很忙。

「那麼，姚樸庭有什麼表示呢？」

「他把那些名貴的信件，當作奇貨那樣囤積了起來，他正預備大大看漲一下，照目前的市價，還不肯脫手哩。」

紅領帶的石冰，把身前那瓶未喝完的橘汁推得遠一些。他噴掉一口煙，又問：「那位姚樸庭先生，又是一位何等樣的人物呢？」

矮子孟興，正把滿嘴的東西吞嚥了下去，很奇怪地看了石冰一眼道：「咦！這樣大名鼎鼎的人物，首領，你會不知道嗎？」

石冰閃著他的敏銳的眼光，看看週遭那些嘈雜的人們，他向他這「好記憶」的同伴，眨了一個恬靜的白眼。矮子微微一紅臉，急忙抑低著他的沙啞的聲氣說：「那位姚樸庭先生，人家順著他的字音，稱他為『搖不停』，從搖不停三個字上，引申起來，替他取了一個新奇的綽號，叫做『擺不平』。擺不平三字的意義，就是說：必須要用整疊的鈔票，把他填塞起來，方始能夠填平 —— 據他自己告訴人家：他的職業是律師；其實，他的不固定的收入，大半是從『填平』方面得來的。」

「不平，平，這很有趣！」石冰噴著煙，喃喃這樣說。

「啊！不平遇到平，這該大大倒運了！」矮子這樣暗想。

石冰又說：「我明白了。他是一個業餘的敲詐家，是不是？」

「對！」矮子點點頭。

這時，這位沙喉嚨的先生，像老虎吃蝴蝶似的，早已吞啖完了他的四客三明治。他想繼續再要一點，但，他偷眼望望當前那些腰肢纖細的姑娘，他感到有些不好意思。於是，撩了一下肚子，忍住了。

左右兩邊，圓凳上的人們漸漸加多。櫃檯裡的那些姑娘，不時把俏眼

射著這紅領帶的傢伙，似乎在說：怎麼還不走？石冰站起來，把兩張紙幣，拋在櫃面上，付掉了帳。他抽身離開了這櫃檯。矮子看看那瓶未喝完的橘汁，摸摸短髭隨在他的身後。

他們在這地下層的廉價商場裡，擠在那些缺少購買力的顧客之中，兜著無目的的圈子。石冰一邊走一邊向這矮子問：「那位姚老夫子，他把這些信件，抓在手裡，預備怎麼樣呢？」

「他曾向那個政客，討過價錢——那簡直是一個無法負擔的嚇人的高價！一面，他又揚言，如果在最短時期，再不取贖，他準備把那幾封信，送進字紙簍，不再換一個錢——你看，他是多麼好說話啊！」

石冰冷然接著道：「這就是說，再不贖取，他就要把這些信件披露了，是不是？」

矮子點點頭說：「正是，在過去，他也曾把這種立可兌現的支票，在他主顧面前，輕輕扯碎過的——這是他的一貫政策咧。」

他們緩緩走著，一個小小的圈子兜過來了。走到原來的地方——石梯之下——石冰發現左方的櫃檯裡，有幾位姑娘，正把一種很難描摹的眼色，向他身上投擲過來，一面，還在竊竊私語。

石冰忽然站住步伐，故意流露一種垂涎似的眼色，高聲地說：「喂！孟興，我的心熱得慌，我要喝點冷飲，涼涼我的臟腑。」一邊說，一邊又在這左邊的櫃檯前，逕自坐了下來。

孟興覺得有點驚異，但他也感到很高興，當他把他的肥矮的身軀，再度放上圓凳時，他立刻喊著：「細客三明治，細客。」

「綠寶橘汁。」石冰應聲而說。他的眼光，恰巧射在一件淡紅絨線的背心上。

有三張粉臉，迅即抹上了驚奇的倩笑——因為她們明明看見，這紅領帶的傢伙，即刻在對面，曾把大半瓶的綠寶，留著不曾喝完。

第二章

那個穿淡紅背心的姑娘，轉身取著橘汁時，另一個身材苗條的姑娘，把鉛筆尖，在她腰裡輕輕點了一下，輕輕地說：「喂！阿珍，你的貝錫賴斯朋，走過來了。真的！他對於你，很有意思咧！」

「啐！」一個纖小的身子，嬌柔地一扭。

四客三明治，湊近了那撮髭。

一瓶綠寶，又放到了那條紅領帶之前。

三個姑娘，閃向櫃內的另一隅，在嘰嘰喳喳大談，三雙俏眼，雨點似的輪流向櫃外飄送過來。

石冰不時把一種熱情的視線，答謝著那些姑娘的「盛意」，一面，自管自向孟興發問：「那位大政治家，有什麼對策，應付那個姚樸庭呢？」

「他預備向姚樸庭，酌量加些價，再不肯，那只有出於劫奪的一法了。——當然，他是決不肯讓這些信件，輕易披露的！」矮子努力進行第二度的「工作」一面仍用福建口音沙啞地說。

他又繼續說道：「眼前，姚樸庭把那個藍信封，藏放在一座法國貨的新式保險箱裡，他以為這是萬無一失了。」

「以上許多情形，你是從哪裡探聽來的？可靠不可靠？」

「可靠之至！」矮子拈著半條紅腸，傲然地說：「最近，我和姚樸庭的一個心腹男僕人認了鄉親。我借給了他三百塊錢。此外，我又和對方那位政客的車伕新訂了一個家譜——他是一個酒鬼；我送了他四瓶汾灑，加上幾聽罐頭牛肉。——他的女人稱我為矮伯伯，還說我是天下第一個好人！因之……」

石冰笑笑，接著說：「這是罐頭牛肉的特別功效，你倒很花一些本錢哩。」

「花掉一些小本錢，換到那麼多的情報。那也不壞了。」

石冰猛吸了一口土耳煙，讚美道：「不壞不壞！」

矮子以驚人的速率，吞完了第八客的三明治，他一眼望到石冰身前的橘汁，還是原封未動，於是他把那支玻璃瓶，很斯文地移到了他自己的身前。

櫃以內，播送出一陣混合的輕倩的笑聲。

石冰眼看這矮子，以一種龍取水的姿態，猛吸著那瓶裡的黃色的流液。他又問：「沒有別的消息了嗎？」

「還有還有！多著咧！」矮子暫時吐出了他的紙管他說：「前天呢，不知道還是更前天？姚樸庭突然接到了一封信，於是，他又騷擾了起來。」

「一封信？誰寄的？」

「你！」矮子暗想：請你不要假痴假呆吧！

「他知道那封信，是我寄給他的嗎？」

「為什麼不知道？他的眼光，精細得很咧。」

「他接到了我的信，有什麼表示？」

「他恐慌得了不得！──」矮子軒軒眉，輕鄙地說，「真的！法國貨的保險箱，有什麼用，哪怕德國貨咧！」

「你不要把事情看得太輕易！」

「必要的話，我們只要玩玩那些二炭氧火鑽或是硝酸甘油的老把戲，那也很夠了，你說是不是？」矮子擠擠眼扮了一個鬼臉，「所以，他自己也知道，那口法國保險箱，在你的眼光裡，是決不會有馬其諾防線那樣可憐的價值的！因此，他不得不重新動動他的腦筋了。」

「如果他真這樣想，那太重視我了。」石冰笑笑說。

矮子又把那支細管，送進他的闊嘴；在一種殼殼聲中，吸進了瓶內最後一滴液體。石冰向他看看，立刻伸起一隻食指，屈作了一個鉤形，向櫃內的姑娘們彎了幾彎，做成一種召喚的姿勢。

那個站在最遠的紅背心的姑娘，搶先走了過來。石冰伸直他的食指說：「再來一瓶。」

一瓶冷而黃的流液，隨著一張熱而紅的面孔，一同送到這位賴斯朋的幻影之前，石冰把這橘汁，輕輕推到了矮子的短髭之下。

矮子望望他這同伴，他把空瓶推開些。他第二度又斯文地，抓著了這滿的一瓶。

他緩緩地說：「昨天，我遇到一個奇怪的經歷。」

「說下去。」

「就在昨天傍晚，我的那位新認的鄉親——姚樸庭的貼身男僕——他偷偷給了我一個電話，他主人已把那藍色的大信封，從保險箱裡拿出來藏在身畔。看樣子，好像預備要出去了。」

「哦！」石冰現出了很注意的樣子。

「我的那位鄉親，曾經告訴我：姚樸庭在中國銀行靜安寺路的分行裡，租有一口保管箱，因此我想：那傢伙一定是要把這信封，送進保管庫中去了。——果真如此，這使我們的下文，比較又要麻煩一點了。你說是不是？」

石冰彈掉一點紙菸灰，點點頭。

「所以，我一得這個消息，立刻趕到三杏別墅去。」矮子吮咂了一下那支細管，然後這樣說。

「三杏別墅？」

「這是姚樸庭最近居住的所在。他為養病，新買了這所屋子，地點是在盡豐路的盡頭。至於你的信，卻是從書宅裡面轉去的。」

「哦！說下去吧。」

「我只費掉了不到十分鐘的時間，已趕到了三杏別墅的門口。那裡有一帶高高的圍牆，馬路對面，一座新添的自警亭，斜對著這圍牆的鐵門。

藉著這小小的木亭，正好暫時做了我的掩蔽物。」

「哦！」石冰弄熄了他的菸蒂，很著意地傾聽。

「不多一會兒，果然，我從自警亭的直角形的玻璃裡，望見這傢伙從鐵門裡走了出來。他的態度非常悠閒，裝得像無事一樣。在門外，他忽皺皺眉站定了步伐。他像不甚放心似的，按了按他的西裝大衣的衣袋。連著，他從大衣袋裡，摸出那個藍色的大信封，看了一看，再把它塞向大衣袋裡。然後他緩緩舉步，向大西路那邊走去。這情形，我在玻璃裡看得很清楚，但那個傢伙，卻是一無所覺。」

「他向著大西路那邊走去嗎？」石冰的眼珠閃著光華。他問：「那你怎麼樣呢？」

矮子抹抹他的滑稽的短髭，他舉著他的滯鈍的眼珠，在來往的人群之中望了一下，他眼望著櫃內那些漂亮的姑娘說：「當然，我在十碼路以外，立刻偷偷尾隨在他身後。──走了約有二十家門面，巧得很！我碰到了小毛毛──那個鐵膀子的小抖亂──我向他『拍了一個電報』告訴他有『公事』，於是那小子摸摸他的『粉臂』立刻老遠跟在他的身後。」

第二支瓶又見了瓶底。矮子咂咂嘴，把那支被肅清的瓶子推開些。他繼續說下去：「奇怪！那傢伙沿著那條大西路，像練習臺步那樣，一直大搖大擺走了下去。──你知道的，那地方是越弄越冷靜了。那時候，天色已將近斷黑；路上簡直不見什麼行人。我當然不肯放鬆這個機會。於是，我招呼了毛毛，我們像三分鐘熱風那樣搶到他的身前，攔住了他的去路。」

「好一個戈林式的姿勢！」石冰譏諷似的插口。他又問：「結果怎麼樣？」

「那位擺不平先生，很容易被我們擺平。他真識相：他向毛毛的臂膀看了看，立刻，他無抵抗，無條件，而又無奈何地，把他大衣袋內的寶物──那個藍信封──雙手奉送了我們。」

「這可以稱為三無主義！」石冰又冷峭地說了一句。他問：「你曾把這藍信封，拆開看看嗎？」

矮子掀掀他的扁圓的鼻子，做出了一個很奇怪的表情，忸忸地說：「拆開看過了。你——你猜猜——」

石冰忽然伸起右手；把四個指頭，在口角邊上一遮，立刻又向外一送——這是一種銀幕上面習見姿態；你能看見那些漂亮的「小生」，常常向他們的女主角，表演這種有趣的小動作，他急急攔住了矮子的話道：「好了請你不必再往下說吧！」

當石冰伸出四指，做著這種揮送的姿勢，他的眼梢，恰巧在那個紅背心的姑娘的臉上輕輕掠過。於是，他無心的動作，立刻使這位姑娘的兩靨，被抹上了一朵誤會的紅霞。

「喂！一個飛吻！」一個姑娘在輕輕地這樣說。

「電報收到了！要不要我代你簽一個字？」另外一個香脆的聲音，附加了一句。

「告訴小張，撕碎你的嘴！」這是那個被調侃的姑娘的反抗。

石冰對這櫃子裡的輕鬆活潑的短鏡頭，完全看得很清楚，他一面暗笑，一面只管向矮子說：「喂！那個信封裡，是幾頁無字天書呢？還是幾張香肥皂的廣告呢？」

「可惡之至！」矮子拍了一下肥腿，怒喊起來道：「那傢伙竟敢把大半張舊申報，摺疊起來撐滿了一信封！」

石冰大笑起來，幽默地說：「那張同治年間的報紙上，有些什麼新聞呢？」

矮子感到自己努力所製造的成績，由「不壞」而變成那樣的「壞」！他自覺有些難堪；他的橘皮式的臉，漲得很紅。一面，他又非常驚奇地說：「啊！首領！（他又忘卻了顧忌）你真是仙人！那封信裡不是真貨，你怎麼會知道的呢？」

「還要問嗎？這是顯而易見的——」石冰笑笑，恬靜地說，「你想吧！那個擺不平的傢伙，他明知有人，要劫奪他這信封，他為什麼要把這種重要東西。隨便帶在身上呢？既已帶在身上，為什麼不藏在貼身，而要放在最外層的大衣袋裡呢？他為什麼要站在門口，把這信封取出來看呢？他外出為什麼不坐車子，而要步行呢？——像他這樣的排場，當然不會沒有自備的車子的，是不是？——最後，我要問：他為什麼要走那條冷僻的路？——況且，你會推測他，預備把這信封送進保管庫去；但是那家中國銀行的分行，並不是在那條冷靜的大西路上呀！是不是？」

　　石冰輕輕舉出了這一大串的理由，矮子不禁恍然大悟！他又拍了一下腿，連聲讚服地說：「啊！密斯脫——石，你真聰明，聰明極了——但是，眼前我們，應該怎麼應付呢？」

　　矮子這樣問時，石冰——暫時不答。這時，他見自己身旁一長排圓凳已經坐滿，而有幾個顧客，卻在找尋他們的座位。於是，他順口回答他這同伴道：「眼前，我們第一件要做的事，就是付掉我們的帳款，讓別個顧客吃一點。坐一會兒。」

　　說時，他第二度又付出了橘汁與三明治的代價。他從半臂的淺袋裡，掏出了他的打火機燃起了新的一支菸；一小串勻密的圈圈，在他的口角悠閒地漏出來。——當他抽身從那圓凳上站起時，他瞥見那個身材苗條的藍旗袍的姑娘，仰著臉，洋洋地在說：「二十八歲的貝錫賴斯朋要走了！唱一支何日君再來，送送他吧。」

　　「今宵離別後，何日君再來？……」一種抑制著的輕切的歌聲隨之而起；這是那位綠衣姑娘的伴奏。

　　一陣混合的歡笑聲，輕輕從櫃內播散出來，引起了圓凳上的幾個顧客的注意。

　　石冰向櫃內那些熱情的姑娘們，投送了最後的留戀一眼，他偕著他這肥的矮同伴離開了這好像很可留戀的地方。他在跨上第一層的石級時，還

聽得一個薄輕的聲氣，尖銳地從嘈雜的聲浪中穿出來：「噓！你們這些臭嘴的烏鴉！哇哇哇！討厭！」

矮子孟興，仍以鴨子式的步法，蹣跚地跟著石冰跨上石階，他的頭顱將近鑽出地下層時，他像想到了一件事情，略略頓住了腳步說：「啊！首領，還有兩件事情，我還沒有報告。」

「兩件事嗎？我能代你說出一件來。」石冰且走且說，「那個姚樸庭，在假信件被劫之後，他已立刻報告警局，而且，他是指名被『我』搶劫的，是不是？」

「啊！首領，你真有些仙氣，」孟興側轉臉來，特別驚異地說，「你怎麼會知道這件事？你已經親自出馬打聽過了嗎？」

「何必打聽？這是不難猜想而知的。」石冰聳聳肩膀說，「總之，你須知道，這是一個巧妙的計策：他既接到了我的恐嚇信，他預料著我，也許會派人守候在他的門外。因此，他特地把一個假的信封有意亮著我們的眼，準備我們劫奪 —— 他很希望我們這樣做。」

「但是 —— 他的用意何在呢？」

「他單等假信被劫之後，立刻報告警局。一面，他要使那些警探們麻煩著我，而分散我的力；一面，他又要使這信件的原主 —— 那位政治家 —— 把眼光移到我的身上，做成一種移禍江東之計。然後，他好找出適當的對策，應付我們兩方面。」

他頓了頓，又道：「他把一片小石投在水裡，準備激起幾方面的水花來。好！這計策很不錯。」

孟興伸伸他結實而多毛的臂膀，握著一個拳頭表示他的憤慨。

石冰悠閒地問：「你說，還有第二件事？」

「即刻我們那位鄉親又告訴我：今天早晨又有第二個信封出現了。」矮子皺皺眉，發出一種困惑的聲音說：「他在窗外偷看到他主人，不知從什

麼地方，又拿出一個完全同式的淡藍色的大號信封來。他還看見他把一張整張的油紙，厚厚疊作四層，包在那個信封之外，另用一根麻線十字式的紮在包外。──」

「啊！那個佯裝的信封，披上了一件中國式的油衣，也許，這是真貨吧？」石冰揚著手裡的紙菸，自語似的這樣說。他又著意地問：「你的那位鄉親，不曾見他主人把這東西裝進衣袋嗎？」

「以後的情形，他不會看見。因為一刻鐘後，他被他的主人，差到永安公司去買沙丁魚和青蘋果，因此他沒有看到這信封的下落。」矮子又皺皺眉說：「據他料想：他主人一定是有意藉端把他差遣出去的。──因為，在這三杏別墅裡面，除了一名車伕之外，只有他這一個貼身的男僕，──那個車伕在前幾分鐘，預先已經被差了出去；如此，別墅只剩下了姚樸庭獨自一個。並且，依素常的習慣，要買公司裡的東西，總是用電話通知送貨；而這一次卻破了例。可知他主人，必是有意遣開了他們，好把這要件藏進什麼祕密的所在去。」

石冰冷笑著說：「我們這位姚先生，他真太細心啦！」矮子又緊握了一下拳頭。

石冰聳聳肩說：「你的那位鄉親，他倒很聰明；他的料想，也許是對的。」他沉吟了一下又說，「依你這樣說，那些真的信件，眼前還在三杏別墅裡？」

「我以為如此！」矮子堅決地說：「我知道這老傢伙，雖然相當狡猾，但是膽子卻很小。昨天，他已嘗到我的滋味，料想暫時，他一定不敢再把他的東西公然運輸出來吧？」

石冰沉思似的點點頭。

二人一面說；一面走。他們在這許多輝煌而富有吸引力之玻璃櫥櫃之間以一種悠閒者的姿態緩緩地兜了幾個圈子。當他們將要踏出這個百貨公

司的門口時，石冰忽然旋轉頭問：「喂！老孟，你的那個失敗的戰利品沒有拋去嗎？」

「那個信封嗎？帶著咧。」孟興像想起了似的那樣說，「我忘卻給你看了。」

一個淡藍色的厚厚的大信封，送進了石冰的手間。──這信封裡裏著大半張花費了相當大的氣力而換來舊申報。

石冰看了看這封口上被剝碎的火漆印，默然把它按進了自己的衣袋。

他又不經意地，向這矮子問：「我們這位姚老夫子的家庭裡，還有些什麼人？」

「一位夫人，一個姨太太，都是住在高宅裡；大兒子已經娶了親分居在兩地；還有一個小兒子，在××中學讀書。」矮子像背書那樣熟稔地回答。他又附加道：「聽說，他這小兒子，卻是他的半條命。」

說話之際他們舉步跨出了這貴族化的大商場的門口。踏到南京路與西藏路的交叉口，二人倚著路口的鐵欄，又匆匆密談了幾句。最後石冰向這矮子說：「老孟，這幾天你很辛苦了，今天晚上，好好休息一下。有一家袖珍舞廳，今晚舉行通宵，還有一個黑燈舞的節目，你要不要到黑暗裡去找些刺激？」

「黑燈舞，我最歡迎，可惜──」矮子抹抹他的短髭，他像忸忸似的並沒有說完。

「可惜你的夫人，嚴格管理著紅燈！是不是？」石冰笑笑。

「非常時期，交通困難。」矮子聳聳他的闊肩解嘲地說。

第三章

　　同日的兩小時後，太陽在東半球的辦公時間將畢。慈悲的夜之神，不忍見這大都市的種種罪惡，她在整理著廣大的暗幕，準備把一切醜態，完全遮掩起來。

　　斜陽影裡，有一輛流線型的蘭令跑車，在幽悄的地豐路上，悠悠然地駛過來。

　　哇！哇！哇！哇！哇！哇！陣陣的歸鴉，結隊在天空聒噪，它們像在譏笑著人間的擾亂，而在歌頌著它們自己的安適。──不錯！這是值得向都市中的一般人們驕傲一下的，你看，它們個個有著它們老營的安適的屋子，至少它們絕不需要瞻仰所謂二房東的和藹可親的面目！

　　因這鴉噪，引起了這乘車者的仰視，連帶地，使他望見前面五十碼外，有三株大樹，巍巍然矗起在路隅一帶高高的圍牆以內，──這是三杏別墅房前隙地上的三大株銀杏。「三杏別墅」這一個風雅的名稱，正是由此而取的。

　　五十碼路一瞥而過，越過了一座新點綴的漂亮的自警亭，這跑車上的人一躍而下，他把他的車子，推上這自警亭斜對面的邊道，倚在那帶高高的圍牆之下。──這樣，他可以獲得對方一個三小時的義務守望員，而不愁有人會偷走他的車子。

　　圍牆斜對面的那個安閒的自警團員，眼看著這胸垂紅領帶的傢伙，把雙手插在褲袋裡，仰著頭，向圍牆內的那些樹枝看了一下。在向晚的涼風裡，不時是些枯黃的樹葉，從這高高的落葉喬木上面飛舞而下；有一片拂過了這人身上的一件米色上裝的肩部。

　　連著，這人便舉起輕捷的步伐，走向那兩扇鐵門之前，伸手按下鐵門邊的電鈴。片晌，鐵門上的一扇狹小的套門輕輕開放，有一個滿面機警的

年青的僕役，在這狹門裡面露出半個臉，帶著詢問的神氣。

一張名片從這西裝傢伙手內遞進了年青僕役的手，這名片上，很簡單地印著兩個仿宋字：── 霍桑 ──

似乎因為紙價飛漲的關係，這紙片被切得那樣的渺小，可是這上面兩個字，卻給人們以一種非常偉大的印象，這比較這位來賓身上的華貴的服飾，具有更大的魔力。

那個年青的僕役，過去他似乎曾經聽到過一些這位大偵探的神奇事蹟的，立刻他的眼角閃著光華，而在「有什麼事？」的問句之下，非常恭敬地加上了「先生」兩個字的尊稱。

「我要拜會姚樸庭先生。」來賓以一種上海紳士式的調子，傲岸地說。

「請進來。」這年青的僕垂手讓出路來。

對面的自警團員，眼看這位上海式的紳士，被招待進了鐵門，那扇小門又輕輕關閉。

踏進鐵門，靠近左側的牆垣，是一條約有十五碼長的煤屑走道；兩旁砌著矮而參差的假山石。這煤屑走道，似乎築成了還不很久。牆下的一帶狹狹的隙地間，植有一些新植的小冬青樹和幾簇草花。牆下另一隅，置有泥鏟，竹枝掃帚，跟修樹枝的巨剪，和一架橫倒著的大竹梯。這種種，這都表示這所別墅中的新主人，正忙著在修葺他的小小的樂園。

在煤屑走道的右方，那是一片空曠的場地，地面上顯示著一種新被鏟掘過的樣子。一小部分亂草，堆積在那裡，不曾完全清掃，前幾天下過大雨，被鏟過的低窪部分留有許多水漬。在這空地的一角，堆置著幾疊整方的薄泥片 ── 這是一種植有細草的泥片 ── 準備在這不平整的空地上，鋪上一層軟綠的地衣。

這裡最觸目的，卻是空地中間的三株大銀杏，列成一個鼎足形。它們的年齡，還不算怎樣老大，可是也都有了合抱以外的粗；正中的一株，大

概已超過四丈高。

這是人類添衣的季節；而在植物，卻是一個卸裝的時期，綠森林的廣大樹蔭，已脫落了好些樹葉，在樹底潮溼的地面上，四處鋪下了薄薄的一層。

哇！哇！哇！空寂的聒噪聲，引得煤屑走道上的來賓，仰射起了視線。這使他想起即刻在路上所見的一陣歸鴉，也許內中有幾頭，小家庭就建築在這裡的樹頭上；在這傍晚時節，一種歸家時的歡笑聲，不時劃破了四下靜寂的空氣。

這裡有一種都市中間少見的幽悄的景象。

走完了這曲尺形的煤屑走道，迎面，一帶屋子遮住了眼簾——這是以前一座祠堂拆改成的屋子，經過了第三度的化裝，才改成眼前這種摩登的式樣——雖僅三間半西式的小平屋，卻收拾得非常清潔而耀眼。

屋子之前，築成一帶走廊；廊下有四根髹漆的方柱。這裡陳列著幾支鼓形的磁凳和幾盆花，令人想見夏夜坐在這裡納涼，必有一種意外的舒適；尤其是養病，更是一個難得的好地方。

大偵探在這走廊之下略等，他的渺小的名片上的偉大的名字，由這年青僕人，先送進屋子。

一會兒，這位名聞全國的貴賓鄭重地被招待進了中間的一室。

當那主人帶著一臉笑容從一隻大旋椅內站起身來迎接時，在他的和藹可親的笑容之後，分明藏有一種非常的狐疑，一面在想：「唷！這位大名鼎鼎的私家大偵探，打扮得這樣漂亮！他的生意，很不錯吧！——可是他突然光降，有什麼事呢？」

主人已有五十以上的年歲，一張脂肪充盈的紅臉表示在這大動亂的時期，並不曾受到缺米或缺油的苦痛。他的兩眼充滿著慈祥之色；只是顧盼之間，帶著一些斜視，給予人一種聰明多智的印象。他的身材不很高大，

卻有一種精悍的樣子，顯見他在盛年時，也是式式來得的人物。

紅領帶的大偵探，又在口頭自我介紹了一下，他接受了主人姚樸庭的客氣的招呼，坐進了一支靠壁的軟椅裡。

僕役敬過煙茶，主人開始必要而不必要的客套。他說：「一向久慕盛名，可惜沒有瞻仰的機會。今天難得——」

大偵探似乎久已養成了一種節省時間的習慣，他不讓主人客套下去，立刻接話：「兄弟受到一個人的委託，有一件事想和先生接洽。」

「有一件事要和我接洽？」主人把慈祥的眼色，斜射在這大偵探的臉上。

「我的委託人，有幾件檔案，留存在姚先生處，現在他委託我和先生來談判，準備把這些檔案收回去。」紅領帶的霍桑，爽脆地說明了來意。

「哦！霍先生所說的，就是，就是藏國華——藏先生的事？」主人圓圓的臉上迅速地添了一層笑意，他高興地想。

「呵！來了！畢竟忍不住了。」想時，他說：「聽說藏先生，要登臺了。他很得意吧？——那很好！我準備把這些信件，還給他，當作他登臺的花籃。」

這一頭慈祥的老狐狸，分明想借這種圓滑有刺的俏皮話，騰挪出一些時間來，好準備他的適當的應付語句。

霍桑嚴肅地說：「必要的話，他可以絕對依從姚先生的條件。」

這話一出口，卻使這老傢伙，馬上感到一種困難。他吞吐地說：「那——那再好沒有。但是很抱歉——」他又改變口吻，「但是很不幸！」

「我知道！」霍桑立刻以一種大偵探的應有機靈的姿態，截住了他的吞吐的語句而凝冷地說：「我知道這東西已遭了劫奪！」

老傢伙轉著眼珠，露出了不勝敬佩的樣子。他慌忙問：「那麼霍先生可知道，劫奪這信件的人是誰？」

「我知道，」大偵探仍以一貫的語調回答：「又是那個討厭的渾蛋！——」

說時，他指指他自己的耳朵，嫌憎地說，「那個耳朵上面掛招牌的渾蛋！是不是？」

這老狐狸聽說，臉上特別裝出了驚奇不勝的神態。其實他在暗自欣喜：他的妙計，消息居然會廣播得那樣快！他又暗暗籌度：眼前，囤貨脫手的機會已到，要不要就把實話，向這大偵探說明呢？沉思之頃，他舉目望望這大偵探手自指著的耳朵：只見他的耳輪又大，又厚，其白如玉。他想：記得中國的相書上，好像有過這樣的兩句：「耳白於面，名聞朝野」，看樣子，當前這個機警的人物，和相書上所說的話，倒有些相符的。就在這略一沉吟的瞬間，他已找到了一句騰挪的話。他把拇指一翹恭維地說：「霍先生名不虛傳，料事如見，佩服，佩服！所以，我一遭到這事，就想來找先生商量。」

霍桑向他笑笑，似乎說：「帽子很高！但是，你為什麼不在五分鐘前說出這句話呢？」想念之間，他把一種嚴冷的視線，緊射在這老狐狸的圓滑的臉上說：「有一件事很奇怪！——」他停頓一下，突然厲聲說道，「那被劫的信件並不是真的！」

「什麼？」老傢伙的臉色一變，幾乎從大旋椅內跳起來！他感到自己的把戲，已被這個偵探一語道破，未免惱羞成怒；要不是還想顧全臉上慈祥商標，他幾乎就要大聲咆哮。

但是，他聽這位大偵探，又用較緩和的語氣說道：「我的意思，是說：也許，那些真的信件，是被這裡屋子裡的什麼人——譬如說，傭人之類——預先掉換了去。」

這緩衝的語氣，使這老傢伙透出了一口氣。立刻，他恢復了他的鎮靜，笑著搖頭：「沒有那回事！決沒有那回事！」

「然而這是事實——並且，我根據某種線索，知道那一個『深灰色』的大信封，還沒有走出這裡的門檻。——我可以和你打賭！」霍桑以大偵

探的習慣的口吻堅持他的意見。

「深灰色的大信封？你去弄弄清楚再說吧！我的大偵探！」老傢伙在那旋椅裡面旋了一下，這樣輕鄙地暗想。他又譏刺似地說：「霍桑先生的意見，自然總是準確的！那麼，要不要把我的下人喊進來，切實追究一下？──我這裡，只有一個當差的和一個包車伕。」

他伸手作勢準備按那桌子上的喚人鈴，但霍桑卻阻止他說：「暫時可以不必。」

老傢伙感到這事情的局勢暫時已經弄僵，脫貨求現的交涉，當然已經無法進行，於是，他索性盡力揶揄著說：「那麼，霍先生，你要不要查查我這三間破屋子？」

他又含笑說：「如果霍先生真能在這螺絲殼裡，找到那個深灰色的大信封，那我真要像小孩看到魔術一樣時驚奇！」

「只要姚先生，能寬假我一小時的時間！」大偵探挺挺腰肢，發出極有把握的語聲。

「哼！一小時？我可以允許你一百年！」老傢伙心裡暗思。一面他從旋椅內站了起來說，「不勝歡迎之至！霍先生請便。」

紅領帶的霍桑，也隨之抽身立起，從容燃上了一支自備的紙菸。

這時候薄薄的暮色，已像紗幕那樣掛了起來。這小小的屋子，被籠罩於迎面廣大的樹蔭之下，光線顯得特別晦暗。屋外，一二聲的雞鳴，依然不時劃破了幽悄的空氣。

姚樸庭順手扭亮了電燈，霍桑乘機以銳利的眼光，先向眼前的屋子裡遊目四矚。

先前說過：二人談話的所在，是在三間屋子中的正中一間，這一間屋子，似乎兼帶著憩坐、會客與辦公的各種職務。這裡給人一種簡潔明淨的印象。一切的大小陳設，絕無一件多餘的東西。左右兩壁安置著四支軟

椅，與兩支矮几。壁上，兩面各掛著一座閉邊鏡框，配著兩張西式風景畫。——這是一種印刷的畫國；抑是手繪品，大偵探一時卻不暇加以細察——後方窗下，陳設一張雙人大沙發。在劈對空地的前面，有六扇玻璃窗，靠窗放著一張大號的鋼質寫字檯；寫字檯上的東西，也是那樣單調，筆架，墨水壺之外，一個喚人鈴，一架電話臺機，與一個菸灰盤，如是而已。

總之，在這一覽無遺的屋子中，除了那張寫字檯的幾個抽屜之外，簡直沒有一個可供隱藏那枚信封的地方，——然而這一頭狡猾而膽小的狐狸，他會把這重要東西隨便藏在這種明顯的所在嗎？

粗粗一望之後，這位大偵探，感到在這正中的屋子裡，已絕無一點搜尋的價值。於是，他不禁舉眼，流盼到左側的一扇門上。那扇門正開著一半，並不曾關閉。霍桑探頭進去張望了一下，他很有禮貌地回頭看著主人，似乎要取得了許可，而後再進去。

老傢伙非常識相，搶先推開了這扇門。順手就在門邊撥開了燈鈕。他回眼向這大偵探說：「那個灰色大信封，在未遭劫奪之前，就藏放在這間屋子裡，這裡有一座保險箱，霍先生你可要進來看看啊？」

「很好！」大偵探悄然跟隨主人走進這左側的一室。

這裡的布置，和中間一室，有著相同的簡潔單調的情形；左方靠壁，列有兩口紅木鑲玻璃的什景小櫥，櫥內雜列著磁、銅、木、石的小件古玩。對方有兩座書架，稀疏地，放著寥寥幾冊書。前面窗下，沒有一個紫檀小琴桌；一小方山石，和一個小鋼鼎是這小琴桌上的點綴品。

大偵探的銳利目光，在接觸到室中每一件東西時，他先很乖覺地，偷眼檢視主人臉上的反應，然後，他再決定要不要對這件東西，加以密切的注意。

可是，他這斯文而乖覺的眼光，搜尋的結果，似乎依舊並無所獲。

最後，大偵探的視線，凝冷地移射到了室隅一座不會太高大的保險箱上——這箱子約有三十五英寸高。當然，大偵探對於新舊各式的保險箱庫，有著相當豐富的知識。他在一望之間，不須細看這箱上的牌子，就知道這是一種法國 Hlequrue 大銅廠的出品，箱門上裝有綜合轉鎖，在一般十九世紀的盜竊的眼光中，正是一種看著頭痛的東西！

當霍桑的眼光，有意無意地射在這箱門上時，那頭狡猾的老狐狸，居然搶先開口，他說：「以前，我把那些信，藏放在這口保險箱裡。這箱子裝有密碼暗鎖，鑰匙永遠放在我的腦殼裡。霍先生你看，誰能從裡面，變那掉包的戲法呢？」

說時，他竟不等霍桑開口，立刻俯身旋著轉鎖，自動開了這箱門。一面，他把以前藏信的所在譏刺似的指給霍桑看。

其實大偵探是何等機警人物？他偷眼一看這老傢伙的神態就知道那個信封，決不會用「押老寶」的方式，留存在這座保險箱裡。

這第二室經過大偵探眼光的一番斯文的搜尋，過去的經驗告訴他：這裡似乎也並沒有可供密切注意地方。

最後，他們踏進了第三室。——這是主人的臥室——率直些說吧，這裡的簡單情形，與前兩室相同，而偵察的結果，也與前兩室完全相同——那就是說：我們這位誇大口的魔術家，並不曾實踐他的諾言，而把他的白鴿和兔子從帽子裡面突然變出來！

大偵探挾著滿臉的沮喪，回進正中一室，頹然地倒進先前所坐的椅子裡，他似乎想把他的氣憤，盡量在紙菸上面發洩。只見皺緊了雙眉，盡力把他的臉面，埋進了濃濃的煙霧中，老傢伙坐在一旁，悄然凝視著他，慈祥的眼角裡，露著一點憐憫的意味。

二人暫時無語。窗外，仍有一種哇哇的聲音，代替了主客間的應對。

一會兒主人看看手錶：忽然自語似的說：「哦！七點十五分了。我的

錶，也許太快了吧？」他這語氣既像是揶揄，又像是逐客，實際分明是說：「一小時的時間，差不多囉！要變戲法，快些變呀！」

大偵探的顏面神經，似乎具有相當的密度，他聽了主人這種冷酷的諷刺，並不稍動一點聲色，忽然，他從椅內抽身站起，要求主人讓他借打一個電話。

他在那架臺機上，撥了一個號碼，高聲向話筒中說：「啊！包朗嗎？是霍桑。我的工作沒有完畢，晚飯不必等我。」

主人在一旁喃喃說到：「霍先生不嫌簡慢，就在這裡便飯。」

電話的對方，簡單的回答：「OK。」這所謂包朗，具有一個十足沙啞的嗓子。打罷電話，大偵探退歸原座，仍舊把他的臉面，埋進了紙菸的濃霧中——看他的樣子，並無就走的意思。也許他是因為感到軋米的不易，真的想在這裡叨擾一餐免費的晚餐。

主人以一種驚異的目光流盼著他。慈祥的臉上，漸漸推起了一種不耐煩的神情。

霍桑的電話打出未久。那架臺機上的鈴聲忽然大振，有一個電話從外面打了進來。主人順手拿起聽筒湊上了耳朵。

本年度的沙啞的嗓子，似乎適逢旺產的時期，電話中的對方，也是一個沙啞的聲音：他自稱是××中學的舍監。姚樸庭在話筒裡面問答了幾句，他的圓圓的臉上，立刻露出了非常惶急的樣子，只聽他慌亂地說道：「我——我就來，我立刻就來！立刻——」

匆匆放下聽筒，他以一種很不自然的眼光，看著這位大偵探說：「抱歉之至！我有一椿要緊的事情，立刻就要出去，請霍先生在這裡寬坐一會兒，好不好？」

他的語句的表面是留客，而他的語句的夾層是在逐客。——很微妙的！這是我們中國紳士們的傳統的談話藝術。

當時，我們這位大魔術家，正因一時變不出戲法而感到一種無法下場的尷尬，一得這個機會，馬上他用收蓬的調子，解嘲似的說：「好好！明天我再來。明天——我一定可以把信件找出來。然後，我再代表我的委託者，和姚先生來談判。」

　　「好得很。」老傢伙心不在焉地應對了一句，他匆匆拿起了他的帽子。

　　二人並肩走出這幽悄的三杏別墅。在再見聲中，一個匆匆跳上包車；一個悠然跨上自由車。這裡，剩下了那個青年的僕人，樹頂上幾頭烏鴉。負起了守護屋子的全責。

　　兩種車輛，一前一後，沿著同一的路線進行。

　　包車伕的腿，似乎比較自由車的輪子活躍得多，眨眨眼，二者之間，已脫空了一個相當長的距離。這輛蘭令的跑車，駛到一條岔路口上卻轉了彎，但不到兩分鐘的時間，這跑車又在路口出現而飛速地駕回了原來的地點。當時，前面那輛包車的影子，早已消失在蒼茫一片的暮色之中。

　　這輛輕捷的跑車，以飛一般的姿態，重新駛回三杏別墅的鐵門口。紅領帶的大偵探，輕捷地跳下車子，他第二度又去按那鐵門邊的電鈴。當那個年青僕人把一種驚異的目光，投上這位的來賓身上時，大偵探把車子推進門口，他和這機警的僕役，立著密談了片响。結果，他把一小卷「不值錢」的紙片；塞進了這年輕人的手內，於是，我們這位偵探家，立刻取獲了暫時在這三間屋子裡面自由行動的特權。

　　大偵探以閃電式的行動，二度在這小小三間屋中，進行了一個較自由的搜尋，有幾個地方，他竟很不客氣地，自由使用著他的百合匙；甚至，他連主人臥室中的被褥與枕套，也都翻檢了一遍。他的手法，和外科醫師施行解剖時的手法，一般的敏捷而熟練，前後只費了幾分鐘的時間，他已完成了他的應做的手續。奇怪！當時他的行動，不像是一位大偵探，而很像是一名具有十年以上經驗的賊。——於此，我們很可以獲得一種寶貴的教訓，那就是說：在我們眼前這個太微妙的社會上，往往有許多站於絕

對對立地位的人物例如：偵探之與賊，強盜之與名人，紳士之與流氓，等等，他們的身分固然是對立的，而在某種地方，他們間的品性與手段，卻往往是相類甚至相同的！

這賊一般的大偵探，在這三間屋子裡的再度搜尋，結果照前一樣，並不曾獲得什麼，而他也預計不會獲得什麼。他知道眼前所需要的，卻只是思想，而並不是動作。他想：除非那些信件，真的已不在這所別墅。

於是他退歸那間正中的屋子，他以主人的姿態，坐進主人方才的那支大旋椅。他努力燃燒他的土耳其紙菸，以鼓動他的腦殼中的機器。

這天他的機器似乎很不濟咧！他思索的結果，也像他的動作一樣，並不曾獲得什麼。腦細胞在濃烈的煙霧之中，消耗得太多，漸漸地，他已感到有點腦漲。

「哇！」一聲鴉鳴打擾了他的迷離的思緒。

第四章

迎面玻璃窗外，夜已完全籠罩住了那片場地──這是一個澄明的深秋黃昏──一個八分圓的月亮，剛自偷偷爬過了圍牆；月光從樹葉空隙中鑽進來，把那三株銀杏，鉤成一片混合巨大的剪影。

大偵探凝滯的目光，被這鴉鳴所喚起。他從玻璃窗中仰射起他的視線，在那沉浸在銀色月光下的樹頂上，他看到了一個有趣的情形：一頭孤獨的烏鴉，撐著它的疲倦的翅膀，正在低低地盤旋。咦！這小生物並不曾遭逢到人間的亂雜，為什麼它也表演出這種「繞樹三匝，無枝可依」的姿態呢？

「噓！你們這些臭嘴的烏鴉！哇哇哇！討厭！」

一種夾有南國口音的清脆的嬌叱，驀地浮現於這紅領帶的大偵探的耳

邊；同時，白晝地下室中的幾個活躍的鏡頭，又在他的眼底閃動。

因這不相干的回憶，卻使他的緊張的腦筋，暫時獲得了一種輕鬆的舒散，於是，他把他的身子從旋椅裡面輕輕旋轉過來，他重複地無目的地遊目四矚著這室內的簡單的一切。

當他的視線，接觸到壁間的一座鏡架上時，他忽然想起在一些外國的影片中，常見一種小型祕密銀箱，被鑲嵌在牆壁之中，而用一種畫片掛在外面作為掩蔽物。

「會不會在這座鏡架之後，也有這種祕密的裝置呢？」他有意無意，好玩似的這樣想。

「哼，好一個幼稚的想念！哪裡會有那種事？」他立刻自己駁斥，一面自覺有些好笑起來。

可是，他雖想著不會有這種事，而他的身子，卻已從旋椅裡面站起，一腳踏上了靠壁的一張軟椅之上。他居然開始動手，搜尋著這鏡框後面的牆壁。當他把這懸掛在壁間的鏡框雙手輕輕揭起時，立刻，他已感到一種失望——一種意料輕微的失望——他發現這潔白的牆壁上，並無半點異狀。

他雖覺他這舉動的可笑；可是他還放不過對方壁上那個鏡框。他又輕輕地跳躍上了對方的軟椅，在第二個鏡框之後，施行無聊的檢查。結果，當然，他看到那牆壁上是天衣無縫；即使要隱藏一枚針，那也是不可能的事。但是，至少，他在這第二個鏡框的本身上，已找到了一種可注意的東西！一種意外欣悅的情緒，迅速地控制了他，他的一顆心，立刻感到有點怦怦然！——原來，這鏡框背後的木板上，附屬著一方三寸寬尺許長的厚紙片，用一些細小的鐵釘，釘住在那裡——看樣子，分明這是一種出於匆忙中的設計，做成了一個簡陋的信插的樣子；而這信插的長度與闊度，恰好可以藏進一枚大號信封。

啊！這是一個相當巧妙有趣的祕密設計呀！如果，你把什麼重要檔案，隱藏在這裡，即使有人移動這鏡框，只要那人忽視這鏡框的後部，那麼，那人一時仍不會發現這祕密。

「呵！畢竟找到了！」大偵探站在那軟椅上，幾乎要高聲歡呼起來！可是，且慢高興呀！他把他的手指，擠進這祕密的信插時，一秒鐘內立即使他感覺到一種嚴重的失望，原來，很不幸的！裡面竟是空無所有！

大偵探站在高處，呆住了。

可是他想：無論如何，那個可惡的老傢伙，曾經把這些信件，在這鏡框之後隱藏過，那是無疑的事！

現在，他又把這東西搬到哪裡去了呢？

他從軟椅上頹然躍下，舉起一種沮喪的視線，悵惘地看著這壁上的鏡框只管出神。這鏡框配置的兩張西洋的風景畫：左方一張，畫著一片曠野；遠處有一帶禿枝的樹株，被籠罩在一抹緋紅的霞影裡，紫色的天空間，塗著兩行黑點，那是一群薄暮歸鴉。

右方的一張。畫的是幾株巨樹，當前最大的一枝，一枝粗而橫斜的枝幹上，綴有一個鴉巢。兩頭輪廓清楚的棲鴉，被安插在在危巢的一隅。樹後嫣紅的夕陽，抹上的遼遠的天際。

總之，這兩壁間的兩幅畫，卻是取材於同一景色，而用遠近兩種鏡頭所繪成的兩個不同的畫面。

由於這時較精審的注視，他方始覺察這鏡框中的兩幅畫，並不是印刷品，而是一種筆致極細的油畫。想到「油畫」，有一種字畫相近的東西，立刻間上了他的腦膜。他的眼珠一陣溜轉，突然想到兩三小時前，那個矮個子曾向他這樣說：—— 他看見他把一張整張的「油紙」，疊作四層，包在那個信封之外。另用根麻線，十字式的紮在包外 ——（至此，讀者們當然早已明白：這一個紅領帶的漂亮的大偵探，他的真面目是誰？）

驀地,這位大偵探像在大海之中抓到了一塊木片,又像在萬黑中發現了一道微光。他想:那個狡猾的老傢伙,倘不是怕那封信受到潮溼,為什麼要用一張油紙,包在外面呢?

他不等想完,立刻匆忙地奔出室外,他把雙手插進口袋,站在屋前的走廊之下,舉起他的銳利的搜尋視線,四向搜尋著他所要搜尋的地點。

咦!一頭飛鳴的烏鴉,背負著月光,還在樹頂上面盤旋。

水一般的光華下,看到一種情形很有些可異!只見一頭孤獨的烏鴉,飛鳴盤旋了一會兒,疲乏似的落到一個高高的樹枝上,另一頭烏鴉,卻繼之而起;第二頭烏鴉在樹頭盤旋了一會兒,剛自停下來,而第一頭烏鴉,卻又張翅起飛,它們輪流地像在舉行什麼「換班守值」的工作。

咦!很可怪哪!這個時候,別的烏鴉都已歸了巢,而這兩個小東西,為什麼會例外的放棄著它們應有的休息,而流浪在外面?難道說:它們也在它們的亭子樓頭,受到了二房東的氣了嗎?

「噓!你們這些臭嘴的烏鴉,哇哇哇!討厭」——一個清脆的嬌嗔,再度浮上了這大偵探的耳邊。可是隨著這幻覺而來的並不是先前那種輕鬆的回憶,而卻是一種很奇詭的意念——月光之下,他急忙舉起他的視線,飛掠到那條煤屑走道左側的牆垣之下——前面說過的:那裡的一隅,堆著竹帚與泥鏟,還有一些別的東西。

他的銳利的目光在那堆雜物上面掠了一下。立刻,他又很匆驟地奔向居中那株較高的銀杏樹下,俯身檢視樹下的泥土。這時候,當空雖有澄明的月色,可是,被當頭披離的枝葉所掩蔽,地下鋪滿了一大片漆黑的剪影,再也看不到什麼東西。於是,他再奔向他的那輛停放著的自備車邊,取下了他那盞手電燈,重複轉身走到樹下,藉著這強烈的手電燈光,低頭細細察視。果然,這裡至少已有些可注意的東西,被他輕輕發現了!

在那溫軟的泥地上,他找到了兩個比紙菸聽子略大的圓印,這兩個圓

印，成一平行線，其間的距離，約有一尺多闊。而這圓印和居中那株銀杏樹的相距，卻有近三尺的地位。（這裡，請讀者們試猜一下，這兩個圓印，卻是什麼東西所留下的印邊呢？）

當這大偵探進行他這神奇的偵察時，哇哇，當頭又是兩聲飛叫。

大偵探高興地抬起頭來，向這飛鳴於月光下的烏鴉招呼著說：「啊！多謝你的報告，現在，我完全明白了！」

一面，他又喃喃自語似的說：「可憐的小東西，耐心些，讓我解放你們！」

喂！他明白了什麼事呢？還有這樹頭的烏鴉，它們遭遇到了何種的不幸，而需要他的解放呢？不錯，以上的問題，的確是需要加以說明。

原來，因這神祕的鴉鳴，卻使他迅速地記起了以前所聽到的關於烏鴉的一些故事；這小小的生物，有幾種習性，確乎是相當有趣的──

其一，記得有人說起：這種「外貌不揚」的小動物，它們具有一種聰明而機警的習慣，當大隊的鴉群，飛向郊野中去覓食時，內中必有一頭烏鴉，單獨棲在前方，充當巡察的前哨。逢到有什麼敵人，要向它們進行什麼「恐怖」的動作時，這一頭機警的前哨，便會「哇！」的一聲，吹起它的天然的警笛，而使它的大夥的同伴，預先獲得防備──即逃跑──的機會。

呵！這是一種非常聰明的方法哪！想不到遠在人類發明自警團的聰明方法之前，這些小小生物們，居然早已實施了這種偉大可愛的制度！那真足以使自命為萬物之靈的人類，想想有些自覺慚愧的！

此外，還有咧！

其二，烏鴉除了上述的機警習性之外，很不幸的，它們還有一種膽小的脾氣，就是每逢它們歸巢之際，它們一看到家內，有了不論什麼大小的東西，它們便會嚇得不敢歸家，而只在樹頭飛鳴盤旋。據說：住在鄉下的

那些頑劣的孩子們，他們常常爬上樹頭，實施這種殘酷的試驗，他們只要把一些磚塊或者蛋殼之類，放進了烏鴉的公館，於是，那些可憐的小生物，便會受到嚴重的麻煩。

這些小生物，為什麼會養成這種膽怯的習性呢？依據筆者的推想：也許，它們的巢穴裡，曾經發生過「定時炸彈」之類的東西吧？以上這種聰明的推想，讀者們也許是同意的？

當時，大偵探所想到的，便是這些烏鴉們的第二種習性。

而眼前，這樹頭上的兩頭可憐的小生物，不是正有著這種不敢歸家的可異狀態嗎？那麼，他們的巢內，不是已被人家借作囤積私貨的棧房了嗎？這樣一想，這事情幾乎完全明白了。

而最顯著的證據，在這巨樹之下，不是清清楚楚，還留著兩個竹梯所留的圓印嗎？

大偵探又很聰明地想：還有一件事情非常顯明，那個狡猾的老狐狸，最初，他一定曾把這個信封，在那畫架背後隱藏過。後來因為感到不妥，所以才想遷地為良，而在當時，他又一定因為看到那幅「圖畫中的烏鴉」，方始觸動了他的藏進鴉巢中的意念。關於這種推測，那也似乎很合乎邏輯咧。

在這以後的幾分鐘內，這聰明而神祕的大偵探，他已很容易地進行了他所必須進行的事，並且，他也很容易地，取獲了他所必須取得的東西。──讀者們是很細心的，你們當然記得，在那圍牆的一隅間，堆置著些泥鏟、竹帚、與巨剪，那裡不是還有一架高高的竹梯，現成橫在牆垣之下嗎？

似乎由於宿命的注定：那賓主二人、不會再有二度握手的機會，當那紅領帶的大偵探吹著口哨跳上車子還不滿五分鐘，那頭老狐狸，卻帶著滿腹的困擾回來了，他這一次外出，在一去一來的遙遠的路途──自地豐

路的三杏別墅趕到威海衛路××中學；復啟××中學趕回三杏別墅——中，卻已費去了他九十分鐘以上的時間。在回家的路上，他的心頭忐忑不寧。他覺得這裡面，必已出了一些什麼新鮮岔子。至此，他對於那個自稱為是大偵探的霍桑的傢伙，越想越覺可疑！原來，即刻那個沙啞的聲氣，所謂××中學的舍監，在電話裡向他說：他的兒子姚小雄，突然患了急症，情勢相當嚴重，要他即刻到學校裡去看看，不料，他急匆匆地，趕到××中學，方知完全沒有那麼一回事，其時，他的十四歲的完健的兒子，正在自修課上，和一個同學打架。那小英雄伸出了他小小的一拳，卻把一個年齡較長的同學，打得滿臉青腫。這勇敢的孩子，正自撅起小嘴，準備接受教師們請「吃大菜」的光榮請束咧。

老傢伙問明情由，就覺事情不妙！他不及多說話，急急跳上車子，吩咐車伕飛速趕回。路上，他已想到那個可疑的偵探，就是那個「耳上掛商標」的傢伙。他想，如果所疑不錯，那麼自己分明已中了人家調虎離山的妙計。

他越想越覺恐慌！可是，他還自己安慰自己，那個淡藍色的信封，收藏相當嚴密，或許不會出什麼亂子，況且他又想起：他曾注意那人的耳朵，並沒有什麼可疑的記識，也許是自己是有些神經過敏那也說不定。

但是如此，他一想到電話中的惡作劇的玩笑，他的一顆心，卻按捺不住的非常的慌張。

回到三杏別墅，一足剛跨進門，他帶著喘息向那年青的男僕發問：「喂！寶生，有什麼人來過嗎？」

「有的。就是那位霍桑先生。」僕人以最恭敬的聲調，報出了那位大偵探的名字。

「他——他重新又來過嗎？你——你讓他進來嗎？」

「他說是你叫他來的。」僕人擎視著他主人的患著急症似的面色，囁嚅地回言。

「他——曾取去什麼東西嗎？」他的虛怯而著忙的語聲。

「沒有。」僕人說，「他有一件東西，留在這裡。」

「有一件東西，留在這裡了？」他又困惑了。

「是一個狹長的油紙包，放在寫字檯上。」

「油紙包？」他說了三個字，一手推開了僕役。他以消防隊員出發救火時的姿勢，搶進那間屋子。只見在那鋼質的寫字檯上，有一個狹長扁形的紙包，赫然映上了他的眼膜，這正是今天早上差遣開了僕役偷偷爬上銀杏樹頂而親自把它寄在鴉巢內的東西。

紙裡的式樣，似乎原封未動，只是在紮成十字形的麻線下，嵌著一張潔白的卡片，上面用鋼筆潦草寫著四個字：——藺相如留——

「藺相如留！這是什麼意思？」在一秒鐘內，立刻，已醒悟：「啊，藺相如！這不是當初表演『完璧歸趙』的傢伙嗎？」

他的手腕有些震顫，他的臉部有些熱辣，他的心頭有點刺痛！至此，他不再需要拆開這外層的油紙，十分之九他已看到這紙裡面裹的是什麼東西——也像前文那個紅領帶的傢伙，不等他的同伴報告下文，而早已預料到那個藍信封中不是真的信件一樣。

但雖如此。他終於把這紙包匆忙地拆開。不出所料！在這原式未改的紙包裡，赫然顯露了隔日在路上被劫奪的那個藍色信封；裡面，不用說，正藏著那大半張「原璧歸趙」的舊《申報》！

一個重大的霹靂，打在這千年老狐狸的頭上，使他完全感到了呆怔。好半晌，他把卡片翻過來看，只見背面兩個細小的宋體，赫然印著大偵探的偉大的名字。

一種無可形容的憂憤，使他「怒髮衝冠」！他跳起來猛拍著桌子，喘息地怒吼：「嘿？霍桑？倒運的惡鬼，我中計了！」

正當這老傢伙獨自暴跳如雷的時候，有兩個流線型的車輪，在靜安寺

路燈影之下疾轉。車上的人，正是那個具有神祕性的紅領帶的傢伙。車子駛過大新公司門口，那座巍然的巨廈，早已靜悄悄地，拉下了它的垂簾形的鐵門。這時，幾個紅嘴唇的小姑娘的影子，又在這車上人的腦內輕輕掠過。於是他想：「無論如何，今天下午，幾瓶橘汁的代價，總算沒有白費。那麼，自己可能憑著一種『長輩』—— 如義父之類 —— 的資格，買些小小的禮物，送給那些天真有趣的姑娘嗎？」

當他這樣想時，偶一分神，他的車頭一偏，那鄧祿普胎的前輪，幾乎和道旁的一支電線桿，接到一個熱吻！

鬼手

第一章

　　有一個穿中山裝的中年人，在一處俱樂部裡，噴著濃烈的土耳其煙，述說了一個故事。這故事的開頭，很帶著一點恐怖性。筆者且用鋼筆尖挑開這故事的幕布，介紹於讀者之前。

　　這是一個十二月初的寒夜，時間已過了十二點。

　　在一間寬敞的臥室中，布置著華貴的家具。暖暖的水汀，淡淡的燈光，四周微帶一些百合花香水的氣息，使人置身其中，感到一種仲春天氣的舒適。這時候，在這溫馨的屋子裡，有四個人，正在興高采烈談著話。

　　四人中的兩人，是這裡的主人與主婦。主人李瑞麟，年齡約近三十，動作談吐，顯示出一個小布林喬亞的風度。主婦佩華，不過二十四五歲，穿著雖很入時，可是態度之間還流露著一種舊時代的拘謹，顯見她是一個生長鄉間的女子，呼吸都市的空氣還沒有很久。

　　第三人是個瘦長的青年，面目相當端正，可是臉色很蒼白，沒有一絲血色。一雙神經質的眼珠，時常露出沉思之狀，說話幽幽的，像女人那樣文靜。再看他的細長的手指，可以見到他是一個聰明的人物。

　　除此之外一還有一個妙齡的女侍，長著一個健美的身材。紅潤的兩唇，不需要胭脂的塗抹，自然顯出鮮豔。一雙眼珠，更富魅力，她是這裡主婦的唯一心腹，名字叫做鳳霞。

　　主人李瑞麟，和瘦長的神經質者──朱龍──他們是由同鄉與鄰居

的雙重關係而結成的密友。這位朱先生，因為居住接近，差不多成為這裡每夜的座客，親密得和家人一樣。

在一小時前，李瑞麟夫婦，和這朱龍，在大上海戲院，看了一本電影。這天的影片，原名叫做 Mummy's Hand，直譯起來，應該是「殭屍之手」，或意譯為「鬼手」。但那電影院裡，卻給了它一個古豔的名字，叫做「返魂香」。

看這影片的原名，那不用說，當然是張恐怖片。這電影敘述一個埃及金字塔中的殭屍，藉著一種神祕的能力，竟把它可怕的生命，維持到了二千餘年之久。這老醜的怪物大概是因為捱了太久的寂寞，又因墓道裡面並沒有一面可以照面孔的鏡子，因此，他「老人家」一旦見到異性，竟也熱烈追求起來了。總之，這電影的故事和另一本卡洛夫所主演的「木乃伊」，輪廓大致相似。意思，當然談不到，可是全片的布景、音響、攝影的角度和那僵死的化裝等等，確能給人一種相當的刺激。

李瑞麟夫婦，一向膽子很小，尤其是佩華，怕鬼更怕得厲害。只是人類都有一種需求刺激的天性，他們越是怕鬼，越要尋求恐怖性的刺激。因此，他們回到了家裡，還在起勁地談著這影片中的故事。

生長在鄉間的佩華，思想原很簡單。她看過了這本恐怖影片，既感到滿意，又覺得害怕，她向著她丈夫和朱龍，奇怪地說：「咦！怎麼外國地方，也會有殭屍？」

由於這一問題的提出，於是這小組的座談會，話題都集中到了殭屍與鬼物上去。神經質的朱龍，對於這個問題，似乎並不感到興趣。但是，他為了助興起見，這晚，他也敘述了幾則關於「鬼」的故事，甚至連那女侍鳳霞，她也興奮地說了一段離奇的鬼話。

她說：「在她的家鄉──蘇州──地方，有一個著名的惡訟師，平時專仗刀筆害人。有一回，他設了一條毒計，把一個平白無辜的人，害掉

了性命，結果他自己卻發了一注財。一直過了三年，並沒有事。不料三年後的有一晚，他在一家小茶館內聽完了書，從一條荒涼的路上次去，他覺得在他身後，一直有一個人，緊緊追隨著他，借朦朧的月色，旋轉頭去一看：呀！那個人不是別人，正是三年前他所害死的那個冤鬼！那個冤鬼對他似乎很客氣，月光之下，露著白齒，在溫和地向他微笑，正像久別了的好友一樣。這惡訟師的靈魂化作千百縷的冷氣，都從毛孔裡面冒了出去！他拖著顫抖的身軀，亡命向家裡直奔！只覺背後的腳步聲，靜靜地，不即不離，一直送他到了家。回家以後，這惡訟師已一句話也不能再說，當晚，就得了急病而死。死後，家人發現他的胸口，顯出了一個又黑又青的手印，手掌手指，非常清楚。顯見這殘酷的惡訟師，已遭受了那鬼手的一下閃電襲擊！」

這小姑娘滔滔地說時，眼角透露一種深刻的恐怖。但是，她的口齒很伶俐，她把這段鬼的故事，演說得非常生動，竟把聽者的情感，完全控制住了。最後，她指出她所說的是件親見親聞的實事，因為那個惡訟師的家，離著她們的住處不很遠。

時候晚了，等這最後一段鬼故事說完，時鐘已沉著地打了兩下。談話一停，就顯出四周死一般的幽靜，這裡的地點，是在靜安寺路的盡頭，正是一帶最靜寂的住宅區。這裡的村，有一個名副其實的字眼，就叫做「靜村」。全村共有十五宅同式的小型洋屋。這位今夜的賓客朱龍，他住在同村的四號，李瑞麟所住，卻是十三號，雙方距離，只有八座屋子。

小組座談散了會，朱龍便急急告別回去。女侍鳳霞，收拾了一下，也回歸她三層樓後部的臥室。

李瑞麟先睡了。主婦佩華，悄然卸著妝。她聽得窗外的西北風，漸漸的緊密，看看窗外，已飄著微雪。這晚，這膽怯的女子，她看了那張恐怖的影片，又聽了那節駭人的鬼手的故事，她望望這臥室的四周，只覺空虛

虛的，比平時似乎有些異樣。在最近，她和她丈夫，原是同床而並不共枕，因為她近來正患著咳嗽，醫生說是初期肺管炎，為了避免傳染，所以睡在兩頭。但這晚臨睡，她要求她丈夫互換了一個方向，原因是，半夜裡倘然不能入睡，她可很便利地扭亮那盞妝臺上的檯燈。

她睡下去了。奇怪，一種不安的感覺，襲擊了她的全身。那張恐怖影片與那段恐怖談話，似乎已化成液體而注射進了她的靜脈，使她全身每一滴的血液之中，都像混雜了恐怖的成分，翻來覆去，她只是睡不熟，清楚些說：她只是不敢入睡。

僅僅半小時中，她把那盞檯燈，開關了四五次，同時她又伸手，把她丈夫輕輕推醒了好幾回。最後，惱了起來，她方始不敢再喚。

睡不著，真可惱，無可奈何她悄悄起來，把她丈夫的安神藥偷服了兩片，這電影的藥性，相當強烈，不過半小時吧，她感到她的眼皮，漸漸像壓上了鉛塊似的沉重，她記得自己最後一次扭熄那檯燈時，她的兩臂有些軟綿綿地抬不起來。

古話說：「疑心生暗鬼」。也有心理學者說，人類在五官之外，原有第六種的神祕官能，能預感到意外事件的發生。

佩華今晚臨睡所感到的恐怖，是疑心生暗鬼呢還是屬於後者的神祕預感呢？

不知睡熟了多少時候，大約是一小時或許是兩小時吧，黑暗中，有一樣東西，把她驚醒了。那是一隻手在輕輕撫摸她的脖子。睡夢迷離間，她忘了她和她的丈夫並不會睡在一頭。潛意識中第一個感覺她以為是她丈夫在撫摸著她。她想伸手把這隻手捉住，但是，她全身是那樣的軟綿無力，連動彈一根汗毛也不能。

正在這個時候；一件駭人的事情來了！這其間，不過只有──二十秒鐘距離第二次她猛覺又有一件東西觸著她的頸項。仍然是一隻手，那是

一隻寒冷的手，冷得比冰還厲害。「呀！鬼手！」一種強烈的恐怖，電一般的襲進了她的全腦！

她嚇極了，同時也完全清醒了，她清楚地自覺到那隻手的手指那麼冰冷，僵硬，並且指尖還附有鋒銳的指爪。恐怖的回憶，立刻聯繫到了一起，那金字塔中的殭屍的面龐，在她眼前晃盪，那隻擊斃過惡訟師的可怕的鬼手，似乎已貼近了她的胸口，她全身冒著冷汗，想喊，只是喊不出聲來。

這是夢魘著呢？還是一件真實的事情呢？她明明聽得她丈夫，在她腳後打著巨大的鼾聲；有時，她還聽得那座小檯鐘的滴答聲，在她耳邊搖起，這樣不知經過了若干時間，她只覺每一分鐘的度過，比較一年還要長久。最後，她是昏暈過去了。

一個極端恐怖的夜，是這樣的度過了。但是這臥室中，始終還是那樣靜靜地，絲毫沒有變異。

第二天，李瑞麟醒來，他發覺他妻子的神色有異，臉上火一般紅，嘴裡在說囈語，一摸她的額上，熱度高得厲害。他驚疑地把她推醒，聽她惶恐而斷續述出了隔夜的故事。

一小時後，醫生來了。問明瞭病因，經過了診察，那醫生宣稱這是由於過度的恐怖所致，這病需要靜養，不宜再受刺激，並說：「像她這樣膽怯的人，根本不宜再看恐怖影片，或是聽什麼關於鬼的故事。」

在診斷的時候，又有一件奇事發生了。那醫生發覺病者的床上，除了香水精的氣味外，另有一種強烈的氣息。他在病者的枕邊，找到了一片藥棉，那刺鼻的氣味，正是從這藥棉上發出的。

「呀，克羅方姆！」醫生驚奇地喊。

可是醫生並不是偵探，他開了藥方，便匆匆走了。

這時，那位不需要請柬的來賓朱龍，當然也早已到了。他和李瑞麟，

困惑地研究著隔夜離奇的事情,他們橫想豎想,找不出一個適當的結論來。

「你是一個聰明人,請你猜猜這個啞謎吧。」主人對著朱龍這樣說。

「哈,像這樣的奇事,真要請教福爾摩斯哩。」朱龍解嘲地回答。

「可惜中國沒有福爾摩斯呀。」

「中國雖沒有福爾摩斯,但是有偉大的霍桑。」

經過這樣的問答,那位聰明朋友,似乎已引起了一種好奇欲,他慫恿著主人,把這離奇的算題,去交付給大偵探霍桑。

公子哥兒式的李瑞麟,無可無不可。於是,朱龍找出了電話號碼,玩笑似的搖出了一個電話。在朱龍的意思,以為那位大偵探事務很忙,決無閒暇理會這種小事。但,出乎意料,話筒裡匆忙而簡短地說:「稍停就來。」

配藥的回來了,由鳳霞伺候病人服下。主人與朱龍,緊張地期待著這事變的進展,傭僕們在樓下紛紛議論。

靜村十三號中的紛擾,於筆者是個機會,趁這空隙,應將主人的身世,簡略介紹一下。

隔夜的恐怖話劇,我們可以說:其原因,還是預伏在好幾十年之前。所以我們要發掘這故事的根株,應從李瑞麟的上代述起。

這裡,請讀者們注意後面的敘述:李瑞麟的曾祖,江蘇崇明人,官名丹葭,曾做過一任江蘇省的海關道與同省的兵備道,他是晚清許多官員中目光最遠、抱負最大的一員。吳淞口的要塞砲臺,就是他所督造。他發明用糯米與三合土打在一起,建造砲臺的臺基,至今,用了最強烈的炸藥,還是無法把它完全炸毀。在晚年,他曾出使過英法德三國,他在德國留住得最久。因為他和李鴻章是密友,回國後,他曾向李氏提出某種偉大的建議,但不為李氏所採納,於是,他就告老還鄉,專以課孫為事。

這李丹葭,有一個肥矮的身材,烏黑的面龐,黑得發亮。他的頸項很

短,粗看好像沒有頭頸似的,鄉下人眼孔很小,因為他是這小島上所產生的唯一的大官,當時對他很有種種離奇的傳說。

其一,他們說這李丹葭是天上的黑虎星下凡,有人親見他在午睡之際,有一頭黑虎,在他的書房裡出現。這傳說是相當幽默的。

其二,當李丹葭從德國回來時,全崇明島的人,都相信李家所藏的金鋼石,可以用量米的升斗來量。關於這後一個傳說,不但鄉人們是這樣相信,連李家自己的家人也都這樣相信。許多年來,子孫們對於鑽石的光華,一直留著一種深刻的憧憬。可是,直到如今,李氏的子孫,還沒有在他們祖先的遺篋裡,找到一顆可以劃玻璃的鑽屑。

李丹葭死時,已經六十一歲,那正是甲午戰敗的一年。當那痛心的敗訊,傳到那長江口的小島上時,這可憐的老人,拍案大叫,當時就得了致命的急症。家人們圍著他的臥榻,問他有無遺言,他已不能言語。他只把無力的手指,指著他自己的鼻子。又指著自己的耳朵,費力地從他麻木的舌尖上,賺出了一個「聾」字,這樣一連好幾次。最後,他又喃喃呼著「大同」二字,大同是他孫兒的名字,也就是李瑞麟的父親。

當時,家人們以為他的耳朵聾了,不能聽出眾人的問話,但是看他的神色顯得非常焦灼,顯見必有萬分要緊的話,還沒有說出。無可奈何,他們只得把一副紙筆,勉強塞進他那無力的手裡,結果,他依然只寫了一個「聾」字。因為手指顫抖,他把那僅僅的一個字,寫得像符籙那樣的潦草;並且,那龍耳兩字,高得非常之遠,非經仔細辨認,決不能知道這是一個什麼字。

最後,這可憐的老人,長嘆了一聲,擲筆而死,臨終時,他的臉上彷彿留著一種遺憾,這表示他胸中還藏著一段嚴重的祕密,卻被死神封鎖住了,竟無法可以披露出來。

這一祕密一直隨著逝者,被埋葬在地層之下,經過了一個悠久的時

間。直等我們這位最聰明的大偵探霍桑來了，方使大白於世人之前。

又過了一小時，這位大偵探的足趾，已接觸著靜村十三號的階石。這天，他是單獨出馬，並沒有攜帶那個必要的「包」。

踏上二層樓的臥室，許多條視線同時投擲到了他的身上，他們都感覺到，這位名聞全國的大偵探，除了一雙眼珠以外，狀貌也無甚出奇：他的西裝大衣太舊了，皮鞋也不很光亮。他的額上，清楚地顯出光陰先生鏤刻的浮雕；兩鬢已露著幾點白星，這顯然是歷來過度消耗腦細胞的成績。

偵查開始了，主人先報告了隔夜離奇的經過。霍桑所提出的問句，是那樣的多而且雜，他簡直連李氏門中歷代祖先的事蹟，都問得一詳二細。他聽到主人的曾祖臨終時的一番情形，似乎極感興趣。

接著，他又查問全屋的人數和居住的情形。他嘴裡喃喃地自語：「侍女、老媽，三層樓，車伕、廚師，樓下。好一個舒服的小家庭！」

大偵探的紙菸，時時燃上，又時時熄滅，那紙菸黏住在他唇上，掛了下來。他不是在吸菸，實際上是在燒煙。有時他嘴裡低低地，撥出一兩句陳舊的「匹卡地利」歌曲。

一個特製品的腦筋，開動了發條。

他把主人所述的事變，默味了一遍。他想：「無疑地，昨夜有一個人，闖進了這間臥室，企圖用克羅方姆，悶倒這床上的人，但不知道如何，這事卻沒有做成。這個闖進房來的人，有什麼目的呢？盜竊嗎？謀命嗎？盜竊，妝臺上有許多貴重的飾物，一件不少，那一定不是。謀命，笑話！此人的手指，既接近了目的物，他當然不會想用克羅方姆悶倒了人家再下毒手的。如此，來人的企圖何在呢？」

他又想，據主婦佩華所述：她是被第二次那隻冰冷的手完全驚醒的。於此，可以知道一件事情，那就是，第一次的手，必與常人無異，所以她並不驚慌。進一步可以知道，昨夜進這臥室的，顯然不止一人，而有兩個人。

那第二人的手，為什麼這樣冷呢？如是內裡的人，室中開著水汀，不應有這現象。他想：除非是兩種情形，才會這樣，第一種，是剛從外面進來，因為隔夜曾下過雪，天很冷。第二種，是患著神經衰弱與貧血的人，在寒冷的天，他的手足是永遠不會暖熱的。

關於以上的推想，得到一個結論：隔夜這臥室中，共計有兩位貴客光顧，一位是內裡的，一位是外來的。清楚點說：第一隻手是室內人，第二隻冷得像鬼一樣的手，是外客；並且，這位外客，也許是個貧血症的患者。

哈！裡應外合，費那麼大的事，目的安在？應得把這黑暗中的企圖找出來才好。

想到這裡，霍桑抬眼，在室內兜了一個圈子。他銳利的視線曾在一紅一白兩個臉上滯留了幾秒鐘。

時間費了不少，大偵探吸吸菸，負手踱步，低聲哼哼歌曲，還沒有發表過半句高見，主人有些耐不住性了。

「請教霍先生，昨夜的事，是人呢？是鬼呢？」主人李瑞麟，用這一個無聊而又幼稚的問句，打破了沉寂。

「哈！太離奇了，看來有些像鬼鬧的把戲哩。」霍桑帶著譏諷的聲氣。

「果真是鬼，那一定永遠找不上我。」主人忽然這樣說了一句。

「為什麼？」霍桑抬起眼光來。

「我的頭頸裡，掛著祖傳的寶物哩。」李瑞麟回答時，旁邊有一個乾咳的聲音，呃嘿了一下，那是那位面色蒼白的朱龍。

「呀！寶物！在頭頸裡──」霍桑的兩眼，閃出一種光焰，緊射在主人臉上。

一個新的意見，刺進了大偵探的腦門。聽說隔夜主人與主婦，曾互換過睡的方向，而那黑暗中的手，又兩次都是觸控在主婦的頸部，會不會那

兩隻怪手本是要探索主人李瑞麟的頸子，而誤觸到主婦身上去的呢？

一道微光，在大偵探的腦中閃爍。

「請問，那是一件什麼寶物呢？」這是大偵探進門以後第一次發出興奮的聲音。

「看起來是一件很平常而不值錢的東西，但我自小掛在身上，就一直不曾遇到過邪祟。」主人的語氣，顯得很鄭重。

「能不能請教一下呢？」這問句裡分明含有一種熱烈的期望。

「有什麼不可以呢？那不過是一條洋金打成的小龍，手工粗得很，不過這東西是能避邪的。」

「龍！」這字眼又觸動了霍桑腦中某一部分的貯藏。

一面說，李瑞麟已在解開他的衣紐，從他頸項裡取下一條絕細的金鍊，這金鍊比一根雙股的棉線粗不了多少，在這金鍊上縮著一個鵝黃色的網囊，不過二寸長，半寸寬。袋裡想必就藏著那條神祕的小金龍了。主人取去這網囊顯出了一種過分的鄭重，他用兩個指頭，拈住了這金鍊的一端，姿勢恰像一個頑童用棉線繫住了一個甲蟲，而又怕這甲蟲從線的一端跳起來咬他似的。

霍桑正待伸手接受這個小網囊，但主人的手，微微向後一縮，露著一點遲疑。朱龍插口說：「霍先生你的面子不小。據我所知，我們瑞麟兄，在許多年來，從不曾讓任何人的手，接觸過他這小寶物，你是第一個人哩。」

「不勝榮幸之至！如此，我得洗洗手才好哪。」霍桑含著冷峭的諷刺，他用兩個指頭，從主人手裡，接過了那金鍊的一端，他做作地學了主人那種滑稽的姿勢。他問：「盥洗室？」

主人似乎很同意霍桑洗手的建議，他指示了他。霍桑立刻轉入了臥室的後部。

片晌，他從盥洗室裡出來，愉快地喊：「報告李先生，我不但洗過了手，我還偷了你的一點香水，灑在我的手上。好算香湯沐手哩。」

他嘴裡俏皮地說，眼角分明含著緊張。他把那個神祕的小寶物，從綢囊裡解放了出來。這是一條十八開金打成的扁形的小龍，不到二寸長，龍身帶著微微的彎曲，尾部分作五叉，近尾有四個小齒，分列兩邊，這算是龍腿吧？這東西的製作，果然很簡陋，但卻富有一種古樸的圖案美。

霍桑反覆把玩了許久，沉默地思索：「這古怪的小玩意，那樣鄭重地由祖先傳到子孫手裡。除了所謂可笑的避邪之外，不會沒有其他的用處吧？」

第二章

李丹葭的往史——即刻所聽得的——迅速地在霍桑腦海裡起了波動。

他想：那個「黑虎星下凡」的老人，臨終連連說的「龍」字，會不會就是這個小東西，而被當時眾人誤會為「聾」字的呢？這很有可能性。你看，這奇異的小物件，分明是外國的製品，而且是由那老人親自帶回國來的。假使這東西並不具有一種重要性，為什麼那樣鄭重的傳給他的子孫呢？不過，老人臨終，說出那個「龍」字時，明明還指著自己的耳朵；而且，他筆下所寫出的，也是一個「聾」字，只是那「聾」字的結構，「龍」「耳」二字，離得很遠，會不會他的本意，原是要寫出龍、耳二字呢？

如果以上的推想是對的，那麼，那個多餘的「耳」字，又作什麼解釋？這是一個重要的關鍵，應該把它的解釋找出來。

其次，再看這條金質小龍。形狀很像一個鑰匙，有了鑰匙，必然還有一個配這鑰匙的鎖門。那個鎖門又安在呢？鎖門裡面，又具有何等的祕密呢？會不會那幾十年來，一向不曾找到的鑽石，就包藏在這祕密之中呢？這啞謎的焦點，或許就在那個「耳」字上。

無論如何，有一點是可以相信的，就是，隔夜黑暗中的人，他必定已經先打破了這個謎。你看，他誤以為主人李瑞麟還是睡在原處，所以那隻

黑暗中的手，只在主婦頸項裡摸索，目的是在盜取這條小金龍，這也許是確定的事實。

經過了以上一番推想，黑暗中，似乎已有一線曙光在搖曳。

最後，霍桑把這神祕的小寶物，歸還了原主。一面他堅決地提議：「好！我要檢視檢視這裡的每一間屋子。」

主人答應親自奉陪，霍桑要求其餘的人留在原處，不要來打擾，以免分了心。

一二兩層的各間屋子，都檢視過了，結果，似乎並沒有一件東西可以引起這位大偵探的注意。同時，主人用迷惘的眼色，看著這位大偵探，也不知道他的神奇動作，目的究竟何在？

最後，查到三層樓上來了。這裡前部的一大間，布置略似一間憩坐室，室中垂著深色的帷幕，光線很晦黯。這裡除了椅桌家具之外，陳設了不少中國的古瓷器與外國的美術品。有一座落地大鏡框，裝著一張近十尺高的大油畫，畫的是李丹葭氏全身的側坐像，這是一個德國畫家的作品。另外，在一座配紫檀的小小玻璃罩中，罩著一頂色彩鮮紅的頂戴，這是李氏一生勳業的結晶物。室中最觸目的事物，是那在一隻靠壁的紫檀長案上，供著的一個神龕似的東西。這東西的尺寸，相當高大，龕前，一個古銅爐內，留有爐餘的香尾。因這神龕垂著黃色的綢帷，看不出裡邊供奉的是什麼東西。

霍桑走前一步，想伸手揭這綢帷，一個聲音把他動作止住了。

「呀！請不要動它！」主人在霍桑身後發出一種慌急的低喊。

「為什麼？」霍桑陡然旋轉頭來，困惑的眼光裡，發出這樣無聲的問句。

主人抱歉地解釋了，這解釋又是那樣的富於神祕性。

他說：「在這神龕裡面，供的是曾祖李丹葭氏一大一小的兩座銅像，這是一位德國名手的手製，由曾祖親自帶回國的。這銅像在曾祖生前，已具有一種非常的神異。——大約因他曾祖的星宿太大，因之，無論何

人，動手觸控了這像，就無可避免地會碰到不利的事情。曾經有一個人，因為不信這種神異，結果不久就跌斷了一條腿。像這樣的事實，並不止一件。」

霍桑聽著，不禁肅然！

四周的空氣與光線，是那樣的幽悄與晦暗，越使室中神祕的氣息，顯得非常之濃厚，使人置身其中會感到一種異常的感覺，即使像霍桑那樣精幹的人物，也不能例外。突然，他的身子一晃，曳著倒退的步伐，重重地，倒在一隻沙發裡，眼光露出了一種可怕的變異。

「霍先生！什麼事？」主人驚訝地問。

「我感到眩暈，能不能找點薄荷錠給我？真抱歉！」霍桑伸手按著自己的額部，語聲帶著顫。

「哈！你一定是不信我的話吧？」主人腹內的言語。

一陣急驟的腳聲，下樓去了。

這裡，霍桑比主人更急驟地從沙發內跳起來，他跳向那座神龕之前，揭起了綢帷。看時，龕內果有兩座銅像，較大的一座，頭上戴著頂戴和花翎，胸前掛著朝珠，這是一座半身像，約有三十寸高，面目奕奕有神，自然露著威儀。顯見「出於名手雕刻」的話，並不虛假。

但霍桑在這匆忙的剎那間，他絕對無心賞鑑這銅像的線條美，他只以最敏捷的動作，慌忙地窺察著那座較大的銅像的兩耳，在一種意外驚喜的情緒下，他發覺像的兩耳，有一點活動 —— 這是由於手眼並用的結果，單用眼，或許是無法看出的。

經這出奇的發現，霍桑的腦內，立即構成了二幅幻想的圖畫：他彷彿已置身於數十年前，親眼看見那垂死的老人，呻吟喘息於病榻之上，他又似乎親見這位老人，舉起顫抖無力的手指，指指自己的鼻子，又指指自己的耳朵，他努力賺出如下的語句：「兒孫們，你們用一條特製的小金

『龍』，插進我的一座『大銅像』的『耳』內。那時，你們便能發見我所藏下的一件重大的祕密！切要切要！至囑至囑！」

那李丹葭臨終時所要表示的遺囑，大概不外乎如此，——至少是相近——但是，可憐！在死神的控制之下，他的舌尖麻木了，手勢又表演得模糊不清，結果，他努力賺出口的一個「龍」字，因他同時指著耳朵而被誤認為耳聾；其次，他所要說的「大銅像」三字，也因著輕音的微弱，而被誤認為呼喚他孫兒——大同——的名字。

這樣，致使這老人胸藏的祕密，在地層下竟被埋藏了好幾十年。

暗幕漸次揭開了。可是，這大銅像中所埋藏的祕密，畢竟是件何等的祕密呢？

這進一步的探求，卻被樓梯上的足聲所阻止了。主人李瑞麟，匆匆回上三層樓來，把一枚薄荷錠和一包龍虎人丹遞給霍桑，並關切詢問著他。

這大偵探吞服下了幾顆不需要的人丹。他抱愧地說：「那不要緊，多謝！這是一種用腦過甚的現象。現在好多了。」

同時他向主人宣稱：他對這裡昨夜發生的怪事，已找到了一種線索。但是，有一二點，還待證明。三天以後，他準來一一把答案交出來！

一種好奇心，驅使著李瑞麟，他想問問這怪事的大概情形，但他是讀過許多偵探小說的，知道凡是大偵探，都有那麼裝腔作勢的一套，於是，他忍住了。

他恭送這位大偵探，悠然出門。回到樓上，妻子佩華在呻吟，他的好朋友朱龍與女侍鳳霞，正露著焦急。

霍桑答應三天後再來，實際上，他在第二天早上，提前就來了。奇怪的是——他的來，不在白天而在深夜；並且，他不是堂皇地光顧，而是偷偷地光臨。

特別奇怪的是——大偵探再度光臨時的情形：深夜兩點鐘後，霍桑

在十三號屋的後門口，仰面咳了一聲幹嗽，那三層樓樓後小窗中的燈光立刻響應著這咳聲而發了光。不到兩分鐘，十三號屋的後門輕輕開成了一條窄縫，一個鬼魅般的影子在門縫裡，探了一下子頭，接著，霍桑緊隨著這個鬼魅影挨身進了屋，動作輕輕地。

這探頭的魅影——讀者也許已預先猜知——她是女侍鳳霞。

兩個黑影在烏黑中賊一般地摸索上樓梯，一直掩上了三層樓，內中一個黑影在發抖。

到了三層前室的門外，這神奇的大偵探，取出一串百合鑰，不費事的開了門，他讓鳳霞走入這黑暗的室中，他輕輕把門關上，立刻，他又熟稔地摸著了燈鈕，開亮了電燈。室中窗簾深垂，燈光不會有一絲的走漏。

大偵探像回到了自己府上一樣的悠閒，他揀一張最舒服的沙發坐下來，首先是取出紙菸，燃上火，平平氣。並且，他還招待親友似的，向鳳霞擺擺手說：「請坐。」

女侍者的顫抖未停，呼吸很急促，眼睛裡射著不知所措的光。

霍桑吐出了一口土耳其香菸，接著又說：「今夜的情形，和前夜你引那姓朱的傢伙進來時的情形，有些相同吧？」

這女侍沉倒了頭——是預設了的樣子。

「不過前一夜，你們並沒有到這三層樓上來。那個傢伙，約你偷偷同進主人的臥室，預備竊取你主人頸間的小寶物，他答應作什麼酬報呢？金鋼鑽，是不是？——有一點我不明白，你們預備下的克羅方姆，為什麼不用？膽小嗎？」

對方仍沒有回答。

「哈哈！你叫鳳，他叫龍，這名字太好了，也太巧了。也許，就由於這一點上，你們老早就發生了羅曼史。這句話你懂不懂？」大偵探只管俏皮。

這女侍的兩頰紅上加了紅，羞慚戰勝了害怕。

其實，大偵探的論斷，多半出於虛冒，這正像星相家的江湖訣一樣。但是，看對方的反應，很僥倖，他都猜中了。

最後，霍桑看了看他的手錶，驚覺似的說：「幹正事吧！」

他嘴裡打著哨子，悠然走進那座神龕，揭起了綢帷，他探懷取出一個電筒，光照著這銅像的左耳，用點力，扭著這耳，這耳由豎的變成了橫著，左耳輪的部位，露出了一個奇形的小孔。

他又探懷取出一封信封，把一件小東西，鄭重地由這信封中倒出來，這是一條小龍，和李瑞麟所有的一條，形式沒有絲毫兩樣，但他這東西並不是金的而是鋼鐵製成的。

奇怪呀！霍桑這東西，是哪裡來的呢？

記得嗎？上一天，他把李瑞麟的小金龍，帶進了盥洗室，他把那東西，捺在兩片肥皂之中，得到了一個印模，這是第二條小龍的來源。

這時霍桑把那銅像的耳孔，仔細估量了一下，他小心地把那龍尾，插入小孔，用力旋了一下。

在一種微微的心跳之下，他對這銅像發生著一種熱烈的期待。但是，片晌之後，這個銅像依然鐵板著臉，沒有半點反應。

他皺皺眉，有點焦急，又沉思了片晌。

忽然他又跳起來，再狂扭著這銅像的右耳，他發覺這右耳輪下，同樣地，也有一個孔，再經過一回察探，他又把這小鐵龍的頭部，插進這右孔，他焦灼而又熱烈的期待著。

大約是因年代太久的緣故吧？或右或左，他撥弄了好些時，猛然間，一種像時鐘發條的聲響，「廓郎」的一響，只見這銅像的頭，向後仰倒了下去，自銅像的頸部以下，頓時露出了一個大空穴，細看接筍之處，恰在衣領的部分。

哈！好精密的機械與設計！

第三章

　　這魔術般的表演，使站在一旁的女侍，忘了她所處的地位。她呆怔住了。

　　數十年的祕密之源，完全發露了。聰明的霍桑，從這銅像的空廓的腹部，找出了一冊線裝的書本。在這小小一冊書中，他發掘出了一個含有歷史性的大祕密。

　　這本書被捲成了一個卷子，用許多棉花，緊塞在這銅像的腹內。用意當然是怕後人搬動這銅像時，會發出裡邊的聲音，即此一點，可見用心的周密。

　　這冊小書共有五十五個頁碼，全書完全是蠅頭小楷所錄，單看這字跡，是那樣的工整而蒼勁，這是李丹葭氏的親筆，上面鈐有李氏的印章。但這書並不曾留下一個題目。

　　霍桑嚴肅地捧著這書，他走到一張接近燈光的椅子裡，靜靜坐下來，翻閱這書的內容。他以最高的速度，閱讀了一部分，他發覺這本書的所述：是一種精密完整而兼偉大的興建海軍計劃！

　　書中有一個特點，就是：他所擬具的計畫，全部注重實際，不看半點空論。雖然，這計劃在眼前已完全失去了它的時間性上的價值，但在當時，如能付諸實施，它所發生的偉大的效果，也許將為後人所無法能想像。

　　但是，可憐！這驚人的壯舉，終於因著種種的關係而淹沒了。

　　霍桑又感慨地翻閱下去。

　　這書的後半部分，指出了當時李鴻章所練海軍的弱點，他並指陳出它的必敗之道。關於這一部分，他的論斷，語語鞭辟入裡，無可駁詰。於此，可以窺見李丹葭氏眼光遠大的一斑。但是他這計劃，當時不為李中堂

所採納，這也許就是原因所在。

　　全書最後部分，附有李丹葮氏給付子孫的遺囑。這遺囑再三懇切叮囑，李氏後人，如能獲得適當的環境與機會，無論如何，應繼承他的遺志，把這計劃，設法貢獻於朝廷，而監督其實現。如果後人中無人能遵行遺囑囑咐，那麼，應該留心尋覓一種具有遠見而能負擔這重大使命的人，將這一個小冊，鄭重付託給他。

　　遺囑最後部分，述及李氏在出使德國之際，因某種關係，蒙該國的鐵血宰相俾斯麥克，送他一種豐厚的餽贈。——那是十二顆最精美的大鑽石。遺囑上並註明：後人如得了這鑽石，不能當作私有的財產，他們應當等候國家能實施他的計畫之時，捐獻出來，作為興建之一助。這鑽石也藏在這銅像裡。

　　霍桑看到這裡，他暫時從書本中收回了視線，他想：在當時，這李氏所藏的鑽石，也許在無意中，曾在人前露過眼；當時那鑽石可以用作鬥量的傳說，其來源就在於此。

　　霍桑把全書與遺囑的大略，匆匆瀏覽了一遍，時間已費去了不少。最後，他依照這書中遺囑所指示的，從那銅像的另一部分——頭顱裡，不費事地找到了一個小錦盒。

　　燈光下，十二顆稀見的鑽石，落到了他的手掌之中，發出活水一般的光華，瀲灩著，瀲灩著。

　　一旁那個瑟縮而又焦灼的女侍，偷眼一看，她的眼珠宕了出來。

　　最後，五分鐘內，這神奇的偵探，做出了如下的動作：他把這銅像的頭，恢復了原狀，並垂下了這神龕的綢帷。

　　他們向這個神龕一鞠躬，致敬著龕中人生前偉大的人格。

　　接著，他再一鞠躬，致謝這銅像的賞賜，於是，他溫文而又客氣地，把那貯著十二顆巨鑽的小錦盒，放進了他的衣袋。

他回頭向那驚悚著的女侍說：「多謝，辛苦你了，現在你去安睡吧。我的酬報，就是代你守著祕密。如果你肯相信我的話，我還要警告你。你那位幕後的情人並不是個好人。有機會，我預備把同樣的話警告你的主人哩。」

　　當這女侍拖著遲疑與不安穩的步伐被驅回她自己的臥室時，霍桑輕輕關上了門。他把那冊小書，重又翻讀了幾頁。他打著呵欠，似乎有點疲倦。他熄去了燈。把室中一張虎皮氈裹在身上，預備養一會兒神，但不久，他竟睡熟了。

　　直等天色透明，這位聰明朋友，方在他人的鼾聲之中，悄悄溜了出去。

　　隔夜的事，室中不留痕跡，那女侍鳳霞，她當然不會聲張出來。這裡，主人還在期待大偵探的鳳臨，大偵探當然是守信用的，在第三天後，他寄給了李瑞麟一封信，信上只有一個最簡單的答實，他說：「那夜，在黑暗中伸出那隻『鬼手』的，不是別人，正是你的好朋友朱龍。他的目的，是要竊取你的闢邪的小寶物。」

　　隨函還附寄來一冊小書，李瑞麟發覺這是他曾祖的著述，自己從來不曾見過。他不明白這書怎麼會落到那位大偵探手裡去？

　　可遺憾的是，這位小布林喬亞，始終不曾在跳舞打牌之餘，抽出些功夫來，一讀這書的內容，因此那銅像，鑽石，以及那鬼手的最後的目的，他也始終一無所知。

　　於是，這故事的全部就完畢了。

　　俱樂部中那個穿中山裝的中年人，演述到這裡，有一個人跳起來說：「怎麼！霍桑竟沒把那十二顆鑽石，還給它的當事人？」

　　「我想，那是不必要的。」穿中山裝的人，冷冷地回答。

　　「什麼話？中國唯一大偵探霍桑，他的人格，會這樣的卑鄙？」

　　「且慢！我要代霍桑辯護。」中年人伸著手，「那不是真正的霍桑哩。」

「不是真正的霍桑？是誰？」

「一個職業的賊。」

「職業的賊，他怎麼會冒了霍桑的名，接受這件事？」

「那是由於一個偶然的機會，那天，這一個職業的賊，趁著霍桑的事務所裡沒有人，他想去竊取一種檔案，無意中，他接得了那事主的電話。」

「這一個聰明的賊，他畢竟是誰呢？」

「我！」中年人指指他自己的鼻尖。

「你是誰？你的名字？」

「我是一個衰朽的落伍者，世人遺忘了我，我也遺忘了世人，我沒有名字。」中年人搔著他的花白的頭髮，感嘆地說。

許多條困惑的視線，紛紛投射到了同一的靶子上。

「你們一定要問，我也可以給你們看看我的商標。」

這神奇的中年人，指指他自己的耳輪。燈光下，有一顆鮮紅如血的紅痣，像火星般的爆進眾人的眼簾。

「呀！你是——」

「不錯，是我！」

這演說家揚聲大笑，在眾人的驚奇紛擾聲中沉失了。

俱樂部的燈光下，繚繞著氤氳的煙霧，濃烈的土耳其煙味，遺留在眾人的鼻管裡。

玫瑰之影

楔子

　　入春以來，懨懨多病，長日但與藥爐做伴，生趣蕭索極矣。偶讀報章，則見吾友魯平，方續出其神妙之手腕，創為奇案以警世人。特苦勿獲真相無以實我筆記，滋悵悵焉。日者吾友魯平陡顧蝸居，相其容色，覺興奮逾於常日。知其邇來必交佳運。因即以報端近事詢之。吾友微笑，初不作答。繼乃覓火吸菸，告我二事，蓋皆有涉於隱謎，而為吾友所揭破。其一為遜清欽使所藏無聲飛機祕圖事，吾友嘗運其智計與私家偵探盧倫氏，幾經波折，卒乃奏凱。詭祕力氣，不可方物，爰即錄入我小冊，且標以詭怪之名曰《冷熱手》。其第二事即今茲所述者，情節雖較前事為稍遜，然略加點綴，固亦未嘗不足以駭人聽聞。因志其數語於其端，留鴻爪焉。

第一章

　　時候已是黃昏以後了，那間狹小而汙穢的斗室中充滿著陰森的空氣。一張桌面將與桌腿脫離的桌子，上面擱著盞破舊的煤油燈。燈裡的油已近乎要破產，所以把火頭捻得很低，於是愈顯室中的幽暗可怕，但仗著這一點微弱的光線，卻映出這室中有三個青年：他們圍坐在破桌。兩頰蒼白得一無血色，再配上一雙深窪無神的眼睛，令人一望而知——他近來必在

灰色環境中討生活。他的名字叫做陸大狂。其次一個名喚仲癲，年齡比大狂相差三五歲，面容與大狂很像，而且同樣灰敗，旁人看了極容易纏錯他們是一人。所不同者不過他的眉毛比他哥哥濃些罷了。三人之中要算那年紀最輕的陸季醉精神比較充足一些，他的態度上雖已失去了少年人應有之活潑，但雙眸仍奕奕有神，可見他平時為人是很乾練的。不過現在他四周被「窮愁」二字包圍著，毫無發展的餘地，所以也變成沒精打采的樣子了。

仲癲正自呆望著燈光發怔，聽大狂這麼說著不禁把眉頭一皺，深深噓了口氣。見他嘴唇微動，好像預備回答似的，誰知過了好半天，依舊默默無語。大狂只得照樣再說一遍。仲癲略一伸欠，方始有氣無力地答道：「可當的都已當了，可賣的都已賣了，借貸的路都已斷了，除非希望天上掉下金錢或是麵包來，除外……」

大狂接著道：「照你這樣說，那麼明天只好坐待那胃袋漸漸收緊而死咧……唉，你今天到舅父處去，要是婉轉些的向他央求著，也許他能夠救濟我們一點也說不定啊！」

此時，天際的一丸冷月從窗格上的破紙罅中漏進一縷銀色的光來，似乎來安慰這三個困頓的青年，又似乎要和室中的燈光爭勝。同時，那春夜的微風也從月光入口處追蹤而入。瑟瑟的風聲不期而然和大狂、仲癲的嘆息聲互相應和起來，室中似靜而非靜的過了一會兒。

大狂忍不住顫巍巍地站將起來，呻吟似的說道：「唉！你們總要想想法子才好啊！難道今天枵腹過了一天，明天仍舊挨餓嗎？」

大狂道：「我早已料到你去和他商借是不會成功的。須知一人既已踏進窮苦的境界，只能收拾起傲骨、套上諂媚的面具，然後方好向人家說話。像你這樣的滿面倨傲，還有誰肯來敷衍你呢？唉……過去的事情不必說了，你且告訴我舅父用什麼話拒絕你的呢？」

二人發狂似的暴怒著,那最小的季醉卻保持著冷靜而安閒的態度,並不參加一句話。他只是吹著氣,嘴唇微微發響,雙目無意識地注視塵封,好像在那裡想什麼似的。大狂看了他一眼,不禁生氣道:「季醉,你也該籌劃籌劃啊。明天的問題怎樣解決?難道天上真會掉下麵包來嗎?」季醉很和婉地答道:「不必焦急,姑且靜待一會兒再說。到了九點半鐘,那人還不來,那麼我們真正絕望了。」大狂不懂他的話,問道:「你所說的那個人是誰啊?」季醉滿面顯出興奮之色道:「說出來你們也未必相信啊。」仲癲插口道:「不去管他,你只顧說出來啊。」

　　大狂插言道:「當時你為什麼不向他說,我家的敗落並不是由於我們弟兄的貪吃懶做,實在是家運不好,經了無數波折,所以弄到這種田地?這一層他也知道,多少總要諒解一些的啊!若說偌大的財產都被我們用完,這句話尤其冤枉!其實,父親死後他也曾助著我們檢點遺產,何嘗有一文現款呢?」

　　仲癲道:「是啊,這許多情形我未曾不婉轉曲折地向他說,無奈他一味用勢利口吻來對付,任是嘴裡說出血來也無用啊……最後他又正色向我說,以後你們不必再來吧;再來也沒有什麼好處的。說完便捧了他那常用的水菸袋頭也不回向裡去咧。」仲癲說到這裡,肚子裡的飢火與憤火不覺同時燃燒,一手按著腹部,一手握著空拳,把破桌敲得格格作響,煤油燈中的火頭卻也震得跳躍起來咧。

　　大狂獰笑道:「很好!很好!我今天方始覺悟什麼叫做『親戚』!『親戚』二字只是富有時代的點綴品啊!」

　　二人正自想得出神,猛不防有一種清朗的語聲突然刺進他們的耳鼓道:「不必懷疑!不必懷疑!我已如約而來了。」這種聲音發自燈光照不到的黑暗處。於是三人把視線聚在一起。很驚愕地看時,只見一個漆黑的人影,踞坐在室隅一隻板箱上。季醉忙把煤油燈移近一些,照著那人面龐,

不覺驚呼道：「咦？先生你……你是什麼時候進來的呢？」

季醉道：「方才五六點鐘時，我不是出去過一次的嗎？那時我是去找一個同學的。誰知同學沒有找到，半途上卻遇見一個素不相識的怪少年。那人衣服很入時，似乎是上流社會的人物，他向我打量了一回，忽然喊住我道，『慢些走啊』。於是，我就立定了腳步。他問我道，『你是不是陸秋梧的兒子呢？』我聽他說出亡父的名字，不覺一呆，急忙應了聲『是』。那人又道，『你還有兩個哥哥，是不是？』我又應道『不錯』。那人道『你家裡有一處很精緻的別墅，五年前被你們舅父用卑劣手段強占去的。現在，你們弟兄三人卻住在貓兒弄的破屋裡，景況十分困苦，對不對？』那人把我家過去的歷史與現在的狀況背熟書似的背著，我自然愈加吃驚。末後，那人略略躊躇了一下，便對我說『你先回去等著，我晚上九點半鐘一定到你家裡來，預備送你們五百元。』他說話時面容莊嚴，語氣親切，並不像和我開玩笑。不過，我覺得所遇見的事情奇怪地好像做夢一樣，當時竟不知怎樣對付才好。我問他姓甚名誰，他說「我並沒有固定的名字」你不妨稱我「失望的救濟者」。那人說完就和我分別，我還目送他的後影，至於不見方始回來。本來我預備就告訴你們，可是事情太突兀，恐怕你們要當我撒謊啊。」

那人見陸氏弟兄驚訝得說不出話來，不禁現為微笑。一面取出紙菸獨自取火吸著，神色非常安閒，倘有人闖進此室，發現這三個滿面慌張的人陪著一個行若無事的怪客，一定要稀奇不止咧。一會兒，那怪人又開口道：「三位先生，你們開開口，不要像做影戲一般啊。」

大狂又囁嚅道：「先生，你是誰啊？」

陸氏兄弟聽魯平說出名字幾乎塞住呼吸。他們見這一個人人震恐的巨盜，一旦現在眼前怎麼不驚？同時還有一件事情使他們心裡都發生一種不可名狀的感覺。原來魯平此時正自細數完便授給陸氏兄弟道：「拿去——

這是賢昆仲渴望的東西啊！」三人凸著眼珠呆望著魯平手中的紙幣，覺得花花綠綠的耀得眼光都亂了。但終沒有一個敢來接取。魯平笑道：「你們以為我是一個巨盜，所以不敢拿我的錢嗎？其實我魯平的錢完全是天下黑心人袋裡漏出來的，任是任何人都可用得。你們儘管收下啊，況且我並不是白送你們五百元，我還預備從你們處探聽一些過去的祕密咧。」陸氏兄弟見魯平語氣很和善，和普通人毫無分別，神色也就漸定。於是季醉接了紙幣，接著大狂問道：「魯君不知你要探聽什麼事情？凡是我們知道的事無不奉告！」

那人道：「我嗎，就是預備送五百元給你們的人。方才遇見令弟沒有留名使你們懷疑著，真是抱歉之至。實在因為我的姓氏在稠人廣眾中宣布出來很易使人吃驚啊。現在，我自己來介紹吧：我，姓魯，單名一個平字。」

魯平道：「那張怪圖呢？」大狂道：「家父親筆的原圖已被舅父取去，我們卻留著一張副本。」此時，仲癲插言道：「那怪圖的意義玄奧極了！圖旁邊還有四句怪文，除了我們父親自己知道外，只好請仙人去解釋咧。」魯平道：「給我看一看，可以不可以呢？」大狂道：「有什麼不可以！老實告訴你，我們對於發掘藏金的心早已死了！因此，這怪圖在我們眼中的價值差不多像廢紙一般了。」大狂說著便教魯平讓過一旁，開啟那隻破舊的板箱。魯平順眼看時，見箱子裡的東西實在很足以表示陸氏兄弟的窘況──其中除了些舊書籍之外，竟一無長物。魯平趁大狂在那裡亂翻，信手取過幾本書來看看消遣。內中有一冊抄本封面上題著「愛玫樓瑣記」與「陸秋梧著」的字樣。內容是文言的筆記，瑣瑣碎碎，很帶著些愛情的色彩。魯平正自細閱，大狂已把怪圖找到，授給魯平道：「這就是家父所繪的原圖上臨下來的。」魯平接了圖，讀道：「玫瑰之影，如圖，屈曲自頭至足，其數凡六。」另外，又著注一行小字，乃是「三月十四夜十點鐘陸

秋梧記」。魯平燃了支菸，一面狂吸，一面苦思圖中命意。此時，陸氏兄弟從嘆息萬變的煙海中一看魯平的面色，覺得他莊嚴得像天神一般。

　　魯平又取過那張圖來，反覆細看一會兒，拋去手中的殘煙，指著那張圖問陸氏兄弟道：「玫瑰別墅的圖中有類似這個圖中曲形的東西沒有？」三人搖著頭道：「沒有。」魯平道：「你們姑且仔細想一想，再告訴我。」季醉道：「我們把別墅賣給舅父的時候，我還是個很小的孩子。近來，我也沒有再到這別墅中去過，委實記不起來了。」季醉說著，便向他兩個哥哥道：「你們想想看啊。」大狂與仲癲想了想，仍是搖頭。

　　魯平道：「聽說你們父親生前曾經把一筆三十萬元的鉅款窖藏在一個地方，死後還遺下一張怪圖，大約就是探索藏金的鑰匙。這句話確實不確實呢？」大狂皺眉道：「事情確是有的。那藏金就在玫瑰別墅的花園裡。但家父死後我們也曾搜尋過好幾次，結果連三枚銅元也找不到。後來，這藏金的消息被我們舅父童曉樓知道了，於是他想出種種方法要把我們這所別墅讓給他。其時我們弟兄一則年幼，二則因家父死後非但沒有現金遺產，並且還負下許多債務，不得已，只好用最低的價格忍痛把別墅出賣。我們舅父既得了這玫瑰別墅，立刻僱了許多苦工在那花園裡四處發掘，直把那園中的泥土掘得像鼠子嗒過的蛋糕。但所得的結果也和我們一樣。至今十五年來，這些窖金仍舊很祕密地安睡著，無人能夠發現。」

　　魯平道：「你們既不能了解圖中的意義，那麼以前搜尋藏金何以著手呢？」大狂道：「圖旁四句有六處地方種著玫瑰花，於是我們趁那明月當空的時候，照著玫瑰的花影掘去，掘夠三五尺深，誰知一無發現……可憐許多嬌豔的花枝倒生生地被我們摧殘了。」仲癲插口道：「圖中還有一個小小的土堆，名叫玫瑰塚。我們搜尋藏金的時候發掘開來，裡邊也空無所有。總之，凡是圖中『玫瑰』二字略有關係的地方，我們無不找到。到了現在，我只好承認父親並不曾埋藏這注金錢。再不然，就是那隻小鐵箱已被明眼人預先發掘去了。」魯平道：「那小土堆取名『玫瑰塚』是什麼意思？」

大狂道：「父親生前最愛玫瑰，他常常把落下的花瓣掃在一起，埋在那個小土堆中。逢到憂鬱的時候，便到土堆前去揮一陣淚，『玫瑰塚』三字因此得名。父親又連帶得了個『男性林黛玉』的綽號。」

魯平聽到這裡，不禁也好笑起來，但他的笑容不久就完全消滅，雙眸好像中了催眠術似的，只顧對著牆壁呆呆出神。陸氏兄弟順著他視線瞧去，見牆上除了燈光映出的幾個人影，別無他物。

第二章

一分鐘後，魯平重又燃了支菸，笑微微地向陸氏兄弟道：「喂，你們現在還想尋覓那三十萬元的藏金不想？」魯平發這問句時，語氣非常興奮，不啻暗示陸氏兄弟說那怪圖中的祕密他已完全知道了。陸氏兄弟忙不迭同聲問道：「魯君，你已知藏金的地點了嗎？」魯平很愉快地答道：「不敢說一定知道，但尋覓起來也還不至於一定失敗吧。不過，還有幾個小問題要請你們告訴我：這玫瑰別墅現在有人住著沒有？」大狂道：「家父造這所房屋本預備夏季裡避暑的，如今歸了舅父，他們也不過六七月中去住一陣，此刻卻正空閒著。」魯平道：「誰在那裡看守呢？」大狂道：「這個我不知底細，因為我們已好久不去了，大概總有一二僕役看守著吧。」魯平道：「很好，夠了。」說著，便拿了剛才看過的那本《愛玫樓瑣記》和那張怪圖，又向仲癲與大狂道：「這兩件東西姑且留在我處，你們記著如果想找那藏金，明晚八點至八點半鐘，你二人中不論哪個在街口等著我。到了明天此時，也許那件埋入土中的黃白物又要與世人握手咧！」

貓兒街本是貧民的集合所地點，非常冷僻，每晚八九點鐘已經現出陰森的氣象。大抵住在這裡的多半是些窮苦的勞工，白天他們伏處於資本家可怕的勢力圈下牛馬似的工作著，精神、肉體兩者都很疲乏了，於是一到

了晚上便合夥兒趕早進了黑甜鄉，去呼吸暫時的自由空氣。這一來便把貓兒街造成了冷清清的世界。

　　我這故事第二場開幕的時候，正在晚上八點鐘，陸氏兄弟擇定了由仲癡跟著魯平同到玫瑰別墅。因此，仲癡已趕早等在街口。一會兒，他見遠遠地來了一人，步履的矯健、身段的活潑，很像是魯平，於是他立刻迎將上去。誰知，在月光下一看來人的面龐卻並不認識。仲癡剛待回神，只聽得來人冷冷道地：「仲癡君，累你久等了。」聲音正是魯平。仲癡不覺驚呼道：「你……」魯平笑道：「我的面貌本是天天改變的，難怪你見面不識……現在不必多說，來來來，快跟我到那玫瑰別墅中去。」仲癡一面走一面問道：「那邊的園門此時想已落了鎖，怎麼進去呢？」魯平道：「鎖已被我們設法弄開，園門只是虛掩著，只輕輕一推便可直達園內了。」仲癡道：「私入人家後園不是違背著法律嗎？」魯平笑道：「一個人既和魯平合夥行事，還有什麼法律可言？況且，現時代所謂法律也無聊之至，大可不必把它當作一個問題。」仲癡道：「此去有危險嗎？」魯平用很頑皮的口氣答道：「決無危險！我擔保你像小孩睡在搖籃中一樣安穩！如此，你總放心了。並且你此去只有兩種微細的職務：一種是指出玫瑰塚的地點，還有一種只消把那鐵箱中幾分之幾的東西帶了回來便完事了。」二人一問一答，不知不覺已到目的地。

　　那玫瑰別墅的前面是一所極精緻的房屋，後面就是傳說有藏金的花園。園的面積約有四五畝，四周包著一丈多高的圍牆。牆上密密層層砌著許多碎玻璃，被月光照著亮晶晶的，彷彿千萬柄鋒利的匕首，假使仲癡單獨到此，一時也很不容易入內，幸虧半小時前魯平預先來過一次。園門上的鎖早已扭斷，裡邊兩個守園的園丁和一頭獰惡的狗卻中了魯平的麻醉藥，昏睡如死。一切都已安排舒齊，專待入園行事。魯平暗暗囑咐仲癡，走進園門的時候，須裝出大方的樣子，免得路人見了起疑。

余逆料此鐵匣中之祕密數年或數十年後，必且為世人所發現。而發現此祕密之人或將痛罵余，不應做此惡作劇。雖然，余之自欺欺人實迫於萬不得已，今者且敘述其故，藉以稍補余作偽之過。

　　依仲癡的意思，想先把園中一切痕跡都收拾清楚然後帶了小鐵箱回到貓兒街，再開啟來看。但魯平卻急不暇待趕著要檢視箱中到底是什麼東西。於是就在懷中取出一串鑰匙，約有三四十個，逐一在鎖眼中配去，配到第七個方始吻合。開了箱蓋，一眼看見上面放著個信封，封面寫著幾個字道：「窺祕密者監」，另外有一行較小的字跡卻是「三月十三夜陸秋梧記」。魯平急忙把信封拆開，只見裡邊還有兩張潔白的通常信紙，滿寫著許多字跡。幸虧月光皎潔，勉強還看得清楚。魯平就坐在亭中的石凳上一口氣把兩張信紙讀完，驀地啞然失笑道：「呵呵，原來如此！這真是意料不到的事……」仲癡接了信紙看時，只見上面寫著道：世人當憶先是有所謂橡皮公司者創自某國商人，而嘗設分行於滬瀆。其營業之發展幾於一日千里，唯時一二朋儕知余小康，咸慫余投資其中。余感於其言，遂盡出所有之現金以購股票，不足且舉債焉。初意以為厥利甚厚，暴富不難立致也。詎數月後，忽盛傳所謂橡皮公司者竟倒閉。於是余所藏三十餘萬元之股票，一旦悉成廢紙！當斯時也，余之懊喪至於不可名狀，繼復益以惶悚。蓋凡此失敗之消息設或播傳於外，則破產之危迫於眉睫。所幸余購此股票時胥詭託他人之名義，是故猶勿慮。有人遽窺余隱藏現金，既竭經濟、竭蹶之狀，百計無以自掩，長此因循勢，終有一日釀成破產之局，思之思之，一籌莫展。

陸秋梧述

　　半小時後，魯平與仲癲已回到貓兒街破屋中，大狂與季醉聽二人詳述經過，當然也同樣地掃興，還是季醉比較豁達一些，一轉瞬間便拋開金錢觀念，向魯平道：「今天的事情雖不曾收得良好的結果，卻也不能說是失敗。魯君，你到底用什麼方法找到那小鐵箱，可以說出來，使我們長長見識嗎？」

　　……伊人小字，外人無知之者，長身玉立，類雞群之鶴矗立稠人中，一望即得。然雖頎而不減其媚且增美焉。一日，余戲量其軀，自頂至踵得六英呎，因戲呼為一株頎長之。伊人倩笑，勿以為忤。今者園中蓓蕾怒茁，而伊人竟魂歸黃土，睹物懷人，弗能已於迴腸蕩氣矣……

　　陸氏兄弟聽到這裡興趣漸漸充足，忙問以後如何。魯平道：「我再想，所謂玫瑰能使你父親發生如許情感，或者竟是個女性的芳名也說不定。假定這種說法是對的，那麼便可知『玫瑰之影』四個字並不是花影，而是人影。再把第三句『自頭至足』來印證尤其吻合，因為花影是沒有頭足可言的啊。」此時，陸氏兄弟已被魯平談話的魔力吸住，不覺聽得呆了。魯平又道：「最後我更進一層想，便想到那圖中六條直線所綴成的曲形物必是六個人影曲折合起來的，長度凡此種種。思想起先只是很散漫的，在我腦海中迴旋著，直等到我注視壁上人影時方始有了歸結。不過，雖知圖中曲線是人影，而不知每個人影有若干長，豈非仍是徒然？為了這件事倒使我覺得有些棘手了。幸虧在那本《愛玫樓瑣記》中發現一段文字，使我得到許多幫助，同時還證明我以上種種的理想完全無誤。因為便於檢查起見，我已把那段文字抄了下來。」說時取出日記冊，遞於陸氏兄弟。

　　大狂接來一看見日記的一頁上抄著道：季醉忽擾言道：「時針單單指出九點鐘並不註明上午下午，安知他一定指著月光下的人影呢？」

大狂道：「你怎麼知道那女郎的影子是一百零八寸呢？」

大狂道：「圖中畫著一隻時針正指九點鐘，這是什麼用意？」

魯平道：「你這問句未免太無意義……要知道人影的高矮常隨著月光的角度而變化，並不是一定不易的。倘不指出時間卻叫人何處去捉摸呢？」

魯平被我取笑了一陣也不動怒，只是笑嘻嘻地向我道：「你說我白白犧牲五百元嗎？老實告訴你，我本來誠心去救濟陸氏兄弟的，但現在卻有人加上百餘倍的利息償還我了！那人非別人，就是陸氏兄弟的舅父童曉樓！」

仲癡道：「魯君，我也有一個疑問要請你解釋一下。就是我們剛才量到最後的一百零八寸，那終點應當在石塊之下，為什麼卻距離三五步以外？」

一天，魯平在我秋雲街的寓所中來，便把以上的事情原原本本向我細說。我聽完不禁笑道：「這真是東方亞森·羅蘋有生以來唯一無二的失敗史啊！其實，那陸秋梧既不曾真的藏下三十萬元，為什麼還要鄭重其事畫那張怪圖，以至於事隔十五年後害一個神出鬼沒的巨盜空絞了無數腦汁，還白白犧牲五百元？」

魯平道：「你真是笨啊！我的目的哪裡是為五百元，不過想哄他開那個保險箱，好在一旁冷眼偷看他開箱的密碼。這吝嗇的富翁不知我的用意，竟然上當。結果，我就在當夜光顧他家，照他白天指示我的方法開了保險箱，於是無數珍貴的東西都好像長了翅膀似的，穩穩地飛進我的衣袋了。」

我聽魯平說到這裡不免冷笑道：「為了區區五百元費如許手續，未免小題大做吧。」

恐怖而有興味的一夜

引言

　　著者道：介乎民國十二年與十三年之間，我在這一個時期中，可以說是最消極的時代。其時我那生活的沉悶與無聊，實已達於極點。往往群眾的頭上，已頂著燦爛的陽光，而我卻還流連在黑甜鄉內，做著沉迷之夢。

　　等到起身以後，也不過整日把靈魂深深埋在破書堆裡，似乎除了這種固定的功課以外，世界上已沒有其他事情可做。一天一天，酒醉般的過度著，外界的一切，毫不顧問。人家把光陰看作黃金一般，而我的光陰，其價值直等於零。總之這時候的生活，簡直不像人類的生活，而成了冬日蟄居的野獸了。

　　靜極思動，這是天然的公例，我像野獸那麼的窟處了一陣，積漸而久，不免也要感覺到現時生活的單調。那時，我唯一的要求，就是想把這種單調的生活，稍稍改變，至少也得想些方法出來，消遣去這種昏沉而枯窘的長晝。可是用什麼方法來消遣呢？這倒是一個難以解決的問題，倘說投身於現代社會，以事業作消遣，我卻已沒有勇氣。因為我已被這可怕的社會，一度很殘酷的，推入於失望之境了。至於其他無意識的消遣，如賭博與逛遊戲場之類，我又不願採用。

　　我並非是什麼道學家，實在久習於靜的神經，經不得囂煩啊！

　　照這樣說，種種的消遣法，既都不適於我，那麼，我的生活，只好終於單調而沉悶咧！這也不然，因為到了後來，我因著某種動機，忽然傾向

於著作生活了。嚴格而論，像我這種人，既沒有適當的學問，更沒有超脫的思想，實在沒有握筆的可能。即使勉強握筆，也萬不會產生良好的作品。好在我在我著作的目的，僅僅乎志在消遣，所以產品的優劣，倒也並不成為重要問題咧！

從此以後，我便把那灰色的光陰，抽出一小部分來，從事於揮灑不值一錢的心血。我不是說，我那著作的最初目的，僅僅乎志在消遣嗎？誰知因這一點無聊的消遣，有一次，竟使我那一無色彩的生命史上，發生了一點小小的波瀾，這也是出乎我意料以外的事啊。

第一章

奇事的發動，是在一個秋初的夜裡。那晚黃昏以後，月兒懸在天半，發為皎潔之光。自然界中一切事物受著月光的洗禮，都現著澄澈的精神。四壁蟲吟，忽遠忽近，似也嘆賞月色的幽麗，而發為靜穆之歌。微微的秋風中，還挾著淡淡的百合花香，徐徐地從遠處送來。像這種夜，真不愧稱為可愛之夜，就有胸懷齷齪的人物，對此景地，大概也會暫時坦白一下咧。

可是外邊的景色雖然靜好，而我那間獸窟似的書室裡，依然毫無生趣。尤其惡劣的，卻是室中的空氣，很使人感受沉悶。

那時我正兀坐在一張破舊的書桌之前，這張書桌，可以說是我的全部財產儲藏所，上面陳列的，有國產的筆硯，有舶來品的墨水盂，有破書，有舊報，有殘稿斷紙，有少數友人寄來的信札，有已成陳跡而我尚視同生命的幾封情書，其餘還有幾件自以為古董的雜物一言以蔽之，我這桌上，堆成一句俗語，亂七八糟而已。

室中除了這桌子以外，可供描寫的，就是那盞十六支光的電燈，慘淡

的光線，和燈下人的生命，一樣的沒有精神，一樣的沒有生氣。其時我埋頭握筆，作了一二千字的小說，頓覺腦脹欲裂，頭部如頂磨石，不快極了。

在先，我也聽得許多人說，文丐生涯，更苦於苦力，每覺這種論調，未免太過。一旦身歷其境，方知真有這種苦趣；而且每次握筆，每次有這種感想，可見世界萬事，必須躬親嘗試，然後能知道其中的況味。

當下我微微噓氣，擲去了筆，預備休息一回，順便想領略領略窗外那種含有時意的秋夜景色。嚇！在這時候，奇事來了。

我剛從破書堆中，收回眼光，陡見桌子對方，顯露一個人面——一個可怕的幕面的人面。我還疑是自己的眼花，但清清楚楚，有這麼一個渾身穿黑衣的怪人，矗立在我面前。一雙怪眼，從那深黑的面具中，透露出來，光灼灼直注我的面部，彷彿是暗陬中的野貓。

我一經他那視線的逼射，周身似觸電流，一切機能，似已停頓，而舌尖也已麻木，失了發語的可能。同時，我又見這怪人，徐徐舉起右手，手中正握著一支匕首。燈光底下，冷氣森然，匕首的柄，係象牙製成，雕著一個猙獰的髑髏，其可怕也不亞於匕首主人的面目。

大概經過幾秒鐘後，這怪人陡用一種沉毅嚴冷的聲音，喊著我的名字道：「孫——了——紅——先——生！」

這種語聲，逐字刺進我的耳鼓，其莊嚴竟不類人聲，而像火警時的鐘聲，使我一聽之後，就起一種異樣的感覺。

嘻！我不是一個愛看偵探小說，與愛作偵探小說的人嗎？我不是常常希望著偵探小說中的奇怪事件，最好有一天，突然現在我眼前嗎？

今夜的事情，明明和偵探小說相類，然而我身當其境，竟然嚇得呆住了。最可笑的，我自覺肺葉吸吸震動，但既不敢喊，又不敢動，更不敢逃；聽他喚我名字，我也不敢答應總之我在當時的幾十秒鐘內，差不多成

了廟中的木偶，同時我的思潮，也不免沸騰。

　　我覺得這怪人的行徑，分明是一個匪徒。既是匪徒，那麼承蒙他枉架，當然有個目的。說他意圖劫掠，可憐我一向窮得鬼神咸知，一室之中，簡直沒有東西，可以滿足耗子的慾望，可見劫掠一說，不能成立；若說他此來，有什麼復仇舉動，卻也不對。因為我為人素來懦弱，生平抱著唾面自乾的主義，哪裡來的仇敵？可見後一說，又已推翻。既非劫掠，又非復仇，那麼此人幕著面，握著刀，裝神弄鬼，到底為什麼呢？

　　最後，我忽恍然大悟道：「哦！對了！一定是什麼頑皮友人，知道我一向喜歡塗抹那種騙小孩的偵探小說，所以裝成一個奇怪人物，特地來試試我的眼力，或是嚇我一下。」

　　想到這裡，一看此人的身材，果然和友人中的某君，有些相像。這所謂某君，是一個青年而享有盛名的畫師。此人一向很聰敏，並且富於想像力，說不定有時要把銀幕上的盜匪，親自描摹一下咧！對了！對了！一定就是此人。

　　這麼想著，心中忍不住好笑。但我的笑容，還沒有輸運到臉上，忽又有一種思想，在我腦中萌動。這種思想，竟使我恢復了原有的恐怖。

　　原來我忽然想起，此際時候不會太遲，住在我在外面的居停主人，還沒有睡，不多片刻，還聽得他們闔家老幼，在那裡談笑。這怪人從外面進來，到我的屋裡，勢必要打他們那裡經過。他們見了這一個幕面執刀的人，也勢必要吃驚叫喊，何以一無動靜，竟容他長驅直入？並且人類走路，多少總有些聲音，為什麼此人進來時，竟像空氣一樣，連跌落一枚針的聲息都沒有，難道他是什麼鬼怪嗎？我不覺愈想愈怕。

　　讀者須知，我這間小小的書室，一到晚上本來是陰沉可怕的。被這麼一個怪人點綴著，愈覺滿屋之中，都充滿了鬼氣。此時側耳聽聽，但覺窗外颯颯的秋風，吹著庭前的梧桐樹發為異樣的聲響，而四壁的蟲聲唧唧，

似也挾著恐怖。

以上的思想，不過是很迅捷的在腦府中一瞥，費去的時間，至多不過一二分鐘，決不會像記在紙上，那麼累贅。我正自兔起鶻落的亂想，卻聽這矗立在我對面的怪人，第二次發言道：「了紅先生，看你的狀態，很有些恐慌。但我勸你，不必如此，我可以宣誓，或以名譽為保證，決沒有加害於你的舉動。須知我此來的目的，只想要求你一件小事啊！」

他說這幾句話時，操著生硬的湖北口音。但我一聽，就可以斷定他，決不是真正的湖北人，而且他發語時，含著命令的口氣，竟使我有不能不答的傾向。我莫奈何，只得從牙齒縫中，迸出三個字來道：「什！麼！事！」接著，我又顫巍巍地問他道：「你！你究竟是什麼人？」

這怪人含笑答道：「嘻！你真不認識我嗎？我是你的老友呀！」

我懷疑道：「我真想不起你是誰，你能否去掉你的面具？」

他作堅決聲道：「不必！老實說，你我二人，是常常相見的。有時候半月相見一次，有時候一二月相見一次。」

我依舊懷疑道：「真的嗎？」

我想了想，腦府中竟沒有這樣一個朋友。

他繼續道：「我們二人，雖說常常相見，但晤面的權柄，完全操在你手。你高興和我見面，便立刻能聚首一室，這是毫不費事的。不過我要會你，卻沒有這樣容易。總之，我這個人，你不叫我出現，我是決不出現的。」

我愈覺不懂，只聽得他又道：「只是你這個人，未免太懶，因為你太懶的緣故，竟使我們二人，不克以時相見，甚至有時闊別至於一年半載之久。你倘然勤奮一點，那麼，我們要天天相見，也是可能的事。」

嘻！此君越說越離奇，我卻越聽越模糊了。他說，每隔半月或一二月，必和我會面一次，他究竟是誰？默數朋友行中，委實沒有這種愛作惡作劇的人。而且聽他的口音，也不像剛才所揣測的某君。他又說我和他雖

時時晤會，但晤會之權，卻又操在我手，而且能夠晤會與否，還須視我的勤惰為斷。這幾句話，一一都含有神祕的意味，使我不能索解。

當下我覺得心頭奇癢，幾要跳將起來，揭去他的面具。可是才一動念，一眼望著他那支髑髏柄的匕首，在電燈底下，冷然發光，我的勇氣，卻又頓然喪失。

這怪人見我沉吟不語，陡把深藏於黑色面具中的眼珠，轉動了一下，揚聲笑道：「怎麼？你真猜不透我是誰嗎？實對你說，我是你生平理想中最崇拜的摯友！」

他說著，又把聲音提高一些，很沉毅的說道：「我是俠盜魯平。」

此話一發，我立刻忘去了一切恐怖，緊不住噴出一種笑聲，他仍莊聲道：「你笑什麼？」

我笑道：「魯平是我腦府中產生的人物，而且還在嬰孩時代，現在這種空氣式的人物，居然跳到我眼前來，作態嚇我了，這不是一件可笑的事嗎？」

此時我心中已斷定，今天的事，必是哪一個朋友，故意和我玩笑，便又道：「朋友，這一場活劇，鬧得夠了。你的舉動，做得很活潑，聲音也裝得很自然，竟不留一絲隙點，可使我認出你是誰。此刻我情願向你服輸，請你把面上那個小玩意兒，拿下來吧。」

我說著，驀地隔著桌子，伸過手去，預備出其不意，搶去他的面具。不料他的身子很靈活，略略向後一仰，我的手就脫了空。同時他銳聲喝道：「住！你不要做出什麼無意識的舉動來，你要揭去我的面具，那是萬萬不可能的，請你安靜些，不必自討沒趣。」

他一壁說，一壁徐舞手中的匕首，做出一種恫嚇的姿態。很奇怪，此時我對著他，雖已不十分恐慌，但是不知如何，他那莊重的語聲，竟似有一種魔力，使我完全懾伏。又聽他婉聲道：「喂！我的老友，你為什麼只顧發怔，連禮貌都沒有？論理，我既誠意跑來訪你，你應該先拿煙茶來敬

我，然後再請我坐下，方好談那應談的事呀！」

我聽他一味玩笑，心中不禁很怒，卻又不敢表示我的怒意，只得淡淡的道：「既有應談的正事，那麼，你應得先把真實的姓名告訴我。」

他笑道：「我早就說過了，我是魯平啊！」

我憤然道：「我也早就說過了，魯平不過是理想中的人物呀！」

他道：「是呀！但你應該知道，有一句成語，叫做『理想為事實之母』，你既能構成一種理想，卻不能禁止這種理想不成為事實呀！我呢，就是一個由理想成為事實的人物。」

我從鼻子中發聲笑道：「哼！」

他道：「怎麼！你以為魯平二字，是你腦殼中的專有品，事實上卻不許他人取用嗎？譬如我真正姓魯，偶然取個單名，叫做平字，你能禁阻我嗎？」

我冷笑道：「果真如此，當然不能禁阻你。」

他又道：「譬如我的言行品性，又偶然和你那理想中的人物，兩兩吻合。因此我也想創幾種像你理想中人物的事業，你能禁阻我嗎？」

我聽到這裡，不覺漸生興味，便答道：「那也是你的自由權，我有什麼權力可以禁阻你呢？不過你別忘懷我那理想中的人物——魯平，他是一個強盜啊！」

他笑道：「強盜麼，我也知道的。不過聽你的語氣，似乎對於強盜二字，很有輕視的意思。你既輕視著，為什麼還要作那種替強盜張目的文字，這不是自相矛盾嗎？」

他這樣質問，我竟無話可說。半晌我方強辯道：「你安知我輕視強盜？你要知道，我作這強盜式的小說，我也有我的用意。」

他道：「什麼用意？」

我道：「因為我感覺到現代的社會，實在太卑劣、太齷齪，許多弱者忍受著社會的種種壓迫，竟有不能立足之勢。我想在這種不平的情形之

下，倘然能跳出幾個盜而俠的人物來，時時用出奇的手段，去儆戒那些不良的社會組織者，那麼，社會上或者倒能放出些新的色彩，也未可知咧！然而我這種傾向，事實上哪裡能夠辦到，於是不得不退一步，只得求之於幻想之中咧！」

第二章

　　他道：「這樣嗎？未免太無聊咧！」又道：「依你這樣說，那麼社會果真跳出一個跌宕不羈的俠盜來，你一定非常歡迎，非常崇拜咧！」

　　我道：「是啊！只可惜沒有這種人啊！」

　　他陡然跳將起來，用手中的匕首，指著他自己的鼻尖，很有力的說道：「我就是這種人。」

　　這怪人很興奮的說著，居然把我也引得興奮起來。我心裡發生一種呆想道：「姑且把他當作理想中的俠盜魯平，看他再有什麼舉動。」

　　一壁想著，一壁便用頑皮的口吻，喊他道：「喂！朋友，現在我姑且承認你是魯平，你把你的來意，說出來吧。時光很可貴，我還有一篇文字，急待完功咧。」

　　他學著我的口氣道：「什麼？姑且承認我是魯平，我本來是魯平，用不著你承認。尤其不必加上姑且二字，你這話未免太不恭敬你的老友咧！」

　　我笑道：「也好！老友魯平，你可以把來意說明咧！」

　　他道：「你聽著，從明天起，我要到社會上去活動了。我自信我的機智勇力，很可以做些使人吃驚的事業。到那時，我預備借重你那枝筆，把我身經的事情，一一記載出來。」

　　我笑道：「好呀！你也自相矛盾了，你既說我那強盜式的小說，是無聊的，為什麼你的事情，又要我記載呢？」

他道：「不是這樣說，須知你以前作的，都是徒託空言，藉著發洩牢騷，自然太覺消極而無聊。以後記載我的實事，一則你那文字既可以比較的入情入理，又可以免掉構思之苦；二則我仗著你的文字，也可以使那些不良分子，知道現今社會上，有我這麼一個管閒事抱不平的人在著，說不定也可以稍知斂跡，這不是兩全其美嗎？」

我聽了他這種一廂情願的話，不禁笑道：「聽你的口音，只不過想教我替你宣傳宣傳罷了。呵呵，原來做強盜，也要宣傳的。」

他道：「是啊！社會上的形形色色的事，欲求生色，哪一件免得了宣傳二字。」

我道：「既如此，我便遵命辦理，以後一准放棄理想中的魯平，而專注事實上的魯平便了，只要你把肝膽拿出來，驚天動地的幹去就是咧。」

他道：「還有兩件附帶的事，你須注意才好：第一，我將來造成了一件案子，你筆述起來，標題只許寫魯平奇案，或是魯平軼事，卻不許寫東方亞森羅蘋案等字樣。因為我不願用這種拾人唾餘的名字。」

我道：「可以。」

他道：「第二，以前你著魯平小說，假託一個叫做徐震的口錄的，以後請將這虛幻的人名取消，直截痛快，用你的真名孫了紅三字，使人家知道理想已成為事實了。」

我道：「這一層尤其容易，但是你將來做了一種事情出來，我不明白其中的內幕，卻教我如何從記述呢？」

他笑道：「你這人未免太笨，難道有了事情，我不能遣我的黨員報告你嗎？」

我心中十分好笑，此人居然還有什麼黨員，真是滑稽之至。不過他這樣瘋瘋癲癲的說著，明知和他多纏，也沒有意思，不如再附合他幾句，便道：「那麼今夜的事，等我先一一筆述下來，算作一種開場的引子，如何？」

他道：「不必，事情太平淡，不足以引起人家的興趣，何必記載？」

我道：「並不平淡呀！單說你進來的時候，鬼不知、神不覺，竟連絲毫聲息都沒有，只此一點，可見你的身手不凡了。」

他笑道：「今夜我正學著理想中的魯平的舉動。你試想在某一案中，魯平去訪陸氏弟兄，不也是這種情形嗎？」

我想了想，也笑將起來。至此我二人已無話可談，他卻背著手，在室中踱著，鞋聲橐橐，踏破了沉靜的空氣。一回兒，又聽得壁間那架破鐘，發著沉著之聲，報了十二下。這怪人揚了揚手中的匕首，道：「時候晚了，我要走了，以後的事，你等著罷。」

他說著，已走至書室門口，探首向外一望，我忙道：「且慢，魯平，你能否取掉你的面具，容你老友一見廬山真面。」

他回過頭來，毅然答道：「不能。」

我道：「你方才說，你每隔半月或一二月，必和我見面一次，而且見面之權，操在我手上，這許多話，我很懷疑，你能明白些告訴我嗎？」

他道：「這是一個啞謎，日後你自然會知道，廢話說得太多了，我不能再留咧。」

他說到「不能再留」幾個字，聲音陡變為高抗，同時我已從桌後走將出來，預備看看他從哪裡進出，方能一絲不驚動那居停主人。

我的思想，正在腦中迴旋，瞥見這怪人的左手，很迅捷的在懷中一探，又很迅捷的伸出來，向我面部一揚。驀地間，我覺得眼前布了一重白霧，並有一種粉末似的東西，飛進眼中。我忙伸手去掩護時，已覺眼球奇癢，忍不住倘下淚來。

等到我睜開眼來，室中靜悄悄地，依然剩我一人。此際窗外明月，已高懸在正中，四下寂寂如死，只我痴立電燈之下，宛如做夢一樣。

計

第一章

　　自從西山路的事件發生以後，社會上的人們，早又哄傳一時，人人心目中差不多都把那所一百十四號的屋子，當作一處神祕的魔窟。近處的人，膽子小些的，連白天經過那地方，也惴惴地懷著戒心；到了晚上，更是不用說起了。

　　那一百十四號的屋子，地點是在西山路的盡頭。原本是個僻靜的去處，至此景象愈覺淒寂。每到夕陽西下，天色漸黑之際，幾乎斷絕了人跡。

　　提起這事變的經過，社會上的群眾，卻也言人人殊，莫衷一是；報紙所載，也各有各的說法，紀述並不一致。但雖如此，可是那西山路上，曾經發生過神祕的殺人慘案，這卻是可信的事實，人人所說皆同的。不過對於詳細情形，你說這樣，他說那樣，所說各有出入罷了。下面的紀述，卻是記著採集各方面的傳說，彙集而成的。

　　提起這所一百十四號的屋子，本是本埠某鉅商的一所別業，式樣半取西式，十分寬大華麗。這屋子落成到今還不過五六年。聽說屋主人的初意，原為取其地點幽靜，造成以後想要當作避暑之地的。不料因為地點太幽靜了，住入以後，其中怪異百出，不時疑神驚鬼鬧著種種變故。那位養尊處優的屋主人，因為受不起驚嚇，不久便搬了出來。以後想要把這屋子，賤價轉賣給人，可是為了種種怪異的傳說，竟也無人勇於接受。於是好好一所精緻華麗的房廊，生生空閒了起來。再加這所屋子，巍然矗立於

西山路的盡頭，鄰近並無別的房屋，布景既如此荒涼蕭颯，無怪乎要演出驚心動魄的慘劇了。

慘劇的發生，是這樣的，據一部分人說，在事變發生的數月之前，每當傍晚時候，有人經過這西山路時，聽得一種軋軋軋的聲浪，隨著晚風，隱隱吹入人耳。

這聲音略似工廠中的機器聲，又像近處天空中有飛機盤旋而過似的。距離西山路盡頭，約可三四百碼，有一條和西山路交岔的道路，名喚金城路。那邊一帶居民也都聽得這種軋軋的怪聲，並說這種怪聲，至多每隔三五天，必發生一次。自傍晚起始，越到夜深，越是響的厲害，直要等到天將發亮，方始漸漸停止。那些居民還說，他們不但聽得軋軋的機器聲，有時在那夜深人靜的時候，不時還聽得近處有種種的歌唱聲、音樂聲，和人們的喧譁嘻笑聲。雜然並作。午夜夢迴枕上，凝神細聽各種聲浪，都是清清楚楚的。

起先，大家十分懷疑，近處既無工廠，又沒有鬧熱的集合場所，不知這些聲浪從何而來。積漸而久，就近的居民，忽而眾口一辭，都指實這種種的聲浪，實是從那一百十四號屋中，所發出的。

這樣一來，問題來了，眾人不免愈加詫異。因為這所屋子，嚴嚴封鎖已有數年之久，平時從來不見有人出入。況且晚上所聽得的聲音，斷非三五人所能做成。若說這一百十四號的屋子，有人潛伏在裡面，鄰近的人，為能一無所見？若說屋中空空無人，那末，種種聲浪，卻又從何而來？

這可怪的事件，一經傳播開去，便有愛管閒事的義務偵探們，乘著天青日白的時候，特地跑去窺探。窺探的結果，只見那座屋子，孤零零、冷清清地矗立在那裡，冷靜得好似墳場一樣，四望淒涼，令人感到不快。

屋子的四周，包著一帶圍牆，正中兩扇鐵門，綰著挺大的鐵鎖，鎖上已生了鐵鏽。有人升上牆外一株大樹，俯首向裡面看時，卻見介乎圍牆和

房屋之中的，有一片寬闊的草地草地上的野草，已長的像小孩那麼高。階沿牆角，雖有幾種花木，都已枯零憔悴；再看這屋子的門和窗，塵汙蛛網，觸目都是。看這荒涼的行景，斷斷乎不像有人潛藏在裡面。窺探了好半天，也絕不見有什麼影響，可是等到太陽神一回了公館以後，那種不可思議的怪聲浪，照舊又繼續而起。於是附近一般膽小而又富於迷信性的人們，頓時起了恐慌，惶惶然互相走告，都說：不好了，那空關的屋子中，出了妖怪咧！

　　以上云云，都是那殺人慘劇未經發生以前的傳說，大概為了地點太冷僻的緣故，當時社會上知道這些傳說的，很少很少；各日報上，似乎也不曾見過詳細的記載。直等出了可怕的血案，方始有人，聊帶說及這些怪異問題。

　　現在再述那件血案的始末。據說那夜是個月黑風高的天氣，晚餐以後，約在八九點鐘時，西山路上軋軋的機器聲，照常又發作起來。近處的人，因為不時聽慣了的，已並不當作一回事。可是那夜到了半夜裡，天氣陡然起了變化，一時風雨交作，風伯和雨師，互相助著聲勢，聲浪恰像山塌海嘯似的。

　　金城路上一帶居民，有被風雨鬧醒的，都聽得猛烈的風雨聲中，起了一種慘厲的呼喊，好似有人嘶聲喊著救命；同時，這呼喊聲中，另外間雜一種聲音，在風雨裡忽高忽低、忽遠忽近，極像深山中的猛獸怒嗥，使人聽著，毛髮直豎。尤其可怪的，先前那種軋軋的機器聲，也斷斷續續，和在裡面，並沒有停止。三種聲音，延長至數十分鐘之久，方始漸漸靜寂。那時一則因為當時夜深，再則又是風狂雨驟，故而並沒有人，膽敢出去探望。到了第二天，約在早晨七八點鐘，便聽說西山路的盡頭，已出了血案，而這血案的發生地，恰恰又在那所神祕的空屋的附近。

　　那天早上，在距離一百十四號空屋向西五十碼外一片草地中間，赫然

發見了一具刀傷致死的屍體。屍身胸窩中，還深深埋著一柄形式奇異、兩面鋒利的匕首。當下有人投報了該管警署，又轉報了地檢廳。是日下午，便有檢察官，帶領檢驗吏、司法警士、和一個巡官等，同到出事地點勘驗。驗得死者是個中年男子，面貌很文秀，兩目緊閉，好像睡熟似的，並無十分獰惡可怕的形狀。

死者身上，外罩極考究的雨衣，腳下套著橡皮套鞋，光著頭，不戴帽子，裡面的衣服，也很華麗，一望而知是個上級社會的人物。此人左手無名指上，還套著一枚鑽戒，衣袋裡有一枚金質時計，和些銀元紙幣，等共有二三十元。

此外另有一個紙裹，包著五十張十元一張的紙幣。這些紙幣，紙張十分新潔，並且都是連號，像是方從印刷機內取出，而來未經使用過的。細細一看，這一整疊簇新的紙幣，都是偽造的假貨，於是檢驗的一干人，都認這事為案中一個重要之點，和這命案，必有重大關係。當下又驗明屍體的傷痕，統共只胸口一處。

那柄奇形的凶刀，五寸長的刀鋒，全部都埋入死者心房，單留刀柄在外。至於死者身上的衣服，除了雨漬和大片殷紅的血跡外，別無其他毆打跡象。於此，可以懸揣當時肇事時的情形。那凶手必然出其不意，突向死者猛刺，以致死者未及抵抗，即被刺斃，並可想見凶手用力必然很巨。

檢驗既畢，那檢察官便又率同司法警士和那巡長等，查勘屍身附近的行跡。其時發見一事，頗堪注意。原來隔夜夜半，曾下大雨，那片發見屍身的曠地上，泥土十分溼潤，屍身附近有一帶腳印，顯明可睹。這腳印既闊且長，上有斜方格子紋印，和死者腳下所穿的橡皮雨鞋，大小式樣，恰巧相合。細尋來蹤去跡，這腳印起自東面一百十四號空屋的鐵門之下，向西越過屍體發見處，一直到距離屍體百餘碼外一處荒墳邊上為止。並且就在那荒墳前的亂草叢中，又找到一個鴨舌式的雨帽。這雨帽的質料，和死

者身上的雨衣相同，顯係死者遺落之物。

此外復有一長串的腳印，卻打那荒墳之前，折回屍身發現處。除了這些腳印，再仔細搜尋，卻別無絲毫跡象可得了。

照這情形看去，死者隔夜，似是曾從一百十四號空屋走出，逕自向西望那曠野裡走去。曾過那座荒墳邊上。其後，又從那裡轉身向東，回一百十四號空屋折回，半途方被人刺死。

可是難題來了，看那一百十四號屋的鐵門，巨鎖封閉，鐵鏽斑駁，斷斷不像近時曾經有人開闔。何以這鐵門之下，竟有死者的腳印？若說死者隔晚，並非從空屋中走出，而係從西山路的東段來的。那末，除了鐵門下一帶向西的腳印，何以東段路上，反無一絲跡象？

還有不可解的，死者身上，既穿戴著雨衣、雨鞋、雨帽，顯見出外時，已在下雨以後，死者在這烈風猛雨之夜，獨自走到那荒涼可怕的曠野中去則甚？既已去了，為何到了那座荒墳之前，半途卻又轉身折回？並且又為了什麼，被人刺死？

尤其可怪的，屍體附近，何以除了死者自身的腳印以外，並不見有凶手的腳印？肇事的時候，既在雨內，死者留下了腳印，凶手當然也不能不留腳印。姑且假定說是死後移屍到此的，那末，移屍的人，也不能一些不留跡象。凡此問題，疑雲疊疊，簡直無從索解。

當時檢察官的意見，以為死者的足印，既起自這空屋的鐵門之下，可見這命案和這怪異的空屋，必有關係，非把這空屋的內容檢查一下不可。幸喜門雖關著，那帶圍牆，卻不甚高，於是命兩個警士，就近借了架竹梯，躍牆而入，看著空屋中究竟有何神祕。

不一時，那兩個警士仍從從牆上越出，面帶驚慌之色。據他們說，裡面各處門窗，盡數下著鎖鑰，無法入內，只能站在屋前略略觀望。只是一件，在那屋前的草地上，也留有橡皮雨鞋的鞋印，似這死者隔夜果然曾

經到過圍牆之內。除此以外，復有一種巨大的足跡四散在草地上，很為特異。

眾人忙問什麼特異的足跡？那兩個警士滿面帶著惶恐，悄然回答說：「像是什麼巨獸所留的爪痕。」

這話一發，在場的群眾，想起就近居民所說，隔夜風雨中的獸嘯，以及數月以來時起時止的種種怪聲，都不禁默然駭異。

至此，這空屋中藏有怪異一說，似已得了實證；而這離奇的命案，和這空屋必有關係，也成為確切無疑的事實了。

以上種種傳說，在一張發行未久的三日刊上，記載得最為詳細。有篇稿子，標著一個動人的題目，叫做《空屋怪異錄》。這稿子占據了全刊三分之一以上的篇幅，把西山路上數月以來的種種怪聲，和風雨中的獸嗥、空屋中的獸跡，以及最近發生的命案的經過，從頭至尾，完全收羅在裡面；文筆也很靈活，真是一篇聚精會神的的稿件。而這三日刊，竟因之增了不少的銷路。記者上面所述，除了採集街談巷議以外，大半也取材於此。

自這《空屋怪異錄》一文，和社會相見以後，一般好事的群眾，頓把這事當作酒後茶餘的談話話題，更有自命聰敏的人物，勾心鬥角，設為種種理想，懸揣這事的究竟。各執一辭，互相詰難。

A的推測，西山路上的死者，必是個患神經病的人。至其致死的原因，必係自殺，而非謀財或仇殺。A所根據的理由，以為死者身上既穿雨衣，可見出外時天已下雨，尋常神識健全的人，在這烈風猛雨的深夜裡，豈肯跑到這種荒涼可怕的地點去？於此，可以斷定死者必是神經反常的人。況且身上既有鑽戒等物，謀財一說，當然不成問題；而屍身附近並無兇手足跡，可見仇殺也難成立。照此看來，其為自殺，已無疑義。A所說的，粗聽，似也有理。

但 B 卻駁詰他說，死者既係自殺，隔夜風雨中的呼救聲，又作何解釋？這是金城路上的居民，多數聽見的，不比一二人的話，可以說是造謠或是聽官的幻覺。進一步說，死者若係自殺，也決沒有五寸長的刀鋒全部刺入胸口的可能，這是略有普通智識的人們，都能知道的。經 B 這樣輕輕一反駁，A 的理論，便全部推翻。

　　當時 C 又推測說，這一百十四號的空屋中，必然潛藏著匪黨，在那裡私造鈔票，死者必係黨匪之一。至此次發生命案，或系同類自殘，也未可知。C 的推測，是拿近處時常聽得機器聲以及死者身上藏有假幣為根據，所說也有一部分的理由。

　　不料 D 又駁他說，那空屋中既有黨匪潛藏，在那裡私造鈔票。那末，他們當然是保守祕密，猶恐不及，豈肯使種種聲浪走漏出來？況且黨匪在他巢穴之前，殺死了人，那假幣便成為最重要的證物，又豈肯任他留在死者身上，給人做破案的線索？凡此都是說不通的地方，可見這一說，也不攻自破。

　　這也不對，那也不是，於是最後又有好些人，推測這件命案，也許是件綁票案，因勒索不遂而撕票的。可是不久，就證明這種推測，並不健全。因為若係綁票，死者必有家族何以事情隔了二三天，尚未聽說有人認領屍體？況且屍身上，既留著許多值錢之物，以情理論，那般綁票匪，也斷斷不會這樣客氣。

　　除了上面各種說法，還有別的許多猜測之辭，一時也難盡述。總之，這些憑空臆斷的話，顧了這一方，便失了那一方，究其實際，非但絕無價值，適足以增厚這事的疑霧而已。

　　這樣匆匆又過了三日。這一天在另外一張著名的小報上，忽然又刊出了一篇極可注意的短文，標題為《西山路怪案近聞》，另有一個小題目，標著「著名私家偵探盧倫之談話」幾個字。

這短文的內容，略說，自西山路怪案發生以後，有人往訪著名私家偵探盧倫氏，詢以對於此案的意見。盧氏用堅決的口吻，回答詢問的人說，據多方面的觀察，此案的內幕，必係巨盜魯平主動無疑。盧氏並說，本人現在積極活動，預備多多收集證據，揭破魯平一向不流血的假面具云云……

　　這篇短文，魔力很大，發表以後，社會上的群眾，早又轟然議論起來。這議論，大概可分為二派：一派是傾向盧倫的，竭力附和盧倫的話，都說盧倫乃是當代精明強幹的大偵探家，他既這樣說，當然有他的見地，決不致於無的放矢。所以這一派的人，一口咬定西山路的案子，必系魯平的主謀。換句話說，就是說魯平已脫去素常不流血的假面，而殺了一個人。

　　另外一派，是袒護魯平的，卻一力反對先一派的話。都說，魯平一向不喜流血，以前的事實，彰彰俱在，何以這一次竟會突然違反素行？盧倫既說西山路的案子，是魯平主動應當提出證據，方能取信於人。眼前絲毫證據也沒有，豈非近於憑空誣陷？

　　兩派的人，紛紛爭論不已，卻也爭論不出什麼結果來，所以這事又成為疑問中的疑問。

　　當時在兩派之外，也有一種嚴守中立的人，不袒護盧倫，也不袒護魯平。以為魯平對於西山路一案，無論曾否主謀，但預料他若一見那篇含有侮辱意味的短文，勢必有所表示因此，凡關心於西山路案件的人們，大家都伸長了頸子，盼望從魯平方面，或有什麼新鮮消息發生。誰知空望了的天，魯平方面，卻似石沉大海，絕無一點影響。

　　此事在群眾眼光中看來，真有些違反魯平素日的行為了。於是那般偏向盧倫的人，好像打了勝仗似的，不禁又紛紛的說：「魯平必是果真殺了人，所以對於盧倫的話，已默然承認，無話可對；否則像魯平那種性情燥急的人，見了那篇短文，豈肯默爾而息的？」

這樣一說，附和盧倫的人，漸漸加多起來。魯平破戒殺人，魯平破戒殺人的聲浪，隨時隨地送進群眾的耳鼓。但雖如此，而那少數幾個袒護魯平的，卻仍充著魯平忠實的義務律師，竭力代他辯護說：「魯平此次絕無迴響，必定是沒有知道西山路的事，或是那知道西山路的事，而沒有看見那篇短文。二者必居其一，否則，決不致於任人汙衊，不加聲辯這是絕無疑義的。」

第二章

西山裡的案件，果真是魯平所主謀嗎？

這一個問題，在當時真已成為趣味極濃厚的問題了。但若有人，提出這問題，向記者詰問，記者敢用堅決的口吻，直截痛快回答：「不，不！不，不！魯平決不致於殺人。」那末，魯平對於西山路的怪事件，果真還沒有知道嗎？記者又敢用堅決的口吻，直截痛快回答：「不，不！不，不！魯平對於社會上的事情，不論鉅細，斷斷沒有不知道的。」

就記者所知，魯平的黨部，組織非常完備。其中有一科，名為諜報科，凡隸屬於諜報科的成員，大都十分靈活、機敏。此輩平時散布於上中下各級社會，專司探訪的工作。一經探得了新奇事項，立刻報告於該科主任，復由該主任，按著事情的大小輕重，分別報於首領魯平。所以當時社會上，曾有一句口號，叫做「社會有魯平，社會無祕密」。於此可知魯平對於外界一切，原是無所不知的。

事後，據魯平親自告訴人家，當西山路事件最初傳出之際，那諜報科的成員，早已分頭四出，把上面各種傳說，一一探訪明白。

其中有的收集報紙的記載，有的採訪街談巷議；有的親到出事地點，實地查察，偵探的手續，可說異常周密，於此又可見魯平對這一事，未嘗

不注意。在往日，魯平對於不論什麼疑難問題，只消略用腦力，無不迎刃而解。但對這一事，也覺頭緒紛繁，一時不易索解。

尤其有兩件事情，使他十分懷疑：第一，自西山路事件鬨動社會以後，他曾遍檢本埠各大日報，結果，只找到一種極簡略的記載，刊於新聞欄末尾的平常地位。大致不過說，西山路盡頭，於某日發見中年男屍一具，形似上流人物；驗得係刀傷致死，查無家屬，已發交善堂棺殮云云。這種記載，和街巷間的傳說，與那三日刊上所記，竟是天差地遠，大不相同。

第二，當他的部下到金城路一帶實地訪問時，那邊的居民，對於上述各項事件，竟是十九答言絕不知道。試想，上面許多怪異的空氣，明明是從那邊播散出來的，而一經實地調查，結果卻是如此，豈不令人疑訝？看這情形，分明暗中有人，隱為抑制，不願使消息走漏出來。但既有人暗暗抑制，何以先前的傳說，又會播散的如是其廣，這一層，也覺很不可解。為了以上這二種疑點，魯平當時，不啻也處於五裡霧中。

正在這時候，他的部下，忽然又把一張小報，匆匆送入黨部。這張小報上，就記著盧倫那段談話。魯平拿來一讀，不禁勃然大怒。起初，意欲命他的書記，立草一篇短稿，宣告此事。但他繼而一想，這種聲辯，未免太無意識；並且他的惰性，在一件事情，自己沒有充分把握及充分預備以前，往往絕對的不願有所舉動。為此他又把他一團怒氣，暫時捺了下來。

以上便是魯平方面絕無動靜的緣故。

第三章

光陰過的真快，這一日，距離西山路命案發生之日，已有七日。正值社會上的群眾，高唱魯平殺人之時，恰巧魯平分撥黨務已畢，略得閒暇，

一時興起，決計先將那件命案的真相，徹底查明，然後在向盧倫結算細帳。他已打算定當，活動的第一步，便是親自出馬拜訪那所不可思議的魔窟。

是夜天色晴明，月光皎潔。將近十一點鐘時，魯平已換好靈便裝束，攜帶了最得力的部下柳青，二人出了黨部，駕著一輛輕快的雙人小跑車，一路風馳電掣，直向西山路出發。

車中，魯平燃上一支紙菸，默然深思，只覺那案中的情節，隨處都有破綻，很是費人思索。思想和車輪同時前進，車子漸由熱鬧的地段，駛入冷僻的境界。

不一時，已駛進西山路的東段，前面正是金城路的交岔點。在那一片水銀似的月光之下，四望寂寂，簡直找不到半個人影。

魯平知道這裡離那一百十四號空屋不遠，即命柳青停車，又命掉轉車身，向來的方向停著。自己卻在坐墊之下，取一個布袋，繫於腰間。這布袋裡面，藏有各種的應用器物，在小說上，好聽些說，就賞他一個「百寶囊」的美名；不好聽些，老實就是賊袋。

魯平檢點已畢，隨即囑咐柳青道：「看這光景，此時此地，決不會再有行人經過。但若萬一有人經過，為避免人家疑惑起見，可以預先跳下車來，假作機器已壞，在這裡修理。」

魯平囑咐時，柳青只連聲答應，並不說什麼。因為他知道首領的情性，凡遇艱險的事情，總喜單獨出馬，不願有人加參加的。

魯平說畢，便獨自向西山走來。

走了幾步，想起部下的報告，知道離此步遠，前面有個警察崗亭。在這時候，打那警察身前經過，也許要引起那警察先生的疑念。自己雖然不怕，但為避免麻煩，不可不先預防。

魯平忖度間，腳下已走了五六十碼，一眼望見前面一座黑色的東西，

矗立在路隅，正是那座木籠似的崗亭。

魯平一看，便打算掩到崗亭背後，抄向前面去，不使裡面的警檢視見。想定主見，立刻放輕腳步，躡足向前。剛到了崗亭背後，魯平忽然發生一種好玩的心，暗想：「何不看看這位警察先生，站在這座小牢獄裡，不知正做些什麼。」

其時，魯平本是傴僂著身子，於是輕輕仰起頭來，從那崗亭橫面的瞭望穴裡，偷窺進去。只見裡面那位警察先生，抱著一支鏽槍，正在大打瞌睡。小規模的雷聲，在靜寂的空氣中，特別響的厲害。

魯平不禁暗暗好笑，暗想這位先生，在這種怪異重重的地點，非但不怕，還敢瞌睡，膽子倒也不小。想時便又打這背後，輕輕掩向前面。再走了幾十碼，抬頭已見那所問題百出的一百十四號屋，黑沉沉的映入於眼簾。

當此夜深入靜之際，悽清的月色，照著這龐大的房屋，景象倍覺得慘淡。四下陰森森地，彷彿籠罩著一團鬼氣。藉著月光，向西極目望去，那一片寂寥的曠野，便是發生血案的所在。

魯平看了一會，不禁悄然點頭說：「呀！這裡的景象，果然蕭颯極了。」於是沿著那空屋的圍牆，緩步前進，隨地留心視察，見月光下，突有一種東西，引起魯平的注目。

這東西，在他人也許要忽略過去，但在魯平眼內，卻從沒有逃得掉的物件。原來，魯平細察那圍牆上，只見有一塊齊人目光的磚頭，上面有一隻寸餘長的小鼠。這小鼠乃是用銳利的器具，鐫刻在磚頭上的，結構很為簡單，頗似舊派寫意畫家的作品。

魯平看時，凝想了一下，仍舊沿著牆腳，挨身前進，當下愈加留意。僅僅兩三步外，又見一塊牆磚上，鐫著一個老虎的頭。自此每隔八九塊或一二十塊牆磚，必見一隻小鼠，或一個虎頭，一共找見了十餘處。

魯平默忖：「這東西外面並未聽人說起，可見官廳中人，到此查勘時，也並未見及。但可斷言，這些東西，決非小孩的玩意，其中必有深意，大約必是一種暗號。這樣看來，或者這空屋中，果真有人蟄伏，也未可知。至少也當有人時時出入，在這屋內勾當著什麼。」想念間，已到了那兩扇巨大的鐵門之下。月光裡面，巨鎖赫然。留心視察，這門果然不像有人開闔過的。

魯平走過了這兩扇鐵門，一直走到了圍牆的那一端。此時，他站定了身子，左右一望，見無人跡，便轉身灣向這空屋側面的圍牆腳下走來。

這當兒，天空恰有一大片浮雲，好像順風的帆船似的，飛駛而過，掩住了月光，四下頓覺昏暗異常。魯平便在腰間布袋內，取出一個特製的小電炬，一路照視，一路沿著牆根前進。卻見自己腳下，乃是一片泥地，在他足邊，留有許多來去的腳印。拿那電炬，低頭細照時，這腳印破覺可異，每一個印跡，輪廓都是異常清晰，而且印得級深。來的去的，雖有許多，但竟沒有一點重複難沓的跡象。再細看時，這些來去的跡印，長短闊狹，也都完全一樣。

魯平低倒了頭留神照看了一回，精神陡覺興奮起來。於是一面凝想當時留這腳印的情形，一面低著頭，跟這印跡前進，又走了二三十步。那許多來去的蹤跡，前面卻已不見，抬頭一看，自己卻站在圍牆盡處，一扇小門之前，底下的跡印，卻也及門而止。看這情形這空屋為，果然有人出入，已無疑議。所不可解者，那些檢查的人們，既已注意空屋，為什麼瞎眼似的，不見此處另有一扇門，又為什麼不到裡面去搜檢一下？可見他們辦事真是顢頇。

魯平想念時，捲捲袖口，抖擻著精神，便在腰間的袋內，掏出一個撬門的器具，拿在手內，預備開演他那拿手好戲。

不料在電炬光內，凝神一看，這門竟自露著一絲罅縫。輕輕一推，卻

已應手而開，竟是虛掩著的。同時，魯平右腳的腳尖，也已踏入門內。

就在這時，猛聽得「砰」的一聲怪響，有一個槍聲，破空而起。在這萬靜之中，寂靜的曠野裡面，四下都覺響應。大約枝頭的宿鳥，必已驚起了不少。

當時，魯平大吃一驚，門內的一足，不覺直縮回來。心內驚喊：「不好！柳青獨自守在金城路口，難道已出了什麼變故嗎？」心頭一亂，竟不能辨別這槍聲的方向。

其時，魯平站在那小門之前，足呆了一分鐘之久。最後，夢醒似的，正想拔步奔回柳青等候的地點，不料第二次的槍聲，卻又破空而起。這一次，似乎較前更響。但魯平卻已辨別清楚，這槍宣告明發自這空屋之中，並且入耳就知，乃是實彈的槍聲。

當時若是尋常的人，處於魯平所處之地位，早已滿心慌張，走避不迭。可是魯平的性情，卻和常人完全反對，越是遇見含有危險性質的事，心頭越是躍躍欲試。當下既知這槍聲，和柳青無關，心頭的疑慮，早已釋然。一鼓勇氣，便推開那半開的小門，輕輕掩身而入。進得門來，卻用臂肘仍把這門輕輕虛掩，因怕驚動屋內的人。

此時，也不再用電炬，依舊把他藏入布袋。暫時定了定神，運用銳利的目光，站在暗中凝眸看時，知道自己站在一個小小的庭院之中，左首見有一扇門，於是他便貓兒似的悄然走近前去，輕輕旋那握球，這門卻是鎖著。好在手內帶著萬能的法寶，僅只一舉手間，已把它開啟。

此時，魯平因急於要探知這屋中的究竟，也不暇細辨地位方向，每遇一室，先在外邊靜聽一回，見無動靜，便施展他的絕技，設法撬了進去。不多片刻，卻已遍歷了好幾間空房。這許多空室，裡面都有一股黴腐之氣，直刺鼻官，分明是久無人到。

在先，魯平以為這屋子中，必有什麼隱祕的所在，有人潛藏在裡面。

因此，他對於地板、牆壁、壁爐等處，都用十二分得精神，留心察視。哪知找來找去，卻絕無半點痕跡。最可怪的，四下竟像墳場一樣，略無半點人聲。

魯平不禁納悶，最後他又設法撬進了一間小屋。這小室裡面，堆有許多破舊的器物。魯平進去之後，先在這些雜亂的東西中，細細加以檢查，仍無絲毫破綻。忙亂了半天，不覺有些疲憊，隨在身旁一隻破沙發上，坐了下來。略為平平氣，又取出一支紙菸，默然吸著。

剛吸了兩三口，靜寂之中，陡然聽得有種聲浪，隱約送到耳畔。這聲音來自高處，似是這屋中的樓上所發出的。側耳細聽，竟是幾個人的笑語之聲。

魯平愈迦納悶，暗想：「不多回兒，聽得兩下槍聲。此刻為何又有笑語聲？」想時，急急滅了菸捲，從這小室中，挨身走出。暗中摸索了好一回兒，竟然被他找到一座樓梯。

魯平不敢舉步就走，每踏一級，卻先匍匐著身子，用手細為探視，見無什麼消息，方始緩緩蛇行而上。一時已到梯頂，挺直了軀體，舉眼看時，只見迎面一室，室門微啟，門縫之中，竟有一縷燈光射出室外。

魯平躡足掩到門前，竭力忍住了呼吸，用耳朵貼近那門，貫足全神竊聽時，以為這間室中，必然有人在著。誰知聽了半天，依舊寂靜無聲。於是放大了膽，一寸一寸，漸漸推開這門，慢慢探進半個頭去。望見一室之中，電燈雪亮，耀眼生花，裡面陳設著幾種粗劣的椅桌。一個小小方桌上面，放著碗箸盤碟，和面盆手巾、牙刷等日用物品。另外一隻寫字檯上，卻齊齊正正，排列著筆墨紙硯等東西。

瞧這情景，分明有人，曾在這裡起居飲食。

此時，魯平一則仗著膽大，一則仗著腕力，三則仗著自己先聲奪人的聲名，竟自一挺身走進室去，躡手躡腳，直到那隻寫字檯前，一眼瞥見寫

字檯的正中，放著一張尺餘長的長方白紙條。

這紙條的上端，用墨筆畫有一個茶杯大的虎頭，下端卻有一隻小鼠。這兩樣東西，和那外面牆磚上所見的竟是一樣。紙條中間，卻有銀元大的十幾個字，分作兩行寫著道：

「哈哈，魯平先生，久違久違。」

「鑽天鼠在此等候。」

魯平的目光，飄到這紙條上時，他這一驚，真是不小，心裡已知不妙。同時，他的胸際彷彿已鑽入了一個小小的禰衡，大打其鼓。正想採用最妥善的三十六著，驀地耳邊聽得「呀」的一聲，不用再看，已知進來的門，已經被人關上。

在這當兒，憑你魯平具有天大的膽力，也不免覺得戰慄。當下心裡一急，反而觸動腦宮的靈機，當他第二次飄眼到紙條上時，陡的想起這「鑽天鼠」三字，不是舊小說《七俠五義》中的盧方嗎？這「盧方」二字，分剖為二，不是自己的勁敵「盧」倫「方」坤嗎？還有那個虎頭，不是明明表示半個盧字嗎？

魯平想著想著，腦球以內，宛如裝了一百支光的電燈，一切都覺雪亮，一切都覺恍然大悟。什麼空屋中的種種怪聲，什麼半夜中的獸噑，什麼空屋中的獸跡，什麼古墳前的腳印，什麼假紙幣，什麼魯平殺人，這其間，大約除了一件絕平常的殺人案卻是真的，此外一切，都等於小說作者筆下的無聊產物。

外界種種傳說之辭，必是盧倫故意散布的空氣，故而破綻矛盾，隨在而有，故而較有價值的報章，並無記載。

至於方才聽得的兩下槍聲，其第一響，必是崗亭中的警察所放，那人大約也是一個機警的人物。他見自己遠遠從汽車走來，卻先假裝不知，只等自己繞到圍牆側面，他便暗暗潛尾，開放一槍，使屋中的人可作準備。

自己先前暗料，那人正在做夢，不知自己卻在夢中。

　　至於第二槍，卻是屋中所放，遙作答應。盧倫等人勇於開槍，必是摸熟了自己的情性，知道自己性傲膽大，聽了槍聲，非但不致驚走，反會投入羅網。

　　統觀前後的情形，這種詭計，實也平常之至，值不得識者一笑。自己竟會鑽入網羅，可見驕者必敗一語，實是至理名言。

　　魯平此時的思想，直像電流般的迅速，明知逃遁二字，已是斷斷不可能的事。暗想：「既已到此一步，不如做得值價一些。」想定主見，反而高聲喊道：「朋友們，請出來吧！」

　　語聲未絕，只見自己方才進來的門，「呀」的一聲，開的筆直。門外站著三人，兩前一後，站在自己眼前。前面的兩人，各摯一支手槍，凜凜然含著不可侵犯之色，正是老友盧倫與方坤；後面一人，身穿著警察制服，面部微露笑意，手內握著雪亮的手銬。電燈光下細看，此君非別，正是北區警署的探長楊寶忠。

　　魯平雙手叉定了腰部，看著盧、方二人戰戰兢兢緩步入室，他忽毅然發出命令聲吻道：「朋友們，放下你的玩具。」一面飄眼到門外，看著楊寶忠手內的手銬，微笑點頭道：

　　「先生，這是你的禮物嗎？感謝你的厚意。」

計

半個羽黨

第一章

　　平時劉寶材家裡是很熱鬧的，近幾日來寶材的家眷一窩蜂都到杭州遊西湖去了。家裡只剩著寶材自己和他姪子劉毅，所以頓時覺得冷靜了許多。

　　寶材是個米商，一生並沒有什麼長處，他唯一的技能就是欺詐取財。有好幾次藏過了良心，把米販給某國人，從此以後，他便輕輕易易，得到了富翁二字的榮銜。他是個近視眼，年紀還未滿四十，頭上的頭髮卻已白多黑少，這是素常操心太過的一種現象。

　　有一天晚上，時候約莫在十二點鐘左右，風伯和雨師，忽然很勤懇的工作起來了。那聲浪呼呼價響著，好像是深山裡的虎嘯，聽去很覺可怕。

　　劉寶材本來是有鴉片嗜好的，所以睡得很遲。其實抽罷了煙，正躺在榻上養神，靜寂中只聽得窗外的風雨聲，一陣緊似一陣，他的心靈界上，被這雨絲風片攪亂了，一陣陡然覺得不寧靜起來。

　　他一會兒想起他哥哥死後的遺產，現在雖然歸自己代替管著，但是將來，終究要歸還姪子劉毅的。想著，便籌算了許多圖並的辦法。一會兒他又想起，近來社會上有許多體面商家，和某國人訂了合約，販賣劣貨銅元。這種買賣利息非常之厚，自己最好也能得到這種機會，幹一下子。希望真是不小。

　　如此胡亂想了一會，神經上更覺煩亂，最後，他忽然想起一節談話來了。那節談話，是白天和一個朋友談起的。那朋友說：「近來外邊，真不

安靜啊！有錢的人，實在危險得很。最近幾個月中，升沉街的王家、桑田巷的馬家，還有珠寶商徐某，先後都遭了盜案。警察當局一面偵查，一面戒嚴。但是過去的事，終破不了案；未來的案件，卻又接踵而起了。原來警察的能力，實在不能夠和那神出鬼沒的東方亞森羅蘋抵抗啊！」

實材對於報紙，是素來摒棄的，所以東方亞森羅蘋──魯平幹的幾件奇案，他竟不十分明白；不過「魯平」二字，進了他的耳朵，似乎有些熟悉。

當時他忙問那朋友道：「魯平到底是怎樣的人物？」

那朋友說：「這句話，我委實沒有具體的答覆。他的真面目，誰也不曾見過。據說他有時扮作賣花生的老頭子，混在茶館裡；有時他化妝一個體面商人，居然在富商隊裡活動；還有一次，他在政客家裡，當了三天的僕役。結果，那政客一封祕密公文，輕輕易易的被他帶去了。後來，那政客花了五萬元代價，方始贖回。總之，他委實是最近社會上的一個怪物。此時我們雖然談著他的歷史，說不定他竟在我們旁邊竊聽著啊！」

那朋友說到這裡，滿面露著驚慌的樣子。

當時實材又問道：「難道警察和偵探，看他橫行，置諸不問嗎？」

朋友道：「警察這東西，在魯平眼裡看起來，不過是吃飯造糞的機器罷了，哪裡成什麼問題。講到偵探，像東方福爾摩斯，總算是個偵探中的大拇指了，遇見了魯平，也就像庸醫遇見了絕症，只好束手告退啊。」

實材說：「他既如此目無法紀，社會上的群眾，一定把他恨如切骨。據我看來，早晚是牢獄中的陳列品罷了。」

那朋友道：「這也不一定的。一部分人，雖然恨他，一部分人，卻很袒護他。因為他所反對的，是奸商、惡霸、酷吏、貪官，以至於種種抄小路弄錢的人物。講到貧苦的小民，他非但不來搶劫，有時竟能突然得到他的餽贈，也說不定。此所以魯平表面雖是個盜賊，實際上的品性，的確比

社會上許多偽君子，高尚得多哩。」

……

　　白天寶材和那朋友，談到這裡就此終結。此時寶材細細想著那節談話，不免有些膽寒。因為想想自己，正是那巨盜所注意的一類人物，萬一魯平想起了我，突然光顧，那時用什麼方法去抵抗呢？

　　寶材一壁想，一壁從榻上站起身子，向四面望望，不知如何，覺得這間屋子裡，今晚好似異乎尋常的陰慘可怕。再聽那怒風急雨，不住的撲著窗櫺，格格怪響，心裡愈加不安，彷彿那魯平已經帶了鋒利的器具，撬進門來了。

　　在這當兒，驀地有一縷歷亂無序的鋼琴聲音，夾在風雨聲中，隱隱送進耳鼓。

　　寶材一聽得這聲音，頓時把膽子恢復許多，暗忖道：「嗄！原來毅兒還沒睡，又在那裡彈那可厭的鋼琴了。」

　　若在平時，他姪子劉毅，睡的略為遲些，被他知道了，一定要大加喝斥。表面說得很冠冕，總說年輕的人，睡眠一定要規定時刻，遲眠對於健康，大有妨礙。其實寶材的心裡上，哪裡有珍愛姪兒的誠意，左不過吝惜著幾個電燈費罷了。

　　今晚的寶材，腦海裡已嵌著劇盜魯平的影子。一個人住在那裡，未免有些膽怯。幸而他姪子，住在樓下，此時還沒有睡。萬一發生意外的變故，他和姪子只隔著一重樓板，呼救也很容易。

　　寶材想罷，便不干涉他姪子的遲眠，反而凝著神，細細的領略琴韻了。

　　寶材聽了一回，覺得那鋼琴彈得實在沒有什麼意味，音階按得太亂，簡直不成調子；又加窗外風雨喧鬧，雜在琴聲中，聽去更其可厭。

　　此時寶材心神略定，想著方才的思緒，委實太覺過慮，難道會想著曹

操，曹操就到？哪裡有這種巧事呢！

　　肚子裡不禁自己好笑，那笑容便漸漸地露到枯瘦的面孔上來咧。

　　不料這一笑，笑出奇事來了。他驚地看見門簾一動，燈光之下，突然多了個黑影。那人手腳很敏捷，一剎那間，已直立在寶材的面前了。

　　寶材全身戰慄著，一邊斜著八百度光的近視眼，偷看那人形狀和舉動。

　　但見那人全身穿黑，面上幕著一方黑布，好似銀幕上的外國盜黨。再看那人手裡，卻握著一件亮晶晶的東西。

　　雖然看不清楚，是什麼物件，估量起來，總是一支歡喜舐人血的手槍啊。

　　這種東西，貧民倒不十分畏懼，越是有錢的人，見了它，就分外的害怕，也像貧民怕富商，勞動階級怕資本家一樣。

　　寶材既是富翁，也逃不了這種公例。

　　此時寶材呆望著那人的雙手，周身的血，差不多要凝成冰塊了。起先未嘗不想呼喊，但是那舌尖，不知怎麼，這時竟不受他的支配咧！

　　那人向室隅的鐵箱望了望，然後向寶材比著手勢，意思教寶材背轉身子，不許瞧他。

　　寶材哪敢違拗，只得依著那人做去，再也不敢回頭看一看。

　　只聽得那人很從容的開了鐵箱，在箱內翻了一陣，再聽他關上箱門。

　　這時寶材暗暗著急道：「唉！苦百姓身上吸下來的血，到匪人腰包裡去了。」

　　這時寶材心裡，很希望突然有人走近臥室，把匪人捕住。但是許多僕役，都住在後進房子裡，距離既遠，時光也遲了，半夜裡哪裡有人來呢！

　　仔細聽聽，樓下的琴聲，依舊彈著。暗想那扶梯設在他姪子的外房，匪人上樓時，他竟不聽見一些聲息，神經未免太麻木了。最好他姪兒此時，無意上樓，發現這個案件，和匪人劇鬥起來。能夠把他捕住，那是最

好；不幸姪子被匪人槍斃了，亡兄的遺產，也可安安穩穩飛進自己的袋裡來了。

可是這種理想，萬萬不會變成事實。因為寶材和他姪兒，感情素來不好，無論此刻已是夜靜更深，就是白天，劉毅也難得上樓，到他叔父的臥室裡來啊！

寶材的思緒，很迅速的在腦海裡盤旋著。同時那匪人的劫掠手續，也很迅速的完畢了。

寶材偷偷地偏過頭去看時，匪人的手槍，依舊指著他後心。

那人見寶材回頭，走上一步，把手槍送在他面前來，揚了揚，似乎警戒著他說：「你敢動，預備著胸前多一個洞。」

寶材嚇得忙又回過頭去。

那人見寶材馴服得像小犬一樣，於是腳步漸漸倒退，直退到臥室門外，順手用力把房門一拉，「砰」的一聲，彈簧鎖鎖上了。

巨大的關門聲，似乎把寶材嚇掉的靈魂一齊喊了轉來。他見匪人已經出去，房門已經關上，無限的勇氣，頓時恢復，於是一壁大喊，一壁雙腳擂鼓似的在樓板上跳著，大喊著道：「賊！黑衣服的賊⋯⋯拿手槍的賊，你們快捉呀！」

其時樓下的琴聲，戛然而止。劉毅在樓下高聲問是什麼事，一壁飛也似的搶步上樓。

到了他叔父的臥室門外，推門時，門卻鎖著；於是大喊門，忙問是怎麼一回事。

這時寶材的驚魂未定，喘息道：「一個賊⋯⋯一個戴面具的賊⋯⋯你⋯⋯你快找，他剛打我這裡出去啊！」

一分鐘後，後進房屋裡的僕役，都已聞聲奔集，四面找尋，哪裡有匪人的蹤跡！

最奇怪的，各處門戶一些變動的痕跡都沒有，那匪人打哪裡進來，打哪裡出去，大家都莫名其妙。況且外邊下著大雨，匪人進來時，竟沒有一個腳印，留在地板上，這真是不可思議的怪事。

當時眾人，捕風捉影似的，紛紛搗亂。寶材也無暇顧問，只著急那隻鐵箱，不知究竟失掉多少東西。

細細檢點以後，別的東西都不少，單單少了一包紙幣，恰巧是白天收回來的一宗借款，連本帶利，共計五千六百四十八元；又在鐵箱裡，發現一張紙條，上面寫著：

紙幣五千六百四十八元。

謹領，謝謝！

第二章

警長握著電話的聽筒，問道：「什麼事？嘎……嘎……嘎，又是魯平嗎？等我們來勘看了再說。」話畢搖斷了電話，把眉頭漸漸地皺起來了。原來警察界中的人，一聽見「魯平」二字，就覺腦漲。

他們的心裡，以為魯平是神通廣大的，他創造的案件，我們去偵探時，簡直是白費腦筋。因此每逢有魯平的案件發生，這些警察先生們，往往預先已存好敷衍了事的成見。

今天警長會同偵探長，到劉寶材家裡去察勘，也是抱著這種態度。

他們到了寶材家裡，照例先問案情。

寶材便從頭說了一遍，又說此事最難捉摸的問題，就是不知他打何處進來，打何處出去。況且昨晚大雨，那人身上竟乾燥得很，地板上連腳印都找不出。

警長道：「門戶有變動嗎？」

劉毅插嘴道：「不論窗上、門上，我都細細看過了。不要說是痕跡，簡直連指爪帶損的紋路都沒有。」

警長聽了，便不則聲，心裡暗暗驚異，一壁對於魯平的欽佩心，也更深一層了。但是表面卻依舊做著官樣文章，不免虛應故事，把各處檢視一番。又把僕役盤詰一遍，結果不用說，自然是毫無線索可尋。於是就向寶材說了幾句敷衍話，逕自揚長而去。

過了一天，這一件魯平新創的奇案，茶坊酒肆中，都紛紛把他當作一種談話話題；各種報上，也都刊著關於此案的紀載。再講到寶材，他本來是一位吝嗇家，對於金錢無論數目多少，總不肯放鬆一步。此次突然損失五千餘元，一時如何就肯甘心，便屢次催促警局設法查訪，也無效果。因此在一家日報上，刊了一節懸賞的廣告，說：有人能夠捉住魯平，賞五百元；能夠追還贓物，便加倍的給賞。

寶材所注重的問題，只是在「追還贓物」四個字上，但是哪有效果呢！

第三章

距離劉寶材家裡，發生奇案後的一星期，我到外面出去走走，忽然和老友魯平，在路上會見。本來我很想問問他，到底用什麼方法，能在人家家裡出入自由，門戶毫無變動。看他來去飄忽，簡直像三分鐘熱風一般，真令人不可思議啊！

當時我見了魯平，劈頭就說：「喂，老友！五千六百四十八元，雖然算不得什麼，總是一筆小財氣啊！你應該請我些什麼呢？」

魯平道：「徐震，你說什麼話？我一點不明白呀！」

我笑道：「到這個時候，還假惺惺做什麼？」

此時我和魯平，並肩在馬路上走著，只見一個賣報小孩，高喊道：「阿

要看東方亞森羅蘋——魯平最近時期，最神祕的新奇案啊！」

我笑拍魯平的肩膀道：「如何？這個小孩子，替你把你的犯罪史，大鼓吹而特鼓吹，簡直像文丐替文蟲，鼓吹作品一樣，你還想圖賴嗎？」

我這樣把魯平揶揄著，魯平只是不則聲。

等到賣報童子喊近他身邊，便買了一張，一壁走，一壁讀著。

走到一個職位面前，忽然失聲怪叫道：「誰敢冒我魯平的名字，去做鼠竊的勾當啊？」

這時我見職位上站著個雄糾糾、氣昂昂的警察，忙拉拉他的衣角，叫他輕些，被警察聽見了，未免要生枝節。

魯平似乎不覺，連一句道：「嘻！誰敢冒著我魯平的名，去幹那個偷雞剪綹的勾當啊？」

這一句，比第一句喊得更響，那警察似乎已經聽得很清楚，特地走到我們面前來，忒楞楞地，望著我們。

這一急非同小可，魯平走前一步，拍著那警察的肩膀道：「好孩子，你想發財不想？請看這個。」說時指著手裡那張報上的一節，讀道：「不論何人，能將魯平捕獲，賞洋五百元。」

讀畢，湊近那警察的耳朵，高聲道：「我就是魯平！」

那警察一聽，陡的一怔，倒退了幾步，取出警笛剛要吹聲音，還沒有吹出來，忽然好像發瘋一般，拚命狂逃而去。

魯平拍手大笑，在後面一邊追，一邊喊道：「五百元，要不要？五百元，要不要？」

直追得那警察不見影子，魯平方收住笑聲，停住腳步看時，已到了離劉寶材家十幾步路的地方。

我問魯平道：「難道劉寶材家的案子，真另外有人冒你名字嗎？」

魯平道：「你太小覷魯平的為人了，難道我魯平，肯為區區五六千元，

輕易出馬嗎？我每月賙濟那無依貧民的捐款，約計要十萬元左右，這是你素來知道的。老實說一句，五千元在我眼光裡看出來，簡直好像五個鵝眼小錢，也值得套著不要臉的面具，拿著嚇懦夫的手槍，窮凶極惡的，去搶劫嗎？

「我生平最恨的是面具主義，社會上那些戴無形面具的衣冠畜類，不被我知道便罷；被我知道了，早晚要教他們受些教訓。講到手槍，除了可以嚇嚇小孩，嚇嚇富翁，餘外連個化子，都嚇不退。這種卑劣的器具，我是素來不愛用的。你和我交友多年，總該知道我的脾氣。像劉寶材案內的笨賊，既用面具，又帶手槍，你一聽，便當知道這種事情，決不是我乾的，為什麼反來問我？可見近來你的腦筋，簡直可以說是沒有了。或者尊夫人偶然高興，唱起《大劈棺》來，把你的腦髓，剖解去了啊！」

我被魯平亂七八糟的說了一陣，不覺笑了。

魯平忽然正色道：「徐震，快聽我的口令，喊『一二三』。『三』字出口，趕快把笑容藏起來，因為我們要談正事了。」

我說：「什麼事？」

魯平說：「就是恢復我的名譽的問題。那可惡的笨小賊，冒了我的名，難道罷了不成！」

我道：「恢復名譽嗎？怎麼辦呢？前幾天你怎麼不想起呢？」

魯平道：「前幾天因為是替一個情痴設法遞情書，實在忙極，因此竟沒有知道此事。」

我道：「你脾氣素來高傲，為什麼現在居然肯屈尊替人家做起郵差來了呢？你不是常常說，世界上不論什麼人物，都不值一笑，唯有做強盜，是豪俠爽利的生活，是純潔高尚的人格。你現在做郵差，難道比強盜更好嗎？」

魯平道：「郵差是勞動階級的一分子，每天勞動著二條腿去解決麵包

問題，自食其力，並不低微。況且我的委託人，乃是痴到極點的情痴，天下唯此等人最可憐，也是最可敬。我能夠替他稍效微勞，當一名郵卒，也並不辱沒啊！不過，這一節事情太長，等我改日告訴你罷。現在且談眼前的事。」

說到這裡，我們駐足一看，原來無目的的走著，已走到很冷僻的地點來了。

魯平道：「徐震，我預備到劉寶材家裡，倒串一個偵探玩玩，就屈你做個華生，我們一同去偵探那案件，你願意嗎？」

我說：「很好。」於是，我們就向原路折回。

魯平道：「趁這時候，我們也該把案情研究一下。照報上的記載研究起來，有好幾種疑點，應當注意：第一，那人在劉寶材家裡，來去自由，門窗一無阻礙變動；第二，那晚是大雨，何以室中無那人的足印、水漬；第三，那人取了寶材的紙幣，曾留著一張紙條在鐵箱裡，在紙條上寫著『五千六百四十八元，敬領，謝謝！』這一層大可研究。徐震，你想那人的紙條，還是預先寫的呢，還是取了紙幣以後寫的？」

我說：「大概是預先寫的，因為劫紙幣的時候，那人一隻手要握著手槍，震住寶材，再用別一隻手，數紙幣，寫紙條。恐怕那人，當時實在不能如此從容不迫，所以我說他是預先寫的。」

魯平道：「『預先寫』這三字，一定是指那人未進寶材臥室以前而言了。那人既未進寶材臥室，未開寶材的鐵箱，怎麼知道寶材那包紙幣，數目是五千六百四十八元呢？這實在是一個最大的破綻。」

「再把以上二層疑點合起來說：第一層，能夠進出自由，門戶沒有阻礙，只有自己家裡的人，能辦得到。否則，除非有妖術；第二層，天下大雨，那人身上並無水漬，並且不留半個足印在地板上，也唯屋裡的人，能夠如此。紙幣的數目，愈加非自己屋裡的人，不能知道。把這三層並起

來，情節顯明已極。」

「徐震，你想想，這自己人是誰呀？據報上說，僕役都住在後進屋裡，打後進屋到前面，報上說是隔著一個大天井的，那末那蒙面人若是僕役，經過天井，屋中也當然有足印的。要使沒有足印，除非到了前進屋的門口，把鞋子脫去，然而僕役之中，恐怕沒有這樣細心的人。至於套面具、拿手槍這種玩意，我想僕役決沒有那種神通。有了這些本領，也不肯低頭做人家的奴僕了。如此，疑心僕役一層，可以消除了。」

「僕役以外，據報上說，出事之晚，自己人都不在家裡，都到杭州去了。只有一個姪子劉毅，住在樓下。徐震，你想劉家前進屋中，除了劉寶材本身，餘外只有劉毅一人。那末，那面蒙黑布，而始終不開口的人，除了劉毅，又是誰呢？」

我道：「你的見解，未嘗不透澈，理想未嘗不周到。可惜報上還有一節，你竟不曾注意，就這一著錯了，差不多要完全誤會咧。」

我說時，指著報上的一節，讀給魯平聽道：「余（劉寶材自稱）本有失眠症，是晚約十二句鐘，風雨猛烈，餘猶未寢，忽聞琴聲一縷，雜風雨聲中，悠揚入耳。凝神聽之，斯知余姪斯時亦未就睡，厥聲實發自樓下餘姪室中。詎吾正側耳細聆琴韻，不期蒙面之盜，即於此時，悄然而至……」

以下還有幾句話道：

「幕面人闖戶出室，巨聲砰然，餘見盜出，膽力頓壯，狂號呼救，樓下琴聲戛然而止，余姪聞聲趨視，則怪客杳矣……」

「這二節話，是寶材親口說的，報紙據實記載。倘是說那蒙面人是劉毅，那樓下彈琴的又是誰呢？因為樓下的廂房中，只住著劉毅一人啊。」

魯平聽到這裡，便默然無語。

恰巧這時我們的四條腿，已搬到發現假魯平的劉寶材家門口了。

魯平道：「我們進去，應該自稱私家偵探，你算我的助手，把名字改

作余辰，我的名字，就用常用的假名，叫做鮑時。」

商量定當，魯平便走到門邊，伸手將電鈴一捺。

不一會僕役出來開門，我們說明來意，便由僕人引我們進會客室。

一會兒，寶材已走出來。這一位財翁，平時聽說很驕傲，待人接物，是極無禮貌的。今天大約為了五千元的關係，所以滿面春風，頗有歡迎我們的表示。坐定以後，僕人送上茶來，那吝嗇的老兒，居然敬我們上等紙菸。

魯平吸了幾口，便問道：「劉君，案情的詳細，我們都已知道，不勞再說。只有一句話，請你明白回答，就是那夜的幕面怪客，身材舉動如何？是否有些熟悉，以前曾否見過這種身材舉動的人？」

我聽魯平如此問著，覺得他這個問句，問得很有意思。因為魯平疑心劉毅是幕面人，萬一真是此人，那末面雖掩著，口雖不開，身段舉動，每天會面的人，終有一二分看得出的。那知聽了寶材的話，卻使我們大大失望。

寶材道：「那人似乎是個中等身材，舉動似乎很敏捷。至於說見過沒有，熟悉不熟悉，我實難以回答啊。」

魯平道：「那人穿什麼衣服呢？」

寶材道：「好像是西裝。」

魯平道：「什麼顏色？」

寶材道：「彷彿是黑色的。」

我那時聽了這話，覺得魯平這二句話，問得太沒意識，報上不是明明載著，蒙面人穿的是黑色西裝嗎？

魯平吸了口紙菸，凝想了一回，忽道：「劉君，我問你那人的身材舉動，和衣服的種類顏色，你為何沒有確定的回話？每句話上，務必要加上些似乎、好像、彷彿等的疑似字眼，這是什麼緣故呢？請你能否把那晚的

印象，閉目重溫一下子，然後再向我說那比較準確些的話。」

寶材道：「我實在不能說啊。」

魯平道：「什麼緣故？」

寶材道：「一來當時太驚慌；二來，目力實在不濟。」

魯平道：「你的眼鏡光配得準確不準確？」

我一聽這種話，覺得魯平這種話，越說越遠咧。

魯平又指著自己領帶上墨綠色的花紋領帶，向寶材道：「請你告訴我，這是什麼顏色？」

寶材微笑道：「墨綠啊。」

魯平道：「你的眼鏡光度很準，那晚較大、較顯的東西，為何反看不清楚呢？」

寶材道：「那晚實在沒有戴眼鏡。」

魯平露著懷疑的樣子道：「為什麼不戴呢？」

寶材見魯平問得如此瑣碎，漸漸有些不耐，暴聲道：「眼鏡打碎了。」

魯平這時似乎是有意和寶材開玩笑，帶著滑稽的口吻道：「誰打碎的？小孩子嗎？粗心的僕役嗎？」

這時連我也聽得不耐了。只聽寶材懶洋洋的答道：「我的眼鏡，是被一隻猢猻打破的」。

魯平陡然跳起來道：「嘎！」

從這一個字裡，我可以聽出魯平異常的欣悅的心裡來。我知道他此時實已全題在握了。

魯平拋去第二支菸的煙尾，站起身子來道：「現在請你告訴我，令姪在這裡嗎？」

寶材道：「在這裡，不過他⋯⋯」

話未說完，魯平接著道：「病了是不是」？

寶材很驚訝的問道：「你怎麼知道的？」

魯平道：「這就是做偵探的一種應有的伎倆啊。壁如英國福爾摩斯，中國的霍桑，他們不是常常賣著這種野人頭嗎？其實拆穿了講，真不值半文錢。你們府上的人，都到杭州去了，這是我知道的，剛才我走進會客室時，見一個僕役，手裡拿著二帖藥，走進來。因此我知道府上有人害病。

「假使僕役們害病贖藥，我想不會二帖一贖的，因此我知道害病的是主人。府上許多人，都不在家裡，只有你和令姪。令姪今天不見，所以我知道他有些貴恙啊！閒話少說，偵探案是一個問題，望病也是一個免不了的問題。」

魯平說到這裡，向我道：「余辰，託你陪劉君談話一會，等我望望小劉君的貴恙，順便再問他幾句話。」說完，也不等寶材的許可，已跑到樓下，一溜煙到劉毅房間裡進去了。

劉毅不過感冒了一些小風寒，並沒有什麼大病。此刻睡在床上，忽見一個陌生人進來直立在床前，心裡不知如何，覺得不安起來，囁嚅道：「你⋯⋯你是誰啊？」

魯平微笑道：「你連我也不認識？我就是那天晚上十二點鐘左右的你啊。」

劉毅愈加不安道：「這是什麼話啊？我愈加不明白了。」

魯平道：「不明白嗎？總要明白的。請你把這個愛物喚過一旁，在身邊跳來跳去，是很討厭。等我來使你明白，好不好？」

說時，指著那鎖在床足上的一隻金絲猴，接著又向劉毅道：「這是一件很簡單而很又有味的故事，從前⋯⋯不對，現在有一個人，因為某種關係，和他的叔父感情不好。他是和叔父住在一起的。有一天，他叔父在某一處收到一注錢。這錢的數目，喂！多少呢？你不肯說，等我來說罷，不是五千六百四十八嗎？」

劉毅聽到此地，面色已變灰白，魯平續道：「那天晚上，他用墨筆寫了張紙條。喂！這紙條上的話，可要我說出來？不錯，一客不煩二主，索性讓我一個人說吧。紙條上寫著紙幣五千六百四十八元。敬領，謝謝！下面署名『魯平』。他寫好了紙條，於是就大變戲法了。他把一塊黑布掩住面部，取了一支手槍，自己覺得很像一個盜黨咧！然後他命他一個同黨。」

魯平說到這裡，略頓一頓道：「又說錯了，那小東西，可不能算他一個同黨，只能算半個同黨……」

魯平說到此地，劉毅在床上跳起來道：「夠了，等我說吧！後來我叫這猢猻，在房裡彈著不入調的琴，自己便闖到樓上叔父的房間裡去，搶了一筆鈔票，便把預先寫好的紙條，放在鐵箱裡……先生，你要知道，我雖做出這種卑劣的事來，但是對於良心上，自問很可以交代。因為我的叔父，我實在不敢恭維他。說他是個好人，他一面想圖吞我應得的家產，一面還想謀占我情人的房屋。起先用很甜蜜的言語，哄我情人的父親，去向他借一筆錢，預借用重利盤剝的卑劣方法，使我情人的父親，無力清償，然後他便要實施謀占產業的計畫。

「幸虧他們先期已發覺了他的毒計，便把這項款子，積極籌措起來。結果雖能籌妥，但是出的汗，可不止一身，可以說汗裡快要流出血來哩！那天我情人對我說，這一筆款項，要歸還我叔父了。是我覺得憤憤不平，便想出這一套大幻術來了……不過，朋友你要知道，這筆錢並不是我要用，我的目的是出氣，所以仍把那筆錢，送還了我情人的父親。

「不過我情人向我說，這種錢來路很不正當，最好送到慈善機構去散福，所以我就照著她的話做了。朋友，你不信，請你看五千六百四十八元的收據……」

劉毅說到這裡，只見魯平一雙敏銳的眸子，仍注視著他，於是重又不

安起來道：「……你！……究竟是誰啊？」

魯平道：「我嗎？我就是有一天晚上的你，你明白嗎？再不明白，我告訴你，你只要想一想《世界五十怪傑合傳》……這本書裡，有一個人，左右耳朵上都生著紅痣的……那人是誰，我就是誰啊。」

劉毅大喊道：「嘎……你……魯……平……嗎？」

黑騎士

序

　　紅與翠其年等也，其性等也，其猖狂不羈，又相等也。雖非骨肉，實有手足誼者，始相晤，即成莫逆。旋翠返蘇，紅仍駐海上，形固離，心猶相印焉。頃重逢邁於淞濱。時為六月十五日夜，良宵月澄，坐江畔敘離衷，有淚皆盡，無懷不伸，哀樂之感，殆難言喻。

　　翌日，更相要盟，矢於是日始，兩人勿論成何文字，必合著，易貲則同罄之。為文將長無已時，而誼亦永無滅日。同時並倩人鑄短劍二，紅翠各懷其一，其義庶或合古人刎頸之意歟！今兩人首成斯篇，是為合作之始。謹志數語，以告世人。

甲子六月十六日燈底

第一章

　　民國九年的秋季裡，天空中滿布著愁雲慘霧，好似上帝預知這大好神州，又將發生一種不幸的事情，故此先期布下這種悲劇的布景，好教我們有防患的準備似的。

　　我這故事的起點，在一所很小的密室裡。這所密室，位置在全屋的中心，一切布置，非常精緻，四邊陳列著許多日本雕刻品，使人一望而知這

屋主是很富於美術觀念的。

在這許多陳列品中，有一座大理石琢成的女神像，那面貌的美麗，玉肌的瑩潔，使人瞧了怪可愛的。再有一座用古銅盔甲堆砌而成的日本古甲士像，形式的高大，完全和真人相等，驀地裡見了，卻很容易使人吃驚。

密室的主角，喚作馬士驤，是一個退職的外交總長。他雖已退歸林下，但是在政治舞臺上，仍占有一部分的潛勢力。他的年齒，約摸在五十左右。身軀肥胖得很，宛比一尊彌勒佛像，圓圓的面龐，滿現著一派和藹之色。從外表看來，誰也料不到他是一個心地齷齪的人物。

這時馬士驤獨坐在密室裡的一隻沙發上，不住拈著唇際的燕尾鬚，雙眸呆望承塵，正自想得出神。原來近幾月來，馬士驤正和日本特派委員大刀川松井氏，磋商一種喪權辱國的密約。這項條約，雖已擬議了好久，直到現在，方始談判妥洽，約定後天夜間九時半，由松井祕密趕到馬士驤家中，准定十點鐘，兩方在密約上簽字。

外界對於這一件事，雖已稍知消息，只是不能明白這密約，到底含的什麼性質。因此國內許多愛國的人們，明知馬士驤又將實施他的陰謀，可是總得不到充分的證據，卻不能向他提起反抗來。

此時馬士驤想到簽字之後，自己又可得到一種很豐厚的報酬，不覺得意萬分。圓圓的臉上，頓時滿罩著一股滿足的笑容。

當他笑意還不曾消減以前，陡見他那隻柚木的寫字檯上，有一件可異的東西，直刺進他的眼簾，卻是一個緋紅色的小信封。

馬士驤見了，煞是詫異，趁手把那小信封取了過來，拆開一看，只見裡面一張緋紅信箋上寫道：

若果允將灤州諸礦開掘權，悉讓於某國者，則若之祖塚，亦必有人一一掘而碎之，如某國人之開灤州諸礦然。當汝得此警告之日，而猶不將此條約廢去者，則署諾之時，餘必有術取此密約去，布諸天下，俾眾咸

知。餘言必踐，汝其凜諸。

祖國之魂

馬士驤讀完這信，心房漸漸震動起來，暗想：「這所密室，可算得全屋最深邃的地點，倘由外面入內，須經過八九重門戶。平常無論人們不能輕易到此，就是張著翅膀的小鳥，一時也未必能飛將進來，那麼這一封可怪的恐嚇信，又怎麼會到這室中來呢？不但如此，並且覺得這寫信人的行動，也非常可驚。因為這密約的內容，從來不曾洩漏過，此人竟能夠知道是關於灤州開礦的事情，豈非是不可思議？」

馬士驤一壁亂想，不知不覺，伸手去按那桌上的喚人鐘。一陣玲玲的大響，同時便有一個僕役應聲進內。這個僕役，卻是馬士驤最親信的心腹，除了他，餘外的僕役們，是都不准踏進這密室一步的。

馬士驤那時心中很怒，一手顫巍巍的捏著那張緋紅信箋，冷笑道：「阿俊，今天有人到這室中來過沒有？」

阿俊望了望馬士驤的面色，很恭敬地答道：「不，沒有……」

馬士驤愈加暴怒，把那緋紅信箋，向僕役一擲，狠狠啐道：「既沒有人進這屋子，這東西是哪裡來的？難道是長著翅膀飛進來的不成？」

馬士驤才一說到「長著翅膀飛進來」這一句，心中又覺一愣，覺得如此機密的所在，那投書人竟能來去無阻，真好像飛將軍從天而下啊！再一想投書的人，神通如此廣大，難怪無知識的僕役，要被他瞞過，於是便斥退了阿俊。

阿俊去後，馬士驤總覺忐忑不寧，暗忖：「那自稱『祖國之魂』的，不知究竟是何等樣人？萬一到了簽約的時候，他果真來實行信上的話，未免有些危險。如今非得先預籌一個抵制方法不可。」

他躊躇了一回，忽而啞然失笑道：「今天的事情，因為不曾防備，所以不知什麼時候，被那人悄悄地掩了進來。」

仔細一想：「那人這種下劣的恫嚇手段，只能取快一時，到底也未必就能如言實行，愁他做什麼呢？到了簽約的那天，倘真放心不下，不妨加意防備，看那人還有什麼詭謀，可以施展出來。」

馬士驥想到這裡，眼瞧著那古甲士雄糾糾、氣昂昂的立在一邊，好像是正在保護著他，於是他的勇氣，又恢復了許多，便不再把那恫嚇信放在心上。

光陰好似飛機般的駛行著，匆匆已過了兩天。

這一天清晨，馬士驥又接到一封署名「祖國之魂」的信，卻是從郵局裡投遞來的。信上略謂前次的警告，不蒙容納，令人可恨！你既一定要實行你的事，我也一定要實行我的話了。

馬士驥看了，只是嗤的一笑，不會太介意。

當夜九點鐘時，飛霞路上，遠遠地來了一輛精美的汽車，車前射出兩條很強烈的燈光，光線由遠而近，直向馬士驥家射來。

一會兒，這汽車便駛進鐵柵門。鐵柵門裡，本是一片小小的草場，中間有兩條煤屑鋪成的弧形短徑，合攏來恰成一個圓圈。

這時汽車取道於左邊的短徑，緩緩停在石階之前，車門開處，裡邊悄悄地走出一個人。那人身材很矮小，穿的是一身西裝，唇上留著兩撇仁丹式鬍子，不問可知就是那松井了。

當他從右階上拾級而升時，馬士驥早已在那裡恭候，於是一同進了密室。

二人坐定，談話了一會，只聽得宅前門樓上那座四面鐘，鐺鐺的接連鳴報十下，馬士驥遂把一正一副兩份密約，取了出來，同松井仔細審讀一遍。剛提起筆來，要在密約上正式簽字，忽然他好像想起了什麼似的，抬眼向室中瞟了一周，面部猷的現出一種獰笑。

第二章

　　長天如漆，只有幾點疏星，閃爍作光。飛霞路上，突有一個黑衣騎士，跨著一頭神駿的阿刺伯黑馬，好像一團黑煙，風馳電掣般飛滾而來。雜亂的蹄聲，踏破了寧靜的空氣。那黑衣騎士，飛馬到了馬士驥家門前，倏的彎身翻下馬背，恰巧那四面鐘，正報著十句鐘的最後一下。

第三章

　　馬士驥的筆尖，還不曾著紙，驀地通室的電燈，完全熄滅，頓成了黑暗世界。同時室中忽發生了一種微細的金屬物接觸聲，可惜馬士驥與松井二人，都在慌亂之中，不曾覺得。

　　等到僕役們取了燈火趕來，馬士驥手邊兩張紙，早已不知去向。大家在室裡搜檢一會，並不曾發見別的動靜。馬士驥又是冷笑一陣，自言自語道：「嘿，幸而這兩份密約是假的饒你『祖國之魂』詭計多端，可已先中了我的詭計咧！」

第四章

　　第二天，各報都接到署名「祖國之魂」的投函，詳述馬士驥最近賣國的經過情形，信中並附有那兩份密約的原文。

　　再過一天，各報便把此事，源源本本在報上詳細披露，於是馬士驥的罪惡史，在短時期中，已通國皆知，全國國民，頓形騷擾起來。有的痛罵

著馬士驥，不該做出這種汩沒良知的舉動；有的互相慶賀，此次幸虧有祖國之魂，在暗幕中打破他們的陰謀。就中還有一班人，紛紛向各報館去詢問，祖國之魂到底是何等人物？並且要求報館，宣布他的真姓名其實各報館對於這些事情，正和詢問的人，一樣不知底細，卻用什麼話回答呢！

這一天，魯平看見了報上的記載，笑向他部下柳青道：「好了，這一來，那賣國賊馬士驥，真無可逃罪了。中國的同胞，倘還稍有一些子血性，我知決不肯將他輕輕放過咧。」

柳青道：「是啊，其實那晚的事情，在我們也危險得很，真可謂間不容髮啊……當時我依了你的計畫，賄通阿俊，乘隙由阿俊引進密室，把古甲士像的盔甲，拆卸下來，裝在自己身上。那甲士本有一個銅面具，五官皆備，好好掩住我的臉部。我扮好以後，在密室裡，自六點鐘起，足足直立四小時，絲毫不敢動彈，簡直像埃及的木乃伊一般。老實說，首領！你知道那馬士驥，他是何等乖覺的人啊！倘我呼吸稍重些，我們的事，可就全域性破裂咧！

「後來好容易等到鐘樓上鐘鳴十下，我在那銅面具的眼孔裡，向外一窺，只見馬士驥開了鐵箱，取出幾張紙來。我的心不覺在腔子裡劇烈跳動，滿望你這時候，在外邊剪斷電線我方好乘機行事。誰知細數鐘聲，自一下以至十下，卻不見電燈熄滅。我心中真焦急極了暗想，倘再遲一回兒，電燈還不熄去，等他們字已簽定，把密約收好，那麼我們豈不是空費心思，白白冒這一場險麼？」

魯平道：「是啊，那晚我本來預算九點半時，可以直達馬士驥家，誰知臨時又發生了件很重大的事情，非等我解決不可，因此竟耽誤了時刻。看看時光已十分迫促，我不得已只好跨了一匹快馬，連加幾鞭，飛也似的趕將來。距離馬士驥家，約摸一二十碼外，已隱約聽得鐘聲，我在馬上突然想起，他們雖然預定十點鐘簽約，但未必不遲不早，適當鐘鳴時行事，

所以我也非常惶急，恐怕已經誤事咧！倘預知他們第一次取出來的是贗鼎，我早就預備向松井攔路劫取，何必定下這種偶圖僥倖的計畫，使你冒這種險呢？只因為我生平有一種特性，情願出奇制勝，卻不願幹那剪徑的勾當啊！」

柳青道：「你說這種計劃，乃是偶圖僥倖，真是一些不錯。須知我潛藏在甲士像中，隨時有破露的危險，當電燈熄時，我伸手到馬士驥桌上，不防身上的銅甲，竟互觸了一下幸虧他們百忙中，不曾聽悉；否則我此時早就鐵索銀鐺，進監獄去了。其次他們滿室搜檢我的地位，也很可慮，但這難關，居然也被我輕輕逃過，豈非僥倖！不過我們費了偌大的心機，臨了仍舊中了馬士驥的圈套，取得的是兩張廢紙。如今一想，卻未免令人切齒。假使你首領，不是素抱著不流血的宗旨，我早晚教他身上多一個透氣的洞兒。」

柳青說到這裡，不覺怒容滿面。

魯平看了笑道：「傻子！最後的勝利，終屬於我們，別的事還去爭他做什麼？」

柳青道：「首領！那真的密約，怎麼會進你的手？可以告訴我麼？」

魯平聳肩道：「告訴你麼，其實事情也平淡之至，並沒有什麼奧妙……原來那晚我在馬士驥家門前跳下馬背，四望並無人跡，便把一副軟玻璃手套，加在手上，又拿了一柄利剪，猱升到電線木桿上。把電線割斷之後，一想你在裡邊，未必一定能夠得手，因此我跳下電桿，重又悄悄掩進鐵柵，伏在那石階旁側，一帶冬青樹底。濃密的樹葉，恰巧遮住我的身子，不愁有人瞧破。

「一會兒，只見馬士驥和那松井，帶笑帶說的從門口裡出來，一步步走下石階。我仔細觀察，覺得他們的面色，十分興奮，暗想他們倘然失去了密約，態度上決不會如此鎮靜。於是我便躡手躡足追蹤在二人背後，直

到馬士驥送松井進汽車時,松井把馬士驥的手,很親密的握了一握,邊操著日語低聲道:『今天的事,幸虧你細心,否則……』以下的話,卻聽不清楚。

「我細味他們的語意,心知不妙,趁松井汽車開時,急忙攀身在車後。不一刻,車已開到人跡稀少的地方,我遂取出剛才剪電線的剪刀,在左邊的後輪上,用勁刺了個窟窿。松井那輛汽車,本是雙輪制動的,經這一下子,駛行力自然立刻停頓。那時我從車後跳將出來,搶前一步,用手槍鎮住松井並與那汽車伕,結果那位松井先生,倒很客氣,雙手捧了這密約,恭恭敬敬的贈給了我。我也不敢謙讓,只索生受他了。」

柳青聽到這裡,禁不住好笑起來。魯平卻燃了支紙菸,慢慢地踱至窗前,掀開窗帷,向外一望,只見天空中的愁雲慘霧,早已完全消失,遠不像前幾日的陰沉,一輪煊紅耀眼的日球,遍放著溫藹之光,彷彿特地向大中華魂,表示慶祝。

燕尾鬚

第一章　疑雲疊疊

　　當楊小楓從那輛藍色的汽車中走下來時，覺得腦筋異常昏沉，身子也異常疲乏，好像不久以前，曾經過一次劇烈的工作似的。

　　但他在過去時間中，究竟做了些什麼事，竟完全記憶不起。他既不知剛才打何處來，又不知此刻到何處去，甚至自己到了什麼地點，也不明白。當下他獨自一人，站在路旁的砌道上，呆呆地思索，終於一點頭緒也想不起來。他沒奈何，只得沿著砌道，無目的的，向前走去。

　　他一路上東跌西撞，只覺天地都在那裡旋轉，兩腿軟軟地，踏在水泥的砌道上，卻像踏著棉花一樣。許多路人，見了他這種特異的狀態，人人都向他注視，但他卻絲毫不覺得。

　　這時候，約在晚上十時左右，四下裡的電燈，宛如夏夜之繁星。楊小楓被這道強烈的光線逼射著，愈覺頭暈腦脹，遍體感受不快。幸虧一陣陣的晚風，時時撲向他的面部，頓把他那迷惘的神志，吹醒了許多。同時，他的記憶力，也恢復了一些，於是他重又立停了腳步，繼續回想過去的事情。

　　好了，他居然想起一點來了。他記得自己從汽車中走下來時，有一個素不相識的人，把自己攙扶著。那人的年齡，彷彿很輕，身上穿的衣服，也彷彿很漂亮，似乎是一個上流社會的人物，把自己扶到了路側，便管自匆匆他去，一眨眼，已不見影蹤。那輛藍色汽車明明是自己的汽車，而自

己的汽車伕，為什麼反又不見；並且把自己孤零零地拋來到這種地方，又是什麼緣故？

凡此問題，依舊茫無頭緒，此刻楊小楓疑心自己竟在那裡做夢，不過外界的事物，很清楚的映入眼簾，並不是做夢。他不禁喃喃道地：「咳！到底是怎麼一回事呢？」一壁自語，一壁依舊向前。

楊小楓信步亂闖，好一回兒，漸覺得所經的路，已由熱鬧變為冷僻，兩旁的店戶，已是閉的多，開的少，僅只兩三步外，一家小小的廣東菜館，卻還燈光燦爛。至此，楊小楓陡覺得身子已支持不住，腹中也似乎有些飢餓，暗忖：「不如且到那邊去，定定神，休息一下，順便吃些東西。」於是惘惘然走進了那家菜館。只見裡面雖不十分大，一切布置，倒還簡潔而雅緻，其中已先有五六個食客在著。

楊小楓擇了個空座，坐定之後，便有一個僕役，很恭敬的走過來，操著半滬半粵的語音，問他要什麼。他便胡亂說了幾種食物，僕役應聲退去之後，楊小楓用兩手捧著面頰，迷迷惘惘，坐在那裡，一面無意識的亂想，一面又無意識的，舉起腳尖，在地板上微微顫動。因這顫動，地板上便發為格格之聲；因這格格的聲響，他不禁低下頭去，看看自己的雙足。不料因這一看，許多許多的奇事，都接踵而來了。

原來楊小楓生平，足上只喜穿國產的靴鞋，其餘西式靴鞋，無論怎樣適意，怎樣美觀，他一概屏絕。可是此時一看，足上分明一雙最新式的刻花皮鞋，而且還打著個最流行的結釦。這雙皮鞋，是哪裡來的，是幾時換上的，他自己竟完全不知，豈非一件怪事！

楊小楓素常又有一種習慣，凡是遇見不可索解之事，坐定之後，每每喜歡一面想，一面便去捻那唇上的燕尾鬚。此際為了這雙可怪的皮鞋，忍不住故態復萌。不料他的手伸到了唇邊，一時竟縮不回來。他只覺得嘴邊光禿禿地，已變成不毛之地，那兩撇很寶貴的鬚髯，不知在什麼時候，已

和他宣告脫離。

　　他這一驚，比兩省人民，得知了江浙戰訊更甚。當下他的胸部劇烈跳動著，一面便急於要看一看自己的容貌。幸喜對面壁上，恰巧懸著面晶瑩的鏡子，舉眼一望，陡見鏡中映出來的，赫然是一個西裝的青年。就面貌論，分明是他自己；就年齡論，卻似已減輕了十餘歲。

　　他把身子直站起來，腹中驚喊「阿呀」道：「咦！鏡中的人影，是不是自己呢？倘說是自己的影子，那末，應當是一個大袍闊服的中年紳士，為什麼變成這種模樣？」

　　楊小楓呆呆站立著，只顧向鏡中凝望，越望越覺得驚異。

　　起初他還以為是視覺上偶然發生的幻象，比及低倒了頭，把自己周身細細一看，只見衣呀、褲呀、半臂呀、大衣呀，以至於足上那雙怪皮鞋呀，除了頭上少掉一頂帽子，餘外清清楚楚，穿著全套的西裝。

　　楊小楓兀自不信，再用手去摸時，只覺胸際垂著的明明是領帶，頸中裹著的，又明明是領圈。方才昏沉之中，沒有發現這許多東西，倒不覺得怎樣。此刻一經察覺，轉覺異常的不舒服。

　　至此他腦海中的思緒，也紛擾得不可名狀。他暗忖：「在舊小說中，有一種神祕的故事，喚作離魂病。記著好好的一個人，忽然他的靈魂，會與另外一人互換軀殼，有時男子竟變成女子，有時老叟忽變了青年。自己今天敢莫也患了這種怪病？否則，所遇見的許多事情，為什麼件件都帶著不可思議的色彩？

　　楊小楓這麼想著，身子竟呆如石像，差不多連呼吸也停止咧！正在神志迷離的當兒，忽覺得有人在他身上碰了一下。經這一碰，頓把他歷亂的思緒打斷，急急看時，卻見剛才的僕役，站在他身旁，手中捧了幾種食品。

　　僕役把手中的東西，放在桌上之後，並不立刻退去，兀自睜大了眼

珠，向楊小楓凝望。

楊小楓定了定神，頓然覺察，必是自己的神情太可異了，所以引起人家的注意。再向四面一看，果見有幾個食客，停了箸，正用駭異的目光，注視著自己，不覺很忸怩的，立刻坐了下去。哪知一波未平，一波又起，他剛拿起箸來，預備吃一點東西，陡聽得有一種語聲，冷然刺進他耳鼓道：「楊小楓先生！有人要和你過不去！你得留神些才好。」

楊小楓聽見有人喚著自己的名字，當然要抬頭尋覓。但他的目光，向四周繞了個圈子，只見一室之中，共只七八個食客，除了自己，餘外的人，都管自在那裡大嚼，並不像有人喚他的名字，和他說話。第一次，他以為是自己的誤聽，只得不作理會。哪知他低了頭，收回視線，卻聽得這種語聲，第二次又送到耳畔，清清楚楚地說道：「楊小楓先生！有人要和你過不去！你得留神些才好！」

這幾句話，雖說得很低，但字字清晰，並且語氣之中，分明含有警告的意味。這一次，楊小楓不等那最後幾個字說完，立刻用敏捷的眼光，循聲偵察。一度偵察的結果，居然把說話的人找到，卻就是坐在自己左邊桌上的青年。這青年穿著深青緞的長袖，一頂呢帽，幾乎壓著眉心，也是深青色的。態度非常漂亮。仔細一看，奇了，原來此人非別，正是方才把自己扶下汽車的那人。

楊小楓詫異已極，腦中頓又湧現許多疑問：第一層，和這個青年素不相識，怎能知道自己的名字？第二層，剛才自己從汽車內走出，為什麼竟由此人扶著？第三層，現在又和此人，在同一地點相會，何以如此之巧？第四層，此刻他兩次向自己警告著，到底有什麼作用？還是好意呢，卻還是惡意呢？

楊小楓絞了好一回腦汁，覺得這幾個疑問，一個也解決不了。此時，他反把剛才的許多奇事，如衣服變換，鬍髯失蹤之類，一概忘了，只想打

破目前的迷陣。可是轉念之間，心裡又發生一種恐怖。他以為這向他說話的青年，言怪行異，或者竟有不利於自己的舉動這樣暗自推想著，忍不住又飄過眼去，連連偷覷。想不到這怪青年竟非常乖覺，一望楊小楓面部的表情，似已猜知他的心事，因此，竟向他微微一笑。

很奇怪，青年那種溫和的笑容，居然使他胸頭的疑慮，消失了一半。當下楊小楓的嘴唇一動，預備向這青年啟口發問。在這一剎那間，青年的面色，驀地沉了下來，即刻的笑容，已完全收起，換作一種嚴重的樣子。接著又向他微微搖頭，彷彿暗示他說，此時萬不可開口。這樣過了幾秒鐘，卻見青年的右手，放下握著的箸，翹起食指，斜指著對面。

楊小楓依青年所指，向前面瞧去，頓又發現一椿可異的事情。

青年所指的，乃是一個三四十歲的中年大漢，座位恰和楊小楓貼對。不過二人中間，隔著一張桌子。這大漢的身材，十分魁偉，穿著一件深灰嗶幾的袍子，頭戴著挺大的銅盆帽，一副面龐，黑而有光；眉濃鼻巨，在在露出凶惡之狀。尤其可怕的，卻是一雙三角大眼，四周的眼白，滿布有許多紅筋，眼珠卻微帶黃色，目光灼灼，令人生畏。再看他的右臂，袖子捲得很高，露出黑而多毛的臂膊，上面刺著一大片藍色的花紋。

其時，這大漢面前，雖放著一壺酒，兩盤菜，但看他的精神上，似乎無意於酒餚，而別有所屬。

楊小楓在未得青年的暗示以前，對於這大漢，並不注意。此刻仔細一觀察，便覺有些可異。他只覺這大漢的視線，時時集中在自己身上；同時，又見這大漢又屢屢注意那個青年。楊小楓的目光，一經和大漢接觸，不知如何，竟有些不寒而慄。回眼望望那青年，和自己一樣，也自戰兢兢地，避著大漢的注視。

這樣還不算可異，最可怪的，楊小楓覺得自己或那青年，偶然瞟這大漢一二眼，這大漢便也立把頭俯下，露出一種畏懼的神色。如此三人的視

線，你望我，我望他，竟構成一個三角形，差不多暗暗地在那裡表演一齣神祕的戲劇。但除了他們三人，其他的食客，有的在那裡默默大嚼，有的在那裡高談闊論，完全不曾察覺他們的祕密。就是楊小楓自己，雖在這神祕的戲劇中，擔任了一個角色，可是劇中的情節如何，簡直是莫名其妙。

當下他把眼風，和那兩位怪客，周旋了一回，一面暗自尋思：「近來的禮會情形，非常險巇。不說別的，單論最近一星期，報上的本埠新聞欄內，竟發現五六次綁票的故事。被綁票的人物，又都是本埠最著名的富紳巨賈。」楊小楓想到自己的身分，證以目前所遇的情形，不免漸漸恐慌。再者自己身旁的那個怪少年，就表面上看去，似乎並無何種惡意但一向並不相識，又安知不是這大漢的同黨，合著夥兒，來算計自己的？想到這裡，宛如芒刺在背，愈想愈覺不安。

眼瞧著桌上的食物，由熱變冷，卻始終沒有心緒，嘗過一口。最後霍地站將起來，決意脫離這神祕之地。

楊小楓剛走到帳櫃之前，預備取錢還帳，一站定，陡然想起，身上穿的已不是自己固有的衣服，只不知道這一身不可思議的衣服，袋中有沒有錢？急急探手右面的外衣袋內去摸時，僅有二三十個銅幣，不覺慌張起來。順手再探左邊的衣袋，頓然噓了口氣，暗喊：「還好！」居然有幾枚銀幣在著。銀幣之外，還有許多零星物件，佔據滿了一袋，似乎有一副手套，又有一隻紙菸盒。此外，還有一件東西，觸手冰冷，拿在手裡，又頗有些重量似乎是一種鐵製的物件。

楊小楓不解這是什麼東西，細細摸索了好一回，手指的觸覺，告訴他說，這東西不是別的，乃是一支最新式的手槍。

楊小楓在袋內發現了這種危險物品，第二次又變成了石像。正自發怔，只聽得對面有人，操著廣東口音，帶譏帶嘲的說道：「先生！只要八角五分大洋就夠了。」司帳人這樣催促著，他方始如夢初醒。於是胡亂取

出一個銀幣，鏘然擲在櫃上，也等不及取找餘數，匆匆地奪門而出。

楊小楓走到了街上，好像敗兵脫離了戰地，自覺安慰了許多。此時他唯一的目的，只想坐一輛車子，趕緊回家，以免再生枝節。然而不幸，他自己的汽車，既不見影蹤，恰巧這街上冷清清地，連人力車也沒有。他沒奈何，只索暫且步行。

論理，他既不知此間是什麼地點，應得找一個人問明一聲，然後再走。無如他剛從重重疊疊的迷陣中，突圍而出，意志異當錯亂，一時竟想不到這一層。

他慌慌張張，仍像先前一樣，只顧向前直闖。走了一陣，漸覺所經的地點，比先前愈加荒涼；加之這一帶馬路，兩旁的砌道上，都是密密地種著榆樹，路燈的光線，穿過濃厚的樹葉，現出一派陰森的氣象。楊小楓向前一望，竟一無人跡，不免有些膽怯。至此他方想認一認方向，然後再走。

剛自立定腳步，瞥見身後十餘步外，有好幾條漆黑的人影，在暗陬中一閃。許多人影之中，有一個較其餘的長大，靜寂中，只聽得這一堆人，喳喳喊喊，在那裡低聲談話。

楊小楓覺得可異，藉著幽暗的路燈光，一望他們的面龐，卻見為首的一個，正是適才菜館中所遇的大漢，一種鬼祟的情形，分明是追蹤著自己。

楊小楓心頭劇烈的一震，暗喊不好，今天一定遇見匪類了。一邊轉念，一邊背過身子，足下加足了速率，重又向前飛奔。

此時他活像一頭被追的野獸，竭著全力，想脫去獵人的掌握。無如他足上那雙來歷不明的皮鞋，既是笨重，又是不慣，想要奔得快些，雙足竟不由他支配。回頭一望，只見背後有三個人，果已盡力追蹤而至，和他的距離，已只三五步路。並且為首的大漢，竟有作勢進撲的狀態。

楊小楓心中急極，知道自己進了最危險的境地，想要呼救，卻因地段荒僻，只恐有損而無益。自問除了束手待斃，已沒有他法。不料在這最後幾秒鐘內，他忽然得到一線光明他腦海中，彷彿有個救星，指示他說：「咳！笨伯！你衣袋中，不是藏著防身的良伴嗎？事極危急了，為什麼還不取出來，暫且救助一下！」

楊小楓想起了那支奇怪的手槍，頓覺膽力稍壯，宛如大海中的溺者，手中抓得了一小片木頭，明知於事實上，未必一定能夠得到什麼助力，但在希望心上，卻已發生了一種光明，終覺比較束手待斃，來得優勝。

當下他取槍在手，鼓著勇氣，收住腳步，預備相機行事。可憐他顫巍巍地，還不曾立穩，那追蹤的三人，已逼近他身前。為首的大漢，也不問長短，竟伸著兩條巨臂，跳過來搜他的腰部。到了這種時候，可以說無論什麼人，終不得不有一種相當的抵抗了。

楊小楓見這大漢，來勢凶惡可怕，只得往後一閃，身子倒退了一二尺，順手高舉著手槍，向這大漢一揚。論他此時的心理，不過想藉此嚇退這大漢，並不預備真正擊射。況且這支槍內，究竟實彈與否，他還沒有知道。萬想不到他的食指在槍機上輕輕一觸，竟有一縷藍煙，從槍口中直冒而出。在同一時間中，他又覺自己的執槍的右手，脈部已被敵人重重握住。

敵人默然不則一聲，只是舉著他的手，向空中直豎。槍口中「嗤」的一聲，虛費去一顆子彈，單把無辜的空氣，擊射了一下。

凡此情形，作者握著筆，逐字記敘出來，固覺瑣碎而遲緩。但當時的事實，委實迅速之至，至多不過半分鐘內的事情。過了這半分鐘，楊小楓的抵抗力，已完全失去，甚至知覺也完全失去。加之他此際的神經，本不十分健全，一受這重大刺激，便連知覺也完全失去。他除了最後一瞥間的意志，覺得自己已落了匪人的掌握外，其他的事，一無所知。

第二章　太滑稽了

　　經過若干時間以後，楊小楓方從昏暈中，漸次甦醒。微微睜開眼來，只見眼前的情形大變，自己處身於一間整方的屋子裡。屋中陳設簡潔，椅桌炕榻之外，壁間略略點綴著幾種書畫。自己面向承塵，仰躺在一隻臥椅上，頸際比方才已舒適了許多。原來那領圈領帶都已被人解去，呼吸時，只覺口鼻之間，還帶著一股白蘭地酒味。再看自己身旁，分立著兩個精壯男子，各伸一手，按著自己肩部；並且一雙手腕，卻已被一副新式的手械銬住。

　　室中另有二人，圍坐著一張書案，正在那裡談話。一個就是方才把自己擒住的黑臉大漢；其餘一人，身材瘦小，年齡在四十左右，面貌枯削，鼻上架著一副圓玻璃的眼鏡，幾乎掩去面部之半，唇角留著幾莖微鬚，稀稀零零，彷彿鼠鬚一般，瞧著怪有趣的。

　　楊小楓把屋中的情形，偷覷了一回，幸喜他們正談得出神，沒有注意到他。於是楊小楓重又闔上眼，回憶方才的情形，暗自估量，這間屋子，必是匪類的巢穴。這瘦小的蓄鬚人，大概也決非善類。但既已落了他們的手掌，實已無法可想，不如鎮定了心神，聽他們說些什麼。

　　只聽得大漢朗聲說道：「依部下想，這廝今天大概已喝醉了酒，因此我們一舉手間，就得成功；否則，恐沒有如此容易咧！」

　　蓄鬚人放出一種枯滯的語音，接言道：「是呀！我也是這麼想，但是成功得太容易了，轉令人生出疑點來了。」

　　大漢急道：「什麼疑點？」

　　蓄鬚人不即回答，似乎正在取什麼東西。一回，方道：「你看，這是盧倫報密信中附來的照片，這廝與照片中人，身材雖然彷彿，但面貌竟蒼老了許多；而且這廝的鼻子，比較……」

蓄鬚人還沒說完，大漢忽揚聲大笑，截住蓄鬚人的話道：「這一層，未免過慮了。人人都知道，這廝的面貌，是時常改換的，一張刻板的照片，哪裡可以算作標準？倘說這廝的面貌，也和普通人一樣，一定不易。老實說，也不能自由自在，逍遙到今日。」

　　蓄鬚人道：「話雖如此，但是終覺有些懷疑。我不信這麼一位狡詭百出的怪物，一旦竟會輕易，失敗在我們手內。」

　　大漢道：「依警長說來，其中還恐有什麼誤會嗎？然而哪有這種事。」

　　蓄鬚人放出鄭重的聲音道：「你別貪功而託大，凡事終須仔細考量，萬一今晚的事，結果弄出些誤會來，那可不是頑的。」

　　大漢道：「並不是部下貪功，這裡有幾種證據，卻是很明顯的。第一，人人知道這廝左右兩耳上，各有一顆紅痣，警長你且細看，這是什麼？」

　　大漢說時，已站了起來。楊小楓覺有一個指頭，觸著他的耳朵，接著又聽大漢繼續說道：「第二，盧君信上，說這廝今天穿著很漂亮的西裝，一條領帶，乃是紫青色的，上面織著一片金夾緣的孔雀羽花紋。這一層，也完全符合；第三，我又在這廝衣袋中，搜到一個精美的捲菸盒，乃是銀質的，盒的正面，鑲有一尾魚，一個太陽，反面鑲著一個花瓶。這些東西，又都明明是這廝的特殊記號，還有什麼誤會可言？」

　　蓄鬚人道：「依你說，這是一無懷疑了。」

　　大漢道：「當然不用懷疑了。」

　　二人談話到這裡，大家沉默了片晌。楊小楓聽得有擦火柴的聲音，覺著又有濃烈的雪茄煙味，刺進鼻官。稍停，蓄鬚人又發言道：「朱君，你剛才回來報告，不是說這廝今天和一個羽黨在一起嗎？」

　　大漢道：「是呀！那羽黨一個穿本國裝的青年。」

　　蓄鬚人道：「那人怎樣脫逃的呢？」

　　大漢道：「那人脫逃情形很是奇怪，此刻回想起來，我還疑心那人竟有什麼妖術咧！」

蓄鬚人道：「剛才你的報告，都略而不祥，趁著這廝未醒，你把經過情形再說一遍吧。」

大漢作得意聲道：「也好。」說著，咳嗽一聲，然後道：「當我們依著盧倫信上的話，守在平良路，直到九點三刻左近，還不見有什麼動靜。我心中不免惴惴，以為這廝今晚未必一定會來。又耐性子等了一回，一看手錶，已過了十點，方見我們所期望的那輛藍色，從遠遠駛至。當下我先把汽車的號碼，細細看清，正是八百四十二號。很湊巧，這汽車停止的地點，恰和我們伏身所在距離不遠。接著，卻見那個本國裝的青年，把這廝扶下汽車扶到了路側。那青年忽向道旁黑暗處一閃，讓這廝向前先走了幾步，他自己方又緩緩追隨於後。

二人的距離，約有三四碼，表面上，好像各走各的路，其實那青年分明暗暗地保護著這廝。至於那輛汽車，一等他二人下車，便向原路上，風馳電掣般的駛回去了。論理，在那個時候，我們可以一擁上前，把他二人圍捕。可是一看他二人那種鬼祟舉動，又恐其中有什麼詭謀，覺得不可造次。當下我便招呼著幾個兄弟，又緊緊潛尾於這青年的身後。

一回兒，見他二人穿過了鳳來路，又見他二人一先一後，走進一家很小的廣東菜館。當時我不明他們特地坐著汽車，趕到這地方來做什麼，一轉念，又想起這家菜館，或者是這廝的巢穴之一。當下我暗自籌劃，帶著兄弟們一闖而入，也覺得不妥，只得命他們暫且四伏在門外，我自己卻單身走了進去。

「到了裡面，細細一觀察，這家菜館，卻又並無可疑之處。這廝與那青年，二人各據一桌，仍裝做各不相識。看他們的情形，似乎專誠來吃東西似的。至此，我大大狐疑，不知葫蘆中藏著什麼玄妙，只得也裝做食客，擇座坐下，細視這廝的兩耳，果然有兩顆紅痣，服裝一切，也與盧倫所說完全合符。別的事情，且都勿論，無論如何，這廝是我們的目的物，這是無可疑的了。

「正待相機行事，不料後來那青年竟已察覺我在那裡注意他們，當下連連暗示這廝，似乎催他速走。一轉瞬間，這廝也已察覺，立刻從座中站了起來。這時候我的難題來了。」

大漢說到這裡，蓄鬚人方接言道：「什麼難題？」

大漢道：「因為這廝走到帳櫃之前，並不立即出門，只顧伸手在外衣袋中摸索。我估量他，必是在那裡摸索什麼凶器。記得以前有一次，這廝一雙空拳，尚且十餘個人近他不得，那時我只單身一人上前動手，自覺討不到便宜。還有一層，這廝已到了門口，那青年卻依舊很鎮靜的，坐在那裡，聲色不動。倘然顧了大魚，便不能兼顧小魚。

「我正躊躇未決，這廝卻已匆匆出了門口，在這一髮千鈞的時候，我莫奈何，只得捨去那青年，專顧這廝。等到我走出門口，這廝已向鳳仙路那面，走了好幾丈遠。弟兄們未得命令，也未攔阻著他。我只得分出兩個兄弟來，匆匆吩咐他們，守在菜館門口外，等那青年出外，不妨立刻將他拘捕。哪知我們既把這廝捕獲以後，回到菜館之前，一問那兩個兄弟，他們說，始終未見那青年出外，這不是一件可怪的事情嗎？」

蓄鬚人道：「安知他不仍逗留在菜館中呢？」

大漢道：「我曾入內仔細搜尋，卻無蹤影。」

蓄鬚人道：「這真是可怪的事情了。但我以為他二人同在菜館中時，你就該發個暗號，給門外的眾弟兄們，使他們一齊進內，把這二人團團圍繞，如此，或者兩個都可得手。你計不及此，以致逃去一個，未免有些失著。」

大漢不答，二人的談話，也就宣告終止。

假裝著昏暈未醒的楊小楓，把這一席冗長的談話，一字不遺，細細聽完，覺得有幾句好像在那裡說自己；有幾句，卻又完全不解。至此，他已忍無可忍，便張開眼來，大聲喊道：「喂！你們把我禁錮在這裡做什麼啊？」

室中的四人不曾防備，都大吃一驚。大漢與蓄鬚人，尤其滿面露出不安之色。

　　大漢很惶急的向楊小楓身旁的二人道：「你們快用力把這廝的身子重重按住，別使他稍動一動。」又向楊小楓道：「朋友，我勸你還是安靜些的好，既已到了此地，暴躁是無益的。」

　　楊小楓道：「我不管有益無益，只問你們，好端端的，為什麼把我關在這裡？」

　　大漢冷笑道：「這一層，須問你自己。」

　　楊小楓道：「這是什麼話，我不明白啊。」

　　蓄鬚人道：「到了這時候，你還裝腔作勢做什麼？我們一向很仰慕你，是個近代之英雄，今天難得到此，為什麼把婦人女子的態度，對待我們啊？」

　　楊小楓道：「別說廢話，你們快告訴我，此間到底是什麼所在？」

　　蓄鬚人道：「你真不知道嗎？也好，等我來告訴你，此間是第十四區，你明白嗎？」

　　楊小楓依舊茫然道：「什麼十四區？十四區是什麼？」

　　大漢高聲代答道：「第十四區警署，如此，你總明白咧！」

　　楊小楓一聽這話，不覺大驚，要不是有人把他的身子按著，幾乎直跳起來。當下他發瘋似的嚷道：「哦！好呀，原來此間是警署，原來此間是警署。好，好！試問你們把我拘留在這裡，有，有什麼理由？」

　　楊小楓說話時，暴怒已極，面龐紅得像落日，語氣幾不能連貫。

　　蓄鬚人把楊小楓望了幾眼，冷然學著他的口氣道：「好呀，好呀！你的表情，著實不差，舞臺上的老伶工，也不過如此。」

　　楊小楓愈加燥怒，厲聲道：「快住口，我只問你們，根據什麼理由，無端將我拘捕？並且你二人又是什麼人？」

大漢把蓄鬚人一指，搶著答道：「等我來替你介紹。這位是黃警長，我卻是此間的偵探，喚作朱紫雲，現在你總明白咧！省得你將來說，連失敗在哪一個手內，都不知道。至於你問我們，根據什麼理由，將你拘捕？理由多著呢，一時簡直數不清楚。單說最近三個月中，你在本埠已犯有欺詐、劫掠等等的巨案，共計十七次之多。因此，不論哪個刑事機關，隨時隨地，都可將你緝拿，你還有什麼話說？我勸你，還是安靜些的好，否則，是沒有便宜的。」

楊小楓聽了大漢這一席話，心中恍然大悟，覺得這二人對於自己，必已發生了絕大的誤會，怪不得室內的情形如此嚴重。想起方才，自己曾一度把這大漢當作匪類，不料此刻他們又把自己認作什麼巨犯，像這種空前的趣劇，未免太滑稽了。

楊小楓既發覺此間並不是匪窟，精神上頓覺安慰了許多。他想：「自己在社會上，也是有聲望的人物，只消三言兩語，就不難把這種誤會辨白清楚，只不知警署中人，何以會引起這種誤會，未免太顢頇咧！」想著，便立刻沉下臉色，向二人道：「好一個英明的警長，幹練的偵探，你們須仔細考量考量，這其中恐有什麼誤會吧。」

楊小楓說到這裡，又把嗓音提高一些道：「實對你們說，我的名字，叫做楊小楓，是本埠珠寶商聯合會的會長，是體面的紳士，並不是你們睡夢中所希望捕獲的巨犯。」

警長不覺一怔，但不久就恢復舊狀，笑道：「好呀！我看你近來作偽的技能，竟漸漸退化了，你要冒充什麼人，預先也得把人家的狀態，打聽一下。楊小楓這人，我們雖未曾會過，但人人知道他是留著很美的鬚髯的，你呢？你的鬚呢？」

楊小楓經這一詰，頓覺目瞪口呆，半晌做聲不得。大漢也道：「你既是體面的紳士，為什麼衣袋中，帶著這種危險物品？又為什麼慌慌張張

的，開槍拒捕？」

　　大漢說時，就在書案上，取起剛才那支手槍，在楊小楓面前，揚了一揚。楊小楓愈加窘迫，履次想把方才所遇見的種種奇事，一一說出；又覺得這種神祕的事，決不能使他們相信。正自躊躇著，猛聽得室中有一種電話鈴聲，琅琅大鳴，頓把話機打斷。

　　警長皺眉道：「時候已過十二點了，還有誰打電話來，難道警廳中又有什麼話嗎？」一壁自語，一壁走到電話機畔，把聽筒湊在耳上道：「你是誰？哦！你是盧君嗎？不差，這廝已經捕獲了，你的仇也算復了！但我們應得感謝你，要不是你的一封報密信，我們決不能成功的。這廝嗎？正在我的私人退休室中。因為這間屋子，比較上隱祕一些，實在這種特別的人物，不得不把特別些的地方款待他呵！

　　「是呵！我們已奉到廳中的密諭，預備在明天上午，用武裝汽車解送。一則今夜時間已晏，二則此間警和廳距離太遠，路上恐怕有什麼危險。哦！這一層大概可以無慮，我們對於外界，嚴守著祕密，內部的防範，也頗周到，這廝已上了刑具，又派著兩個人，守在他的左右。總之，這廝的汗毛，也不能動彈的。並且我的私人退休室門口，還有四個警士武裝守衛，這樣總可以放膽了！什麼？談話催眠術，哦，哦，哦！真有這種事嗎？那末，怎麼辦呢？哦！哦！幸得你預先告訴我，否則恐怕又要上這廝的當咧！謝你，再見吧。」

　　警長放下了聽筒，神色大異，很不安的望著楊小楓，默然不則一聲。大漢問道：「盧君打電話來，做什麼呀？」

　　警長道：「盧君特地來告訴我，這廝有一種不可思議的祕術，叫做談話催眠，須得加意防備。倘然和他談話得久了，就漸漸受術，以至昏睡過去，聽他擺布。」

　　大漢急道：「我不信真有這種事。」

警長想了想，忽作驚訝聲道：「哦！對了，記得三年前，這廝也曾被捕，關在第一監獄中，以後不多幾天，就傳出這廝越獄的消息。當時人人都覺得他那逃脫的方法，神祕莫測，即今看來，或者就用這種方法啊！」

　　大漢更急道：「那末，我們怎麼辦呢？」

　　警長道：「我們只不理會他的話，看他還有什麼方法啊。」

　　這一夜，第十四區警署中的空氣，緊張已極，任是楊小楓唇焦舌爛的辯說，大家只是充耳不聞。

第三章　最新綁票法

　　記者的筆尖，真是忙極，現在應該從警署中收回來，敘述楊小楓家中的事了。

　　在第二天黎明時，太陽剛自懶懶地，從地平線上升起。楊小楓的闔家長幼，卻已大為擾亂。原來隔夜八點多鐘時，楊小楓就坐著自己的汽車，從家裡出外，並曾告訴家中人說去赴珠寶商俱樂部的聚餐。不料過了一小時後，家中連接俱樂部兩次電話，催問楊小楓為什麼還不到會。

　　家人雖覺奇怪，還以為楊小楓或因別項重要事故，繞道他處，只得回答俱樂部中說，已經動身來了。豈知到了十二點鐘，有幾個同業，第三次又打電話來，說楊小楓始終未到俱樂部中，不知為著什麼事。

　　至此，楊小楓的家人，漸覺驚異。因為知道這一次的同業聚餐，是由楊小楓自己召集的，並且聽說，聚餐時將有重要的討論，何至於失約不到？家人非常納悶，預備等楊小楓回家時，問他什麼緣故。不想楊小楓竟一夜未歸。若在他人，偶然在外留宿，原算不得什麼特殊的事，但在楊小楓，卻是從來沒有的事，家人不免惶急。因此第二天一清早，就四下裡分遣僕役，到楊小楓常到的所在，一一去詢問。一壁楊小楓的一妻二妾，都

提心吊膽在那裡靜等消息。

一小時後，僕役們陸續回來報告說，各處都已問過，卻沒有影蹤。

家人愈加焦急，楊小楓的妻子，竟放聲哭起來了。正騷擾間，驀地又來了一種驚人的消息，原來那個汽車伕，駕著車子駛回來了。那汽車伕走進門口時，眾人見他色如死灰，面龐竟很可怕，身子東倒西倚，又像是喝醉了酒。

大家覺得情形不妙，忙圍著問時，汽車伕囁嚅道：「昨夜駕著車子，和主人一起出外，向驪龍路駛去，預備到珠寶商俱樂部。哪知車子正駛行著，驀地間，竟有一人跳上車來。」

眾人急道：「汽車不比別的車輛，駛行的時候，非常迅速，怎能有人跳上來呢？」

汽車伕道：「只因驪龍路的盡頭，道路不很平正，因恐傷了車胎，故而緩緩駛著。在那時候，就被那人跳上來了。」

眾人又搶著問：「以後怎樣呢？」

汽車伕道：「那人的身手，迅速已極，隔著車門，就伸進手來向我鼻子上一掩，我只覺一陣異樣的氣息，從鼻孔中一衝，也不及開口，便昏然不知人事。」

眾人很著忙的問道：「那末主人呢？」

汽車伕又囁嚅道：「我，我不知道啊！不過當那人跳上車時，我好像隱隱地聽得，主人喊了聲『啊呀』。依我想，當時必是兩個人，同時跳上車來的，只是主人，坐在我背後的車廂中，情形如何，我不知道啊！」

汽車伕說到這裡，楊小楓的妻妾，哭的哭，嚷的嚷，已鬧成一片。還是楊小楓一個兒子，喚作楓孫的，年紀雖只十餘齡，比較的卻還鎮靜而有見識，忙勸住眾人說道：「事已如此，亂嚷亂鬧，也是無益於實際的。近來的新聞紙上，綁票的新聞，層出不窮，依我想父親所遇的，也是這種事情。如果真是綁票，還是默默地花掉幾個錢，大概沒有其他危險的。」

楊小楓的妻子連聲嚷道：「那末，快遣人送錢去，把你父親贖回來吧！」

楓孫聽著，又是著急，又是好笑，忙道：「父親現在什麼地方，還沒有下落，到什麼地方去贖呢？」又回頭問汽車伕道：「那末，你今天怎麼回來的呢？」

汽車伕道：「今天早上，我甦醒過來，見自己依舊在車子裡，不過並不在前面開車處，而在後面車廂內蜷伏著了。醒時自覺身上異常寒冷，又覺頭暈目眩，立足不定。探首向四面一望，只覺車子停在鄺家荒場上。那邊距離此間很遠，車子大概已在那裡停了一夜了。我回想昨夜的情形，心知主人已出了岔子，沒奈何，只得開車回來了。」

汽車伕剛說完，楊小楓的妻妾，便又亂嚷亂鬧。有的說快懸尋人賞格；有一個說，快去報告警署。

楓孫搖手道：「別鬧別鬧，這都不是根本辦法。父親在外面一向並無冤仇，照情形看來，一定是綁票了。如今最要緊的事，自然要把父親安安逸逸的弄回來。萬一報告警署，父親反有危險。」

楊小楓的妻子哭道：「我的心亂了，依你便怎樣呢？」

楓孫道：「依我嗎？只有悄悄地等著，也別聲張出去。那匪人既把父親架了去，當然要遣人或寄信來勒贖的。到了那時，我們依著他們的數目，給了他們，父親就得安然放回來了。好在我們家裡也不爭花幾個錢啊！」

楊小楓的妻子道：「如此，我們等到幾時呢？萬一你父親已被人家害……」

說到這裡，又覺自己的話已說差，便又哭起來了。楊小楓的妾道：「萬一那些匪人，知道我家很富有，開口便十萬百萬的要起來，難道也破產依他們不成？」

第二妾道：「這些匪類，也太可惡了，我的主見，不如去請些偵探警察，守在家裡。他們不來送信便罷，等他們遣人來時，就把他拿下，和主

人互相交換。不肯交換，就把這人槍斃。」

楊小楓的妻子啐道：「他們也把主人弄死，你怎麼樣？你怎麼樣？說話真不知輕重啊！」

大家你一句，我一句，正鬧得鵲亂鴉飛，忽見外面走進一個僕役來，說有人來訪小主人。楊小楓的妻子怒道：「人家正沒有主意，卻來絮聒什麼，快對他說，此刻不在家，改一天來吧。」

僕役應聲向外，楓孫道：「慢——你可曾問他姓什麼？」

僕役道：「問過他了，他只說小主人知道的，只請他出來就是了。」

楓孫心中一動，又問僕役，是怎樣一個人？僕役道：「是一位很漂亮的西裝青年，一向並不曾來過。」楓孫忙道：「現在什麼地方？」

僕役道：「在會客室中。」

楓孫聽說，便向他母親道：「等我看一看去，立刻就來。」說著，便隨僕役走到會客室，卻見那個來客，手中拿著頂呢帽，站在那裡，觀覽壁間的書畫，態度非常鎮靜。回頭見楓孫入內，便很謙和的一領首，又向僕役道：「這位是⋯⋯」

僕役道：「正是小主人。」

僕役說完，就退了出去。

楓孫見那人的面貌，很是英俊，雙目帶著一種威稜，令人不敢逼視，便也不敢怠慢。剛待開口，陡見那人走過去，關上了室門，轉身悄悄地向楓孫道：「楊君，下走此來，專為令尊的事。」

楓孫見那人舉動怪特，一時摸不到頭路，忙道：「家父嗎？他在什麼地方？只因他一夜未歸，闔家都很焦灼啊！」

那人微笑道：「這是不用焦灼的，令尊此刻非常安適，不過他在什麼地方，請恕我暫時不能宣布。」

楓孫一聽這語氣不對，頓覺自己心腔中已發生一種必卜的聲音，一時

轉覺開不出口來。

那人轉身在一隻椅子中一坐，向楓孫擺了擺手，示意教楓孫也坐下來。又看他從衣袋裡，取出一支紙菸，自己燃上了火，吸了幾口，然後淡淡的道：「時間很可貴，爽爽快快的說吧。這是一種最新流行的玩意兒，叫做綁票。其實名目雖然不雅，講到實際，也不過像親戚朋友那麼留著盤桓幾時罷了。不過還有一層，像我們這種親友，卻是很窮苦的，既把令尊留了一夜，少不了要請求你們，把一夜的費用稍稍補償咧！」

那人說話時，態度依然很從容，竟像普通談話著一樣，一些不動聲色。

楓孫一聽，此人分明是一個綁票的匪徒，不覺拭著額上的汗珠道：「哦，你──綁票──家嚴──哦！」說時面容卻已失色，一回紅，一回青，又睜大了眼，很不安的望著室門。

那人笑道：「楊君，你的意思，是不是要命尊駕去喚警察呢？如此，在下不妨代勞。不過依在下的忠告，竟不必多此一舉。警察這種東西，在我們眼中看來，其效用直等成衣店中的衣架，把他們喚了來，對於令尊，或者無益而有損，也未可知咧！」

楓孫囁嚅道：「不，不！我並沒有這種意思，我並沒有這種意思，你們預備要多少呢？」

那個人伸著五個指道：「這樣，總不算貴吧！」

楓孫又囁嚅道：「哦！五千，好，就是這樣。」

那人忽狂笑道：「唉！楊君，你未免把你令尊的身分，看得太輕，像令尊這樣的貨物，只值五千元嗎？」

楓孫道：「那末，五萬行不行？」

那人點了點頭，楓孫想了想忽道：「但是，但是……」

那人截住他的話道：「我明白了，你要證據是不是？這裡有最可靠的

憑據在著。」說著便取出一個緋紅的小信封，遞在楓孫手內。

楓孫接著，滿以為其中必是他父親親筆寫的一封信。比及拆開一看，不禁一呆，原來信封中僅裹著兩撮豬鬃似的東西，仔細一看，卻不是豬鬃，乃是人的鬚。再仔細一看，好像是他父親的鬚，不禁大驚，以為他父親已出了什麼岔子。

那人輕輕按著楓孫的肩膀，淡然道：「你且定心坐著，別急，別燥。你見了這東西，以為令尊已發生什麼危險嗎？這是決沒有的事。因為普通的綁票，都靠被綁者親筆寫的一封信，算作憑據。其實筆跡可以摹仿，不如這東西比較真確可靠。倘若還不信，還有其他的證據。」說著在袋中摸出好些東西道：「這是令尊的金錶，這是菸嘴，這是名片盒，這許多東西，換取五萬元加令尊一個，大概不算貴吧。」

那人很興奮的說著，只見楓孫沉吟不語，委決不下，便道：「時間廢得多了，令尊大概已等得很不耐，你的意思，究竟怎麼樣？倘然犧牲五萬元，令尊還來得及回府早餐；否則，在下也要告辭了，省得令尊一人等在那裡，感受寂寞啊！」

楓孫囁嚅道：「那末，你能否告訴我，家嚴究在何處啊？」

那人笑道：「我早就說過了，在一所安適的地點，在五萬元未進我衣袋中之先，只得暫守祕密咧。」

楓孫無可如何，只得站起來道：「那末，等我去商議一下，好不好？」

那人點了點頭道：「很好，其實這是很簡單的問題，你去商議，也不過兩件事：一件立刻去喚警察；再一件，便把五萬元送出來。如果去喚警察，應當選擇精明一點的，別把飯桶請來，那是很乏味的；如果去取五萬元，我得預先宣告，現金很累贅，我可不歡迎，支票也不可靠，最好是紙幣。沒有紙幣，代價相等的珠子、鑽石，也可以勉強，好在府上開著珠寶鋪，這種東西，家中一定很多啊！」

那人說完，又燃上支菸，行所無事的吸著。

楓孫走到裡面，便告訴眾人道：「果不出所料，綁票的匪徒刻已等在外面。」

眾人一聽，來的就是匪徒，更又鬧鬧起來。膽子大些的，想走出去看。楓孫忙搖手阻止道：「別鬧別鬧，也別去驚動他，看那人的言語舉動，似乎很不好惹。」便把談話情形細述了一遍，只瞞著緋紅信封中的兩撮燕尾鬚，恐說出來時，眾人吃驚。又道：「現在我們怎麼對付他呢？」

眾人商議了一陣，你有你的主張，我有我的意見，聚訟紛紜，大概比較議院中的集議，更是擾亂。最後楊小楓的妻子，決定犧牲五萬元，來交給那人。只因湊不齊紙幣，便把幾種很貴重的珠鑽作抵，由楓孫包了一個小包，親送出來。

走到會客室中，那人笑嘻嘻地，迎上前來，望見了那個小包，竟很不客氣的，從楓孫手內輕輕接了過去道：「這是五萬元嗎？」

說著又大模大樣，把包檢開，默然檢點了一回。檢畢似乎很滿意，忽向楓孫一鞠躬，也不開口，竟取了呢帽，往外就走。此時那人面上，陡現著一種凜凜然不可侵犯的神色，楓孫不知如何，竟不攔阻。在會客室門外張望的眾人，竟也分開一條路，讓他大踏步走去。

楓孫急急追將出來，高喊道：「咦！怎麼樣？父親呢？父親怎麼樣啊！」

那人已走到大門以外，一些不作理會，楓孫只得又追上去道：「父親怎麼樣？父親怎麼樣？」

那人到了街面上，四面望了一望，忽又迴轉身子，走近楓孫身前，湊著他的耳朵道：「唉！孩子，你真可憐，為了區區五萬元，也值得淌下汗來。我對你說，令尊今天還來得及回來用早餐哦！看你的神色，似乎還不信我的話。來，來，來，你看看我是什麼人，豈肯為這一點芝麻般的事，失信於你。」

那人說時，伸著一個指頭，指了指他自己的耳朵。楓孫細細一看，只見那人左右耳上，各有一顆紅痣，不覺失聲喊道：「哦，你啊！」

那人道：「不差，我呀！」說完，狂笑了一陣，逕自走了。

楓孫凝立在街面上，眼望那人在前面緩緩走著，卻已沒有勇氣，再去追問。又恐那人拿了五萬元去，仍不放父親回來，心頭頓又慌亂。卻見身旁站著許多男僕，急忙選出四個來，匆匆吩咐道：「你們快遠遠地跟著那人，看他到什麼地點。兩個守在那裡，兩個回來報告。如見他們放出老主人來，便迎了回來，只是千萬別驚動警察，也別驚動那人。」

四個僕役，忙答應著，幸喜那人還走得很不遠，於是緊緊追上去。直等相距已幾丈路，方始放緩腳步，悄悄地跟在後面。只見那人走了一段，便在道旁休息一回。看他的情狀，宛如無事的人一樣，一回，又慢吞吞地前行。如此走了歇，歇了走，不知不覺，已穿過許多街，轉了許多灣，弄得後面的四人，莫名其妙。從七點鐘直走到九點多鐘，四人算計路程，已不下五六里。最後見那人又轉了個灣，直向那條名喚玉麟街的走去，再向前便是第十四區警署，卻見那人忽立定在一家小小的煙店前。四人中有一人，等得不耐，冒險上前偷看，只見那人取出一張紙幣，高聲道：「小銀幣。」

當下店夥便拿了許多小銀幣給他，他一一抓向褲袋亂塞，約有六七十枚之數；另有許多銅元，卻都放進衣袋中，重又向前，一面用手振著褲袋，鏘然作聲。將近走到第十四區警署門前，忽又站定了，背著手看許多小工在那裡修路。這一回，足足等了二十分鐘，並不前進。

四人正在焦灼，驀地見那人雜在小工中，伸著兩手，向空中一灑，叮噹響了一陣。一刹那間，那許多小工，已擠成一堆，都匍匐在地上，亂擠亂擁，爭搶那人擲下的東西。一時路上大亂。等到這四人從人砌的牆壁中，擁擠出去時，四面尋覓那人，早已沒有蹤影。這四個僕役，你怨我，

我怨你，一時都沒了主見，內中有一個道：「不如再向前去找一下。」

其他三人，只得依他，到了第十四警局門口，陡見四五紳士模樣的人，擁著一個穿西裝的，一鬨上了汽車。這個穿西裝的，分明就是方才那人。豈知走近汽車之前，仔細一認服裝，雖然相同，面貌卻已完全不對。再仔細看，又好像就是自己的主人，不過唇上已少了兩撇鬚，而神色上，又顯露著一種疲倦的樣子。

四人中的一個，忙高聲向他同伴道：「你看！車中穿西裝的不是主人嗎？」

又一個道：「是呀！像得很。但是主人是有鬚的，而且一向不穿西裝，現在又正被匪徒綁著票，怎樣會到此間來呢？」

還有兩個同聲說道：「一定是主人。不見同車的五個紳士，都是主人的朋友嗎？」

說話時那輛挺大的汽車，已飛馳而去，四人呆呆地站在路旁，宛如看著新奇的幻術，竟猜不出其中藏著什麼玄妙。尤其使他們詫異的，為什麼自己的主人，竟和匪類穿著同樣的服裝？最後，四人商議道：「我們所追蹤的那人，既已不見，不如姑且回去。萬一汽車上的人，果是主人，大概此刻已先到了家中，回去看一看就明白咧。」

楓孫遣去了四個僕役，二小時後，不見他們回來。正很不安，忽聽得有人從外面一路嚷進來道：「主人回來了，主人回來了。」

這一句話，真有非常的魔力，一剎那間，把楊小楓闔家的人，都吸引到了門外。果見楊小楓的幾個同業，把楊小楓扶了進來。扶到了書室中，眾人頓時把他圍成一個圈子，急問昨晚的情形。

此事楊小楓面色蒼白，呼吸短促，一時說不出話來。眾人又問那幾個珠寶商，從什麼地方伴他來的。珠寶商道：「正從第十四警署中出來，原來他昨晚不知如何，卻被警署中認作了什麼劇盜，誤拘了去，整整管押了

一夜，今天還預備把他解送警廳，還巧我們早些趕去，辨明瞭這絕大的誤會，否則事情更麻煩咧。」

楊小楓的家人，覺得萬分詫異，便把剛才被一個匪徒取去五萬元的話，一一說了。並說，闔家都當他在匪窟中，怎麼會拘留在警署中呢？

五個珠寶商道：「我們也不明白其中的奧妙啊！」

家人道：「但諸位今天何以知道他在警署中，前去保他呢？」

五個珠寶商道：「這件事，說來很奇怪。原來我們一清早，都接到一封同樣措詞的信，信上道：珠寶商聯合會會長楊小楓，昨晚飲酒劇醉，槍擊警探，已被玉麟街第十四區警署拘捕，請火速聊名往保，否則恐有危險……」信後並無署名。問家人時，都說這信在黎明時，由一個幼童叩門送來。到底這信是誰發的，竟無人知道。

這時楊小楓的精神，已稍稍恢復，便把昨晚所遭種種奇事，詳細述了一遍。眾人一壁嘖嘖稱怪，一壁把各方面的事情，拼合起細細一研究，方始漸漸得到了些頭緒，都說這種種事情，必是那個青年一人擺布的詭謀。此人今天雖穿著西裝，其實與昨晚廣東菜館中的華裝少年，必是二而一，一而二的。

楓孫插言道：「不錯，一定就是他，就是魯平啊！」

說話時，那四個僕役也已回來，報告追蹤的情形。楊小楓聽了，伸手去摸著那新經整治的嘴唇，深深噓了口氣，半晌默默無語。

在第三天早上，楊小楓接到魯平一封信，措詞非常滑稽，上面寫著道：

小楓先生：蒙尊府厚賜珠鑽紙鈔，計值五萬元，感謝，感謝！不過此次的事情，有一層我應得宣告一下，就是我施這小小的狡詭，並不專為這區區五萬元，這其中實在還含著些復仇的色彩。因為有人報告我說，你曾經宣言，誓必與警探界中人，合力把我捕捉，以便替你珠寶業中，除去一

重障礙。並且有人說，那天你到珠寶商俱樂部去，明為聚餐，其實就預備討論這一個問題。

我既得到了這種消息，為復仇起見，於是就和那班飯袋警探，合力工作著。先請你嘗試嘗試拘禁的風味了。至於第十四區警署中所接到的報密信呀，電話呀，以及你身上換的西裝呀，領帶呀，你衣袋中發現的手槍呀，煙盒呀，還有耳上的紅痣呀，凡此種種，都是我佈成的小玩藝兒。總之我把你裝成了一個魯平，又用藥物使你失了記憶力，再把你送進警察手中，演一種小小的趣劇。如今你大概也明白了。這些把戲，事後原是不值一笑的啊！至於你那五個同業，那天接到的信，不用說，當然也是我發出的。

再者，聽說你要向法庭中，和第十四區警署起訴，這件事可否看在我的分上，免了吧。一則，多一事不如少一事；二則，他們也是受愚，和你一樣可憐啊！

還有你那兩撇鬚髯，我知道你是很寶貴的，所以我替你剃下時，特先用樹膠膠住，方不致散失。後來我又專誠送到府上，一則你可以儲存；二則，我順便把他當作綁票勒贖的證物，也是一舉兩得。我想至今那兩撮鬚上，還留有樹膠的膠性，你倘捨不得拋棄，不妨仍舊把他膠在唇上。

廢話說得多了，希望你以後勿大言，勿管魯平的事，祝你康健！

這一封信，不知如何，竟被新聞記者得了稿底，各報都登載起來。於是在社會上的群眾，又沸沸騰騰的，把魯平的事，當作了談話資料。大家都說，魯平所做的案件，既覺新奇，而又帶著滑稽意味。誰知假魯平被捕案的聲浪，喧鬧未已，三個月後，人人又都傳說真正的魯平，竟也被捉入獄咧！

真假之間

第一章

　　去年聖誕之夜，我曾被一個消閒的集會，邀去說故事。他們跟我約定，在今年的同一夜晚，他們仍舊要我擔任這個節目。湊巧得很，我在說事的時候卻又意外地獲得了故事的資料；本來，我預備留下這點資料，以便今年踐約；但，我自己知道我的腦子，有個健忘的毛病，我覺得演講而備一份演講稿，在氣派上比較來得大一點，因此我便提前把它寫上了原稿紙。假使今年能有機會，我就預備把後面這段離奇的事情，當著某幾個角色的面，親口再說一遍。

　　這一年的聖誕之夜，老天爺雖然沒有製造雪景，為富人添興，但是天氣特別冷，那些時代的驕子們，血旺，脂肪多，他們在各種暖氣設備之下，可以通宵達旦，追求狂歡。但是，無數無數被時代作踐著的人，衣不暖，食不飽，眼前缺少希望，心底全無溫意，他們無法抵禦酷寒，他們也沒有那種傻氣，希望聖誕老人真的會把白米、煤球裝在洋襪子裡送上門來。到夜晚，他們只能在嘆過了幾口無聲的冷氣之後，縮住脖子，早點到夢鄉裡去尋求他們所需要的什麼。

　　在同一的銀灰色的都市之中，有著不同的兩個世界，待在三十三層以上的人，還在擠電梯，想上樓；而在第十八層以下的人，也還被迫地在鑽泥洞，往下埋！由於貧富苦樂得太不均勻，畢竟也使這個異國帶來的狂歡的日子，顯出了異樣的蕭瑟。

時間快近十一點鐘。

一鉤下弦月，凍結在大塊子的藍色玻璃上，貧血，消瘦，顯得絕無生氣。慘白的月色抹上那條寂寞的愚園路，靜靜地，像是一條凍結的河流。

這時，有一輛小型汽車，在這條僻靜的路上輕輕滑過，車子停在愚園路與憶定盤路的轉角處，隱沒在一帶圍牆與樹葉的黑影裡。

小型汽車中坐著兩個人，坐在駕駛盤前的一個，是個胖子，西裝不太漂亮，樣子有點滑稽；另外一個，高高的身材，穿著一件美國式的華貴的大衣，帽子是闊邊的，帶著一種威武的氣概。

這個身材高高的傢伙，跳下了汽車之後，取出一支菸，點上火，斜掛在口角裡。他向對街的路燈光裡一望，只見對街已預先停著幾輛汽車。其中之一輛，是一九四七年的別克嶄新的車身，美麗得耀眼，汽車伕擁著車毯在打盹。

高個子的傢伙注意了一下這輛車子號數，臉上透露出一絲滿意的笑，他低下頭來，向駕駛座上的那個胖子說：「好，真的，小熊貓也來了。光榮得很！」

胖子在車子裡把衣領拉拉高，哈著熱氣，問：「你說的是誰，是一個女人嗎？」

「不錯，老周，你猜著了。」高個子說：「那個女人很美，跟她握一下手，可以羽化而登仙。」

那個胖子聳聳肩膀，說：「那麼，能不能帶我進去，讓我登一次仙？」

「不，你還是待在車子裡，說不定，一會兒我就會出來。」

高個子說完，站在凍結的月光之下，整整他的鮮明的領帶，把雙手插進大衣袋裡，匆匆向一帶很長的圍牆那邊走去。

圍牆之內，是一片園林，面積看來並不太小。冬季法國梧桐的禿枝，參差地伸展到了牆外，有些高大的長綠樹，黑茸茸的樹葉，卻在牆外的人

行道上，組成了大塊的暗影。園子的中心，有一宅高大的洋樓，沉浸在寒冷的月光裡，特別顯得莊嚴而靜美。

西北風在傳送著屋子裡隱隱的歡笑聲。

這座外貌古舊的屋子，過去，它曾有過不太平凡的歷史，最早它是俄國人的總會，以後它曾變做豪華的賭窟；淪陷時期，它曾被侏儒們占據而煊赫過一時；勝利初期，這所屋子又被改造成了一處科學食品廠。但在那個時候，美國貨正如潮而至，到處沖毀了國產品的堤壩，不久這屋子卻又隨著工廠的倒閉而賦了閒。而在今晚呢，這座屋子裡，卻有一個有閒者所發起的聖誕集會在舉行。

一切熱鬧的節目在兩小時以前已經開始。

主持這個集會的角色共有三個：其中的兩個，就是這所廠屋的主人。那是一對弟兄，哥哥名叫莊承一，被稱為大莊，老弟名叫莊承三，被稱為小莊；另一主角倪明，是一個廣告業的鉅子，而同時，又是一位馳響於這銀灰都市中的美術家。

這位青年俊秀的美術家，喜歡向人訴說，他生平並無癖嗜，唯一的嗜好就是開派對。他曾自誇，他生平所主持的派對，大小計有三十餘次之多，他敢向天盟誓，假如有人參加了他的派對而感覺到並不愉快，他願意吞服來沙爾，以自罰他的溺職之罪。

的確的，倪先生的自白，並不是真空管裡的一隻牛，他主持這個聖誕夜的集會，已有三年的歷史，今年卻是第四次。看來今年的一次，比之往年可能特別夠勁，原因是，大眾震於派對專家的威名，參加者越來越多。尤其今年的參加者，男的，大半很富有的；女的大半很浪漫。錢，能夠產生閒；閒，能夠產生新奇的玩意。有錢，有閒，加上有女人，在這種算式之下，這個集會會不精彩嗎？豈有此理！

一切布置都出於我們這位專家先生的大手筆，會場設在一座廣廳之

內。這座廣廳，有三個大穹門，左右方的兩個穹門，垂著絲絨的帷幔。中央那個更大的穹形門，通連著一間憩坐室；穹門中間，設定一株輝煌耀眼的聖誕樹。廣廳內部，因這集會而新加髹漆，淺緋的四壁，點綴著紅燭形的壁燈，燭光幽幽地，帶著些異國的古典情調。

承塵上面，彩紙球繽紛如雨，小電泡密綴如星，沿著廣廳四壁，安放著舒適的沙發，與貼壁的半圓小桌。每隻小桌上的名貴瓷瓶內，插上點綴時令的槲寄生，火紅的葉子，象徵熱情，象徵喜氣，也令人嚮往昔時御溝中的羅曼史，而忘掉門以外還有吹死人的西北風。

婀娜美麗的姑娘們推動輪架，滿場供應可口的果點，大家隨意要，隨便請，不必客氣不必拘束。

音樂臺位置於廣廳的那一端，跟大穹門劈對；臺後，張掛著一張六尺高的油畫，是幅少女的半身像，披著輕紗，胸肩半裸，她的神情真駘蕩，好像全世界的春，都是從她一雙嬌媚的眼內所發源。她睡眼惺忪，盯住了那些忘掉了生辰的人們，像在細聲地說：「人生真枯燥呀！快來吻我一下吧！為什麼不？」

沒有人解釋得出，這幅畫，跟耶穌的誕辰有什麼關係？正同沒有人解釋得出，那些享樂者的狂歡，為什麼一定要揀中這個舶來品的節日一樣。

今夜這個會，並不能說最豪華，但是，所有的聲色享受，已足夠使觳觫於西北風中的人們增加觳觫！這裡且把會場的節目說一說，那些節目，也都出於派對專家所訂。

節目之中，上半夜是各種雜耍，由參加者分別擔任；下半夜，卻是全體出動的熱鬧的化裝跳舞。

化裝舞將開始於一點以後，參加的人，為了增加會場的興趣，多半預先化好了裝雜坐在會場以內。所化裝的人物，自出生於科西嘉島的砲兵大皇帝起，到平劇《小放牛》中的牧童為止，歷史的、戲劇的、小說的，形

形色色，什麼都有。把古今的時間，濃縮為一瞬把中外的人物，拉扯成一堆，雖然不倫不類，卻也是奇趣橫生。

我們的派對專家倪明，今夜始終是全會場中最活躍的一個。

他活躍得像個小孩，穿著紅衣，戴著紅帽，白髮蒼蒼，白髮拂拂，加上一臉的皺紋。原來他所化裝的，卻是那位販洋襪的聖誕老人。

聖誕老人在聖誕之夜真是特別忙。他是全會場的神經中樞，每一個來客要由他招待，每一個節目要由他報告，每一件事務要由他分配。他拖著那雙大皮鞋，蹣跚到東，蹣跚到西；蹣跚到南，又蹣跚到北。他蹣跚到哪裡，哪裡就添上了歡笑，會場裡有句口號：倪明所到的地方總有光明。

他常常被人攔住去路，像闊人們出外常常被人攔住去路一樣。

有一位大茶商正從化裝室內走上會場，臉上幾乎抹了三寸厚的粉。一大陣拍手歡笑包圍著這個人。那人名喚謝少卿，扮的是紙頭人二百五。

這個二百五，似頗有志於摩登，服裝已改變成了時代化，一套有聲西裝，連領帶、襯衫都是紙糊的，走一步，蟋蟀；動一動，蟋蟀。一個頑皮的小女孩拿著一盒火柴，躡手躡腳跟蹤著他，在躍躍欲試。

這個身材高大的二百五，攔住了那位矮小的聖誕老人，高聲地唱著：

「你是我的靈魂，你是我的生命！」

「你不要認錯靈魂，他是倪太太的生命！」有人馬上接著這樣唱，這個接唱的人，是個全副戎裝的嬌小的花木蘭。

笑聲大作，白鬍子在人叢裡亂抖。

另外一小堆人在另外一個角隅裡，包圍著另外一個重心，在製造濃烈的歡笑。那個被包圍者是今天全會場裡，最美麗而也最有名的一位小姐。在這銀灰色都市的交際圈中走走的人，你若不知道景千里小姐，那你真是起碼得可憐！

景小姐芳名千里，有人把她的芳名顛倒過來，在背後恭稱她為「千里

鏡」。同時，景小姐另有一個美麗的外號，被稱為「熊貓小姐」，也有人叫她為「Miss Unite」。

過去，在這位熊貓小姐身前身後，以旋風式的姿勢打轉的年輕紳士們，少說點，該以兩位以上的數字來計算。但在距今三月之前，那些旋風似的勇士們，忽然集團地大失所望原來，熊貓小姐雖沒有鄭重出國，而卻以閃電方式跟一個人結了婚。

千里鏡是有深遠的眼光的，她所挑選的對象真不含糊，她的幸運的外子劉龍，是一位熱衷於政治的人物，他的大名，雖然不會太了不起，但是，他在 TVS 的幕後，的確是個二等的紅人。同時呢，他在從政之餘卻還經商，在他手內把握著好幾種大企業，依仗著某種優勢，加上心凶，手辣，會攢，會刮，他的錢囊，永遠是在膨脹，膨脹，而再加上膨脹！

景小姐自從被裝進了這膨脹的錢袋以後，她的芳蹤，不復再見於昔日的交際場。但據傳說，她跟幾位闊太太們，最近卻是賭得非常狂熱，快要把五十二張紙片當作食糧。

今天，這頭美麗的小熊貓，居然被牽進了這個集會，在我們的派對專家，認為這是一件非常有面子的事。

這時，包圍著聖誕老人的歡笑聲，哄聲傳到了景小姐的位子邊，她趕快高喊：「你們笑些什麼？倪明，我的聖誕老人，你不分點光明給我，你忍心看我失明嗎？」

「什麼？景小姐，你說的是失明還是失戀？」那位大茶商撩起他的紙製的上裝，窸窸窣窣地走過來。他手裡拿著一隻花紙糊成的板煙斗。

「滾開些，二百五！」小熊貓向他嬌嗔。

這時小熊貓身邊另有一個人輕輕說：「真的嗎？景小姐，你也失戀了，為了什麼！」這個故意插言的人，裝扮著一個十九世紀的海盜，實際，他是一個顏料商的兒子，名字叫做徐嵩。過去，他也曾為這熊貓小姐發過精

彩的男性神經病，但因鈔票的堆積不夠高度，結果，他在必然律下失敗了，直到如今，他還懷著滿腔的幽怨，無處發洩。

於是熊貓小姐向他噘噘紅嘴唇，說：「你放心，我永遠不曾戀愛過什麼人，所以，我也永遠不會失戀。」

海盜說：「那麼，劉先生有點危險了，你預備放棄他了嗎？」

「我為什麼要放棄他？至少，他是我的一本靠得住的支票簿，我有什麼理由要把支票簿放棄呢？」紅嘴唇又一披。

海盜默然無語。

正在這個時候，下一節的節目又開始了。

只見聖誕老人站在會場中心，向大眾報告說：「現在請看曹丞相的後代曹志憲先生表演魔術，他今天榮任接收大員，表演接收魔術，請諸位多多捧場，多多送些汽車洋房給他。」

滿場掌聲如雷。

曹丞相的後代，搖著他的四點一刻，在熱烈的掌聲中緩步登場，他身上穿著參加雞尾酒會那樣漂亮的夜禮服，頭頂著尺許高的禮帽，鼻子上抹著一小塊鉛粉，額上用鉛粉寫著一個官字，那種輕骨頭的莊嚴的樣子，引得滿場大笑。

曹先生在會場中心那張特設的小桌邊上放下了他的四點一刻，脫下了白手套，然後向大眾鞠躬，把雙手撐住桌子說：「兄弟今天初次登臺，有大段道白，先要向諸位宣讀一番。」

「歡迎！歡迎！」群眾向他高喊，其中那個化裝成楊貴妃的張三小姐，尤其「歡迎」得起勁。

於是那位魔術大員咳嗽一聲，鄭重發表說：「戲法人人會變，下官變法不同，官能做得投機，財會發得輕鬆，笑罵隨他笑罵，昏庸由我昏庸，上臺中國貴人，下臺外國公寓，眼明腳長手快，頭尖臉厚心凶，升官而且

發財，巧妙都在其中！」

又是一陣如雷的掌聲。

有人在偷望景小姐，因為景小姐的那條龍，是這個忽官忽商的兩棲動物。但是景小姐也在拍手。

一個扮作夢裡想造反的阿Q的人，名字叫做洪蓼，高聲向這魔術家說：「大人，小的以老百姓的資格向你請問，有什麼大餅之類的東西，從你禮帽裡變點出來給我們嗎？」

「對不起，沒有！」魔術大員沉下臉。「我的戲法，只會變進，不會變出。」他臉向眾人。「喂，諸位，有什麼東西，要我變走嗎？鈔票、條子、珠鑽，都好，從最大的到最小的，我都能變走。」

「人，你能變掉嗎？」有人在問。

「當然！他能連你的血肉、脂肪、骨髓，變得一點都不剩。」阿Q代魔術家說。

於是有人把大疊鈔票丟進了魔術家的帽子，看他如何變掉。

魔術家輕輕把禮帽一搖，眼球不及眨，果然，變掉了，手法真快！隨後，他把預先陳列在桌子上的小洋樓，小汽車，等等，同樣丟進他的禮帽，同樣一搖，一搖，一搖，同樣不見了，不見了，不見了！

他說：「你們有最貴重的東西交給我，我就能變出最新奇的戲法來，讓諸位解頤。誰願意試試？」

大眾感到非常有趣，不發聲。

魔術家似乎等得不耐煩，他忽然從胸口伸出一隻剩餘的手來，向大眾勒索。

眾人大笑。

楊貴妃從手上脫下了一隻鑲土耳其玉的指環說：「這個，可以變嗎？」

「拿來交給我。」魔術家說。

「不，拿來，一切交我，不必交給他！」

突然有個凶銳的語聲，發自另一角落，劃破了全場歡笑的空氣！全場的視線都被這個怪聲拉扯了過去。只見，有一個戴著黑色面具的人，嚴冷地，矗立在左方穹門的帷幔之前手裡，拿著一支小左輪！

全場的人呆住了！

有人想笑而沒有笑出來。

拿手槍的那個人，繼續在發命令，他的嚴冷的語聲，好像使人心頭繫了鉛塊。他說：

「嘿，很好！你們這一群人，真高興吶！你們忘卻了門外邊有西北風，忘卻了西北風裡還有凍餓而死的人群！很好，來來來！」

他把手槍口一搖一指。「現在，請帶錢的紳士們，有飾物的太太小姐們，排好隊，走到那邊的角落裡去，等候我的檢查！喂！不許亂動！」

這個新奇的局面不知是真是假，但，整個暫時寂靜的廣廳裡，的確有好多顆心在往下沉，往下沉！

靜寂中有一個人在打著輕聲的哈哈安慰著身旁的一位女賓說：「你忘卻了倪明的話了嗎？他說今夜還有意外的刺激，不要慌，那是假的。」

「好，假的！」戴假面的傢伙凶視著發聲的所在，那支小左輪，像架湯姆生輕機槍那樣向四周搖成一個半圓形，他說：「我這支假的左輪槍，裝足六顆子彈，足夠在六個人的身上製造半打空氣洞，誰要試試嗎？」

手槍管向前一伸，有一個站在火線裡的小姐「啊呀」一聲向後直躲，但是，那個手槍口忽然又向上一仰，指著一支燭形的壁燈做了目標。

「砰！」

一支紅燭形的壁燈應手熄滅，豁啷啷，玻璃紛紛碎落！

事情看來不像是假的了！

熊貓小姐嚇得花容失色！

嬌小的花木蘭，那是莊潊小姐所扮，預備卸甲而逃！

楊貴妃躲到了一個生人的懷抱裡！

第二章

男賓之中，謝少卿膽最小，原因是：假如他在他的身上，真的帶了一個空氣洞回去，他將不好意思再見他的太太吳吟秋女士。因之，窸窣，窸窣，窸窣，那套有聲西裝抖得厲害響得厲害。

大眾慌亂中，那個蒙面人又說：「請識相，快把東西交給我！不嗎？再看我的！」

手槍口又向空一指。

「砰！」

「砰！」

隨著這「砰」、「砰」兩聲刺耳的槍聲，滿場的電燈忽然全部熄滅，一座歡樂的天堂霎時變成了黑暗的地獄！

女高音在漆黑中尖聲怪叫，這一個刺激鏡頭真夠刺激！

可是，這個鏡頭僅僅維持了幾秒鐘，電燈在一暗之後立即恢復光明。只見那位聖誕老人，笑嘻嘻地站在會場中心向大眾高聲說：「諸位，請各歸座，不必慌亂，我們這個世界充滿著虛偽、殘暴與醜惡！缺少的是真、善、美，而尤其缺少的是三個字中的頭一個字，所以，我可以安慰諸位說，方才的場面，完全是場假戲。現在，讓我把非真品的俠盜魯平介紹給諸位先生跟小姐們。」

聖誕老人說完，那個假強盜，立刻脫下了他的面具，藏起了他的小手槍，走入場心，以演員向觀眾謝幕的姿態，笑微微，向大眾鞠躬。

人叢裡有人在失聲地說：「該死，原來是他！」

大眾不禁吐出了一口氣，小姐行列中有人在抹汗。

二百五的有聲西裝不再發抖。

魔術大員曹志憲，趕緊走上前去，從胸前伸出手來跟這假魯平握手說：「Y・M，你表演得真不錯。」

原來，這個化裝為俠盜魯平的人，真姓名叫做榮猛，跟他認識的人都叫他 Y・M。

榮猛回答那個魔術家說：「你也表演得不錯，你今天是新官上任。」

「你今天是強盜坯出馬。」

「我們都是時代的偉人！哈哈哈。」

那個嬌小的花木蘭，驚魂初定，扭住了聖誕老人撒嬌地在說：「你這個壞東西，為什麼要想出這種法子來嚇人，嗯，我不來！」

聖誕老人躲閃著說：「請勿碰掉我的鬍子！喂，莊小姐，你是花木蘭，放些勇氣出來呀。」

那邊廂，張三小姐卻在慌張地尋找她剛脫下的土耳其玉指環。有人在笑，楊貴妃失去了玉環，那倒是椿奇聞。但結果，三小姐的指環找到了，還在她的手指上，不過錯戴了一隻手。

這一場紛亂，真是又緊張又可笑。

在這一場虛驚之中，那隻小熊貓，最先是花容失色，等到聽說這個活劇是假的，她定定神，一看，只見那個化裝俠盜魯平的人，胸前果然垂著一條耀眼的紅領帶，左手戴著一枚鯉魚形的奇特的大指環，這些都是傳聞中的那個真正俠盜的標記。真俠盜的左耳上，應該有顆紅痣，他卻貼著一小片紅綢以作代替。這人身上所穿的西裝，顯得雍容華貴，他臉上有一種特殊表情，不笑的時候老像在笑，笑的時候卻有一種威武逼人的神氣。

熊貓小姐對這個人，立刻發生了興趣。

她向聖誕老人招手，高聲說：「倪明，你能把這位神祕人物，給我介紹介紹嗎？」

聖誕老人應聲而至，掉過頭來說：「來來來，次貨俠盜先生，聽見嗎？大名鼎鼎的景小姐，希望見見你，你感到光榮嗎？」

「不勝光榮之至！」

那個強盜立即踏著嫻雅的紳士步伐，走向熊貓小姐的座位之前，跟小熊貓握手。在握手之頃，他感覺到有點飄飄然。

小熊貓指指她身旁的位子說：「俠盜先生，我能不能有這榮幸，請你在這裡坐一會，我們談談？」

「絕對遵命。」假強盜溫柔地回答。

於是，他整整他的紅領帶，就在熊貓小姐所指示的位子裡坐下來。但是，坐下之後立刻有件事情，似乎使他的神經覺得有點局促不寧。原來，在他另一邊的一隻矮沙發裡，有一個人，靠在椅背上，正用一種非常特別的眼光，在注視著他。這個人，把大衣的領子拉得高高地，掩住了半個臉與耳朵，似乎很畏冷。看樣子，那人站起來時個子一定相當高。他並不認識這個人，以前，在倪明所召集的派對裡也從來不曾見過面。

他對這個人的頻頻注視感覺不安，但他找不出所以不安的原因來。

這邊，熊貓小姐笑得像朵仲夏夜的帶露的花，她以一種在蜜糖內浸過似的聲音在向他說：

「我告訴你，我對那個神祕人物的種種神祕傳說，一向最喜歡聽。」

「小姐，我以為你應該這樣說：我對你的往事，一向很喜歡聽。」假魯平正經地糾正她。

「是的，我說錯了。至少在今夜，你掛著紅領帶，你，就是那個神祕的人，對嗎？」小熊貓玩笑地說：「我聽說，一向，你專門搶人家、偷人家、騙人家、又恫嚇人家，你的行為，十足只是強盜行為，而你，卻喜歡接受這個俠盜的美名，這是什麼理由呢？」

榮猛笑笑說：「凡是有作為的聰明人，都喜歡找些悅耳悅目的東西，遮掩自己的醜惡我何獨不然。現在既然有人肯以『俠』的美名遮掩我的

『盜』的醜惡，我為什麼不歡迎，小姐，對嗎？」

「你很會說。」小熊貓點頭微笑說：「不過我還聽到說，你一向不用手槍，今天，為什麼用這小玩具嚇人？」

「啊！小姐，人類是在飛速進步呀！在這唯武力主義的世界上，我也希望我能改善過去的缺點，以便適應時代呀！」

假魯平這樣侃侃而談時，身旁那個拉高衣領的人，聳了聳肩膀，微微冷笑。

正在這個時候，會場之中，忽然又有一個小小的高潮，起於人叢之中。那位食品廠的廠主莊承一，突然在人堆裡怪聲高叫：

「啊喲，我的手錶呢？我的手錶不見了！」

曹志憲說：「本大員並未接收。」

第三章

大莊的阿弟小莊，卻在譏笑他的哥哥說：「據我想，站立在玻璃窗裡專門穿衣服樣子的木頭人，想來也會看顧好他自己的東西的，戴在手腕上的表竟會被竊，笑話！」

假魯平聽到他們的喧鬧，故意彎轉手臂來看看時間，他高叫說：「啊呀，怎麼我的手上會有兩支錶？誰把手錶錯戴在我手腕上了！」

曹志憲嬉笑地走過來說：「俠盜先生，你的手法真高呢，比起我的手法更厲色！」

假魯平搖頭說：「至少我還趕不上你那樣偉大。你是一個官，你用魔術手法，掠奪了無數的脂肪，結果拍拍屁股可以絕不負責，而我們這些當強盜小偷的，假如掠奪了一掛香蕉，那或許可能捱到槍斃咧！」

聽的人笑了起來。假魯平把那隻暫借的手錶歸還了原主。

熊貓小姐見這次貨魯平也具有如此驚人的手段，她驚奇得睜大著一雙媚眼，說不出話來。可是那個次貨魯平卻在暗笑，他想：「小姐，何必大驚小怪，那也是假戲罷了。世上原有無數看來像是了不起的人物，其實，也不過像我一樣，依靠可愛的配角們，跟他狼狽為奸而已。」

總之，會場上自從這個假的俠盜上了場，歡笑的空氣，似乎特別濃厚起來。

這時，會場中的另一節目又在開始，那是兩個滑稽人物在仿效北平相聲。

但是那位熊貓小姐對於這個假魯平，越來越有興趣，她已完全不再注意到會場中的節目。

她添濃了花一樣的笑，小酒窩裡儲滿了蜜，她向假魯平說：「榮先生，你的手段，真的跟那傳說中的紅領帶人物，有些差不多。」

「承蒙嘉獎，愧不敢當。」假魯平頷首謙遜。

一旁那個拉高衣領的傢伙又在冷笑。熊貓小姐當然不會注意，而這假魯平卻是注意的他憎惡這個人，尤其憎惡這個人的那種深刻的注視。

只聽小熊貓繼續膩聲地在向他說：「榮先生，假如你是那位真的俠盜，那真使我何等高興呀！」

「那你何妨就把我當作真的俠盜呢？」榮猛說。

「不，我極希望能遇見真的他。」

「有理由嗎？」

「我希望那位真的俠盜，能夠光顧我家，隨意帶走點東西。」

「什麼？」榮猛抬起了眼珠，感到不勝驚奇。

拉高衣領的傢伙，銳利的眼珠在發亮，他在仔細地聽下文。

榮猛說：「小姐，你希望那個神祕人物光顧你府上，這是什麼意思？」

「你聽我說，」小熊貓發出微喟，眼角帶點幽怨，她說：「在以前，我的名字是常常被刊到報紙上的。自從跟劉龍結婚之後，報紙上似乎把我完

全忘卻了。人生活在世上，不論男女，總希望有機會表現自己。而我現在，卻感到了被遺忘的寂寞。假如，我家裡能讓那個拖紅領帶的人物來渲染一下，那麼，那些記者先生，可能又要把我大大描畫一番啦。」

榮猛聽著好笑，不禁好玩似的說：「那麼，小姐，你府上的錢財，一定是非常之多的了。」

「那還用說嗎？」小熊貓有點傲然：「同時我也感到奇怪，世上會有那麼多的低能兒忙昏了頭，連大餅也找不到。而我家裡的錢，卻多得快要發霉！」

榮猛追溯半生，在記憶中似乎還找不出這樣一個歇斯底里式的女人，竟會因著錢的太多而發愁。於是他又好玩地說：「那真可惜了，可惜我不是真的俠盜魯平。」

「假如你是真的，我真願把我那座私房小保險箱的所在地告訴你；甚至，我可以畫一張房屋的草圖送給你。」

這時，榮猛發現那個拉高衣領的傢伙，雙目灼灼，透露著更注意的神氣。假魯平在那凶銳的視線之中感到背上有一陣寒凜。他慌忙拿起他的打火機，輕輕碰著玻璃桌面，示意那隻小熊貓，不要再那麼孩子氣；偏偏那隻小熊貓，全不注意四周的一切，還在任性地說下去。

她說：她的那座私房保險箱，是在她的臥室之內，在她的床邊上，有一隻夜燈幾，把夜燈幾推過一些，那座祕密小保險箱，就會顯露出來。她把門戶與樓梯的方向地位，描寫得相當詳盡，最後，甚至她說：「假如你是真的魯平，我可以把綜合鎖上的密碼，也一併奉告。」

隔座那個拉高衣領的人，有意無意把身子直了些，傾聽得更為出神！

榮猛再度焦灼地敲著桌面，他從桌下伸出腳尖，碰著那雙高跟鞋。可是，對方那隻美麗的話匣，似乎損壞了機件，一開，竟已無法再關。她自顧自天真而又任性地說：

「那麼，可要我把最近所用的密碼告訴你嗎？那就是——U，N，I，T，E，五個字母。」

榮猛偷眼看時，只見隔座那個人，閉上眼，身子又靠到了椅背上。榮猛不安地輕輕噓了口氣，搖搖頭，他準備離開這位神經質的小姐，以免引起意外的是非。

可是那隻小熊貓卻向他嬌嗔著說：「怎麼啦？你不高興聽我的話？」

「我在恭聽呀。」榮猛輕聲地說：「你說那個密碼是 Unite，啊 Miss Unite，就是你的美麗的外號，我感謝你，把這樣的祕密也告訴我。」

小熊貓的眼角裡帶著一種奇怪的幽怨，她說：「但這祕密，你是不會感興趣的。否則我願意連保險箱上的鑰匙，也親手奉送。」

「我心領盛意。」榮猛聳聳肩膀：「假如我是真的魯平，那我用不到鑰匙；假如我不是真的魯平，我拿了鑰匙也沒有用處。」

當他們兩人這樣密密切切談心時，四下有許多嫉妒的視線撩拂他們。尤其是那位海盜徐嵩，把過去的悲哀，與跟前的憂鬱，交織在一起，都從眼膜內穿出來，成了兩道怒火。人生真奇怪，在這樣歡娛的場面下，人的情感，竟會表現得如此的不平衡。

這時，忽聽聖誕老人在場心高聲報告說：「我們的化裝跳舞，準備提前開始，請諸位準備。」

他向樂臺上招招手，場內的燈光漸漸幽暗，一陣爵士樂聲立即隨之而起。

那第一隻拍子急驟得像是一陣夏雨，象徵著人生的匆忙與紛亂，緊張與短促。

假魯平乘機向熊貓小姐告假，他緩步向另一位小姐走去，那位小姐名叫易紅霞，是他昔日的伴侶，他就把第一支舞獻給了她。

這裡，熊貓小姐遙望著那條鮮紅的領帶，貼近了一個亂頭粗服的漁家

女的胸前，旋轉進了旋轉的圈子。

有人站到小熊貓身前，要求她同舞，小熊貓伸著懶腰，沒有起身。

音樂聲把人類狂歡的情緒，漸漸吸引到了最高峰！

景小姐是今夜狂歡氣氛中的一朵最芬芳悅目的花，但是，花會盛放也會憔悴。她自從那條紅領帶離開之後，好像已由絢爛的時間，歸入於平淡的狀態。

第二闋樂曲開始的時候，她以懶洋洋的姿態被那聖誕老人擁進了舞池。她對跳舞似乎不感興趣，她一直在人叢裡流波四盼。

奇怪！此後她在會場裡有好多時候不再看見那條紅領帶。

那條紅領帶到哪裡去了呢？

景小姐的心坎中帶著一種空虛的失望，而且她也感到有點驚異。其實，那個垂著紅領帶的假俠盜，同樣的，心裡也正帶著另一種的訝異。原來，在他跳完第一支舞之後，他忽一眼瞥見剛才那個坐在小熊貓隔座的人，拉拉衣領，悄然離開了這廣廳。

這使他感覺可怪！

於是，他也悄然跟隨他出外，他感覺到他有悄然跟隨他出外看一看的必要。

狂歡籠罩住整個會場，沒有一個人注意到這些事。除了小熊貓以外，也沒有人注意到榮猛曾經離開過會場。

一小時後，榮猛方始擁著這隻小熊貓，一連舞了好幾曲，於是，小熊貓的粉靨，方始重現明朗的淺笑，像蓓蕾初放。

這一夜，會場裡的衣香、鬢影，燈光、樂聲、氣球、彩紙，等等⋯⋯等等⋯⋯在每個人的腦殼裡組成了一個五彩繽紛的夢，夢裡的人，當然不會記起有明天，於是狂歡一直在繼續。

而在這個故事裡是有明天的。

到明天，一件奇事發生了。奇事發生在劉公館裡。

比較準確地說，這奇事還是發生在上一夜。原來，劉公館裡劉少奶奶的那座祕密保險箱，真的遭遇了偷竊。那隻夜燈，被推到了一邊，保險箱門開得筆直，其中全部飾物，盡被那位夜半的貴客帶走了。主要的是一串珠項鍊圈，另加美鈔一千元。但這小數目的美鈔，比之全部飾物的價值，那真是卑不足道了。

第四章

當天的報紙上，當然還來不及刊布這個新聞。可是腿長的記者先生卻已三三兩兩擁進了劉公館。記者群中有一個高個子，沒有人知道他隔夜曾參加過那個盛大的聖誕集會。連熊貓小姐本人，也不曾注意這個人。

小熊貓在應付了記者先生們的無窮的問答之後，感到有點疲倦。她躲進了另一間屋，她在支頤出神，有一條紅領帶的影子在她眼前晃盪。她在想：

「難道昨夜那條紅領帶，真的就是⋯⋯」

電話鈴聲打斷了她的思緒，有一個女傭在喊：「少奶奶電話。」

小熊貓拿起話機來，她立刻聽出，對方的聲音，就是昨夜那個假扮俠盜魯平的榮猛。她有點發怔，只聽話筒裡在說：

「景小姐，我想跟你晤談一次，行嗎？」

「什麼時候？」

「今天，即刻。」

「什麼地方？」

「杜美公園對面，那家綠色門面的咖啡館裡。」

「這是必要的嗎？」小熊貓沉吟了一下而後問。

「當然是必要的。」

熊貓小姐雖然在保險箱裡失落了那麼多的飾物,但是她在放下話筒而略一凝眸之後,依然滿臉透出五月花那樣嫣然的笑來。

她匆匆走到鏡子之前,把自己裝扮成了女神一樣。跳上自備汽車,吩咐車伕開到杜美公園。

假如汽車有眼珠,而眼珠又長在車後,那就能看見,有部飛快的跑車,在它身後追逐可是安坐在汽車內的小熊貓,當然不知道。

在十分鐘以後吧,這一對男女,在那家綠色咖啡館中見面了。他們像一雙愛侶那樣,在一座貝多芬像下的靜僻的位子上坐下來。

四周座客很少,播音器在播送一支西班牙交響曲。

熊貓小姐不說一句話,只向榮猛身上,臉上,細細而又細細地看,最後她說:

「你知道昨夜我家裡所發生的事嗎?」

對方只以點頭代替回答。

「昨夜,我的保險箱真的被人開啟了。」

「那麼,我該向你道賀,因為這是你的願望哪。」榮猛微笑。

小熊貓凝視著榮猛的胸前,他胸前依舊垂著昨夜的那條紅領帶。凝視他的左耳,左耳依舊貼著一小塊紅綢。於是,她囁嚅地說:

「那麼,你,你真的是……」

榮猛的視線向四周溜了一轉,說:「我們不談這個問題,行不行?」

小熊貓露出一絲笑,說:「那麼,我可不可以說,昨夜你的收穫不算太少吧?」

榮猛正用小匙調著杯子裡的咖啡,似笑非笑地反問:「小姐,你記不記得,昨夜倪明所說的話?他說,在這個世界上,缺少真,缺少善,缺少美,尤其缺少的是三個字中的第一個字,你對這話,有什麼感想嗎?」

「我不懂你的意思。」

「小姐」榮猛聳聳肩膀說：「難道你還以為你的許多飾物，包括那串美麗得嚇人的珠項圈，都是真的嗎？」

小熊貓的兩靨，突然紅得跟她的嘴唇一樣，低下頭，不說話。

榮猛喝了一口咖啡而後繼續說：「昨夜，我有一種直覺，覺得你的談話，差不多是在用一種粉紅色的請柬，想請人家到你家裡去偷竊。一方面，你卻把大批美麗不真的寶物，放在你的保險箱裡，以等待欣賞者來欣賞。你這樣做，當然有理由。今天我約你談話，就希望你把其中的理由告訴我。」

那朵花上添濃了紅暈，依舊低頭，不語。

但是榮猛把視線盯住了她，這視線似乎具有一種力，逼迫著她非答不可。

於是，熊貓小姐猛然抬起了頭，看看四周，輕聲地說：「最近，我賭得大輸，不但輸光了我所有的錢，也輸光了我所有的首飾。為了掩飾我的賭博的慘敗，我弄了許多假的飾物，放在我的保險箱裡，作為一種煙幕。」

「你提防著誰會檢查你的飾物呢？」

「並不一定提防誰，但是，我讓任何一人發覺我的全部飾物，已是一無所有，那總不大好吧？」

「聽你的語音，好像你對你的劉先生，有點顧忌吧？」榮猛用譏刺的眼光看著她。

「顧忌？我為什麼顧忌他。」紅嘴唇一撇：「總之，暫時我覺得我還沒有理由放棄這本支票簿。」

「但你把這假的飾物代替真的，總有一天，紙包會包不住火的。」

「為此我很著急。」小熊貓微唔說：「我真有一種可笑的幻想，希望有一個知趣的強盜，到我家裡來，撬開保險箱，大大掠奪一次，那麼，我可

以把歷次賭輸的帳，全部記在強盜身上了。」

「小姐，想得真聰明！」榮猛斜睨著她，譏刺地說：「於是，昨夜你就向我提出暗示希望我來做你的劃帳戶頭，是不是？」

小熊貓在那條領帶上凝注了片瞬，然後說：「在當時，我並不真的以為你就是我想像中的那個人，因之，我的確也並不希望你真會幫我那種不可能的忙，我不過是在玩笑之中無意透露了我的焦灼的心理而已。」

榮猛聳肩說：「而我這傻瓜呢，由於你的暗示，做了真正的賊，而卻偷到了你的假東西。」

小熊貓用媚眼撩著他，輕輕說：「但你也並不是毫無收穫的呀！除了那些不值錢的東西之外，保險箱裡還有著，還有著……」

「一千元美鈔，那總不是假的鈔票吧？」

一種陰冷的語聲，雜在音樂聲裡，破空而至，來自榮猛的腦後！

榮猛感到駭然，趕快旋過頭去看，只見隔座有個人，坐在他的背後，坐得非常之貼近那人半個身子斜伏在椅背上，嘴對他的後腦輕輕在說話。

這個人，一望而知就是昨夜那個拉高衣領的人。

榮猛竟未注意，這個人是什麼時候走進這咖啡室，而坐在他身後的。

當著一位美麗的小姐的面，榮猛受到這樣意外的襲擊，他有點發窘，他向那個人問：

「你是什麼人？」

「你當然認識我，我們昨夜會過面。」那人傲然地回答。

「我要知道你是誰！」榮猛加重了語氣。

那人伏在椅子背上沒有動，他只傲然指指自己的胸前，他的胸前同樣垂著一條紅色的領帶。

熊貓小姐呆住了，她在想：「哎呀，那條真的紅領帶也出現了！」

但是榮猛還在問：「你說你是……」

「不錯，我是⋯⋯」那人向四周張望了一陣之後說：「昨夜你所扮演的人！」

哈哈哈哈哈！

榮猛忽然毫無顧忌地大笑，笑聲之中，他的眼珠凝成了兩點鋼，怒射著對方那個人，他說：「你曾當過舞臺演員嗎？你的修養不夠咧！朋友，你跟我來！」

他把那人引領到另外一個空座上，他們低聲談起來。

小熊貓的花一樣的兩靨有點失色，她在代榮猛著急，她不知道他將怎樣應付這個在夾縫裡鑽出來的神祕的人。

可是那邊兩個人的一場交涉，辦得非常迅速，幾乎可以說是閃電式。

小熊貓用心地注意著這個來得出奇的人的神氣，奇怪，他的神氣起先像匹獅，繼而像只鼠，終於成了一頭馴善的綿羊。

她不明白榮猛用了些何等的魔術，會使這個傢伙的態度變化得如此之快？

最後，他們從那邊的位子上站起來，榮猛把一大卷鈔票，丟給那個傢伙，用呼叱一條狗的聲氣向那人說：「我不使你失望，走吧，不要打擾我！」

那人偷眼看看小熊貓，一聲不響付掉了咖啡帳，悄然而出，鞠躬如也。

看來交涉的勝利是屬於榮猛了，景小姐吐出了一口氣。

當榮猛坐到老位子上來時，她嬌媚地說：「幾乎嚇壞我，我以為他是⋯⋯」

「你以為他是⋯⋯笑話！」榮猛打斷她的話。

「那麼，他到底是誰？」

「一個高貴的自由職業者。」榮猛冷笑：「他的辦公處有時設在電車裡，有時設在電影院門口。今天，他在企圖改業為敲胡桃專家。但是敲胡桃也

要有點藝術，他的氣度、修養，都還不夠咧。」

「那麼，他怎麼會知道昨夜的事呢？」小熊貓訝異了。

「他偶然撿到了一張請柬，參加了昨夜的集會，大概在那裡想找機會，而無意中卻竊聽到了你我的話。」

「那麼，今天他怎麼會插身進來呢？」

「這個嗎，我也不很明白哩，好吧，不要再管這些事。」

「你把美鈔分給他些了嗎？」

「分給他，為什麼？那一千美鈔，我預備全數奉還給你哩。」榮猛假作慷慨地這樣說。

「還給我，為什麼？」小熊貓在學舌。

「讓你再充一次賭本。」

「不太夠哩！」景小姐傲然揚著臉。「老實說，這筆錢原是人家寄存給我的，要不然我早就把它送給了皇帝與皇后們；而現在呢，一切一切，我都可以向劉先生開帳了。」

「可愛而又美麗的支票簿。」榮猛幽默地說。

「所以我願意把這點小款子，留在你處作一個紀念。因為昨夜的事，你是大大的幫了我的忙了。」

「感謝你的慷慨。」

景小姐看看對方願意接受她的贈與，她也很感欣慰，她又透露著五月花那樣的笑容，說：「在書本上，我常常看到許多英雄們，常常行俠仗義，常常劫富濟貧，那麼，你對這筆小錢打算怎樣支配呢？」

「我嗎，我打算從中提出美金一大元，買幾雙廉價的襪，贈與幾個赤足的老乞丐們，以作聖誕老人的禮物，這就算是我的義俠奉功了。」

小熊貓不禁失笑，說：「你這位大慈善家，氣派如是之小嗎？」

「我怕世上那些有錢的人，十之九，氣派不會太大吧？」榮猛撇嘴說：

「請看,外國的大富豪,必定要等到身後,才肯在遺囑上把財產作慈善的施與;而中國的富豪呢,真要等到牯牛身上長不下毛,才肯忍痛拔下一根二根。而這所拔下的一二根,還要作為兩種不同的用途:一種,預備吹口氣,把它變作進天國的入場券;另一種呢,卻預備把它變成慈善家的金字招牌!總之,這個可愛的世界,充滿著自私,請你趁早別希望在這個充滿自私的世界上,會找到真懂得愛與真能實行所謂善事的人。」

熊貓小姐聽了,凝眸痴望著對面的這位出奇的人物,默然無語。

而榮猛卻微笑地站起來,接下去說:「至於我呢,我也是個人,我也具有自私的美德眼前我只發了美金一千元的可憐的小財,我為什麼要那麼小氣,自充什麼大善士或俠義人物呢?」

景小姐把視線停留在那條紅領帶上說:「你的口吻,完全跟那個傳說中的人物相像,那麼,你一定就是……」

「噓!」榮猛把一個手指遮著口角,扮了一個鬼臉,他說:「親愛的小人兒!人生的一切,都不過是遊戲而已,何必認真。請你別談這個行嗎?」

這一天,他們在這綠色的啡咖室內,談著緋色的話。他們談得很多,談得很久,談得很密。最後,他們懶懶地起身,依依地惜別,榮猛戀戀地送這位熱情的小姐上車,並殷殷地互訂後會。

看來,一顆羅曼史的種子,已經投放在沃土以內了。

像這樣的喜劇,常在銀灰都市裡原是習見的事。好在,眼前正有太多的劉龍先生之類的人物。他們富有搜刮天才,他們永遠有方法向貧苦大眾直接或間接地窮搜猛刮,因之他們永遠可以做他們美麗的太太的支票簿,以負擔無限的義務支付,於是,那些美麗的太太如景小姐之流,也永遠會有足夠的資本,可以任意狂賭,以及任想製造羅曼史。

這是我們的社會之一景,多麼可愛啊!

可是隔夜那些參加狂歡的人，卻絕不知道榮先生與景小姐之間所發生的事。

雖然有人知道劉公館失竊，但是，他們只知道那天的集會中，另外有個紅領帶的歹徒（或許就是那位真的俠盜先生），聽到了小熊貓的任性的話，以致造成了這件竊案。黑狗闖禍，白狗擔當，紳士們偷了東西，由小偷負責。這樣的事，在我們的社會上，也並不足怪。

總而言之，沒有人懷疑榮猛，跟這竊案有關。

而榮猛呢，也一直還在大庭廣眾之間搖擺地出入，逢高興，他還是垂著他的紅領帶。

那麼，他，真的就是傳說中的那個神祕人物嗎？

這，連說這故事的人都不知道。

竊齒記

第一章

在鄉下人睡夢沉酣的時刻，都市中優秀的一群，正自努力追求著享樂。

一幕含有幽默性的喜劇，發生在那著名的麗都舞廳裡。

軒敞的廣廳中，樂隊奏著誘人的節拍，電炬放射著惺忪的光線，許多對「池以內」的鴛鴦，浮泳在舞池中央，推湧著人工的浪濤。

那些豔麗的羽片，在波光一般的打蠟的地板上，錯綜地，組成許多流動的線條。舞池四周，每一個桌子上的每一杯流汁裡，都對映出了各個不同的興奮的臉色。

在這短短的時間，在這小小的空間之中，沒有興衰治亂的觀念，沒有春夏秋冬的季節；這裡沒有昨天，沒有明日。

這裡更沒有人世間一切飢、寒、疾、苦的感覺。飢了，有女人的秀色可餐；寒了，有內心的熱火，可以維持體溫；病了，這裡每一對迷人的酒窩，都儲藏著人世間至高無上的萬病適應劑。如果你有苦惱，在姑娘們的淺笑之間，也許你的苦惱，自然都消失了。

總之，這裡只有樂，沒有苦。只有歡愉，沒有悲哀。至少，這裡是人間的暫時的天堂。

這話怕有點語病，也許，以上的鏡頭，僅僅攝取了一個表面。譬如：一個姑娘失去了她稔熟的主顧，未必會感到愉快；一個浪子追求不到他所愜意的對象，這豈不是苦悶？

但，筆者的筆尖，無暇顧到這些。主要的，我只想把我的鏡頭，移向這舞場的某一個角度裡。

在 U 字形的舞女座位的末端，一隻紅星們所不屑坐的位子上，坐著一個姑娘，年齡，不過十六七歲吧？面貌不失為秀麗，可是，她像她的同伴一樣，由於過火的化妝，反而失卻了真美。這彷彿一朵孤芳的小花，無端被加上了人工的髹漆。

少女的神情，顯得非常踧踖，分明這新奇的環境，於她還感到不慣。她的烏黑的眼珠，失去了平時的活潑，手足似乎無處安放。一雙銀色鏤花的高跟鞋，不時在地板上，輕輕地磨擦著。

這是一塊天真無邪的碧玉，新被生活的濁流，捲進了這金色的火坑。同時，她也是這所舞場裡，生涯最落寞的一個。她的芳名，叫做張綺。

音樂又響了，這少女的心弦，隨著鋼琴臺上的節奏，起了一種激越的波動。如果有人能觀察內心的話，就可以見到她的心理，是那樣的矛盾：在沒有人走近她的座前時，她似乎感到空虛，失望；但，如果有人站立到了她的身前，她的稚弱的心靈，立刻又會引起一種害怕的感覺。

錚琮的樂聲中，一個俊偉的身影，映進了她的眼膜。

此人穿著畢挺的西裝，拖著一條鮮豔的紅領帶。燈光掩映之下，年齡顯得很輕，可是光陰的刻劃，不容人類有所掩飾。如果在白晝間細細地看，便知「青春」的字樣，已決不能加到此人的身上。他的臉部的輪廓，很像銀幕上的「貝錫‧賴斯朋」，尤其是嘴角之間，一種似笑非笑的神情，更顯得相像，這是一張不會太討人厭的面孔。

少女舉起羞怯的眼光，急驟地看了此人一眼，心頭有點跳躍。啊，認識的！此人是她自進舞場以來幾個稀有的主顧之一。她記得，在前幾天晚上，她曾伴他跳過幾次舞。

音樂臺上，正奏著輕鬆的調子，一個快拍子的狐步開始了。舞池中

央，似乎吹進了一陣凱撒司的颶風，許多對輕盈的身體熱烈而瘋狂地，演出了高速度的旋律。

這少女顫抖地站起來，伸出她分泌著汗液的手，授給她的主顧。樂聲把這一對舞侶，捲進了人的浪濤中。

少女的步伐非常生疏，這位紅領帶的舞客，似乎也意不在舞。他們的足下，並不受音樂的控制，簡直像在踱著方步。他們幾次妨礙了別人的路線，詛咒的眼光，屢次從別對舞侶那邊投過來，這舞客似乎很節省著他的道歉的句子，只報以一種輕蔑地冷笑。

一個圈子兜過來了。

這紅領帶的舞客以一種不純粹的溫婉的眼光，垂視著他的舞伴，輕輕地：「喂！張小姐。」

口內的氣息，微風一般拂著這少女的額部，這少女自己覺得她的呼吸，又急促了一點。

「前幾天，你告訴我：你自小就不知道你的生身父親是誰。最近，你隨著你的母親，為逃難，到了上海。為生活，進了這舞圈，是不是？」這紅領帶的舞客，不經意地移動著步伐。

少女只點點頭，並不開口。過往的辛酸，使她的眉梢緊蹙到了一起，口角有點微顫。

「喂！像你這樣的年齡是很需要愛了。」這紅領帶的舞客，浮上一線輕佻的微笑，他轉換了話鋒：「你有對象沒有？」

一抹羞紅在人工的紅豔中迅速地泛了起來，同時，這少女的狂跳的心裡，開始感到這張不討厭的面孔，變成了可怕。

「你看，我，好不好？」這舞客的口氣，增加了輕佻的程度。

「好不好！說呀！」這暴虐的舞客，像播弄洋娃娃似的撥弄著這少女。

閃電式的進攻，使這少女增加了肺葉的顫動。但是，可憐，她想起了

自己肩膀上的壓力，她不敢過分得罪她的主顧，她含淚忍受著這意中的侮辱，努力躲過對方的視線，費了幾百斤的力，迸出了一句話。

「不！我有⋯⋯」

「哈哈哈哈哈！」

第二章

音樂悠然停止了。少女隨著一群輕鬆的步伐，喘息地逃出了重圍。那紅領帶的舞客，挾著一種怪鴟似的得意的笑聲，大搖大擺，踱回他的坐桌。

那裡他有一個同伴在著，是一個橘皮臉的矮子，穿著一襲不配身的西裝，神態很滑稽。他正把一隻玻璃盞，湊近他的一撮短髭。

「為什麼那樣高興，老俞？」矮子放下玻璃盞。

「哈哈！」這拖著紅領帶的名喚老俞的男子，先把視線遠遠向那舞女座中低頭寂坐著的張綺小姐投射了一眼。於是，他嬉笑地坐下來，把舞池中的情形，告訴了這矮子。

「一個殘酷的玩笑！被她的男朋友瞧見了，豈不要心痛？」矮子含笑說。

「這女孩子真不錯，難怪那個傻氣的小傢伙，為了她，發痴似的每晚守在舞場門外。我看，值！」老俞喝了一口蒸餾水。

「他為什麼不進來呢？」

「進來？錢？」老俞披披嘴說：「那個痴心的小傢伙，他甚至不讓他的愛人，知道他的守候哩。」

「好悲慘的喜劇，可憐！」矮子說：「憑你的能力，難道不能成全成全他們嗎？」

「成全？我得等候我的主顧哩。他們還沒有來嗎？」

「噓！」一個低低的聲音，從矮子的嘴唇上吹出來，他把眼梢飄向了隔座。

老俞隨著矮子的目光，旋身向後看時，隔座的小圓桌上，對坐著一對所謂「摩登」的青年愛侶。男的，真漂亮！可以說是從髮尖漂亮到了足尖。只是，太漂亮了，未免少了一點男性的莊嚴。女的一個，面貌不能說是極美，但有一種太動人的豐韻，加上刻意的修飾使她全身的線條，增加了若干的妖媚。尤其是她眼角間所含的蕩意，比較她手指上的幾顆巨鑽，更富有吸引力。

在這一對漂亮男女的桌子上，不時有許多「饞」與「妒」的眼色，從四周不同的角度裡射擊過來。如果目光就是流彈，那麼，這挺摩登的一對也許早已「體無完膚」了。

這情形使這漂亮女人感到驕傲。她把她的甜媚的眼風，向四面飛掃了一週，滿足而又厭惡地，向男的一個說：「我真討厭這個地方，認識我的人太多了。」

「不是為了小劉那個電話，我也不願意來。」男的應聲附和著，他皺皺眉頭：「奇怪！我現在想起，方才那個電話，不像是小劉的聲音哩。」

這邊桌子上的老俞，回頭看著那個矮子，笑了一笑。他低聲問：「我們的貨色，帶來了沒有？」

「帶來啦。」矮子從衣袋裡掏出一個藍絨的小盒子 —— 這是一個盛放鑽飾的小盒子 —— 遞給他的同伴。

老俞接過盒子，捺開了彈簧的盒蓋，他從裡面取出一個小東西，拈在指間看了一下，匆匆又放回裡邊，他把這小盒子藏進了自己的衣袋，點點頭說：「很好！」

這時候，在更左的一隻桌子上，有人在談著社會問題，他們由社會的動盪不安，談到了暗殺事件；再由暗殺事件談到了舞後程茉莉的被槍殺。

呵！「程茉莉被槍殺！」這是一個何等動人的題材吶！

這話題似乎具有一種傳染性，它從左側的一隻桌子上，傳染到了那對漂亮男女的桌子上；再由那對漂亮男女的桌子上，又傳染到了老俞和矮子的這一隻桌子上。

這位紅領帶的俞先生，似乎是一個很優秀的演講家哩。他又似乎專程在等待著一個適當的題材，好開動他的響亮的話匣。他把這個話題抓到了手裡，立刻和那矮子大談起來。他從程茉莉的被槍擊說起，聯帶地，又說到一則很動人的新聞——最近一個富商的奇死案。

他把那節事情，從頭至尾，談得非常詳細。尤其是他的態度，顯得那樣興奮，正像希特勒先生，展開了他的演講稿一樣。

第三章

下一節的舞蹈開始了，音樂像雨點般的散布在全場的空氣中。老俞的高亢的語聲，不時穿破了音樂的密網，中間還夾著一個「麒派」的嗓子，雙方一搭一檔，一吹一唱，那是那個橘皮臉的矮子。

隔座，挺漂亮的那一對，並不曾起步。他們等著所謂「小劉」，等得正自無聊，在樂聲的交響中，能清楚地聽到老俞這邊的談話。

「喂！那個黃傳宗，你知道不知道？」老俞開始燃上一支菸。

「那是一條頭號米蛀蟲，怎麼會不知道。」矮子像空谷回聲似的回答。

「這條米蛀蟲，最近拋下了他的米袋，應了老闆的邀請，你知道嗎？」

「這新聞還在報紙上面冒著熱氣哩！據說：他是中毒死的。」矮子說。

「人人知道黃傳宗是中毒死的，但，他是怎樣中的毒？在幾百萬的人口中，恐怕未必有人知道吧？」

「難道你知道？」

「當然！」

隔座挺漂亮的那一對，男子的背部，本是向著老俞的背部。此時，一顆滿塗髮油的漂亮頭顱，在半明滅的燈光中，突然發出了閃動。

「你將詳細的情形說給我聽聽。」矮子要求著。

「這事情有著一個太幽祕的內幕，很像一篇偵探小說哩。」老俞彈掉一點菸灰，他似乎賣著關子。

「快說吶！」

「別性急！要說明這事的內幕，先得把這老傢伙的家庭狀況說一說：老傢伙今年五十歲，是最近從囤積上發的財。他不但囤積米，同時他還囤積女人。他一共有六位太太，第六位姨太太娶到家裡，還不滿三個月。哈！你知道他的六姨太太是誰？」

「是誰呢？」矮子反問。

「說出來，你該起立致敬哩。」老俞俏皮地故意說得那樣鄭重：「她就是這裡三個月前，鼎鼎大名的首席紅星吶！」

「哦！李鳳雲嗎？」矮子說這四個字，完全用的是「麒社長」在臺上賣力時的韻味。

兩道視線從那漂亮女人的眼膜上有力地射上了老俞的後腦。──該宣告的是，射在後腦上的，當然不是媚眼。

這裡，老俞當然不知道他的後腦，已很幸運地遭受到了美人的顧盼。他自顧自地說下去。

「不錯，你猜著啦！」

「那樣火炭一般紅而熱的一個尤物，會嫁給一個籌備五秩大慶的老東西，可怪！」矮子的聲口，有點感喟，也有點嫉妒。

「這正是努力於囤積的效果吶！你想囤米不想？」老俞向矮子打趣。

矮子摸摸他的短髭，笑笑。

「不過，除了金錢魔力之外，這老傢伙追求那個女人，也曾費過一番甚大的努力的。這裡面，很有不少笑料哩。」

「什麼笑料？」

「單說，老頭子自從娶了這尤物進門，她有一百樣的需要，老頭子自動會依她二百樣。遺憾的是，有一件最要緊的事，竟絕對無法依從，因此，那個女人，始終還是不滿意。」

「什麼事情不滿意吶？」

「年齡！」

矮子又摸摸他自己的短髭。老俞接下去說：

「為了那女人不滿意他的年齡，真使這老傢伙感到了極度的悲痛！如果人類的年歲，可以移交到狗的身上，如果有一條狗，肯把這老傢伙過剩的年歲接受過去，我知道他一定肯對這狗，喚一聲爸爸的。」

「噗！」一口飲料從矮子的短髭間噴了出來。

「哈哈哈！」在別座上似乎有一種陰冷的笑聲，隨著輕佻的眼光落到了那對漂亮男女的桌子上。

那個妖媚的女人，眼角中燃燒起了怒焰。驀地，她從她的座位上，婀娜地站起來，她用詛咒的口吻，命令那個男子說：「走！」

漂亮傢伙以一種臣下服從皇后的姿態，立刻應聲站起，他把一件披在椅背上的米色上裝拿在手裡，站立著，伸手插進衣袖，忽然，他又放下上裝，重新坐下。同時，他向這女人投了一個暗示，示意她暫時忍耐。

這女人圓睜著媚眼，看看這男人，又望望老俞的後影，終於，她含著怒，領悟似的又頹然入座。

老俞的桌子上，可惡的對白，還在繼續下去。

「你說那個李鳳雲，不滿意黃傳宗的老醜，這老傢伙有什麼補救的辦法呢？」矮子沙啞的聲音。

「補救的辦法，多得很吶！譬如，這女人嫌他的鬍子太長，他便立刻鑽進一家高等理髮館；再譬如，這女人嫌他的牙齒殘缺，不美觀，他當日便踏上了鑲牙齒的椅子。再，女人嫌他頭髮白，他便立刻施以人工的渲染。此外，他再盡可能地使用著種種美容術，例如：維他命劑的面部注射，可以使面容還少。用牛奶和蘋果等東西擦臉，可使膚色光潤。還有一張特配的 Cream 的方子，可使毛孔縮小等等。」

「忙煞了！」

「沒辦法吶！好得他有一個美容顧問，隨侍在側的。」

「美容顧問？」

「那是他的內姪，名字叫做周必康，一個標準小白臉。此人是一位牙醫師，同時也是一家美容院的院長。老頭子為了要他當顧問，曾在他的滑頭美容院裡，投資過一筆哩。」

「真是不惜工本！你的話，有些言過其辭吧？」矮子表示不信。

「完全都是事實。」老俞沉下臉色，堅決地。

「說了半天，這老頭子是怎樣中毒的？你還沒有說出來。」矮子忽然覺悟似的這樣說。

「別忙！新奇的事情，在後面吶。」老俞拋掉他的煙尾，又燃上第二支。

樂隊正奏完了一個拍子的尾聲，舞客們又愉快地紛紛歸向他們的座位。

老俞忽然站起來，和矮子對掉了一個座位。那邊，那個漂亮傢伙，在即刻欲走未走的時候，恰好也和那個漂亮女人，換了一個坐向。於是，老俞的面孔，和這漂亮傢伙，成了劈對，雙方的視線，有意無意地接觸了一下。

漂亮傢伙在這一隻「賴斯朋」式的臉上望了一望，立刻，鎮靜地，舉

起他的杯子，杯子裡的黑啤酒，發生了一點波紋。

只聽這邊的老俞，繼續在向矮子說道：

「喂！你總還記得，那條米蛀蟲的死，距今還不到十天。那是一個星期六的上午，老傢伙坐在一隻舒服的沙發裡，正在讀著《晨報》。那天的報上，恰好登著一段新聞，預測白米的價格，有高漲到一百五十元以上一石的可能。哈！這真是一個太好的消息吶！老頭子滿足地笑了。可是，這不幸的笑容，還沒有在他臉上站住足，突然！那支燃著的雪茄煙，陡從他嘴角掉了下來。一張新加裝修的臉，變得那樣可怕！頭向後一仰，就這樣的死了！」

「那麼快！」矮子說。

「西醫與他的兒子，差不多是同時趕到的。他的大兒子黃登祿，本身也是一個醫生，而且還是一個著名的法醫。會同檢驗的結果，立刻斷定老頭子的死，是中了一種衰化物——青酸——的毒；並且，他們還斷定，這毒必是當日所中。」

「何以見得？」矮子插了一句口。

「因為——」老俞眼望著隔座，接下去說：「青酸的毒，是那樣劇烈，當時沾進嘴，是當時就要送命的。」

「那支掉下來的雪茄煙，怎麼樣？」矮子建議。

「完全無毒。」

「其餘的食物呢？」

「當時在多方面，經過最仔細的檢查。他兒子黃登祿，和其他的醫生，一致承認，在食物方面，完全無可置疑。」

「在米價快要漲到一百五十元以上的呼聲中，這老傢伙當然不至於自動地踏上另一世界的旅途吧？」矮子提高著沙喉嚨，這樣說。

「自殺嗎？廢話！天字第一號的紅舞星李鳳雲，娶回家裡還不滿三個

月，他捨得嗎？」老俞的眼光，經過了拋物線，飄落到了對方桌子上。

隔座四道不寧靜的視線，表面，在無目的地四邊顧盼。實際，這挺漂亮的一對，正以百分之百的注意，在傾聽這邊的談話。

「不是自殺，難道是謀殺？」沙啞的聲音，含著懷疑，但這問句，顯然有點出於做作。

「嘿！那何用說！」老俞口內答話，他的視線，始終不離對方的桌子：「總之，老傢伙的暴斃，許多人都疑惑這裡面必有一個陰謀。但，奇怪的是，無論如何，卻找不出那毒的來源。」

「據報上說：老頭子是死在他二姨太太的屋子裡的，是不是？」

「正是。」

「如此，那位二姨太太，當然很有嫌疑哩。」

「不！老頭子的全家，自大太太到五姨太太，連他兩個兒子在內，沒有一個人，懷疑那位二姨太太。可是，她們都懷疑著另外一個人哩。」

「另外一個人？誰？」

「六姨太太！」

這「六姨太太」四個字，說得那樣的有力，只見隔座那個漂亮女人，正用一塊小手絹，在拭去鼻子邊的汗漬。

「呀！你說老頭子是死在二姨太太屋子裡的，為什麼要疑到她呢？」

「你聽我說下去！」老俞噴掉一口煙：「這裡，我先把那幾位太太們的住居情形，說給你聽聽。老頭子的大，三，四，五，四位太太，她們各占一個公館。這新娶的六姨太太和二姨太太，合住一個公館。原因是老頭子讓她單獨住，也許有點不放心；可是，這位六姨太太的脾氣，又是那樣的壞，她和別位太太住在一起，那一定也住不下去。就中唯有二姨太太最賢德，出名的好人，因此，老頭子特讓她們住到了一起。

「實際上，這位李鳳雲小姐自進了門口，老頭子的各個公館裡，早已

成了『六宮粉黛無顏色』的局面。那位二姨太太，雖說住在一屋，但老頭子從來不曾在她房裡留宿過一晚。甚至在白天，他也絕對不到二姨太太房裡去。可是，在老頭子暴死前的六七天中，這局面竟改變了。」

「改變？」矮子仰著頭。

「在老頭子死前的幾天，這位六姨太太，每天盡力把他推到別位太太的公館裡去。她說：她不能專顧了自己，卻使別人受到寂寞。老頭子對她，原是百依百順的，只能依她的話。所以那幾天，他是輪流住在別的公館裡的。暴死的這天，一早，老頭子先來看六姨太太，原在她房裡吃一點東西，休息一下。但，這位六姨太太，一定要他到二姨太太房裡去。她說二姨太太太可憐，該去看看她。甚至，老頭子想坐下喝一杯茶，她也不許，老頭子無奈才到了二姨太太的房裡。」

「奇怪！這位李鳳雲小姐，竟會變得如此的賢惠！」矮子側坐著身子，他也有意無意地，把眼光向這邊斜睨過來。

「是呀！你想……」老俞用拇、食二指拈著他的紙菸，向空畫了一個圓圈說：「一個素性悍妒的女人，會不會無緣無故，一時變得非常和善？她的改變作風，會不會毫無理由呢再說，在出事的這天，這個奇怪的女人，她不讓那老傢伙，在她房裡吃一點東西，甚至不讓他喝一杯茶。——在過去的幾天中，情形也是一樣 —— 如果，那天她讓他吃了，喝了，那麼，後來她該遭受如何的麻煩？哈！她倒真像具有一種預知的能力哩！」

老俞的那張「賴斯朋」式的臉，漸漸增加了緊張的程度；他一邊說，一邊把機關槍似的眼光，向這邊掃過來。

對方，那個漂亮傢伙，不安靜地，把他的杯子舉起，放下；放下，又舉起。女的一個，正用粉紙抹著她的嫩臉 —— 這已是第八次的紀錄 —— 她不時從小鏡子的邊緣上，溜起她的俏眼，焦悚地，偷窺著四周，看有沒有別的人，在注意著自己。

只聽得這邊桌子上,那個沙喉嚨的矮子,正用附和的口調,把上面的談話接續了下去:

「那位李鳳雲小姐,不讓那老頭子,逗留在她房裡,她又不讓老頭子在她房裡吃東西。真的,她好像預知這老傢伙會突然暴斃哩。」

「她怎麼竟會預知?而預留這脫卸嫌疑的地步呢?」老俞著意地問。

「好!你把這問題的焦點找到啦!」矮子猛然拍了一下手掌,他引得別座上的視線,圍聚到了他的身上。

隔座的男女,開始不能再維持他們的鎮靜。

這邊的談話,仍在繼續下去,老俞說:

「你說以上的疑點,正是問題的焦點,對!有一位聰明朋友,卻躲在幕後,在用心研究其中的症結哩。現在你先聽我說殯儀館裡發生的事。」

「殯儀館裡又發生了什麼事情呢?」矮子驚訝的聲氣。

「當時,那老傢伙中毒死後,他的屍體被送進了殯儀館。屍身循例經過沖洗,再加化妝。這老傢伙真幸運呀!生前,他為了女人,曾努力注意於修飾;死後,為便利他追求第二世界中的女人起見,還要讓他體面一下哩。可是當夜,一個滿挾鬼氣的事變開始了。」

隔座的男女睜大了四隻眼。只聽得老俞接說下去道:

「化妝的手術,是由兩個年輕的姑娘擔任的。時候是在深夜了。化妝死人的小室中,四下幽悄悄,燈光那樣慘淡,特異的空氣布滿了這特異的空間。

「忽然,在這小室的窗外,發生了一種怪異的呼嘯,先是遠遠的,幽幽的;繼而,變成那樣近而淒厲!內中一個姑娘,虛怯地指著窗外,她說:她在月光裡,看見了一個黑影。另一個姑娘,偶然回頭一望桌上那張死臉 —— 你想吧,一個中毒而死的死人的臉,當然不會好看的 —— 由於心理上的變異,使這位姑娘覺得那死人的臉也有了變異!同時,窗外噓噓的

聲音，更響了——這也許是風聲吧？——

「在這種情形之下，那兩個姑娘，捺不住從這小室裡面逃了出來。在這兩個姑娘逃出後不到一分鐘，真的，一團漆黑的鬼影，箭一般的射進了這間死人的化妝室！」

老俞真有演講鬼故事的天才！你看，他把這短短的一節事，說得那樣陰森，可怕。尤其，他的眼角裡，含著一種特異的情緒，真像那個銀幕人物「貝錫‧賴斯朋」，現身於一張恐怖片的特寫鏡頭中。

第四章

隔座挺漂亮的一對，他們的精神，似乎被吸引住了。男的，手中的煙，菸灰長了半寸以上，他忘了彈去；女的，舉起她的俏眼，悚恐地，看看那個男的，她似乎要問：「會有那樣的事？」

恰好這邊的老俞，在補充著道：

「殯儀館裡化妝死人，照例，不許家族參觀的，因此，那天晚上死人化妝室中發生的故事，老傢伙的家族們，完全不知道。」

「那團黑影是什麼？難道真是老頭子的冤魂嗎？」矮子這樣問。

「傻話！」老俞斥責著：「世間哪有這樣的活鬼！告訴你，這黑影正是那個躲在幕後研究這疑問的聰明人物哩。他溜進了那間小室，立刻，取出一把小刀，輕輕撬開死人的牙關他再把一把小牙鉗，伸進了這死人的嘴裡。他的手法，非常簡捷而迅速，真像一個熟練的牙科醫師吶！」

「撬開死人的嘴！做什麼？」矮子特別驚訝。

「此人偷竊了死人嘴內的一個牙齒——一個最近鑲上的人造臼牙！」老俞把「臼牙」兩字，說得特別響。

「怪事！偷竊一個死人的牙齒，有什麼用呢？想打花會嗎？」矮子提

出這聰明的問句。

「嘿！你要知道，那大篇的文章，都在這隻死人的牙齒裡哩。」

正說到這裡，陡有一個「鏗鏘」的聲響，與一個嬌叱的聲氣從對座發出。只聽那個女的含怒地說：「你怎麼啦？」

原來，一隻杯子從一隻震顫著的手裡滑溜了下來。大半杯的黑啤酒，潑翻了一桌，酒液飛濺到了那個漂亮女人的耀眼的衣服上。

侍者過來抹乾了這玻璃的桌面。那女人從手提皮包裡取出了幾張紙幣，隨手拋擲在桌子上，她第二次又從座間焦暴地站起來，她的臉色，變得那樣難看，完全失去了她原有的嫵媚。

那男的舉起他的失神的兩眼，向女的投射著一種央求的眼色，他再把他的視線，小心地在四周巡邏了一下，悄聲向女的說：「鳳，我們再坐一會，聽聽他們的話。看來，他們好像並不認識我們。」

女的無奈地坐下來，她把那面小鏡子，遮掩著她慘白的臉。

還好，全場的燈光，又進入了朦朧的睡態，樂聲正奏得緊張，許多舞侶們，在忙著追求他們各個的陶醉，因此，這女人的不安的神色，似乎並沒有人，加以充分的注意。

只聽老俞又用響亮的聲音說道：

「再說，我方才說過的，那位李鳳雲小姐，在老傢伙暴死前的幾天中，她不讓他進她的房，她不讓他在她的房裡吃東西，粗看，她似乎因此而免了嫌疑；細想，那是一個大大的破綻呐。幕後那位聰明人物，卻因此而得到了一個把柄。他費了一番打聽，打聽得這位李鳳雲小姐，和老頭子的內姪周必康——那個標準小白臉——為了接近的緣故，有了曖昧的關係。

你記得嗎？那小白臉是一位牙醫師呐！巧得很，那個幕後的人物，他又探知老頭子在臨死的一星期前，曾託這位周必康，鑲過一顆臼牙。那個聰明人物於是乎想：如果那個小白臉的牙醫師，他把那顆人造的臼牙鏤空了，再把一些劇毒的青酸，藏在這顆鏤空的臼牙裡。這樣，那致命的毒

物，豈不是輕輕易易，送進了老頭子的嘴裡？

其次，他在這顆鏤空的臼牙上，預先開了一個小孔，他再把一些東西——我們隨便猜猜，如留蘭香糖的渣滓之類，那都可以——塞住了這小孔，那青酸暫時便不會從那鏤空的臼牙裡漏出來。你得知道，人們都有一種習性，不論是誰，新裝了一個牙齒，由於不慣的緣故，常常要用舌尖去舔，老頭子當然也不能例外。

日子多了，那塞住小孔的東西被舔掉了，於是，那青酸自然而然由舌尖侵入了臟腑。這便是那神祕的毒的來源。這計策的最巧妙的地方是——人人知道，青酸的毒一沾上口，就得致命。而那顆牙齒，卻是在若干天以前裝上的。這樣，在老頭子暴死以後，如果驗出了是青酸的毒，誰會懷疑到這牙醫師的身上去呢？你看，這是一個何等幽祕而又巧妙的設計呀！」

老俞這一節話，他的剖解，完全清楚而合理，他簡直把這件祕事的症結，完全抓住了。

「對！」矮子猛然叩了一下桌子，他把桌上玻璃杯中的流液，震起了一小片的浪花來。

只見，隔座兩張漂亮的臉，在掩映的燈光下，泛出了兩重死灰色。

他們還在聽這邊繼續說下去。

「我以為，以上的揣測，完全對了。」沙啞的聲音說：「但是，一件謀殺案子似乎該有一個動機的，是不是？」

「那老傢伙在米糧上，最近撈到了不少。聽說，這些黑顏色的錢，有一部分是交給他的那位六姨太太，暫時保管的。而同時，那個小白臉的牙醫師，卻在投機事業上，送掉了好幾十萬。你想，一個滑頭美容院的院長，他哪裡來的這麼許多法幣呢？我以為，這裡面，就隱藏著那個謀命的動機吧？

「此外，那個討厭的老貨，如果踏進了第二世界，那末，他們這偷偷摸摸的一對，便可以得到一個較坦白的演出了，是不是？我承認以上的話，大部是出於臆測；但這臆測，也許離題並不很遠吧？」

「對！」矮子又拍了一下他自己的膝蓋。

場內的燈光，突然又亮了，這使一切人們在黑暗中構成的種種醜惡容色，完全無所遁形。隔座那個漂亮傢伙，他聽對方的談話，完全聽得呆了。額部的汗，洗淨了他臉上塗抹的雪花。

忽然，他像睡夢初醒似的，和那女的，交換了一個特殊的眼色，他陡從座位裡站起來，女的也隨著站起。她伸手撫著頭，像患著暈船病。

男的抓起上裝，女的拿著手提皮包，這挺漂亮的一對，作出了一個預備「開步走」的姿勢。

漂亮傢伙一邊穿衣，他以一種困擾而兼悚懼的眼色向著對方那條紅色領帶，偷偷溜了最後的一眼。那位新聞演講家恰好抬起頭來，雙方的視線，成了一個正面的接觸。漂亮傢伙似乎忍受不住那兩條無形利劍的侵襲，急急旋轉頭，躲開了這視線。

只見這一位紅領帶的演講家，忽從自己座位裡站起，雙手插進褲袋，嘴裡吹著哨子，他走過來，就在這男女倆的中間，輕輕移開一柄椅子，撈一撈褲管，悠然地坐下。他向這站著預備走的男女，擺擺手，客氣地說：

「喂！周醫師，李小姐，我們幸會，請坐！」

這突如其來的局面，使這挺漂亮的一對，完全迷惑住了。他們完全猜測不出，這是一個何等樣的人物？在驚疑中，只有一個意識，他們感到此人的來意，一定並不善良。

「我們走！」那女人努力維持著她鎮靜的聲音，向男的說。她伸起粉臂，掠著她的鬢髮，一種震顫使她手指上的幾顆巨鑽，在半明滅的燈光之中放射出了多角度的閃爍。

「請坐阿！有點事情，想和兩位談談，這是並無惡意的。」這被稱為老俞的演講家，似乎能夠窺見這男女倆的心事。

奇怪！老俞的話，彷彿挾有一種魔力，使這男女倆，一時不知所措。男的，看看女的；女的，看看男的。他們似乎感到留，走，都不妥當。呆住了！他們在這演講家的凶銳的眼光裡，發現了一種威脅，彷彿說：「哼！你們敢走！」

終於，這男女倆又頹然坐下。

第五章

男的，從他的衣袋裡，重複取出他的那隻精緻的金質煙盒，他拈起一支菸，擦了五枚火柴，方始把它燃上。他想拿一支菸，敬給他的奇怪的對方，但他並不曾這樣做，他只把這煙盒，推向了桌子的中心。

老俞自動開盒取出了一支菸，道了一聲謝，仰起頭噴出了幾個圓整的菸圈。

男女倆瞪著眼，在等待他的發言。

「方才我的話，二位都聽見啦。」老俞的眼光，閒閒的從男的臉上兜到女的臉上。

「沒有呀！」漂亮傢伙搶先否認。

「哈哈哈！周必康先生，何必太見外？」老俞又放縱著他方才在舞池中的怪鴟似的笑聲。

「究竟什麼事呢？」這牙醫師還想努力躲閃。他的聲帶，起了顯著的變異。

「推開天窗說亮話，我覺得，黃傳宗先生的暴斃，你們二位，似乎多少要負一些責任哩。」老俞向這小白臉，不客氣地開始轟炸。

「什麼？」一種怒懼交併的情緒，迅速推聚到這位周必康醫師的眉尖上，咆哮的聲音，湧到了喉嚨口。這時，他忽覺桌子底下，有一隻纖小的高跟鞋尖，在他腳上觸碰了一下。他抬眼向著他的女伴——那位漂亮的李鳳雲小姐——看看，他忍住了。

　　「周先生，即刻你聽見的，有一個人，從殯儀館裡的死人嘴裡，偷到了那顆藏毒的牙齒，不瞞二位說，這偷牙齒的人，就是我！」說到「我」字，老俞指指自己的鼻子，他接著說「我想把這牙齒，轉賣給二位。這是我的好意，我想二位，一定是不會拒絕的吧？」

　　「好意？」醫師瞪著眼。

　　「我們買了這顆牙齒，有什麼用處呢？」這過去的紅星李鳳雲小姐，搶著問。

　　「至少，二位可以少服許多安眠劑。」

　　「你是誰？」那牙醫想起了這問句。

　　「我叫老俞，人則俞，人未余，或是一條魚的魚，隨便。逢高興，我還有許多別的姓。」老俞掏出一張名片，授給這位牙醫師。

　　醫師取過這張名片，眼光方和紙面接觸，他的心，立刻像被一個鐵錘叩擊了一下。他暗暗呼喊：「倒楣！碰到了這魔鬼！」他把這名片，在震顫的手指間側轉過來，讓那女人看，那女人的眼角裡，同樣露出了駭異！

　　「那顆牙齒，你要賣多少錢？」醫師無奈地問。

　　「我知道周先生，最近陷進了一個泥淖，也許你未必有很多的錢吧？並且，一個人殺死一條米蛀蟲，那是代社會除害，論理該有獎勵的，是不是？」老俞體恤似地說。他再把眼光移轉過來，從那女人袒裸著的肩際徐徐看到她的纖細的手指，他說：「李小姐的幾個鑽戒，怎麼樣？」

　　那醫師未及回答，老俞又說：

　　「如果這交易成功，我可以代替二位，行一件善舉。最近我打聽得，在十多年前，那位吃青酸的黃傳宗先生，曾遺棄了一個私生女兒在外。最

近，這十七歲的小女孩，為生活，被迫踏上了火山。她除了她的可憐的母親之外，還有一個痴心的未婚夫，從鄉下，追隨到了上海。那孩子姓朱，好像是一個可造的青年。但他沒有方法，救濟他心愛的未婚妻，跳出這個不很潔淨的地方。這裡面有著一段傻氣而可憐的羅曼史，我想成全他們哩。」

這迷惘的牙醫師，似乎並不曾聽清這段題外的話，他只覺得有一種被壓迫的怒火，使他忍不住反抗，他說：

「如果我們不買你那隻牙齒，你預備怎麼樣？」

「哈！那我——有什麼辦法呢？」老俞把嚴冷的眼光射過來。

在桌子下，高跟鞋尖第二次又踢著這牙醫的足踝，只見這位李小姐，她施展出了她以前的外交手段，勉強地嫣然一笑說：「喂！密斯脫——俞，請原諒，我再問一句，倘然我們向你買回那個牙齒，我們會有什麼好處呢？」

「你們可以得到安全。因為除了我，無人知道這祕密。」

「憑什麼保證？」女人問。

「憑我的名片！」老俞堅決地說。

「我們的交易，是訂貨呢？還是現貨？」這女人居然還能裝成俏皮的口吻。

「現錢現貨，即刻成交。」老俞從衣袋裡，掏出矮子方才交給他的那個紫絨小盒。他開了盒蓋，把裡面的一個焦黑的臼齒，在這男女倆的眼前揚了揚。

「好！」這女人爽脆地說。她向四周溜了一眼，她把她的兩隻纖手，徐徐縮到桌下，等她的手再伸回桌上時，她的指間，失卻了原有的熠熠的光華。

三枚鑽戒被裹在一張舞場的帳單裡，輕輕推到老俞的身前。老俞收下

這紙裏，謙讓似的袋起，這是他的一貫的作風。同時，他把那隻紫絨盒，鄭重地交出來。

那牙醫伸出了顫抖的手，急忙搶了過去，他甚至來不及開盒檢看，就塞進了衣袋。他的一顆心，感到一種沉重，也感到了一種輕快。

「哈哈哈哈哈！」老俞忽然縱聲大笑。男女倆痴望著他，莫名其妙。

「哈哈！周醫師，李小姐，你們真慷慨！」老俞說：「我生平做生意，喜歡向我的主顧說實話。我得告訴你們，方才我說：我到殯儀館裡去，偷竊那個死人的牙齒，那完全是假話。實在，我不過在一家小鑲牙鋪裡，花了五毛錢，買了一個臼牙。我還得宣告，這牙齒並不曾鏤空，並不曾開過小孔，也並不曾儲藏過任何毒物在裡面……」

「什麼！」老俞還沒說完話，那牙醫跳起來，幾乎以一種猛虎撲人的姿勢，預備揪住老俞的紅領帶。

在這緊張的瞬間，池中一節舞蹈又完。舞客們，沾著舞女身上的肉香，正滿足地陸續越過這桌子。有幾條視線，輕輕飄落在這三人身上。他們不知道這兩男一女，是在辦些什麼奇妙的交涉。

只見老俞臉上的肌肉，石像似的絲毫不動，他靜靜地向這盛怒的小白臉說：

「靜些！兄弟！在這種地方，是不宜動火的。」

「你敢欺騙我！」那牙醫咬咬牙說。

「我勸你靜些，那是好意。你也知道的，那位黃登祿先生——你的表兄弟——他對他父親暴斃的疑點，還不曾放棄他的調查哩。如果我把我的資料，供給了他，你想，那會發生怎樣的後果？況且，你看——」

老俞旋過身子去，望到他自己的座位上，他說：「我們這位孟興先生，他是一位著名的法學家。我們今晚的談話，他都記錄下了。」

只見那橘皮臉的矮子，正用自來水筆，在一本記事冊上用心地寫著

字。他的態度很莊嚴，望之儼然！

那牙醫師脈絡緊張，還想說些什麼。但那位李鳳雲小姐，慌忙以一種折衝的手腕，開啟了這僵持的局面。她又向老俞一笑，笑得那樣甜媚。她說：

「密斯脫 —— 俞，我一向知道，你是最守信義的。」

「哦！李小姐，看在你這一笑的份上，我再鄭重允許你，我一定謹守我的信用。」老俞點點頭，也報以善良的一笑。

兩分鐘後，這一男一女，心裡詛咒著「小劉」，偎依著出去了。他們臨去的步伐，當然不是舞池裡面輕快的步伐啦。

老俞回到自己桌子上，他向這橘皮臉的矮子問：

「孟興，你在寫些什麼？」

「有什麼可寫呢？我在默錄幾個嚮導姑娘的地址哩。」

老俞打了一個呵欠說：「一椿小生意，總算很順利。」

「究竟怎麼一回事？我做了半天的配角，有許多地方，我還不大明白哪。」

老俞笑了一笑，說：「我對黃傳宗的暴死，我也像社會上的群眾一樣，一直抱著一種懷疑；我不明白那青酸的毒，怎樣會跑進那條米蛀蟲的嘴？」

「後來你是怎樣想出來的呢？」

「在今天以前，我對這疑問，還是茫無頭緒。直到今天早上，我聽人說起：老傢伙在臨死前的一星期，曾由那個小白臉，替他鑲過一顆上顎的臼牙。於是，我方始虛構成了一個牙中藏毒的理想 —— 就是即刻說過的 —— 但，我不知道我的設想對不對？因此，我冒用了那小白臉的密友 —— 小劉 —— 的名義，打了一個電話，約他們這一對到這裡來。一面，我又託你代辦了一顆牙齒。我特地把我的設想，高聲說給他們聽，想看看他們的反應。不想他們竟會那樣容易的中了我的計。」

「巧得很，他們恰巧坐在我們隔壁。其實，首領！你真聰明吶！」矮子改變了稱呼，懇摯地讚美著。

　　「聰明？老啦！」老俞額上浮起了一絲衰頹的暗影。他又隔衣摸著那個珍貴的小紙裏，說：「但，無論如何，那個可憐的小女孩，她也許是得救了。憑這衣袋裡的幾塊小焦炭，我想使那女孩，補受一些較高的教育哩。」

　　說時，他把一種同情的眼色，從白熱而狂歡的人群中穿射過去，落到那隻畫圈圈的位子上。只見那位張綺小姐，依然低著頭，枯寂地坐在那裡。

　　「首領！你的辦法不錯！」矮子順著老俞的目光，望望那個天真的痛苦的女孩。

　　「今天是消遣過去了，明天呢？」老俞把兩臂向上伸直，像演「八段錦」似的伸了一個松暢的懶腰。他說：「這裡是沒有明天的！喂！孟興，我們怎樣度過這長夜？再跳一回好不好？」

　　臺上音樂響了，他又打了一個呵欠。

俠盜魯平神祕案件集：
解開複雜的謎題，揭露隱藏的真相

作　　　者：	孫了紅
發　行　人：	黃振庭
出　版　者：	複刻文化事業有限公司
發　行　者：	複刻文化事業有限公司
E - m a i l：	sonbookservice@gmail.com
粉　絲　頁：	https://www.facebook.com/sonbookss
網　　　址：	https://sonbook.net/
地　　　址：	台北市中正區重慶南路一段61號8樓
	8F., No.61, Sec. 1, Chongqing S. Rd., Zhongzheng Dist., Taipei City 100, Taiwan
電　　　話：	(02)2370-3310
傳　　　真：	(02)2388-1990
印　　　刷：	京峯數位服務有限公司
律師顧問：	廣華律師事務所 張珮琦律師

定　　　價：499 元
發行日期：2024 年 12 月第一版
◎本書以 POD 印製

國家圖書館出版品預行編目資料

俠盜魯平神祕案件集：解開複雜的謎題，揭露隱藏的真相 / 孫了紅 著. -- 第一版 . -- 臺北市：複刻文化事業有限公司, 2024.12
面；　公分
POD 版
ISBN 978-626-7620-10-6(平裝)
857.63　　　　113017895

爽讀 APP　　　臉書　　　電子書購買